D0707488

ASESINATO EN KENSINGTON GARDENS

L A ⓣ R A M A

ASESINATO EN KENSINGTON GARDENS

Anne Perry

Traducción de Borja Folch

Papel certificado por el Forest Stewardship Council'

Título original: *Murder on the Serpentine*

Primera edición: abril de 2019

© 2017, Anne Perry
© 2019, Penguin Random House Grupo Editorial, S. A. U.
Travessera de Gràcia, 47-49. 08021 Barcelona
© 2019, Borja Folch, por la traducción

Printed in Spain – Impreso en España

ISBN: 978-84-666-6571-1
Depósito legal: B-5.321-2019

Impreso en Black Print CPI Ibérica
Sant Andreu de la Barca (Barcelona)

BS 6 5 7 1 1

Penguin
Random House
Grupo Editorial

A Rita Keeley Brown
Con agradecimiento

Lista de personajes

Comandante Thomas Pitt — jefe del Departamento Especial de la policía

Charlotte — su esposa

Jemima — su hija

Daniel — su hijo

Minnie Maude — su criada

Stoker — mano derecha de Pitt en el Departamento Especial

Comisario Gibson — en la comisaría de Pavilion Road

Cornwallis — antiguo inspector jefe adjunto, actualmente jubilado

Somerset Carlisle — parlamentario

Sir Peter Archibald — cortesano

Reina Victoria — la monarca

Edward, Príncipe de Gales — heredero del trono

Lady Vespasia Narraway — amiga íntima de Pitt

Lord Narraway — antiguo jefe del Departamento Especial y mentor de Pitt

Alan Kendrick — propietario de caballos de carreras

Delia Kendrick — su esposa

Roland Darnley — primer marido de Delia

Lady Felicia Whyte — belleza avejentada de la alta sociedad, cuñada de lord Harborough

Walter Whyte — su marido, amigo de Halberd y Kendrick

Algernon Naismith-Jones — amigo de Halberd y Kendrick
Ferdie Warburton — amigo de Kendrick
Emily Radley — hermana menor de Charlotte
Jack Radley — marido de Emily, parlamentario
Eliza Farringdon — chismosa de la alta sociedad
Señor Statham — el joven que encontró el cuerpo de sir John
Señor Dale — alquila barcas de remo en el Serpentine
Señor Robson — ayuda de cámara de sir John Halberd
Benton — camarero jefe en el club de Somerset Carlisle
Gwen — doncella de Vespasia
Elsie Dimmock — antigua doncella de Delia Kendrick
Stephen Dudley — trabaja en el Foreign Office
Profesor Needham — director del colegio de Daniel
Inspector Wadham — de la policía regular
Doctor Richard Carsbrook — médico forense
Stella — doncella de Delia Kendrick
Joe Bentley — fusilero retirado que sirvió en la guerra de los Bóeres
Spencer — cochero de Halberd
General Darlington — experto militar y asesor del gobierno
Señor Justice Cadogan — juez
Señorita Hornchurch — ama de llaves de los Kendrick

1

El hombre estaba delante de Thomas Pitt en el desordenado despacho, con el escritorio lleno de documentos relativos a la media docena de casos en los que el comandante estaba trabajando. No había un orden aparente en ellos, excepto para él. El aspecto del visitante era inmaculado, desde su discreta corbata regimental hasta sus gemelos de oro con emblema. Ni un cabello plateado estaba fuera de lugar.

—Sí, señor —dijo con gravedad—. A Su Majestad le gustaría verle cuanto antes. Confía en que el momento sea oportuno.

No había ni pizca de expresión en su semblante. Muy probablemente, nadie se había negado nunca a complacerlo. Victoria estaba en el trono desde 1837, sesenta y dos años, y él era meramente el último en una larga serie de emisarios.

Pitt sintió un escalofrío y se le hizo un nudo en la garganta.

—Sí, por supuesto que sí —respondió, logrando mantener su voz casi firme. Había visto a la reina Victoria en un par de ocasiones, pero no desde que era jefe del Departamento Especial, esa parte del gobierno de Su Majestad que se ocupaba de las amenazas contra la seguridad de la nación.

—Gracias. —Sir Peter Archibald inclinó la cabeza muy

levemente—. El carruaje nos aguarda. Si tiene la bondad de acompañarme, señor...

Pitt no tuvo tiempo de ordenar los papeles, solo de informar a Stoker de que lo habían convocado. No dijo dónde ni quién.

—Muy bien, señor —dijo Stoker, como si tales cosas ocurrieran a diario, pero abriendo ligeramente los ojos. Se apartó un poco para abrirles paso y salieron al pasillo por la puerta.

Sir Peter bajó delante la escalera hasta la calle, donde un muy bien mantenido carruaje Clarence aguardaba a media manzana, frente a la tabaquería. En la puerta no había divisa alguna que revelara la identidad de su propietario. El cochero asintió en señal de reconocimiento y ambos hombres subieron, y un momento después se sumaron al tráfico.

—Un poco demasiado frío para ser principios de verano, ¿no le parece? —dijo sir Peter en tono agradable. Era una manera educada y muy inglesa de hacer saber a Pitt que no iban a comentar por qué la reina deseaba hablar con él. Incluso era posible que ni el propio sir Peter lo supiera.

—Un poco —convino Pitt—, pero al menos no llueve.

Sir Peter manifestó su conformidad murmurando y se dispusieron a viajar en silencio el resto del camino entre Lisson Grove y Buckingham Palace.

Tal como Pitt esperaba, pasaron de largo ante la magnífica fachada y doblaron una esquina. Pitt notó que se le hacía un nudo en el estómago y tuvo que esforzarse para dejar de cerrar los puños. Se encontraban en las caballerizas del palacio. Cocheros y mozos de cuadra preparaban caballos y carruajes para las visitas vespertinas de la familia real, dando un último cepillado a los animales y comprobando la sujeción y el pulido de los jaeces. Un mozo pasó por delante de ellos con un cubo de agua. Silbaba alegremente.

Apenas había anochecido, solo se apreciaba una ligera atenuación de la luz y el progresivo alargamiento de las sombras.

El carruaje se detuvo y sir Peter se apeó, seguido en el acto por Pitt. Todavía no habían cruzado palabra, ningún indicio del motivo de tan extraordinaria visita. Pitt intentó que su mente dejara de dar vueltas sin parar a distintas posibilidades. ¿Por qué demonios querría la Reina mandarlo a buscar con tanta premura y reserva? El suyo era un cargo gubernamental, y existían canales oficiales para prácticamente cualquier cosa; demasiados, en realidad. A veces se sentía estrangulado por trámites burocráticos de un tipo u otro.

Siguió a la figura envarada de sir Peter, de espalda derecha y hombros cuadrados. El emisario caminaba con un paso militar corto perfecto, como si fuese capaz de mantenerlo durante kilómetros.

Una vez franqueada la entrada, subieron y bajaron escaleras y recorrieron pasillos decorados aquí y allá con descoloridas litografías, aunque tal vez fuesen los grabados originales. Mientras Pitt recordaba vagamente haber estado allí antes, sir Peter se paró en seco y llamó a una gran puerta panelada. Fue abierta de inmediato y sir Peter entró, habló con alguien que estaba dentro y después se volvió e hizo un gesto a Pitt para que lo siguiera.

Era un confortable salón privado, de techos altos pero no muy grande, con ventanas que daban a un jardín trasero precioso, cuyas cortinas todavía no estaban corridas para tapar el ocaso. Las paredes estaban cubiertas de retratos casi por completo, con elaborados marcos. La alfombra en su época tuvo un estampado, pero ahora se estaba descoloriendo poco a poco tras décadas de pisadas.

Enfrente de Pitt, en una butaca al lado de la inmensa chimenea, había una mujer bajita y regordeta que parecía estar muy cansada. Iba vestida por entero de negro, color que le daba una apariencia desvaída y muy antigua. Poco le quedaba del vigor que había demostrado solo unos pocos años antes, cuando había desafiado a los hombres que la mantuvieron rehén en Osborne House. No había muchas personas enteradas de ese episodio, excepto Pitt y un par de amigos muy cercanos.

Pitt permaneció quieto. Le constaba que no debía hablar ni moverse hasta que le invitaran a hacerlo.

Oyó el ligero chasquido de la puerta al cerrarse.

—Buenas tardes, señor Pitt —dijo la reina a media voz—. Estoy agradecida de recibir su atención, habiendo avisado con tan poca antelación. Espero no haberle apartado de asuntos de Estado más urgentes.

Fue poco más que una mera cortesía, una manera de entablar conversación. Había una butaca delante de ella, pero Pitt no se sentó. Uno se mantenía de pie en presencia del monarca, por más larga que pudiera ser la duración de la entrevista. Ni siquiera en sus tiempos de primer ministro gozó el señor Gladstone de la libertad de sentarse. Tal privilegio solo le había sido concedido al señor Disraeli porque a veces la hacía reír.

—En absoluto, Su Majestad —contestó Pitt, levantando los ojos solo un poco para no llegar a toparse con los de ella—. No hay problemas fuera de lo común, en estos momentos.

La reina soltó aire suspirando.

—Elige con cuidado sus palabras, señor Pitt. Si me hubiese dicho que no había ninguno habría desconfiado de usted. No es mi deseo que me bailen el agua, como si fuese incapaz de captar las dificultades, o demasiado vieja o cansada para afrontarlas.

En esta ocasión hubo algo en su tono de voz que exigía que le sostuviera la mirada. ¿Se suponía que debía contestar? A juzgar por el silencio, diríase que sí. ¿Qué podía decir? No podía estar de acuerdo ni en desacuerdo con ella.

—No hace tanto tiempo, señora, os recuerdo enfrentándoos a hombres armados que os mantenían cautiva y desafiándolos con notable vigor. El tiempo y los pesares nos afectan a todos pero nunca han quebrado vuestro espíritu.

La Reina asintió levemente con la cabeza y un esbozo de sonrisa asomó a su semblante.

—Su nuevo cargo le ha proporcionado cierto barniz de refinamiento, señor Pitt. Probablemente bien está que así sea. Espero que no le haya vuelto evasivo. —Fue más un reto que una pregunta. No aguardó lo suficiente para que él pudiera contestar—. No tengo tiempo para eufemismos corteses que van de boca en boca hasta que nadie sabe de qué se está hablando.

—Sí, señora.

Pitt inclinó una pizca la cabeza. El peso de un miedo profundo estaba jugando en las arrugas cansadas del rostro de la monarca. Era una mujer muy menuda, ahora con exceso de peso, unos treinta centímetros más baja que él, y los años de constante servicio, junto con la soledad desde la muerte de Alberto, estaban escritos indeleblemente en su piel, la nariz ligeramente aguileña, el cabello ralo peinado hacia atrás desde los huesos de la frente.

Guardaba silencio. ¿Se estaba preguntando si Pitt era el hombre en quien depositar su confianza, o simplemente poniendo en orden sus ideas antes de decirle algo mucho más dificultoso de lo que aquel había previsto? Ante cualquier otra persona habría preguntado, pero con ella resultaría presuntuoso.

La reina respiró profundamente y devolvió al presente su atención, que daba la impresión de haber estado centrada en otra parte.

—Puede tomar asiento, señor Pitt. Tengo mucho que contarle y no me apetece tener que levantar la vista. Me duele el cuello.

—Sí, señora.

Faltó poco para que le diera las gracias, pero se percató de que habría sido inapropiado. Se sentó en la silla de respaldo duro que había delante de ella, con la espalda derecha y ambos pies en el suelo.

Ella esbozó una sonrisa, apenas un asomo de diversión, como si se hubiese despertado un recuerdo para, acto seguido, desaparecer sin darle tiempo a capturarlo. Sus ojos escrutaron los de Pitt mientras le habló:

—El príncipe de Gales hace poco se ha hecho con un nuevo consejero en ciertos temas, mayormente en relación con los caballos, tengo entendido, pero ese hombre parece estar en todas partes a la vez, e implicado en toda suerte de asuntos diversos. —Aguzó la vista como si hubiese percibido sorpresa en el rostro de Pitt—. Por supuesto, debe tener amigos, todos los tenemos —dijo una pizca deprisa—, pero Edward será rey algún día, bastante... pronto. No puede permitirse elegir al azar.

Miró fijamente a Pitt. No aguardaba una respuesta, no precisaba conocer su opinión, sino que quería ver si le estaba prestando atención.

¿Quería saber más acerca de ese amigo, y que además la informara el Departamento Especial? Toda su vida el príncipe había sido un gran amante de los caballos y la hípica de competición. Era de esperar que buscara amistades entre quienes compartían su pasión.

Satisfecha de que le estuviera haciendo caso, la reina prosiguió:

—Me preocupa que Alan Kendrick no sea una influencia del todo satisfactoria. Tiene mucho... —buscó la palabra acertada—, carácter —concluyó—. Y tampoco me interesa su esposa. Una mujer que no sabe cuál es su sitio. De lengua afilada, de vez en cuando pierde los modales. Aunque tal vez yo sea una anticuada...

Apartó la vista de Pitt un momento, y este se dio cuenta de que un recuerdo la había importunado con dolorosa claridad, tal vez el de los años felices de su matrimonio. Había sido una mujer dogmática, pero había sido reina desde los dieciocho años, cuando la despertaron en plena noche para notificarle que el viejo rey había muerto y que ella era su heredera.

Devolvió su atención a Pitt, pestañeando deprisa antes de mirarlo fijamente otra vez.

—Quiero disipar mis preocupaciones —dijo con aspereza—. Hay pocas personas a quienes pueda confiar asuntos tan delicados, y estaba dispuesta a que me dijeran que mi inquietud carecía de fundamento. Medité a quién podía pedirle que investigara al señor Kendrick para mí, con la máxima discreción, ¿entiende?

Fue una pregunta.

Requería una respuesta.

—Sí, señora —dijo Pitt enseguida, mientras el alma le caía a los pies.

Aquel no era un asunto para el Depaartamento Especial. ¿Había algún modo de decírselo sin ofenderla? ¿Acaso alguna vez se le negaba algo a la reina? Estaba acorralado.

—Parece estar incómodo, señor Pitt —señaló ella.

Pitt notó que se sonrojaba. No había sido consciente de que resultara tan obvio.

—¿Sabe algo acerca de ese hombre? —inquirió la monarca.

—No, señora.

Ante su respuesta, soltó un discreto gruñido, pero fue imposible decir si era de desagrado o de mera impaciencia.

Lo miró con más detenimiento, como si formarse una

opinión precisa a propósito de él fuese de la mayor importancia. O posiblemente, teniendo ochenta años, la vista le fallaba y tan solo era un esfuerzo por verle el rostro claramente.

—Pedí a mi viejo y leal amigo sir John Halberd que investigara a ese tal Kendrick y me diera su opinión.

Parpadeó deprisa, conteniendo una profunda emoción, y se miró las manos, cruzadas pulcramente en el regazo, pero estrechándolas demasiado apretadas.

Pitt tuvo un impulso repentino de consolarla. Estaba aguardando a que le dijera lo que Halberd le había contado y que tanto parecía dolerle. Pero fuera lo que fuese, por más que Kendrick hubiese sido una mala influencia para el príncipe de Gales, no era algo en lo que el Departamento Especial pudiera inmiscuirse. Quizá supusiera un chasco para la reina, incluso un motivo de vergüenza, aunque seguramente estaría acostumbrada al libertino estilo de vida del príncipe. Todos los demás lo estaban. Y al parecer se había calmado con la edad, los achaques y también, por supuesto, porque a medida que Victoria se iba debilitando, él tenía el trono más cerca.

El silencio se hizo embarazoso. Daba la impresión de estar aguardando a que Pitt respondiera.

—¿Sir John le dio su opinión, señora? —preguntó.

—No —respondió ella con brusquedad—. Me envió un mensaje conforme deseaba verme con urgencia. Lo recibí a última hora de la tarde. Yo no me encontraba bien. Le contesté que podía venir a verme a cualquier hora del día siguiente. Siempre es muy cuidadoso con mi bienestar.

Volvió a interrumpirse y fue evidente que se debatía con profundos sentimientos.

Pitt temía lo que le iba a decir. De haber sido cualquier otra persona, él habría intentado ponérselo fácil, pero uno no interrumpía a la reina. Aguardó sumamente incómodo.

—No llegó a venir —dijo en poco más que un suspiro.

Pitt inhaló bruscamente.

Ahora la reina lo miraba a los ojos como si fuesen iguales, tan solo una anciana sumamente afligida y un hombre más joven que quizá la ayudara.

Asintió con la cabeza, los labios prietos, y siguió hablando no sin esfuerzo:

—Lo encontraron muerto aquella mañana. En una barca de remos en Hyde Park. Al menos, en sentido estricto, estaba en el agua, con lo poco profunda que es. Daba la impresión de haberse levantado, por el motivo que fuese, y que después resbaló y se golpeó la cabeza con el borde de la barca, cayendo al agua y ahogándose.

—Lo siento mucho —dijo Pitt con delicadeza.

La reina tragó saliva con dificultad.

—Quiero que descubra si su muerte fue el accidente que pareció ser. Y qué era lo que tenía intención de decirme respecto al tal Kendrick. Usted es un detective excelente, me consta desde nuestro encuentro anterior. —No se refirió a incidente alguno en concreto, pero no había olvidado su breve cautiverio en Osborne—. Y ahora tiene en sus manos el poder y los secretos del Departamento Especial. Exijo saber la verdad, señor Pitt, sea cual sea. ¿Qué descubrió John Halberd?, y ¿fue asesinado por ese motivo?

Pitt se quedó un instante sin saber qué decir.

—Confío en usted, señor Pitt —prosiguió ella—. Tanto en su habilidad como en su discreción.

No mencionó la lealtad. Tal vez la daba por sentada. Más probablemente, pensó Pitt, cuestionarla sería demasiado doloroso en ese momento. Halberd había muerto, posiblemente debido a su lealtad. La reina le estaba pidiendo mucho, y lo hacía a título personal en lugar de recurrir a los cauces oficiales. Había mencionado la discreción. ¿Era una manera cortés de decirle que solo debía hablar de aquel asunto con ella? Necesitaba saberlo y tuvo la impresión de que eso le daba derecho a ser franco.

—¿A quién debo informar, señora?

La miró a los ojos y vio en ellos un pesar tan profundo que se desconcertó. ¿Y culpabilidad? ¿Temía haber provocado la muerte de un viejo amigo? En cuanto se le ocurrió tal idea estuvo seguro de que así era.

—A mí, señor Pitt —contestó en voz muy baja—. Infórmeme a mí. Avise a sir Peter Archibald cuando quiera hablar conmigo, y él se ocupará de que vayan a buscarlo de inmediato. Manejará el asunto con la máxima discreción posible, no solo por mi bien, sino también por el suyo. ¿Entendido?

—Sí, señora —dijo, y por fin esbozó una sonrisa, apenas relajando los labios.

—Le quedo agradecida, señor Pitt. Tiene mi venia para retirarse. Sir Peter le acompañará al carruaje. Buenas noches.

Pitt se puso de pie e inclinó la cabeza en una reverencia.

—Buenas noches, Su Majestad.

Una vez en el pasillo, enderezó la espalda deliberadamente, y había dado una docena de pasos cuando sir Peter apareció, sereno y educado como antes. ¿Tendría idea de lo que la reina acababa de pedirle?

—Haré que avisen al cochero de inmediato, señor —dijo sir Peter tan impasible como si fuese algo de lo más normal.

—Gracias —respondió Pitt.

El cortesano esbozó una breve sonrisa.

—Si tiene la bondad de seguirme, señor...

Pitt circuló hasta su casa con la cabeza dándole vueltas, completamente ajeno a lo que le rodeaba. No había podido rehusarla, sin embargo detestaba la tarea encomendada. Recordó la noticia breve que apareció en los periódicos sobre la muerte de Halberd. Había sido un hombre distinguido pero no muy conocido para el público en general. Solo informaba de que había fallecido en un accidente, sin dejar familia. No concretaba en qué había consistido el accidente. Tendría que comenzar por ahí.

¿Había alguna posibilidad de que la reina estuviera en lo cierto? Era una mujer de edad avanzada, consumida de aflicción tras haber perdido a dos hijos y al marido, al que adoraba, estando aún en la flor de la vida. Muchos de sus hijos se habían casado con miembros de casas reales de Europa y, por consiguiente, vivían lejos de ella. Quizá tenía amigos, pero nunca iguales. Era reina y emperadora de un cuarto de la Tierra. Se tomaba muy en serio aquella inmensa responsabilidad. No viviría muchos años más. Quizá ni siquiera lo deseara. Pero no tenía elección en cuanto a su sucesor. Un milenio de historia dictaba que fuese su primogénito.

Lloraba la muerte de Halberd, y tal vez en cierto modo le recordara amargamente la muerte en sí. Demasiadas cosas que amaba pertenecían al pasado. Había pedido a Halberd que la ayudara, y este había muerto intentando hacerlo. Sin duda era fruto de la soledad y la imaginación que se sintiera culpable por eso. Si Pitt lograba demostrar que la muerte de de su amigo había sido un auténtico accidente que podría haber ocurrido en cualquier otro momento, ¿se quedaría ella tranquila y en paz?

Se había convencido de que así sería cuando el carruaje se detuvo en Keppel Street frente a la puerta de su casa. Se apeó, dio las gracias al cochero y subió los peldaños de la entrada.

Una sensación de calidez lo envolvió de inmediato. No tenía nada que ver con el atardecer veraniego, sino con la familiaridad, lejanos recuerdos que se remontaban a través de la amistad, un sinfín de conversaciones, algunas tribulaciones, pero, sobre todo, amor.

Colgó el abrigo en el perchero del recibidor. Charlotte lo había comprado en un ropavejero para regalárselo a él la primera Navidad de estar casados, cuando el dinero escaseaba. El candelabro de peltre había sido de su madre. En aquella casa había celebrado victorias y se había recobrado de unas cuantas pérdidas. Sus amigos más queridos se habían sentado en torno a la mesa de la cocina hasta altas horas de la noche, comentando posibilidades infinitas.

La puerta de la sala de estar se abrió y salió Charlotte, con el rostro iluminado por la alegría de verlo. Hacía diecinueve años que se habían conocido, pero aun así Pitt se sorprendió sonriendo, fijándose en la curva de su mejilla, la gracia con la que se movía.

Se inclinó para besarla, abrazándola estrechamente un instante.

Charlotte lo apartó.

—¿Qué ocurre? —preguntó en voz baja, con el ceño fruncido.

Pitt echó un vistazo al reloj de pared.

—Tampoco es tan tarde —respondió.

La expresión de Charlotte reflejó una chispa de humor y, después, inquietud. Pitt sabía qué pensaba exactamente. Había eludido la pregunta. Cuando trabajaba en la policía regular, a menudo comentaba los casos con ella. De hecho, se habían conocido durante una serie de asesinatos que habían tenido lugar en la zona donde ella vivía. Su hermana mayor había sido una de las víctimas. De aquella tragedia surgió la mayor felicidad de su vida. Jamás había imaginado que él, hijo de una lavandera y un presunto cazador furtivo expatriado —erróneamente, según seguía creyendo—, pudiera casarse con la hija de un acaudalado banque-

ro, perteneciente a una clase no muy inferior a la aristocracia.

—¡Thomas!

Charlotte lo miraba fijamente, con creciente preocupación en los ojos.

—Acaban de asignarme un caso muy delicado y no sé
cómo abordarlo.

Desde que había pasado de la policía regular al Departamento Especial ya no podía comentar los casos con ella.
A veces deseaba de todo corazón tener la sabiduría y los
conocimientos de los estratos más altos de la buena sociedad, en la que siempre sería un extraño. Había multitud de
pequeñas expresiones, gestos, códigos de conducta que él
observaba pero que no podía copiar sin parecer torpe.

Pasaron a la sala de estar, cuyas cristaleras estaban cerradas para resguardarse de la brisa nocturna, pero las cortinas no estaban corridas. La sensación de familiaridad lo
envolvió de nuevo, la relajante marina de encima de la chimenea, un óleo en azules apagados. El cubo de madera tallada para el carbón había sido una extravagancia cuando lo
compraron. En los estantes había fotografías de Daniel y
Jemima, de dos y cinco años, y recuerdos como conchas de
mar y un trozo de madera recogido en una playa durante unas
vacaciones en la costa.

—Stoker te ayudará —dijo Charlotte, convencida—.
Avísame cuando te apetezca cenar. Daniel y Jemima ya lo
han hecho, pero yo te he esperado.

Aquello ocurría con tanta frecuencia que apenas merecía comentario alguno, sin embargo lo agradeció. No le gustaba comer solo.

—No puedo contárselo a Stoker —contestó, recostán-
dose en el sillón y estirando las piernas—. Pero puedo preguntar a Narraway.

Victor Narraway había sido el jefe del Departamento

Especial cuando Pitt fue trasladado allí desde Bow Street. Fue Narraway quien recomendó a Pitt para que ocupara su puesto, después de que el desastre del caso O'Neill hubiese forzado su renuncia, para sorpresa de muchas personas. Varios altos cargos habían sido contrarios al nombramiento de Pitt como sucesor, pues pensaban que había otros candidatos mucho más capaces. Aun así, Narraway se salió con la suya.

Charlotte torció el gesto. ¿Acaso no lo entendía?

—Thomas, olvidas algo —dijo en voz baja.

—¿El qué?

—Narraway y tía Vespasia están de crucero, camino de Roma y Egipto. Estarán fuera un par de meses, como mínimo.

En efecto, lo había olvidado. Lo recordó de repente y fue como si encajara un golpe. Debía tener aquel asunto resuelto mucho antes de que regresaran. Tal vez la muerte de Halberd se debiera al accidente que parecía haber sido, y él estaría en condiciones de tranquilizar a la reina. Ella lo seguiría llorando, y sin duda seguiría desagradándole Kendrick. Eso no tenía remedio.

Charlotte aguardaba a que contestara, y su inquietud era patente en sus ojos.

Pitt le sonrió.

—Lo olvidé —admitió—. Tal vez no debería buscar la escapatoria más fácil. Sí, me apetece cenar antes de que se haga tarde.

Se levantó, ahora sonriente, deseoso de pensar en otras cosas.

2

A primera hora de la mañana siguiente Pitt empezó por ir a Lisson Grove y explicar a Stoker que se ausentaría del despacho durante unos días para ocuparse de un caso, pero que siempre estaría localizable por la noche en su casa, si fuese necesario.

—Muy bien, señor —dijo Stoker sin alterarse. Su rostro huesudo permaneció casi impasible—. Ahora mismo no hay nada fuera de lo corriente. Avisaré a Jenkins y a Doherty. ¿Podemos hacer algo para ayudarle?

—De momento, no. Y lo más probable es que no sea necesario —contestó Pitt—. Pasaré por aquí el viernes, si no antes. —Titubeó. Tenía en mente una pregunta que sería estúpido no hacerle a Stoker: llevaba en el Departamento Especial desde varios años antes de que Pitt se incorporara—. ¿Sabe algo sobre sir John Halberd?

Stoker frunció el ceño.

—Me suena el nombre pero no recuerdo de qué.

—Murió hace poco —apuntó Pitt.

Stoker negó con la cabeza.

—Exacto. Aquel estúpido accidente en barca. Parece mentira que se pusiera de pie en un bote, aunque estuviera en aguas poco profundas.

—¿Qué sabe acerca de él, aparte de eso? —preguntó Pitt.

—En realidad, nada. Es una de esas personas que todo el mundo conoce un poco pero que nadie conoce bien. Nunca ocupó un puesto gubernamental. No sé con quién estaba emparentado. Lo siento. ¿Es importante? Puedo averiguarlo.

—No, gracias. Olvide que lo he mencionado. Y esto no es un comentario trivial, es una orden.

—Sí, señor.

Stoker se quedó un tanto perplejo, pero le constó que el jefe hablaba en serio. No investigaría.

Lo primero que hizo Pitt fue telefonear a la comisaría de Savile Row, que quedaba a veinte minutos a paso ligero del lugar del lago Serpentine donde se encontró el cadáver de sir John. Le dijeron educadamente que el caso lo había llevado la comisaría de Pavilion Road, en Knightsbridge, más o menos a la misma distancia en otra dirección. Dio las gracias y colgó.

El Serpentine era un estanque decorativo que serpenteaba en medio de Hyde Park. Las instrucciones que la reina había dado a Pitt estaban más que claras. Tenía que ser discreto. Eso era difícil de por sí. En el Departamento Especial no se usaba uniforme, de modo que al menos presentaba el aspecto de cualquier hombre alto de cuarenta y tantos, con el pelo alborotado y un traje bien cortado que por alguna razón no le quedaba bien. Pero había sido policía a lo largo de toda su vida laboral. La mitad de los policías de Londres lo conocían de vista.

Fue caminando a la comisaría y presentó su tarjeta, cosa a la que todavía no estaba acostumbrado.

—Dígame, señor —dijo el sargento del mostrador con súbito respeto.

—Quisiera hablar con el comisario, por favor.

No tenía por qué dar explicaciones, su rango bastaba. No todo el mundo respetaba al Departamento Especial, pero a todo el mundo le intimidaba en mayor o menor grado. Se encargaban de asuntos secretos y actos violentos, las amenazas veladas contra el estilo de vida que la mayoría de la gente tenía en común, y que en buena medida daba por sentado, aunque en los últimos veinte años había surgido descontento social en toda Europa. Corrían rumores de cambio en todas partes.

—Muy bien, señor. Le diré que está aquí, señor —dijo el sargento.

Cinco minutos después, Pitt estaba sentado en el amplio y desordenado despacho del comisario Gibson. En las paredes había carteles de delincuentes buscados, clavados con tachuelas, todos ligeramente torcidos. Libros de leyes y manuales de procedimiento se amontonaban en los estantes.

—¿En qué puedo servirle, comandante Pitt? —preguntó Gibson, con las cejas fruncidas por una inquietud que procuraba disimular con su amabilidad.

—Tan solo establecer unos cuantos detalles —respondió Pitt, como si no tuviera la menor importancia—. ¿Avisaron a sus agentes cuando sir John Halberd fue encontrado en el Serpentine?

—Sí, señor —contestó Gibson, mordiéndose el labio—. Qué mala suerte. No se producen muchos accidentes allí. Por lo general, tan solo personas que caen al agua. —Encogió un poco los hombros—. A menudo muchachos que han tomado unas copas de más. Esto fue bastante diferente. El pobre hombre debió de levantarse por alguna razón, perdió el equilibrio y se golpeó la cabeza al caer. Una posibilidad entre cien. Inclinó tanto la barca que se deslizó al agua. Ya no salió.

Meneó la cabeza, fue a decir algo más pero cambió de parecer.

—¿Lo encontraron en el agua a la mañana siguiente? —preguntó Pitt.

—Sí, señor. Un joven caballero que paseaba a su perro

se detuvo, pero no había nada que hacer para socorrerlo. Para entonces se había congregado una pequeña multitud y alguien vino a dar aviso. ¿Puedo preguntar por qué lo investiga, señor?

Gibson levantó la mano como para alisarse la corbata y la dejó caer otra vez.

—Detalles —repitió Pitt—. Era un hombre distinguido. Solo quiero tener todas las respuestas. Ni rastro de una tercera persona, supongo. ¿Alguien sabe qué hacía en el Serpentine a solas? ¿A qué hora falleció, según el forense? ¿Dónde y cuándo alquiló la barca? Este tipo de cosas.

Gibson carraspeó para aclararse la garganta.

—¿De eso se trata, señor? Parece ser que cogió la barca de noche, previo pago del alquiler.

Saltaba a la vista que estaba preocupado. ¿Qué había pasado por alto?

—¿Ya estaba oscuro, entonces? —insistió Pitt.

—Sí, señor. El forense calculó que tuvo que precipitarse al estanque hacia las diez de la noche, poco más o menos. Pero como el cuerpo estaba en el agua, que todavía está bastante fría en esta época, es difícil ser exactos.

Pitt asintió.

—¿Alguien tiene idea de qué hacía solo en un bote en el Serpentine a las diez de la noche?

Gibson, incómodo, se sonrojó.

—No, señor. No hay indicios de que hubiera alguien más. Si estaba con una señorita, no dejó rastros que pudiéramos encontrar.

—Un lugar más bien incómodo para una cita.

Pitt negó ligeramente con la cabeza.

—Si era una muchacha de... —comenzó Gibson. No terminó la frase, pero su significado fue obvio.

«O un muchacho», pensó Pitt, pero no lo dijo en voz alta. Cambió de tema:

—Cuando ustedes informaron a sus empleados, fuese el mayordomo o el ayuda de cámara, ¿hicieron estos algún comentario sobre por qué estaba él allí?

Gibson se mostró aliviado. No deseaba investigar demasiado a fondo las costumbres de la pequeña nobleza y la alta burguesía, pero tampoco podía permitirse parecer incompetente.

—No, señor. Tuvo que salir por su cuenta después de que cerraran la casa, cosa que se hizo poco antes de las diez. Iba y venía a su antojo. Nadie sabía por qué había salido aquella noche. Estaban todos muy afectados. Le tenían en muy alta consideración. Mis agentes dijeron que parecía algo más que la mera impresión por lo ocurrido, o, por supuesto, la pérdida de un empleo. En la casa no hay nadie más a quien atender.

—Entiendo.

—Señor... —dijo Gibson, a todas luces incómodo. Se removía torpemente en su asiento y se retorcía las manos como si no supiera qué hacer con ellas.

Pitt aguardaba.

—Señor... si el señor Halberd... quiero decir, sir John, tenía una cita indiscreta y... y sufrió un accidente... bien, no hay nadie más herido; ¿no podríamos... cerrar el caso... dejarlo correr?

—Si eso es lo que ocurrió, pues sí, por supuesto que podríamos —convino Pitt—. ¿Es lo que sugieren las pruebas?

—En mi opinión, sí, señor.

—¿Nada le lleva a pensar que hubiera una pelea?

—No, señor. Se levantó, perdió el equilibrio, se golpeó la cabeza contra la borda y cayó al agua. Como estaba inconsciente, se ahogó. Si había una chica con él, le entró miedo y huyó. O a lo mejor él se levantó porque ella llegó, y cuando se cayó, ella huyó. No querría que la atraparan y culparan. Dejémoslo correr, señor.

No había opinión en su semblante, solo compasión por un hombre que había hecho una tontería, pagando un precio muy alto por ello.

Pitt se levantó lentamente. Aquella no era un respuesta que fuese a gustarle a la reina, pero no era preciso que se enterase de todos los detalles. Aun así, no eran más que suposiciones.

—Gracias, comisario. Es más o menos lo que me esperaba, pero tenía que estar seguro. Buenos días.

Gibson soltó un suspiro.

—Buenos días, señor.

Pitt salió a la ajetreada calle llena de gritos y del traqueteo de ruedas y cascos de caballo sobre el adoquinado irregular.

¿Era esa la respuesta? ¿Un accidente que no se investigó más a fondo porque formaba parte de un desliz que habría arruinado la reputación de un buen hombre? ¿Un silencio piadoso? Podría dejar que la reina creyera que la cita era con una mujer de su misma clase cuyo nombre no se revelaba porque de nada serviría deshonrarla. Pero debería estar convencido de que no había nada más.

Consultaría con Cornwallis, que había sido inspector jefe adjunto de policía cuando Pitt todavía estaba en Bow Street. Era un hombre en quien confiaba en el terreno profesional y que le caía bien. Además, quizá también supiera más cosas acerca de Alan Kendrick. Era posible que Halberd le hubiese hablado del asunto en cuestión pero que no hubiese tenido ocasión de informar de sus hallazgos a la reina. ¿Cuáles serían, por ejemplo? ¿Que Kendrick era ambicioso, con ganas de ser amigo íntimo del hombre que iba a ser rey? Era lo que ella creía. Debía de estar familiarizada con ese tipo de personas. En su posición, ¿no era lógico recelar de los motivos de todo el mundo?

Pitt había llegado al final de la calle, donde cruzaba una

vía principal, y en cuestión de segundos paró un coche de punto y dio al conductor la dirección de Cornwallis. El inspector ya se había jubilado, y todavía era lo bastante temprano para que aún no hubiera salido de su domicilio.

Cornwallis estaba en casa y encantado de ver a Pitt, pero sabía que una visita a aquellas horas significaba que el comandante necesitaba consejo o información. Tras saludar brevemente a Isadora, la esposa de Cornwallis, a quien Pitt también conocía bien, se retiraron a su estudio, donde nadie los interrumpiría.

El viejo inspector se arrellanó en uno de los mullidos sillones y Pitt en el otro. Había estado pocas veces en aquella casa, pero le resultaba familiar porque los cuadros de barcos navegando de ceñida, el sextante y la réplica en latón de un cañón eran los que Cornwallis había tenido en su despacho de inspector jefe adjunto cuando lo conoció. Incluso reconoció de un vistazo muchos de los libros, algunos de ellos de poesía.

Cornwallis era un hombre enjuto, por lo general de pocas palabras.

—¿Y bien? —instó.

Durante el trayecto en coche de punto Pitt había considerado qué decirle, cuánto contarle.

—John Halberd —dijo sin más—. ¿Lo conoce?

Cornwallis se puso tenso de manera casi imperceptible, solo un ligero aumento de la tensión de ciertos músculos.

—Sí —contestó—. Éramos amigos. ¿Por qué?

—¿Qué opinión le merecía? —preguntó Pitt.

Una sombra cruzó el semblante de Cornwallis.

—Deje de observarme, Pitt. ¿Por qué lo pregunta? Murió en un absurdo accidente de barca. Cualquier idiota habría tenido la sensatez de no ponerse de pie en una chalana. Deje que descanse en paz, hombre. El forense dijo que había sido un infortunio. ¿Por qué demonios quiere remover el pasado? Lleva cuatro días enterrado.

—Necesito saber más acerca de él —explicó Pitt—. No estoy investigando su muerte. —¿Era totalmente verdad? Le desagradaba ser evasivo, particularmente con Cornwallis—. Halberd estaba recabando información sobre cierto asunto. Es todo lo que puedo decir.

Cornwallis se relajó un poco.

—No comentaría algo de ese estilo ni conmigo ni con nadie más. ¿Qué necesita saber?

Seguía siendo cauteloso. Se le notaba en la fijeza de su mirada, en las manos inmóviles entrelazadas delante de él.

—¿Era bueno investigando? ¿De dónde procedía? ¿A qué se dedicaba? ¿Quiénes son sus familiares? —preguntó Pitt.

Cornwallis meditó unos instantes.

—Aristocracia terrateniente. De Lincolnshire, me parece. Estudió historia en Cambridge. Se licenció con matrícula de honor. Después viajó. Mayormente por Egipto, remontando el Nilo hasta adentrarse en África propiamente dicha. ¿Qué demonios tiene que ver esto con el Departamento Especial? Desde entonces hace décadas que residía en Gran Bretaña.

—De modo que era un hombre inteligente y viajado —resumió Pitt—. Pero no me ha dicho si cree que era un buen investigador.

—¿De qué?

—De personas. Si quería hacer averiguaciones acerca de alguien, ¿solía tener éxito?

—¿Qué demonios importa eso ahora? Está muerto, el pobre. Con sesenta y pocos. Probablemente le quedaban una veintena de años más de vida.

A Cornwallis se le quebró la voz un instante, pero bastó para revelar la profundidad de sus sentimientos. Seguramente esa sería la pista más consistente que Pitt conseguiría en cuanto al carácter de Halberd. Cornwallis había estado en el mar, conocía sus exigencias y el precio que podía costar un solo error. Uno no se ganaba su respeto fácilmente.

A Pitt le habría gustado dejar el asunto ahí, pero no podía.

—¿Era propenso a exagerar?

—Jamás. —Cornwallis se enderezó y después se inclinó un poco hacia delante—. Por Dios, hombre, dígame qué quiere saber. ¿Halberd trabajaba para usted? ¿Cómo es que contrató a un hombre del que sabía tan poco? ¿Victor Narraway no le enseñó mejor? ¡Desde luego, yo sí!

—Estaba investigando algo cuando murió —le dijo Pitt. Y posiblemente era más de lo que debía haber dicho—. Ahora me han pedido que complete esas pesquisas. Y perdería su tiempo y el mío pidiéndome que le cuente más. Así pues, ¿Halberd no era propenso a exagerar?

—No. Si lo hubiese conocido, ni se le pasaría por la cabeza.

Pitt sopesó su respuesta solo un momento.

—¿Qué supone que hacía en una barca de remos, solo en el Serpentine, a las diez de la noche? ¿Y por qué un hombre que había navegado por el Nilo se levantaría y perdería el equilibrio en el agua?

Cornwallis palideció y permaneció inmóvil.

—No lo sé —respondió finalmente—. Pero aunque tuviera alguna clase de... cita, cosa que me cuesta creer, ¿qué más nos da a los demás? Deje que descanse en paz. Todos tenemos nuestras... debilidades. ¿Acaso importa?

—No, si en verdad fue un accidente —contestó Pitt—, pero cuanto más me habla de Halberd, menos probable parece que haya sido tan descuidado. Aunque si estaba con una mujer y ella perdió el equilibrio, a lo mejor se levantó para ayudarla, patinó y se golpeó la cabeza al caer, perdiendo el conocimiento.

—Y si fue así, ¿por qué no lo ayudó? —dijo Cornwallis, enojado—. Como mínimo sostenerle la cabeza fuera del agua.

—¿Tiene idea de quién podría tratarse, si es que había alguien con él?

—En absoluto. Supongo que sería una mujer casada, o no habrían quedado de noche en una barca de remos.

Cornwallis se sonrojó al decirlo. Había estado apasionadamente enamorado de Isadora, y todavía lo estaba, pero las mujeres en general eran un misterio para él. Había pasado la mayor parte de su vida en el mar, terminando como capitán de su propio barco, antes de convertirse en inspector jefe de la policía.

Pitt desvió un poco el tema:

—¿De qué vivía sir John?

—Mayormente de su herencia, según tengo entendido. —Cornwallis estaba claramente aliviado—. Las tierras de Lincolnshire rinden una buena suma. Y creo recordar que su madre aportó una considerable fortuna al matrimonio. Halberd era hijo único.

—¿Estuvo casado?

—Que yo sepa, no.

La mirada del inspector desafió a Pitt a sacar la conclusión que quisiera.

—¿A qué dedicaba el tiempo libre? —prosiguió el comandante—. ¿Quiénes eran sus amigos?

—Tal como he dicho, yo era uno de ellos. —Cornwallis se inclinó hacia delante otra vez y se puso serio—. Pitt, era un buen hombre. Uno de los mejores que he conocido. Quizá tenía debilidades. ¿Quién no las tiene, de un tipo u otro? Por favor, déjelo correr.

¿Podía hacerlo? A Pitt nada podría haberle complacido

más que hacer precisamente eso. Si Halberd había muerto durante una aventura amorosa que terminó trágicamente pero sin culpables, entonces Cornwallis llevaba razón. Era a la vez cruel e inútil investigarlo, y por más cuidado que pusiera, podía terminar saliendo a la luz. ¿Sería suficiente para la reina que Pitt intentara averiguar cuanto pudiera sobre Alan Kendrick, y terminar así la tarea que había comenzado Halberd? Sería delicado y tal vez fútil, y tendría que contar como mínimo con otro agente. Stoker sería idóneo, la discreción personificada, pero había otra media docena de hombres que también podían hacer averiguaciones en los lugares apropiados.

Cornwallis le estaba observando, a la espera. Quizá fuese ingenuo en cuanto a las mujeres, pero era un excelente juez de los hombres. De lo contrario, no habría podido estar al mando de un barco. El mar no perdona nada, sobre todo cuando batallas a vela, sin la potencia de un motor para auxiliarte.

—¿Le conocía lo suficiente para estar seguro de que era un buen hombre? —preguntó Pitt, escrutando el rostro de su interlocutor por si captaba la más leve sombra.

Cornwallis esbozó una sonrisa.

—En efecto.

Pitt tuvo que armarse de valor para enfrentarse a la siguiente persona que decidió entrevistar. Habría sido mucho más sencillo pedírselo sin más a Vespasia, tía abuela de la hermana de Charlotte por matrimonio, y la mujer por la que sentía más cariño después de la propia Charlotte. En su juventud, Vespasia había sido la gran belleza de su época, pero, más importante todavía, había sido valiente, devastadoramente sincera en ocasiones, y poseía una agudeza que atravesaba todo fingimiento. Había conocido a casi todos los personajes de alguna importancia.

Sin embargo, tal como Charlotte le había recordado, estaba fuera del país. Tendría que ir a ver a Somerset Carlisle en persona. Al menos sabía dónde encontrarlo. Era parlamentario, y se tomaba muy en serio su cargo, debajo de las apasionadas y nada ortodoxas creencias y, de vez en cuando, de un sentido del humor escandaloso.

Pitt no dio con él hasta primera hora de la tarde, dando un paseo después de almorzar por la orilla del Támesis junto al Parlamento. Caminó lo bastante deprisa para alcanzarlo justo antes de que se uniera a un grupo de colegas parlamentarios.

Carlisle se detuvo, ligeramente sorprendido de que Pitt le agarrara del brazo. Era un hombre delgado, últimamente incluso un poco demacrado. Tenía un rostro sardónico, con demasiadas líneas de expresión para resultar atractivo de un modo convencional.

—Tiene un aspecto abominable —dijo, sonriente—. Pero debo admitir que usted nunca es un pelmazo.

—Gracias —respondió Pitt secamente—. Debo hablar con usted en privado y sin que nos interrumpan.

La expresión de Carlisle fue súbitamente lúgubre.

—Vaya por Dios. ¡Esta vez, sea lo que sea, no he sido yo! ¿O busca información? Sí, claro que sí. Lady Vespasia está en algún rincón del Mediterráneo, espero que disfrutando de lo lindo.

Había sido amigo de Vespasia desde que Pitt lo conoció, cosa que se remontaba a su implicación en un caso particularmente truculento y absurdo en Resurrection Road. Carlisle estaba haciendo campaña por una causa, cosa que hacía con demasiada frecuencia. Había vuelto a ocurrir recientemente, cuando una vez más lo ridículo, lo trágico y lo macabro habían coincidido, para llamar la atención sobre una injusticia.

Pitt nunca había sido capaz de trabar amistad con otro

hombre porque sí, pero la de Carlisle habría sido interesante. Era extremadamente excéntrico, pero, a su manera, apasionadamente moral.

—¿Conocía a sir John Halberd? —preguntó.

Carlisle enarcó de golpe sus pobladas cejas.

—¡Por supuesto que sí! Todos lo extrañaremos, aunque no sepamos que es su ausencia la que nos deja un vacío que duele. ¿Por qué? Perdón. Qué pregunta tan tonta. Seguro que es un secreto espantoso. Era un buen hombre. ¿Qué desea saber?

—Probablemente todo...

—¡Oh! Entonces sí, un lugar recogido, y tal vez sería precisa una comida medianamente decente. Conozco un pequeño club privado. Voy a darle la dirección. ¿Qué le parece si cenamos en un comedor reservado? Escogen a los camareros por su discreción.

Sacó una tarjeta y garabateó algo en el reverso antes de entregársela a Pitt. Había puesto la dirección, con una letra muy elegante, y la hora de la cita.

Pitt asintió en señal de reconocimiento.

—Gracias.

Carlisle saludó alegremente con la mano y alcanzó a sus colegas con tanta ligereza como si un extranjero le hubiese pedido ayuda con unas señas.

Pitt dio media vuelta y regresó en dirección a Westminster Bridge.

Pasó la tarde leyendo el informe del forense sobre la muerte de Halberd, y varios obituarios con recuerdos de su vida. Por descontado, tales necrológicas rara vez decían cosas del difunto que no fuesen halagadoras. La costumbre era ser generoso. Pero todas coincidían en sus orígenes, su educación, su exploración de Egipto y África, y en que había contribuido discreta y regularmente al bienestar de sus compatriotas. Era exactamente lo que Pitt había esperado encontrar; solo lo leía para cerciorarse de no haber pasado por alto alguna cosa que pudiera ser relevante más adelante.

Llegó al club sugerido por Carlisle cinco minutos exactos después de la hora que este había estipulado en la tarjeta. No deseaba llamar la atención llegando el primero ni tener que explicar quién era. Narraway nunca habría tenido que hacerlo. Era caballero de nacimiento, parte de la clase dirigente, y no necesitaba demostrar nada.

Carlisle lo estaba esperando en el vestíbulo. O bien era una cortesía habitual, o bien un gesto de particular sensibilidad. En ciertos aspectos él mismo era un *outsider*, pero por elección propia. De haberlo querido, podría haberse ajustado a las normas y, probablemente, ascendido a un alto cargo.

El parlamentario lo condujo por un pasillo de techo altísimo y con numerosas puertas de paneles de roble muy ornamentados que daban a guardarropas y salones pequeños para reuniones privadas. Pitt no tuvo tiempo de mirar los retratos que cubrían las paredes y que, a juzgar por la vestimenta, se remontaban no menos de cien años atrás.

Pasaron ante la entrada del comedor principal antes de que Carlisle se detuviera, abriera una puerta, lo invitara a pasar y dejara la puerta entrecerrada. Posiblemente era una señal para que el camarero supiera que estaban listos.

Pitt tomó asiento y procuró no dar la impresión de no haber estado allí con anterioridad. Se fijó en la chimenea de roble tallado, las sillas de respaldo alto y la reluciente superficie de la mesa. Entonces llegó el camarero con la carta de vinos.

Les sirvieron una cena excelente que Carlisle había pedido con antelación.

Pitt comenzó a hablar en cuanto el camarero se hubo

retirado y cerrado la puerta a su espalda sin que apenas se oyera el chasquido del pestillo. Ya había decidido cuánto estaba dispuesto a contarle al parlamentario.

—Tengo entendido que Halberd estaba haciendo averiguaciones acerca de Alan Kendrick poco antes de fallecer —empezó—. La tarea quedó inconclusa y, por motivos diversos, debo terminarla.

—¿En serio? —Carlisle no disimuló su interés ni su sorpresa—. Puesto que sabe tan poco sobre Halberd, deduzco que no trabajaba para usted. También supongo que no puede tomarse la libertad de decirme para quién lo hacía. No, ya me lo figuraba. Tal vez sea mejor que no lo sepa.

—¿Solía investigar Halberd para muchas personas? —preguntó Pitt.

—Poseía una cantidad de conocimientos apabullante —respondió Carlisle despacio, ahora midiendo sus palabras—. No sé en qué medida eran fruto de sus indagaciones ni en qué medida eran inherentes a su estilo de vida, su curiosidad natural y su extraordinaria memoria. Observaba relaciones entre hechos que muchas otras personas pasaban por alto. Era un especialista nato en comportamiento humano, pero, en mi opinión, con una compasión inusual. Al menos eso es lo que oí decir a varias personas. Con todo, sus comentarios eran generales. Cualquier asunto privado lo mantenía en un discreto silencio.

Pitt se quedó pensando un momento.

—De modo que si alguien deseaba recabar abundante información sobre un tercero, Halberd sería el hombre al que recurrir —concluyó.

—Sobre todo si esa información fuese difícil de conseguir —convino Carlisle, sin apartar los ojos del rostro de Pitt—. ¿Tiene alguna idea sobre qué clase de información buscaba su... cliente? Supongo que sería algo que Kendrick no revelaría de buena gana.

Pitt eludió la pregunta. Si le diera el más leve indicio, Carlisle enseguida deduciría que se trataba de la reina.

—¿Quiénes son sus amigos, sus colegas? ¿De dónde procede su dinero? —prosiguió.

Carlisle tomó otro bocado de exquisito paté y se lo tragó antes de contestar.

—Desconozco de dónde procede su dinero, pero al parecer tiene muchísimo. Posee cuadras en Cambridgeshire, y algunos caballos magníficos. Corre el rumor de que tiene un par de posibles ganadores del Derby. Y eso no es barato.

Pitt le facilitó las cosas:

—¿De modo que sus amigos se contarían entre otros entusiastas de la hípica?

—Exacto. Y del juego en general. Le gusta vivir bien, cuando está en la ciudad. Pasa temporadas en Cambridgeshire. Es más que una afición para él. Conoce a los caballos mejor que la mayoría de los hombres, incluso en los círculos ecuestres.

—¿Sus amigos?

—El príncipe de Gales es el más obvio. Y Algernon Naismith-Jones, otro amante de los caballos y del juego en general. Un tipo simpático aunque un poco informal cuando hay dinero de por medio. Nunca sabe con certeza con quién está en deuda, y esto puede volver imprevisible a un hombre. Es muy peliagudo deber un dinero que no puedes pagar, aunque la situación sea temporal.

Pitt había oído el nombre antes, como miembro del círculo del príncipe. Gozaba de su aprecio, si no de su confianza.

—¿Otros? —preguntó Pitt.

—Walter Whyte.

Carlisle dio la impresión de estar dando vueltas en la cabeza a su respuesta, sin acabar de saber cómo continuar.

Pitt aguardó, terminando lo que le quedaba de paté y un sorbo del vino tinto que había escogido su compañero de mesa. La puerta estaba cerrada y no podía oír siquiera murmullos de conversaciones al otro lado.

—Un tipo decente —prosiguió el parlamentario—. Casado con lady Felicia Neville; por descontado, ahora lady Felicia Whyte. Ella detestaba a Halberd. No sé por qué. Tiene que haber una historia detrás, pero no me ha llegado el menor indicio al respecto.

—¡Adivínelo! —sugirió Pitt, esbozando una sonrisa.

Carlisle enarcó las cejas.

—¡Qué irresponsable por su parte! —dijo con satisfacción—. Ascender en la escala social ha obrado maravillas en su sentido del humor. Aunque tal vez debería enmendar eso: su apreciación del absurdo. Diría que se trata de una vieja aventura que terminó mal. Lady Felicia había sido encantadora, pero no está madurando bien; el tiempo puede ser cruel con la belleza femenina. Delia Kendrick parece diez años más joven y creo que ambas son de la misma edad.

—¿Y se conocen? —aventuró Pitt.

—¡Por supuesto! —respondió Carlisle—. En la buena sociedad todo el mundo conoce a todo el mundo. Al menos la mitad están emparentados, de un modo u otro. Seguramente por eso nada acaba de olvidarse, sea bueno o malo. Siempre hay un primo o una cuñada que lo recordará con todos los detalles más escabrosos. Y Halberd conocía a cientos de personas, incluidos Naismith-Jones y Whyte, por supuesto.

—¿Utilizaba esa información?

Carlisle frunció los labios.

—Esto es lo más curioso. Que yo sepa, no. Aunque, por supuesto, si la gente sabe que estás enterado, no necesitas utilizarla. Es disuasoria por sí misma.

Les sirvieron el plato siguiente: costillar de cordero con verduras de primavera. Pitt se lo comió con menos placer del que merecía. Cuanto Carlisle había explicado sugería que alguien podría haber tenido un motivo para desear que Halberd permaneciera en silencio permanentemente.

—Cuénteme más sobre Halberd —pidió Pitt al cabo de unos minutos—. ¿En qué creía? ¿Cuáles eran sus amores, sus odios? Al parecer, trataba con un sinfín de personas, pero ¿a quiénes apreciaba? ¿Qué leía? ¿Qué escuchaba? ¿A quién apoyaba en política? O tal vez más importante aún, ¿contra qué luchaba? No se casó; ¿por qué? La mayoría de los hombres lo hacen, y sin duda no le faltaron oportunidades.

—¿En qué creía? —Carlisle meditó detenidamente la primera pregunta—. ¿Usted sabe en qué cree, Pitt?

Tomó otro bocado de cordero, como si contara con que este necesitaría algo de tiempo para sopesar su respuesta, o incluso para eludirla por completo.

Pitt no vaciló.

—Que sin honor y bondad no hay ritual en el mundo que merezca la pena —contestó—. El resto son meros detalles. Hay que hacer lo que te parece bonito o lo que te reconforta.

Carlisle detuvo su tenedor a medio camino de la boca y, muy despacio, lo volvió a dejar en el plato. Toda la frivolidad desapareció de su semblante.

—Perdone. Tendría que haberle tomado más en serio. ¿Considera sospechosa la muerte de Halberd?

—No lo sé —admitió Pitt—, pero tengo que averiguarlo. Si lo fue, es muy importante. Según parece, conocía muchos secretos. Y cuando la gente está asustada, quien menos esperas deviene peligroso.

Carlisle meditó un momento antes de contestar.

—Podría ser cualquiera, Pitt. Todo tipo de personas son

algo más de lo que aparentan a primera vista. Halberd parecía un hombre tranquilo con muchas aventuras a sus espaldas, ahora jubilado para estudiar por placer, haciendo discretamente el bien cuando le surgía una oportunidad. Solo algún comentario de paso revelaba que poseía un dominio de sí mismo y un conocimiento de la gente extraordinarios. Recuerdo vívidamente una ocasión durante una fiesta en la que alguien hizo un comentario muy tonto sobre África en general; bastante desdeñosa, en realidad. Halberd se paralizó. Todavía recuerdo la expresión de su rostro. Enjuto, bronceado. No se movió, pero todo en él se alteró. Se convirtió en una especie de ave de rapiña que hubiese divisado a su presa. No levantó la voz, pero con pocas palabras hizo polvo a aquel hombre. Entonces, con igual rapidez, volvió a su habitual afabilidad. Pero no olvidé lo sucedido.

Pitt se imaginó la escena y entendió que Carlisle se hubiese quedado impresionado, hasta el punto de recordarla tanto tiempo después. Al pensar en algunas de las cosas estrambóticas que el propio parlamentario había llevado a cabo —escandalosas defensas contra cualquier injusticia—, el hecho de que lo asustara hacía que Halberd resultara aún más excepcional.

—¿Qué cree que hacía solo en una barca de remos en plena noche? —preguntó Pitt.

Carlisle sonrió de oreja a oreja, con los ojos chispeantes.

—Confío en que no me pille desprevenido, Pitt. Halberd le habría caído bien. Ambos comparten el mismo tipo de inocencia ligeramente idealista, y la capacidad de hacer lo inesperado. No tengo la más remota idea. Excepto que dudo mucho que fuese una cita romántica, por decirlo con cortesía. Como tampoco creo que simplemente quisiera dar un paseo en barca a solas. Sería para encontrarse con alguien que consideraba conveniente aquel lugar. Es lo único que tiene sentido.

—¿Y esa persona lo mató? —preguntó Pitt en voz baja—. ¿Y pilló a Halberd completamente por sorpresa? No encaja con el hombre que usted describe.

—O fue un accidente —dijo Carlisle—. Y quienquiera que estuviera allí tenía un motivo de peso para no denunciar el accidente. Seguramente no es muy honorable, pero supongo que es posible.

El camarero los interrumpió brevemente para servirles el postre, y reanudaron la conversación en cuanto hubo cerrado la puerta del reservado.

Pitt fue el primero en hablar:

—Si Halberd sabía algo acerca de alguien, ¿usaría dicha información contra ese alguien si pensaba que servía a un propósito más alto?

—Me imagino que este el quid de toda esta conversación, ¿no?

Carlisle enarcó sus pobladas cejas con una expresión más divertida que desaprobatoria. Pitt nunca había logrado discernir con claridad las creencias del parlamentario. Era tan brillante, y tan difícil de atrapar, como el mercurio. En cuanto creías entenderle, ya te había vuelto a eludir.

—Por supuesto —reconoció Pitt—. Y no me ha contestado a la pregunta sobre sus creencias.

Carlisle encogió ligeramente los hombros.

—Porque detesto tener que decir que no lo sé. Parecía un anticuado caballero terrateniente, el tipo de aventurero que construyó el Imperio y dio cuanto tenía porque así se lo dictaban su naturaleza y su confianza en sí mismo. Pero desconozco si esa era meramente la imagen que quería dar. Si era una impostura, era muy buena. De modo que si me pregunta si usaba sus extraordinarios conocimientos para sus propios fines, o incluso por ansias de poder, la respuesta es que no lo sé.

Pitt rehusó el coñac que le ofrecieron después de la cena. Tras dar las gracias a Carlisle por un ágape excelente, salió a las calles oscuras, las farolas y el chacoloteo de cascos de caballo en busca de un coche de punto que lo llevara a casa, mientras meditaba en todo lo que había averiguado. ¿Halberd había sido el amigo leal que la reina imaginaba que era? ¿O algo bastante diferente? ¿Había acabado por amenazar o chantajear a la persona equivocada?

Un coche de punto se detuvo y Pitt dio la dirección al conductor antes de subir. Las preguntas lo persiguieron a través de las calles iluminadas por las farolas.

El conocimiento era poder, pero era un arma de doble filo. La mayor prueba de todas era tener el poder y, sin embargo, refrenarse de utilizarlo. Pocos hombres eran capaces de actuar así. Tarde o temprano el mero hecho de poder hacer algo te conducía a hacerlo, igual que un precipicio te atrae al abismo, por más vértigo que tengas.

¿La reina entendía algo de todo eso? Desde los dieciocho años había ostentado un poder extraordinario, con mucho más comedimiento del que sus súbditos se figuraban. Ella, más que nadie, debía entender su atractivo y sus peligros. ¿Significaba que pensaba que los demás obraban de igual manera? Se sorprendió al darse cuenta de cuánto le dolería si tuviera que decepcionarla a propósito de Halberd.

Si la reina fuese más joven, Pitt le contaría la pura verdad, fuera la que fuese. Pero ¿ahora? Era vulnerable, se enfrentaba a la misma muerte que un mendigo callejero. Al final la muerte no hace distinciones, salvo en la valentía con la que se va a su encuentro.

El coche de punto se detuvo en Keppel Street. Se apeó, pagó al conductor y se encaminó a la puerta de su casa, resuelto a dejar a un lado todos los demás pensamientos.

Estaba sentado en la cálida y acogedora cocina, desayunando al día siguiente, cuando llegó el correo. Entre las cartas había una dirigida a él con una letra que le resultaba vagamente familiar aunque no logró ubicarla. Más curioso todavía, la habían entregado en mano.

Charlotte reparó en su expresión.

—¿Qué es? —preguntó.

Pitt sonrió brevemente y abrió el sobre.

Era una invitación a una fiesta aquella misma noche, y con ella venía una nota garabateada con prisas: «Quizá le interese. Sugiero que asista por poco que pueda». La firmaba Somerset Carlisle.

—Una invitación —contestó Pitt—. A una recepción bastante solemne esta noche...

—¿Esta noche? —dijo Charlotte, consternada—. ¡No hay tiempo para prepararse! ¿Por qué no te han invitado hasta ahora? —De pronto su semblante adquirió un aire sombrío—. ¿Por qué no me incluye la invitación?

Pitt cayó en la cuenta de que últimamente rara vez había salido para asistir a una recepción como aquella. No se le había ocurrido pensarlo antes. Tiempo atrás, cuando trabajaba en la policía regular, Charlotte había jugado un papel decisivo a la hora de resolver crímenes pasionales, o fruto de la avaricia o el miedo, en la alta sociedad que la había visto nacer y para la que seguía siendo una casi perfecta desconocida. Pero ahora Pitt estaba en el Departamento Especial y no podía contarle prácticamente nada a su esposa.

—Es un evento social. —Levantó la vista de nuevo hacia ella—. La nota es de Somerset Carlisle. —Escrutó su rostro y vio que le costaba creerlo—. Lo vi ayer —agregó a modo de explicación—. Le consta que asistirá alguien a quien me gustaría... observar. También sabe que iré contigo.

Charlotte aguardó un momento para ver si Pitt añadía algo más.

—Oh. Vaya. —Tomó aire—. Solo tengo un vestido de esta temporada. ¿Será apropiado?

Pitt rebuscó en su memoria para intentar recordar a cuál se refería. Charlotte era una de esas pocas mujeres cuya auténtica belleza aumentaba con la edad mientras la de otras empezaba a desvanecerse. Ahora tenía poco más de cuarenta años, y el aplomo que le concedía la madurez, así como la confianza en su sabiduría y su sentido del humor, la favorecían. Pitt tal vez fuese la única persona que sabía que seguía siendo vulnerable detrás de su apariencia.

—Estará muy bien. Es muy favorecedor.

Charlotte se rio.

—¡No lo recuerdas! Pero si te gustó, lo demás poco importa. ¿A qué hora quieres que estemos listos?

Pitt echó un vistazo a la invitación.

—A las siete estaría bien —contestó.

Pitt pasó buena parte del día en su despacho de Lisson Grove, atendiendo casos urgentes. Había rumores de intentos de sabotaje, y otro asunto un tanto raro que implicaba a un diplomático extranjero cuya relación con los anarquistas requería una investigación muy pormenorizada. Dispuso de poco tiempo para indagar en las tristes y quizá embarazosas circunstancias de la muerte de John Halberd, y en si había algún indicio criminal en ella. No quería aceptar que se tratara de una cita más bien juvenil que acabó mal, porque aunque hubiese sido en tan poco tiempo, ese hombre se había ganado su respeto. No obstante, todo indicaba que tal había sido el caso, y que no se había denunciado en su momento a fin de salvaguardar reputaciones. No quería tener que decirle eso a la reina. Ella había confiado en Halberd, y Pitt estaba bastante seguro de que le tenía aprecio. Era una manera de morir bastante mezquina y absurda.

Ahora bien, disponía de algo de tiempo antes de que tuviera que hablar con ella otra vez. Le preocupaba que el príncipe de Gales, afable y encantador, disoluto a su manera, no recibiera buenos consejos de Alan Kendrick. ¿Realmente importaba, aparte de para la monarca? El príncipe destacaba en su labor diplomática. Sus visitas a Canadá y los Estados Unidos de América habían mejorado las relaciones transatlánticas. Su espontaneidad y claro disfrute de la vida le granjeaban el cariño tanto de los dirigentes como del público en general.

Había cosechado todavía más logros en Europa, en Alemania y especialmente en Francia, el gran enemigo de Gran Bretaña durante siglos. Le encantaba su estilo de vida, su apreciación de la buena comida, el buen vino y la diversión. Y, a cambio, ellos se habían prendado de él. Hablaba francés y alemán con fluidez y era un diplomático de primera. Y, por supuesto, estaba emparentado con todas las casas reales europeas. La mitad de los reyes y emperadores formaban parte de su familia más próxima.

¿Qué importancia tenía el consejo de Alan Kendrick? El príncipe de Gales, que seguramente no tardaría en ser rey por fin, haría exactamente lo que le viniera en gana.

Por descontado, cuando ascendiera al trono tendría acceso a documentos de Estado que, según se rumoreaba, la reina le había vetado hasta el momento. ¿Era eso relevante?

La única opción era descubrir al menos un poco más acerca de Kendrick. No se trataba solo del deseo de Pitt de aligerar la preocupación de la monarca; también era su trabajo saber si Kendrick representaba una futura amenaza para la seguridad del hombre que se convertiría en Eduardo VII y, por consiguiente, una amenaza para el Estado.

La recepción se celebró en casa de lord Harborough, en York Place, a un tiro de piedra de Regent's Park. Pitt y Charlotte llegaron elegantemente tarde, es decir, no demasiado temprano para parecer anhelantes ni demasiado tarde para resultar groseros o, todavía peor, ávidos de que los vieran haciendo su entrada.

La reunión era mucho más formal de lo que Pitt había esperado. Lacayos de librea servían champán. El salón relucía en colores: vestidos de seda de intensos tonos ciruela, melocotón y oro. La luz de las arañas rebotaba en los diamantes de prendedores y diademas, alrededor de cuellos esbeltos y en los pendientes. El negro noche de muchos caballeros hacía aún más dramático el contraste. Unos pocos llevaban bandas escarlata o azules cruzadas al hombro, con insignias de tal o cual distinción.

Pitt oyó que Charlotte inhalaba deprisa y se volvió para mirarla. Bastó con ver el regocijo reflejado en su rostro ante el esplendor de la fiesta para preguntarse con una punzada de arrepentimiento cuánto había extrañado tales eventos en los últimos años. Si se hubiese casado con alguien de su mismo estamento social, estas cosas habrían sido comunes y corrientes.

Notó la presión de su mano en el brazo. Fue una señal de entendimiento mutuo. Aquello era diversión, pero también era trabajo. Charlotte no preguntaría a Pitt qué tenía que hacer allí. Él deseaba de todo corazón poder contárselo, pero hacerlo sería una decepción para ambos. Ella esperaba más de él.

Casi de inmediato se mezclaron con el gentío. Pitt no veía a Carlisle, y tal vez ni siquiera estuviera presente, pero le constaba que Kendrick lo estaría. Seguro que el parlamentario se había tomado muchas molestias para conseguir la invitación con tan poca antelación.

Al cabo de unos minutos se fijó en una mujer alta con

un exquisito cabello rubísimo recogido en lo alto de la cabeza como una corona. Era tan bello que una diadema habría resultado superflua. Solo cuando estuvo más cerca se dio cuenta de que era mayor de lo que había creído de entrada. Su pálida piel, fina cual porcelana, la surcaban arrugas, no las delicadas líneas de expresión de una persona risueña sino más bien de desilusión. Le acudió a la mente la descripción que Carlisle había hecho de lady Felicia Whyte. El tiempo había sido poco amable con ella. Claro que realmente no se trataba de falta de amabilidad, sino de la hiriente sinceridad del tiempo. Todas las heridas del alma se reflejaban en su semblante.

Estaba mirando fijamente a Pitt. ¿Tendría que haberla reconocido?

Charlotte le observaba.

¿Aquella señora era su anfitriona, preguntándose quién era él a sabiendas de que no lo había invitado? Debía decir algo enseguida.

—Disculpe que la haya estado mirando, señora —dijo Pitt—, pero nunca había visto un cabello tan bonito.

La mujer tomó aire y el color le subió a las mejillas de alabastro. Procuró disimular su satisfacción, y fracasó estrepitosamente.

Él inclinó la cabeza.

—Thomas Pitt —se presentó—. Y la señora Pitt —agregó.

—Un placer conocerlo, señor Pitt —respondió la dama, sonriendo a Charlotte pero sin dirigirse directamente a ella—. Estoy encantada de que hayan podido venir esta noche. Soy lady Felicia Whyte. Nuestro anfitrión, lord Harborough, es mi cuñado. Aunque me figuro que ya lo saben.

En puridad no fue una pregunta. Estaba intentando averiguar si Pitt había sido invitado. No lograba situarlo.

—Muy generoso de su parte darnos la bienvenida —observó Charlotte, afectuosa—. Mi hermana cuenta maravillas de usted. Su marido es Jack Radley.

Dejó la frase flotando en el aire, con cualquier conclusión que uno quisiera sacar de ella.

Lady Felicia decidió tomárselo como un cumplido y correspondió a la sonrisa. Acto seguido, la conversación prosiguió con los temas habituales que ocupan a la gente con modales pero que no se conocen mutuamente: la actualidad social, el teatro, libros recientes, lugares que uno quizá ha visitado. Charlotte estuvo dispuesta a escuchar, convenir en todo y admirar. Pitt sabía lo poco natural que era para ella en aquellos tiempos, pero Charlotte lo hacía con tanta soltura como si solo hiciera semanas desde que asistiera a una fiesta como aquella y fuese mera coincidencia que no conociera a aquellas personas.

Pitt observaba con curiosidad y cierto grado de respeto a su esposa mientras ella halagaba sutilmente a Felicia Whyte sin perder por un instante su propia dignidad. Felicia parecía no darse cuenta. ¿O tal vez saber recibir los cumplidos formaba parte de su habilidad para el trato social?

Al cabo de veinte minutos Pitt se las ingenió para conocer a Walter Whyte, el marido de Felicia, y uno de los hombres que, según Carlisle, Halberd había conocido bien. Pitt se sorprendió por lo distinto que era en carne y hueso a lo que había imaginado. No había nada destacable en su aspecto hasta que sonreía, y entonces sus dientes perfectos y una simpatía natural lo volvían extraordinario. Estrechó la mano de Pitt con un fuerte apretón y la soltó de inmediato.

—Me alegra que haya venido —comentó, afectuoso—. Carlisle me dijo que se crio en las tierras de Arthur Desmond o en algún lugar cercano. Un hombre excelente.

O tuvo el tacto suficiente para no añadir más, o ya estaba enterado de todo y quizá aguardaba a pillar a Pitt en una mentira para protegerse.

Tiempo atrás Pitt bien podría haber explicado que sir Arthur Desmond se había apiadado de él cuando se quedó sin padre, y que se había servido de su entusiasmo por aprender a modo de acicate para su propio hijo, que era un estudiante muy poco aplicado. Pero Pitt había aprendido a no dar explicaciones si no se las pedían. Lo reconocía como una actitud defensiva en los demás; ahora también lo veía en él mismo.

—En efecto —dijo Pitt, sinceramente—. Una hermosa región del país. ¿La conoce bien?

—No tan bien como me habría gustado —contestó Whyte, un tanto atribulado—. He pasado mucho tiempo en el extranjero.

—Entonces nos envidiamos mutuamente —dijo Pitt, sonriendo y, de paso, reparando en que Charlotte estaba a unos pocos metros, al parecer atenta a otra conversación—. ¿Dónde?

—Por todo el mundo. Mayormente África. Es un lugar maravilloso. Todavía queda mucho por descubrir. ¡Gracias a Dios, todavía queda un sitio que explorar! —dijo Whyte con súbito sentimiento, y en cuanto se dio cuenta de que había revelado un sentimiento íntimo, no supo cómo disimularlo de nuevo.

Pitt estuvo tentado de sondear un poco más en ello, pero en cambio siguió adelante con el tema con aparente naturalidad:

—Bueno, todavía quedan el Polo Norte y el Polo Sur. Aunque me figuro que tienen poco interés cultural que ofrecer. Nada de grandes reinos ni de razas que no podemos imaginar pero que construyeron ciudades y crearon arte cuando nosotros apenas habíamos salido de nuestras cavernas.

Whyte le brindó una de sus repentinas y deslumbrantes sonrisas.

—Qué personaje más curioso es usted. John Halberd le habría caído bien. Él también era un tipo curioso, dado a repentinos quiebros y giros y gran amante de los conocimientos de todo tipo, desde las costumbres de los escarabajos hasta los dibujos de las estrellas. —Una súbita pena le demudó el semblante—. Lamentablemente, está muerto, pobre diablo.

—Un accidente de barca, tengo entendido —respondió Pitt, tan desenfadado como pudo—. ¿Lo conocía?

—Tanto como cualquiera —contestó Whyte—. Aparentaba ser muy abierto, pero en realidad era más bien como una de esas tumbas egipcias en las que las puertas están escondidas y ni se te ocurre que haya algo más que una pared lisa.

—Siendo así, ¿qué le lleva a pensar que haya algo? —preguntó Pitt, con impostada inocencia.

—¿Al investigar tumbas escondidas? —Whyte enarcó las cejas—. Las mediciones. Espacios sin explicación. Interior y exterior no encajan.

Pitt lo miró a los ojos, que eran muy azules, y se preguntó cuántos niveles tenía aquella conversación. ¿Acaso Whyte sabía perfectamente quién era Pitt?

—¿Y piensa que Halberd tenía algún espacio sin explicar? —preguntó con curiosidad.

—Caray, estoy convencido —respondió Whyte—. Es una parte de lo que me gustaba de él.

—¿Y las demás partes?

Whyte lo miró de hito en hito.

—Discernía lo que era importante y lo que no —respondió—. Y sabía guardar un secreto, si era preciso. —Hizo una seña discreta a un camarero que pasaba por allí—. Veo que no toma nada. Permítame ofrecerle una copa de champán.

Pitt la aceptó como si estuviera encantado. En realidad no le gustaba el champán; prefería con mucho una buena sidra, pero si tenía que ser vino, se decantaba por el tinto. Adoraba sus ricos aromas.

Momentos después, Whyte le presentó a Algernon Naismith-Jones, otro carismático hombre de aspecto agradable a quien Halberd también había tratado. Saludó a Pitt como si simplemente no se hubiesen visto durante años y estuvieran compensando tamaña omisión. Poseía una extensa finca en Cambridgeshire y un número indeterminado de hijos e hijastros, de quienes siempre hablaba con afecto. No obstante, su principal interés eran los caballos.

—Son unos animales maravillosos —dijo, con el rostro encendido de entusiasmo—. ¡Nada hay en el mundo más noble que un caballo! Dios mío, Walter, ¿viste la yegua que corrió en la última carrera de Newmarket el sábado? ¡Qué montura tan espléndida! Investigué su pedigrí. ¡Tiene algo especial! —Se volvió hacia Pitt—. ¿Usted entiende de caballos? Sí, claro que sí. ¡Es imposible que sea de esa zona y no le importen, caray!

—Importar y saber no son lo mismo —repuso Pitt, procurando no parecer demasiado cauteloso.

Naismith-Jones soltó una carcajada.

—¡Bien dicho! Desde luego que no lo son. ¡Oye! ¡Kendrick! —Se volvió hacia un sujeto elegante de abundante pelo castaño y rostro agraciado—. Ven, que te presentaré a Pitt. —Hizo una seña con el brazo—. Alan Kendrick. ¡Este hombre sí que entiende de caballos!

Kendrick sonrió pero no le tendió la mano. De cerca, su rostro era más interesante que meramente guapo. A la impresión de atractivo se sumaba la inteligencia de sus ojos, aunque empañada por cierta insensibilidad en la línea de sus labios.

—Encantado —dijo Pitt, e inclinó la cabeza hacia él.

—De modo que le interesan los caballos —observó Kendrick.

—Los respeto —contestó Pitt con ecuanimidad. No iban a pillarlo fingiendo una destreza que no tenía.

—Curiosa elección de palabra —apuntó Kendrick, mirando a Pitt con más detenimiento. Era evidente que la respuesta le había sorprendido, cosa a la que no estaba acostumbrado—. Respeto a los hombres que saben hacer algo a lo que aspiro.

Se presentaba una oportunidad para entablar conversación que Pitt no podía dejar escapar.

—Respeto a los hombres y a los animales que hacen sumamente bien aquello para lo que están adiestrados —explicó—. Los únicos caballos que conozco son los de mi condado, los *clydesdale*. Trabajé con ellos de joven. A los caballos de carreras solo los he visto de lejos.

—¿Trabajó con caballos? —Kendrick miró a Pitt de arriba abajo—. Y aquí está ahora, en la recepción de su señoría. Cómo cambian los tiempos.

Su expresión era bastante insulsa. Resultaba imposible decir si el comentario era una mera torpeza o si tenía intención de ofender.

Pitt optó por seguir conversando.

—En efecto. —Correspondió a su sonrisa—. Son como una rueda, arriba un año, tal vez abajo el siguiente. Su infinita variedad es parte de su encanto.

—Eso es de *Cleopatra* —dijo Kendrick en un tono incisivo—. Y si lo recuerdo bien, terminó bastante mal.

—No estaba citando a Shakespeare —lo corrigió Pitt—. Es muy fácil confundir una palabra o una referencia y quedar en ridículo.

Kendrick tomó aire para contestar, pero cambió de opinión. Adoptó de nuevo una expresión anodina, como si retrocediera un paso. Se volvió hacia otro hombre que se había unido a ellos.

—Ferdie, ven a conocer a Pitt, un hombre que respeta a

los caballos. —Hizo un ademán hacia Pitt—. Ferdie Warburton. No es ni la mitad de tonto que finge ser. —Se volvió de nuevo hacia Warburton—. Ni idea de quién es Pitt, pero es un hombre que respeta a los caballos, y eso debería bastarle a cualquiera.

Warburton era atractivo de un modo informal y ligeramente aturullado, como si hacer un esfuerzo fuese demasiada molestia. Sonrió con franqueza y le tendió la mano.

La conversación se generalizó y Pitt hubo de escuchar más que hablar. El tema pasó de los caballos a África y a las últimas noticias sobre política europea. Poco a poco fue consciente de que Kendrick también estaba escuchando. Sus únicos comentarios no eran más que acicates para que los demás manifestaran su opinión.

La incomodidad comenzó cuando lady Felicia se sumó a ellos. Quedó claro desde el principio que Kendrick no era de su agrado.

—Qué alegría verle en la ciudad, para variar —comentó a Kendrick, con las cejas algo enarcadas—. ¿El príncipe no ha visitado sus cuadras últimamente? —Se volvió de inmediato hacia Naismith-Jones—. Y usted, Algernon, siempre hace un poco más llevadera la compañía.

Este le dedicó una breve sonrisa radiante pero vacía.

—Gracias.

Como sin querer, la conversación regresó a las carreras de caballos y las próximas competiciones más importantes.

—¿Volverá a participar? —preguntó lady Felicia a Kendrick—. Complacería a Su Alteza Real.

—Me sorprende que todavía sepa tan bien lo que le complace —respondió Kendrick con mucha labia.

Lady Felicia le sostuvo la mirada con fijeza, pero el color le había subido a las mejillas de alabastro. Lo miró de arriba abajo con una expresión calcada a la que Kendrick había adoptado al mirar a Pitt.

—¿Tanto ha cambiado, Alan? Lo dudo. —Sus ojos no vacilaron—. ¡Pregúntele a Delia! —Encogió un poco los hombros, un gesto magníficamente desdeñoso—. Señor Pitt. —Alargó una mano—. Venga e ilústreme sobre el tipo de caballos que le gustan. Siempre que no hagan carreras... y pierdan.

Kendrick la miró con una intensidad que la habría asustado si la hubiese visto, pero solo fue cosa de un momento. Lady Felicia agarró el brazo de Pitt, y este se vio obligado a dar media vuelta.

3

Sentada en el carruaje camino de casa, Charlotte estaba pensativa. En realidad no había disfrutado de la recepción. Había sabido desde el principio que para Pitt era una ocasión profesional más que social. La invitación había llegado con la mínima antelación posible, y gracias a la mediación de Somerset Carlisle. Había leído la nota en cuanto Pitt se marchó por la mañana. Conocía poco a Carlisle, aunque le caía bien. Era divertido, imprevisible y valiente. Pero siempre había estado relacionado con los más oscuros misterios, y usualmente también con actos violentos. Era un hombre de pasiones que llevaba a la ligera, pero que lo conducían a hacer campaña, a cualquier riesgo, contra lo que consideraba que estaba mal. Muy a menudo lo hacía solo. Abrazaba causas con las que otros no estaban de acuerdo, encontraban demasiado peligrosas o con pocas probabilidades de prosperar. Esto era en parte el motivo por el que le caía bien a Charlotte y, en buena medida, que la encandilara.

Fuera lo que fuese lo que su marido estuviera haciendo, tenía que estar desesperado para haber reclutado la ayuda de Carlisle. Esa era la parte que la alarmaba.

No había preguntado a Pitt al respecto porque le constaba que de haber podido explicarse, ya lo habría hecho. Ponerlo en el aprieto de tener que rehusar solo habría servido para que ambos se lastimaran. A juzgar por su inquietud y todo lo demás en su comportamiento estaba claro que, en cualquier caso, el asunto le preocupaba. No disfrutaba en los compromisos formales de la buena sociedad y, sin embargo, no había perdido la oportunidad de asistir. Ni siquiera se había quejado por tener que ponerse un esmoquin negro impoluto y una camisa almidonada. Aunque le daba un aspecto muy distinguido, él no lo veía así. Estaba incómodo y se sentía fuera de lugar. Sin la vacilación y la palidez de su rostro, el mero hecho de que no hubiese procurado evitar asistir bastaba para que Charlotte estuviera segura de que no había tenido otra alternativa.

Lo había observado atentamente. Si no iba a poder ayudarlo abiertamente, lo haría sin que él lo supiera. En los últimos tiempos Charlotte había perdido contacto con quienes eran más importantes en la alta sociedad: quién amaba u odiaba a quién; quién estaba en deuda o deseaba algo. Tendría que prestar mucha más atención e intentar recuperar las habilidades que poseía en sus años de soltera, así como las pocas que había seguido practicando mientras Pitt fue policía regular y ella podía echarle una mano.

Solo pediría colaboración a Emily si era estrictamente necesario. Emily era su hermana menor y su primer matrimonio la había convertido en lady Ashworth, así como en una mujer extremadamente rica. Cuando George falleció —o, para ser más exactos, fue asesinado— Emily permaneció soltera algún tiempo antes de casarse con Jack Radley, un hombre guapo y encantador que había hecho poca cosa con su vida hasta aquel momento. A partir de entonces había conseguido un escaño en el Parlamento y estaba labrándose una valiosa reputación. Charlotte no ignoraba cuán duro había trabajado para ello, por más que él fingiera que todo era miel sobre hojuelas.

Emily seguía siendo la deliciosa, muy hábil y observadora dama de la buena sociedad que siempre había sido. Pero eso la aburría, y extrañaba las aventuras de antaño.

Charlotte había entrado en la fiesta del brazo de Pitt, pero no tuvo inconveniente en separarse de él cuando la cortesía así lo exigió. Le constaba que sería poco probable que Pitt hiciera en la recepción aquello que tenía pensado hacer, con ella a su lado. Además, quería mirar, observar, ver las emociones no expresadas de las que la gente no solía ser consciente.

¿Lady Felicia era realmente importante? Desde luego se daba los aires de una mujer que pensaba que corría el peligro de perder el sitio al que sentía tener derecho. Su voz era incisiva; sus movimientos, envarados. Observándola a lo largo de la velada, de cuando en cuando Charlotte vio aparecer en su rostro, fugazmente, líneas de una dura expresión, antes de que las dominara. Y ni una sola vez la vio relajada, ni siquiera cuando tenía a su marido a su lado. En una ocasión él alargó el brazo, como si fuese a tocarla, pero cambió de opinión.

Miró a Pitt mientras su coche de punto pasaba bajo una farola cuya luz le iluminó los rasgos un instante. Estaba sumido en sus pensamientos, ajeno a ella. Ahora fue Charlotte quien alargó el brazo para posar la mano en su manga y, acto seguido, cambiar de parecer. Pitt no podía contarle nada; eso ya lo sabía. Estaba siendo pueril al querer que le hablara.

Poco después llegaron a Keppel Street y el carruaje se detuvo junto al bordillo. Pitt se incorporó en cuanto regresó repentinamente de sus cavilaciones, se apeó, pagó al cochero y luego ayudó a Charlotte a bajar del coche con elegancia. Fueron juntos hasta la puerta. Pitt abrió y ambos pasaron adentro. La noche de finales de verano era fresca. Daniel y Jemima estarían en la cama, casi seguro durmiendo. La asistenta, Minnie Maude, había dejado encendida la lámpara de gas de la entrada, con la llama casi al mínimo. El reflejo de la luz en la madera pulida y el leve olor a abrillantador de lavanda eran reconfortantes como la sonrisa de un amigo.

—Gracias —dijo Pitt en voz baja a Charlotte—. Seguro que no te has divertido.

Ella barajó si decir lo contrario, pero decidió mantener la sinceridad que tan valiosa era para ambos.

—Ha tenido su aquel —dijo, sin más—. Pero da gusto estar de vuelta en casa.

Pitt ajustó la llama, reduciéndola un poco más, hasta que emitió un leve resplandor.

Charlotte fue la primera en subir la escalera. En el descansillo abrió sin el menor ruido la puerta de la habitación de Jemima, de dieciocho años. Aguardó un momento, escuchando su respiración tranquila. Hizo lo mismo con Daniel, de catorce años, que se movió ligeramente pero sin despertarse. Tenía el hábito de hacerlo. No había esperado encontrar algo distinto, pero no descansaría hasta que se apaciguara. Todo iba bien.

Sin embargo, permaneció despierta hasta tarde, preguntándose por qué Pitt había acudido a la recepción en casa de lord Harborough, y por qué Carlisle lo había organizado todo tan precipitadamente. ¿A quién había querido ver Pitt?

La única persona a la que había visto que abordara deliberadamente era Alan Kendrick. A juzgar por la expresión del rostro pálido de Felicia Whyte, se había producido un virulento intercambio de palabras entre Kendrick y ella. Pareció ser algo repentino, pero tales sentimientos no surgen de la nada. Se conocían y aborrecían mutuamente. Después, en varias ocasiones había reparado en que Pitt observaba a Kendrick. Lo había hecho con discreción, pero lo conocía demasiado bien para confundirlo con un gesto casual. Tal vez debería saber más cosas acerca de Kendrick. Normalmente habría sido bastante franca al respecto y preguntado a tía Vespasia. Pero Pitt también lo habría hecho si Vespasia estuviera en Londres. ¿Quizá no tendría más remedio que recurrir a Emily? ¿Pero discretamente, sin contarle nada, si es que tal cosa era posible?

Tal como había decidido, Charlotte fue a ver a Emily poco después de las diez de la mañana siguiente. No era una hora muy apropiada para ir de visita, pero la eligió a fin de tener más probabilidades de encontrar a su hermana en casa, sin que todavía hubiese recibido a otra persona. Tuvo la suerte de acertar.

La casa de Emily era mucho mayor que la suya, pero Charlotte hacía tiempo que se había acostumbrado a ello. Su propia casa en Keppel Street era la mar de cómoda y estaba llena de recuerdos, casi todos ellos felices de una manera u otra.

Emily llevaba una vida muy diferente, rica, glamurosa, pero sin el peligro ni las victorias de la de Charlotte. Ella no habría cambiado su vida por la de nadie. Le constaba que en ocasiones su hermana pequeña lo habría hecho con gusto.

La doncella la acompañó al *boudoir* de Emily, en la primera planta. No era un dormitorio sino una salita de estar mucho más femenina y personal que daba al descansillo principal. Estaba decorada en tonos crema, rosa y dorado, con profusión de motivos florales, cojines como gigantescos montones de rosas, un rasgo indisciplinado de Emily que apenas enseñaba a los demás. Las butacas eran extremadamente cómodas. Había libros escogidos por su interés y placer en cada balda de la librería, montones de novelas, varias recopilaciones de poesía y álbumes de recortes confeccionados tiempo atrás y que no había vuelto a mirar desde entonces. Tres jarrones de flores descansaban en sendas mesas: rosas de un amarillo dorado, lirios cuyo púrpura oscuro daba forma a arreglos más complicados.

Emily era un par de años más joven que Charlotte, todavía no había cumplido los cuarenta, sin una sola cana visible en su adorable cabello. Ahora bien, siendo tan rubia como era, las canas seguramente tardarían años en aparecer. Iba vestida de verde claro, el color que más la favorecía.

Acudió a su encuentro con el rostro radiante de alegría y dio un breve abrazo a Charlotte. Después la observó con más detenimiento y con creciente interés.

—Ha ocurrido algo —comentó—. Una preocupación, pero no un desastre, al menos por el momento.

Resultaba reconfortante que te conocieran y comprendieran sin necesidad de dar explicaciones. También era desconcertante que te leyeran el pensamiento con tanta precisión. Pero Charlotte rara vez había sido capaz de ocultar durante mucho tiempo sus sentimientos.

—Como de costumbre, llevas razón. —Se sentó en su butaca favorita y Emily hizo lo propio frente a ella—. Hay ciertas personas de las que querría saber más.

—Un caso de Thomas —dedujo Emily—. Supongo que no puedes contarme nada. Estos asuntos secretos son una lata. —Encogió ligeramente los hombros. Fue un gesto elegante y muy femenino—. Con lo excitante que era todo antes. ¿De quiénes se trata?

—Los conocí anoche. Alan Kendrick y su esposa, y lady Felicia Whyte y su marido —contestó Charlotte—. Y, por supuesto, su círculo en general.

—¿Por qué?

—¡No lo sé! Por eso necesito saber más.

A Charlotte le pareció que era una explicación muy razonable. Por otra parte, era la única que tenía.

—Estás investigando a espaldas de Thomas —concluyó Emily.

Charlotte se mordió el labio y se removió incómoda en la mullida y envolvente butaca.

—Investigando... no, solo haciendo indagaciones. Quiero estar preparada...

—Entonces me prepararé contigo —respondió Emily—. Dame un par de horas y averiguaré adónde tenemos que ir. Me figuro que quieres empezar cuanto antes, ¿no?

—Sí, por favor.

Charlotte vaciló. ¿Debía decir algo más? Emily estaba aguardando. ¿Podía confiar en su discreción?

Emily seguía esperando, pero el brillo de sus ojos se diluía poco a poco.

Charlotte decidió arriesgarse:

—Un personaje importante falleció. Anoche, observando a Thomas, se me ocurrió que es en lo que está trabajando...

Emily enarcó sus rubias cejas.

—¿Falleció? ¿Quieres decir que lo asesinaron? ¿A quién te refieres?

—Accidente de barca —contestó Charlotte.

—¡Oh! No te estarás refiriendo a sir John Halberd, ¿verdad?

Charlotte se quedó de piedra, aunque tal vez no debería haberse sorprendido tanto. A veces olvidaba lo amplio que era el círculo de conocidos de Emily.

—¿Lo conocías?

—Coincidí con él en un par de ocasiones. —La voz de su hermana bajó con una nota de desaliento—. Me caía bien.

—¿Y eso? —dijo Charlotte más bruscamente de lo que quería, pero era una pregunta relevante. Ahora cualquier cosa acerca de Halberd era importante.

Emily debió de darse cuenta porque contestó sin discutir, después de un instante de titubeo:

—Diría que era muy franco. Nunca daba la impresión de estar actuando para la galería. En sociedad hay mucha... pose. Pero creo que era mucho más listo de lo que ciertas personas pensaban. Me sorprendió que muriera en un accidente, y además en el Serpentine, precisamente. No parece propio de su manera de ser. Aunque supongo que muchos de nosotros no somos como parecemos. Detestaría ser tan desenfadada y simple como suponen algunos. Para mí solo existen la última moda y unas cuantas causas benéficas de lo más predecibles. ¿Thomas cree que asesinaron a John Halberd?

Charlotte percibió la tristeza que escondían sus palabras, y la entendió perfectamente. Ella misma se había asomado a aquel vacío. Pero aquel no era el momento de reconocerlo. Ahora, al menos, tenían un propósito.

Contestó con más amabilidad:

—No lo sé. Lo único que sé es que Thomas asistió anoche a una fiesta, invitado con muy poca antelación, y que se encontró con personas que normalmente preferiría evitar. Detesta vestirse de gala y perder el tiempo hablando de poco más que los lugares donde han estado unos y otros y a quienes han visto.

Una expresión sombría, casi una sensación de miedo, como si estuviera perdida, cruzó el semblante de Emily por un instante.

—No es tanto lo que se dice como el tono de voz y las cosas que no se mencionan. ¿Tan pronto lo has olvidado?

Charlotte no se tomó la molestia de contestar.

—¿Puedes ayudarme?

—Por supuesto. Mañana por la tarde hay una recepción al aire libre. —Emily frunció los labios, pensativa—. Asistirá la flor y nata. Será mejor que tomes prestado un vestido de tía Vespasia. Quizá no te favorezca mucho, tenéis la tez y el cabello muy diferentes, pero nadie podrá criticar tu estilo.

—Tía Vespasia está en Europa.

—Ay, sí, claro. No importa. Su doncella te encontrará algo apropiado, si le explicas la situación. Se llama Gwen.

—Ya lo sé. Tía Vespasia llama Gwen a todas sus doncellas, se llamen como se llamen en realidad. Dudo que a ellas les importe.

—De todos modos, pide el vestido. Te avisaré para la fiesta. Ahora tengo que ponerme manos a la obra.

Emily se levantó, súbitamente animada por tener un objetivo.

Charlotte se sentía bastante cohibida llevando un vestido de tía Vespasia, pese a que le quedaba bien y tenía la longitud exacta. Era de un tono marfil que nunca hasta entonces se había atrevido a ponerse y que no estaba segura de que la favoreciera. También estaba incómoda porque saltaba a la vista que era caro y el no va más de la moda. Todo su estilo residía en el corte de los hombros y en la caída de la tela por la espalda. Era sumamente favorecedor. Esperaba que Vespasia no lo estuviera guardando para una ocasión especial. Lo había preguntado, y Gwen le aseguró que no era el caso.

Enderezó la espalda y se recordó a sí misma que el hombre que interesaba a Pitt había muerto, y le constaba por un sinfín de indicios que estaba preocupado. Ninguna trivialidad lo habría llevado a la fiesta celebrada dos días atrás, ni lo habría mantenido despierto la noche anterior. Se había dado cuenta cada vez que se despertaba, e incluso estando en duermevela era consciente de su inquietud.

Cruzó la acera al lado de Emily y entraron por una verja engalanada a un extenso jardín formal con parterres de césped, su escalinata de peldaños bajos decorada con enormes vasijas de piedra llenas de capuchinas escarlata y naranja que rebosaban por los bordes. Los arriates herbáceos estaban cuajados de altramuces en plena floración y espléndidas amapolas muy llamativas.

—Parecen un ejército, portando sus lanzas y estandartes en alto —le murmuró a Emily.

—¡Y tanto! —convino su hermana—. ¡Prepárate para la guerra! ¡El enemigo se aproxima por la izquierda!

Su anfitriona les dio la bienvenida, disimulando hábilmente que no tenía ni idea de quién era Charlotte, pero sus grandes ojos azul claro reflejaban una inequívoca admiración por el vestido.

Charlotte supo que se estaba ruborizando y rezó para que no se le notara demasiado. Por otra parte, si Vespasia todavía no se lo había puesto, ¿cómo iba Charlotte a explicar que lo llevaba antes de que su propietaria hubiese tenido ocasión de hacerlo? Pero no era momento para tales consideraciones. Las apartó de su mente, sonrió con todo el encanto que pudo, y dejó que la presentaran al primer grupo de mujeres.

Durante unos minutos la conversación fue cortés e insustancial. Entonces una mujer corpulenta con un vestido de estampado floral miró de reojo y Charlotte vio a lady Felicia Whyte hablándole a uno de los pocos hombres presentes.

—La envidiaba tanto... —dijo la mujer, sonriendo—. Tenía un aire tan aristocrático. Qué gallardo, el capitán Whyte, ¿no le parece?

—Lo encontraba más bien callado —respondió su amiga de verde. Luego bajó la voz con complicidad—. Me parece que ha ocurrido algo. Pero, claro, no tengo ni idea de qué...

—Una oscura aventura —susurró su compañera—. A veces pienso que la seguridad es muy tediosa...

Charlotte se estremeció. Qué rápido comenzaban los chismorreos. «Como un alfiler de sombrero clavado entre las costillas —pensó—. Ni siquiera lo notas cuando te pincha, solo después te preguntas de dónde ha salido toda esa sangre.»

—¿Sabe quién se lo diría? —dijo Emily con una expresión indescifrable en su rostro—. Sir John Halberd. Tiene el aspecto de saberlo todo de todos. Me tiene fascinada. Tan educado, y lo cuenta todo, y cuando luego lo piensas, no te ha dicho nada en absoluto.

—Oh, querida —dijo la primera mujer, consternada—. ¿No se ha enterado? El pobre falleció hace un par de semanas...

—¡Oh, no! —jadeó Emily, poniéndose una máscara de impresión—. ¿Qué sucedió?

—Al parecer se ahogó...

Charlotte se mordió la lengua para reprimir su primera reacción. No se atrevió a mirar a Emily a los ojos.

—¿Dónde? No escuché nada de que se hubiese hundido un barco —dijo, inocentemente.

—No fue exactamente un... un hundimiento importante... —contestó la mujer del vestido de flores.

—No puedes hundirte mucho en la orilla del Serpentine —dijo su amiga, con una pizca de mordacidad—. Al menos, no literalmente.

Charlotte la miró con interés. Era guapa y esbelta, pero su belleza quedaba estropeada por la chispa de malicia que brillaba en sus ojos.

—¿Quiere decir, moralmente? —intervino Charlotte, y acto seguido se preguntó si había sido demasiado directa—. Siempre pienso en los niños que juegan con sus pequeños veleros. Algo típico de los domingos por la tarde.

La mujer la miró fijamente como si hubiese reparado en ella por primera vez.

—¿Disculpe? —Su tono de voz desafió a Charlotte a responder.

—Si no literalmente, tendrá que ser de otra manera —dijo Charlotte, con una dulce sonrisa—. Uno puede hundirse en los diversos sentidos de esa palabra.

La mujer no desistió de su propósito.

—¿Está insinuando que estaba moralmente... perdido? —preguntó con incredulidad.

—¿Acaso sería funesto?

Charlotte no iba a dejarse vencer tan fácilmente. Apenas consiguió eliminar el tono burlesco de su voz y parecer inocente.

Ahora todas la observaban, aguardando la respuesta siguiente.

Emily se acercó un poco a Charlotte, en tácita señal de lealtad.

—Muchas cosas pueden ser funestas; al menos para tu reputación en sociedad —contestó la mujer, con un evidente tono de advertencia.

Charlotte no alteró su expresión ni un ápice.

—Se diría que remar a solas en el Serpentine es una de ellas.

Esta vez la mujer vaciló antes de levantar un poco el mentón y responder.

—Sigo teniéndolo en muy alta consideración.

Apretó los labios hasta formar una línea recta.

—De eso ya me doy cuenta —dijo Charlotte sumisamente.

Se oyeron risitas nerviosas, enseguida sofocadas.

—Ojalá lo hubiera conocido —agregó Charlotte—. Según parece, era un hombre excepcional.

—¿A usted le gusta remar de noche en el Serpentine? —replicó la mujer delgada, sin demorarse un segundo.

Charlotte supo exactamente a qué se refería. Era una poco sutil insinuación de que tenía una retahíla de aventuras amorosas a espaldas de su marido. Remar de noche, a la manera de Halberd, iba a convertirse en un chiste que haría época.

Charlotte abrió mucho los ojos.

—¿Es divertido?

Esta vez las risas no se disimularon tan bien.

Bastantes personas tenían aventuras de un grado de seriedad u otro, solo que nunca se mencionaban. La fachada era demasiado valiosa para romperla. Por propia protección, no se aludía a tales asuntos. La certidumbre restaba entretenimiento a la especulación.

Fue Emily quien cambió de tema, y después decidió que era imperativo que presentara a su hermana a lady Menganita o Pascualita.

—¡Eres tremebunda! —le dijo a Charlotte con satisfacción mientras pasaban junto a un arriate de altramuces y empezaban a subir por la escalinata—. Quizá no haya nada nuevo que averiguar sobre la muerte de Halberd aquí.

—Thomas parecía interesado por Alan Kendrick en casa de lord Harborough.

Estaban pasando junto a una gran vasija de geranios rosa encendido, con una fragancia penetrante. Las abejas revoloteaban alrededor, un macizo de flores azules se extendía por el borde superior de la escalinata.

—No creo que Delia Kendrick esté aquí —contestó Emily en voz muy baja, al tiempo que inclinaba la cabeza y sonreía a una conocida que estaba bajando—. Tendremos que encontrar otra fiesta en la que puedas lucirte. No sé si decir a todo el mundo que eres mi hermana... o no decírselo a nadie.

—A nadie —dijo Charlotte en el acto—. Porque no prometo que me comporte gentilmente. Debo averiguar cuanto pueda. Tía Vespasia conoce a todo el mundo, pero no podemos ponernos en contacto con ella. Probablemente estará cruzando los Alpes, o a bordo del Transiberiano, o en una isla del Egeo. La echo de menos.

Emily apretó el brazo de Charlotte.

—Lo sé. Pero tendremos que arreglárnoslas por nuestra cuenta. Podríamos probar con Felicia.

—La conocí en la recepción —dijo Charlotte—. Me cuesta decidir qué edad tiene exactamente. Con su figura aparenta mucho menos de sesenta años, sin embargo...

—¡Nunca digas eso! —Emily agarró la mano de su hermana—. Acaba de cumplir cincuenta. ¿O estás siendo deliberadamente...? —Soltó el aire—. Tienes razón. No está madurando muy bien... El cutis... ¡Oh, canastos! ¿Me ocurrirá a mí lo mismo? ¿Crees que pareceré una sesentona a los cincuenta?

Charlotte entendió el miedo de Emily. Lo había percibido antes, y era real y doloroso. La belleza importaba más de lo que debería. Pero ahora no tenía tiempo para eso.

—Pregunta a tía Vespasia cómo lo hace, sigue teniendo un aspecto maravilloso —le aconsejó—. En lugar de observarla cuando entra en un salón, observa a los demás admirándola. Ya verás. ¿Cree que a Felicia le importa?

Emily reflexionó un instante.

—Sí, me parece que sí —contestó, mientras dejaban la escalinata atrás y llegaban a la sombra de un inmenso olmo que ascendía hacia el cielo, sus hojas susurrando en la brisa—. Tiene miedo de algo, y bien podría ser de esto. Su madre también era guapa, de la misma manera, y perdió el atractivo relativamente joven. No sé qué le sucedió. Cuando puse el primer pie en la auténtica alta sociedad —bajó la voz—, con George... —Inhaló bruscamente—. Parece que fue hace siglos. La madre de Felicia creo que era condesa. Pero era encantadora y asistía a casi todas las fiestas y bailes. Entonces, en un lapso de pocos años pareció envejecer, y luego empezó a olvidar cosas. Después ya no la volvimos a ver.

Charlotte intentó imaginárselo, y lo encontró a un mismo tiempo triste y espantoso. ¿Qué ocurría para que una lo perdiera todo, se perdiera a sí misma, en un lapso de unos pocos años? No sería sorprendente que Felicia tuviera mucho miedo de que a ella le sucediera lo mismo. Charlotte tuvo la sensación de que si estuviera en su lugar, lo tendría. De hecho, su primer pensamiento fue representarse a su propia madre, Caroline, fuerte y vigorosa. Pocos años después de la muerte de Edward Ellison, relativamente joven, Caroline había conocido a un actor, ni más ni menos, más joven que ella, y se casó con él. Se había embarcado en una nueva vida, llena de aventuras, y estaba feliz y contenta.

Charlotte se alegraba por su madre, pero se dio cuenta, con sorpresa, de cuánto se alegraba también por sí misma al penar en ello. De repente sus sentimientos por Felicia Whyte cambiaron, y se avergonzó. Con cuánta facilidad había sacado una conclusión, cuando en realidad nada sabía.

Emily estaba aguardando a que respondiera. Estaba claro, a juzgar por la concentración que reflejaba su rostro, que su mente estaba siguiendo un hilo de pensamiento muy diferente.

—Qué triste —dijo Charlotte con gentileza—. ¿A cuántas personas el miedo al futuro les arrebata también el presente?

—A demasiadas —contestó Emily—. ¿Quieres volver a verla o no?

—Por supuesto.

El siguiente encuentro fue distinto. A Charlotte le constaba que estaba reaccionando a la historia de la madre de

Felicia, y a la que suponía que habría sido su propia reacción, si se hubiese tratado de su vida. ¿Cómo actuaría si pudiera imaginar un tiempo en el que ella envejecería demasiado y Pitt demasiado poco? ¿Qué cambiaría entre ellos? Los aspectos sociales, por supuesto; su valor a los ojos de los demás. Pero ¿y con otras cosas más personales, demasiado valiosas y privadas para hablarlas con cualquiera?

—Buenas tardes, señora... este... Pitt.

Felicia casi había olvidado su nombre en cuestión de dos días, pero lo cierto era que Charlotte carecía de importancia en la escena social.

—Buenas tardes, lady Felicia —saludó Charlotte, sonriendo afectuosamente—. Qué día tan perfecto para apreciar la belleza de este jardín en todo su esplendor. —Echó un vistazo al derroche de color de las plantas bajo el sol—. ¿Debo agradecérselo a usted?

Felicia titubeó un instante, pero decidió aceptar el cumplido.

—Quizá haya dejado caer un par de palabras —concedió—. Siempre es interesante conocer nuevas perspectivas sobre... las cosas... Al cabo de un tiempo, todo acaba siendo tedioso.

Encogió los hombros con un gesto tan característico como elegante.

—Encuentro que hay muchas cosas fascinantes —respondió Charlotte, tras decidir aprovechar cualquier oportunidad que se le presentara.

—¿En serio? —Felicia no se lo creyó, pero sería una terrible metedura de pata decirlo en voz alta—. ¿Ha pasado una temporada en el extranjero? Es la única explicación que se me ocurre.

Charlotte pensó deprisa. Se había metido en la boca del lobo ella sola. Era perentorio que saliera airosa con cierto estilo.

—En ocasiones fue la sensación que me dio —contestó—. Había olvidado cuánto trasfondo existe incluso en las situaciones más encantadoras. ¿No le parece? Se da a entender mucho más de lo que se dice en voz alta. Por ejemplo, la emoción que hay detrás de los comentarios de la gente sobre la tan lamentable y un tanto extraña muerte de sir John Halberd.

Felicia se quedó a todas luces anonadada.

Charlotte se preguntó si había ido demasiado lejos. Pitt se pondría furioso, y no tenía una excusa que darle. Entonces recordó lo inquieto que había estado casi toda la noche. Debía de estar mucho más preocupado de lo que podía decirle, y ni siquiera podía recurrir a lord Narraway, el marido de Vespasia, que había ocupado su puesto en el Departamento Especial antes que Pitt. La propia Vespasia parecía estar siempre muy bien informada, y era tan sumamente discreta, que a menudo adivinaba lo que Pitt no se atrevía a preguntarle y se lo contaba de todos modos. Charlotte se percató de lo excluida que había estado, aunque hubiese sido por necesidad. Pitt no podía ponerla en peligro contándole lo que no debía saber, ni arriesgar su puesto de trabajo, del que dependía todo su bienestar.

Recordó con un estremecimiento lo espantoso que había sido cuando lo despidieron de la policía por culpa de una conspiración contra su persona. De repente se vieron ante la posibilidad de quedarse sin hogar y pasando apuros para llegar a final de mes, incluso a final de semana. Para Pitt el peor sentimiento no fue el miedo a la pobreza o las privaciones, sino la culpa. Charlotte lo había pasado fatal. Pitt había parecido muy vulnerable aunque hubiese intentado disimularlo a fin de protegerla. Protección era lo último que deseaba. No solo se había sentido más asustada, sino también apartada del sufrimiento de su esposo, y eso era lo más duro de todo: la soledad.

Tenía que hacer aquello. ¿Qué importancia tenía pasar cierto embarazo, cuando la alternativa era mucho peor?

—Por descontado, muchos se estarán preguntando qué diablos hacía de noche en una barca de remos en el Serpentine —dijo claramente.

Felicia sonrió y de súbito su expresión transmitió verdadero afecto.

—Me pregunto si realmente estaba solo —respondió en voz muy baja—. Espero que así fuera. Era un hombre peligroso, en ciertos aspectos. Sabía muchas cosas sobre muchas personas. Prefiero creer que fue un estúpido accidente a pensar que alguien dejara que se ahogara... deliberadamente.

Charlotte adoptó un aire tan pesaroso como pudo y habló en voz muy baja:

—¿Quiere decir que alguien se quedó plantado allí, observando cómo se ahogaba... o que en realidad provocó el accidente?

Felicia tomó aire bruscamente.

—Oh... No era mi intención insinuar eso... Pero supongo que lo he hecho. Es terrible. Creo que quería decir que a esa otra persona le entró pánico. Si era alguien que no podía reconocer haber estado allí, bueno... sería comprensible.

—Me figuro que sí —convino Charlotte—. Si era... por así decir, una mujer de la noche, pudo ser presa del pánico.

Felicia la miró de hito en hito.

—O una mujer casada, tal vez de su propia clase social. En tal caso, ella sin duda habría deseado en lo más profundo de su alma no ser vista. Dijera lo que dijese, todo el mundo creería que estaba allí por el menos encomiable de los motivos. Fuera cual fuese la verdad, eso es lo que se supondría.

Los pensamientos se agolpaban en la mente de Charlotte. ¿Felicia estaba hablando de sí misma? ¿Una última aventura con un hombre mayor que ella, lleno de magnetismo, para demostrarse a sí misma que todavía era hermosa? No resultaba imposible de comprender.

—Por supuesto, lleva usted toda la razón —convino Charlotte otra vez—. ¡Qué situación tan espantosa! Y supongo que no sería por ese motivo en absoluto.

Felicia aguardó.

Charlotte no estaba segura de cómo debía expresar la alternativa en la que había estado pensando. Emily llenó el silencio por ella:

—Bueno, según parece, en efecto sabía muchas cosas sobre muchísimas personas. Que yo sepa, siempre fue muy discreto. Pero tal vez alguien estaba pagando para que así fuera.

—Dios mío. Por supuesto —respondió Felicia—. Qué tonta he sido al no pensar en un posible chantaje. Existen muchas cosas por las que se puede hacer chantaje a alguien, de un modo u otro.

La sorpresa de Charlotte debió de ser más evidente de lo que hubiese querido.

—Oh, no tiene que ser forzosamente un crimen —dijo Felicia con un humor bastante cortante y mordaz—. La vida está llena de indiscreciones, al menos las vidas que encierran algún interés. Y no se trata solo de que nadie más deba enterarse. Es simplemente que no se enteren las personas que no conviene que lo sepan.

La mente de Charlotte rebosaba de ideas.

Felicia interpretó su silencio como un signo de duda.

—Querida, no importa lo que realmente ocurriera o dejara de ocurrir, ya puestos. Lo importante es lo que uno hace con ello.

Charlotte permaneció callada, esperando que Felicia prosiguiera.

Felicia echó un vistazo en derredor y bajó un poco la voz:

—Tomemos a Delia Kendrick, por ejemplo. No fue la primera elección de Kendrick, ¿lo sabía? —Enarcó un poco las cejas. La expresión de absoluta incomprensión de Charlotte la satisfizo—. Cortejó a Arabella Nash, hija de la duquesa de Lansdowne. Todo el mundo pensaba que se iban a casar. Pero no lo hicieron. Por supuesto, se dijo que ella rehusó. Pero siempre se dice lo mismo. Un hombre nunca dice que ha descubierto algo acerca de su prometida. Verdad o mentira, socialmente caería en desgracia.

—Y la gente supuso que ella... —Charlotte dejó la frase sin terminar; el resto no era necesario.

—Naturalmente —convino Felicia—. Kendrick estaba empecinado en casarse con ella. Significaba un ascenso tremendo para él. ¡Era lo bastante inteligente y muy atractivo, pero salía de la nada! Todos sabíamos que ganaría dinero, por supuesto, pero eso no es lo mismo. Los nuevos ricos y todo eso. No funciona... socialmente.

—¿Y de todos modos la dejó? —dijo Charlotte, sorprendida.

—Qué va —contestó Felicia con impaciencia—. La duquesa cortó la relación. El dinero nuevo no era lo bastante bueno para ella, cuando además Arabella tenía un pretendiente con título. Ahora es marquesa de tal o de cual. Y ni un penique para bendecirla, excepto el que ella aportó con su dote.

—Qué insensatez tan grande —dijo Charlotte, impulsivamente, y acto seguido se arrepintió. Reparó en cómo se divertía Felicia.

—En realidad, no —respondió esta—. Delia es mucho mejor pareja para él. Incluso aunque tampoco fuese su primera elección.

Charlotte no dijo palabra.

—Estuvo casada antes —explicó Felicia—. Su primer marido falleció en circunstancias muy extrañas. Nadie parece saber qué sucedió realmente. Como he dicho antes, solo las personas más anodinas carecen de algo que preferirían que no se comentara. Nada que discutir, supongo...

—¿O de lo contrario lo han ocultado bastante mejor? —sugirió Charlotte—. ¿En verdad sir John Halberd sabía más que otras personas?

Una expresión cruzó el semblante de Felicia, una mezcla de dolor y premonición demasiado complicada para descifrarla.

—Mi marido le tenía mucho aprecio. Estuvieron juntos en África. Remontando el Nilo, ya sabe. No son recuerdos que se puedan compartir con cualquiera. La mayor parte de la gente no tiene la más remota idea de cómo es la realidad, solo conoce sueños románticos. A Walter le habría dolido descubrir que Halberd era un chantajista.

Se calló de golpe.

Charlotte se dio cuenta, con una punzada de compasión, de que Felicia había reparado en que, sin querer, acababa de dar a su marido un motivo excelente para asegurarse el silencio de Halberd. Y, viendo la mirada aturdida de Felicia, se convenció de que lo había hecho inconscientemente. Ahora su rostro traslucía miedo, miedo a la confusión, a la traición; tal vez por encima de todo, a la soledad.

—¿Por qué diablos iba a alquilar una barca para hacer tal cosa? —preguntó Charlotte—. Sin duda un paseo por el parque habría sido más simple y mucho más discreto. Es más probable que fuese una cita que acabó mal. ¡Sería bastante propio usar una barca para eso!

El alivio inundó el rostro de Felicia. Seguramente no fue consciente de lo evidente que resultaba.

—Por supuesto —convino—. Sí, por supuesto. Hablemos de cosas más agradables. ¿Le gustan las carreras de caballos a su marido, señora Pitt? Sir John tenía mucho interés en ellas. —Volvió a repetir su delicado y elegante gesto de encoger los hombros—. ¡Eso sí, mucha gente lo tiene! En buena medida va de la mano del tener trato con el príncipe de Gales. —Sonrió con un ademán burlón—. Es lo único que despierta su pasión últimamente. Por descontado, hace un montón de cosas que le exige su posición. Asiste a bailes, recepciones, cenas diplomáticas y demás, pero lo de las carreras es diferente. Eso es un amor, no un deber. Lo que desea más que nada en este mundo es volver a ganar el Derby. Y, por supuesto, cualquier otra carrera que sea verdaderamente importante. Entonces llevará su montura al criadero de caballos y su linaje tendrá un valor incalculable. Otro Eclipse. Mi marido dice que los mejores caballos de carreras de Gran Bretaña descienden de Eclipse.

—Me parece que a mi marido le gustaría saberlo.

Charlotte no estaba mintiendo en realidad. Pitt nunca había mostrado el mínimo interés por las carreras de caballos, pero cualquier cosa relacionada con el caso atraería su atención.

Conversaron un rato más, hasta que las interrumpieron otras personas que se les unieron y los buenos modales dictaron que debían pasar a un tema más general.

Iban en el carruaje de Emily, llevando primero a Charlotte a su casa, hacia las cinco de la tarde.

—¿Bien? —preguntó Emily con cierto apremio.

—Sí —contestó Charlotte—. Muy interesante. Dime, lady Felicia ha hablado bastante acerca del príncipe de Gales. Me ha parecido notar un cambio de tono cuando ha mencionado su nombre, pero no sé si me lo he imaginado.

—Pues no —contestó Emily—. Lo he visto en su rostro. Ha hecho que me preguntara qué pudo haber ocurrido en el pasado. Por un motivo u otro, creo que le tenía cariño, y tal vez aún se lo tenga. Por descontado, a veces recordamos el pasado tal como querríamos que hubiese sido. Se vuelve un poco más amable, un poco más dulce cada vez que nos lo contamos. Tal vez sea un consuelo cuando las cosas se ponen difíciles.

Emily tomó aire y volvió a soltarlo con un suspiro. Charlotte se preguntó si lo hacía por Felicia Whyte o por sí misma, solo una pizca, pero preguntarlo sería una falta de tacto.

—Gracias por tu ayuda —dijo—. Esta tarde me ha dado mucho en lo que pensar.

—¿No quieres conocer a Delia Kendrick? —preguntó Emily al cabo de un momento—. ¿Y tal vez también a Alan Kendrick?

—¡Oh, sí! Si no te importa.

Emily moderó su sonrisa para no ponerse en evidencia.

—En absoluto.

Pitt estaba muy cansado cuando regresó a casa. No dijo nada, pero Charlotte lo conocía demasiado bien para que él pudiera disimular su inquietud, o el esfuerzo que le costaba mostrarse alegre.

Decidió contarle la fiesta al aire libre y que había asistido con Emily. Así sería sincera aunque en realidad le refiriese muy poca cosa.

—¿Lo has pasado bien? —preguntó Pitt.

Sonrió al recostarse en el sillón y cruzar las piernas. Sin duda percibió en ella la energía del entusiasmo, por más que hubiese intentado disimularla.

—Pues sí —dijo, sin darle mayor importancia.

Estaba claro que no era el momento de entrar en detalles, menos aún sobre los hechos y especulaciones en relación con lady Felicia Whyte y una posible relación con el príncipe de Gales. Fue consciente de que la estaba mirando, aguardando a que agregara algo más. A veces la conocía tan bien que llegaba a incomodarla.

—Ha habido mucho cotilleo sobre el príncipe de Gales y su afición a las carreras de caballos —agregó.

—Eso no es cotilleo —repuso Pitt—. Es de dominio público.

Seguía mirándola muy fijamente.

—Ya lo sé. La parte del cotilleo es que esta afición ha sustituido su afición a las mujeres por motivos de salud.

—Vaya. —Entonces Pitt sonrió—. Tienes razón, es un cotilleo, pero interesante. Hace que menos personas estén en condiciones de ganarse su favor, y otras más.

—Justo lo que he pensado —convino Charlotte, sin alterar el tono de voz.

No obstante, Pitt percibió algo.

—¿Charlotte...?

—¡De acuerdo! —dijo enseguida—. No he pedido información, solo he escuchado, como una debe hacerlo, para no ser descortés. Te lo he referido porque he entendido como mínimo alguna de las implicaciones. ¿Te apetece una taza de té?

Pitt sonrió y aceptó, pero Charlotte tenía claro que la discusión no había terminado allí.

A la hora del desayuno, Daniel y Jemima estaban sentados a la mesa, Daniel apresurado para no llegar tarde al colegio. Sin embargo, Charlotte se fijó en que titubeaba, miraba a su padre, tomaba otro bocado de tostada y volvía a titubear. Vio que sujetaba el cuchillo con demasiada fuerza. No podía acudir en su ayuda.

—Papá —dijo Daniel por fin.

Pitt levantó la vista del plato.

Daniel tragó saliva.

—He decidido que no quiero seguir yendo a clase de latín. Nadie usa el latín excepto los sacerdotes católicos. Preferiría aprender alemán.

Estaba pidiendo permiso a su padre aunque lo expresara como una declaración.

Charlotte miró a Pitt y vio la desilusión pintada en su rostro. Había disfrutado estudiando latín con el profesor del hijo de sir Arthur Desmond, pero aquellas eran clases particulares. Daniel estaba en una clase del colegio. No cabía imaginar que Pitt pudiera permitirse darle la misma educación que había recibido él. Pero Daniel tenía un padre, mientras que Pitt había perdido al suyo siendo muy joven.

—El latín es el fundamento de muchas lenguas —argumentó Pitt—. Incluida la nuestra. Y es una disciplina excelente.

Charlotte notó que se le hacía un nudo en el estómago. Para Pitt sería muy fácil convencer a Daniel, sabiendo lo mucho que su hijo quería complacerlo. No tendría que esforzarse mucho, bastaría con que expresara cuál era su deseo. Nada de castigos. Nada de recompensas, excepto la aprobación, la única que realmente importaba.

Pitt titubeaba.

Daniel aguardaba.

Charlotte se moría de ganas de intervenir, pero hacerlo atentaría contra el amor propio de Daniel, si era ella quien finalmente inclinaba la balanza hacia a su favor.

—El alemán no es fácil —dijo Pitt, sin siquiera echar un vistazo a su esposa.

Jemima también aguardaba, con su tostada a medio camino de la boca.

—Ya lo sé —contestó Daniel—. Pero quiero estudiarlo.

—¿Por qué? —preguntó Pitt.

—Creo que Alemania va a ser importante, y mucho —respondió el chico—. Cada vez son más fuertes. El káiser declaró hace nueve años, en 1890, que tenía planes para que Alemania construyera una armada mucho más poderosa, y para conseguir más territorios en ultramar.

Observaba el rostro de su padre atentamente.

Pitt tuvo un escalofrío. La declaración de la *Weltpolitik* del káiser no había sido más que un alarde, pero también una advertencia que solo un tonto pasaría por alto.

Asintió lentamente.

—Sin duda, eso es verdad. Por otra parte, ¿ya has pensado a qué te quieres dedicar?

Quisiera Dios que ya tuviese hecha su elección y que otra guerra no lo despojara de ella.

Daniel respiró profundamente; seguía agarrando el cuchillo como si fuese un salvavidas.

—No exactamente. Pero si soy lo bastante bueno, quizá al servicio diplomático o... algo por el estilo.

Charlotte sabía que lo que quería decir era que le gustaría seguir los pasos de su padre en el Departamento Especial pero que le daba miedo decirlo, por si Pitt rompía sus sueños.

Miró a su esposo. ¿Sabía él eso?

—Siendo así, el alemán te será mucho más útil —convino—. Pero el francés, también. No lo dejes.

El rostro de Daniel se inundó de placer, su sonrisa fue amplia y sus ojos, brillantes.

—Gracias, papá —dijo en voz muy baja, y tomó otro bocado de tostada.

Cuando sus dos hijos se hubieron marchado, Pitt dejó que la inquietud se adueñara otra vez de su semblante.

—¿Te preocupa que Daniel vaya a pasar de una cosa a otra sin terminar ninguna? —le preguntó Charlotte.

—¿Lo hará?

Levantó la vista hacia ella, muy serio.

—No lo sé. Pero me alegra mucho que le hayas concedido el beneficio de abrigar esperanzas. Habría seguido con el latín para complacerte, si hubieses insistido.

—Lo sé.

Pitt retiró su silla y se puso de pie.

Ella también se levantó y le dio un beso breve, pero profundamente sentido. Tener poder y ser capaz de no usarlo era para Charlotte la fortaleza más admirable.

Percibiendo su emoción, Pitt se volvió, la abrazó y la besó con más pasión y por más tiempo de lo que ella había esperado. Era una sensación extraordinaria, como regresar a casa. Se preguntó si ella tenía idea de lo mucho que la amaba. Tal vez así fuera.

Emily se las ingenió para encontrar otro evento al que acudir un día después. Esta vez estaba bastante segura de que Delia Kendrick haría acto de presencia. Era una recepción mucho menos concurrida, poco más que una merienda, pero arreglada con bastante antelación. Charlotte llevó uno de sus propios vestidos, uno que era lo bastante glamuroso para una ocasión cuando quería presentar un aspecto informal, casi imprevisto. Era principalmente de matices azules, tirando un poco a verde, tonos que la favorecían mucho.

Emily pasó a recogerla a media tarde, la miró de arriba abajo y se dio por satisfecha. Ella llevaba un delicado estampado floral que le sentaba sorprendentemente bien. El encaje habría resultado excesivo para aquella hora. Sin embargo, llevaba parasol. Era más decorativo que útil, pero atraía la atención sin que tuviera que hacer el más mínimo esfuerzo. Típico de Emily.

La señora a la que iban a visitar era la esposa de otro parlamentario a quien Emily conocía muy poco. Aunque con título y una considerable fortuna, actualmente estaba por debajo del marido de Emily, Jack Radley, de modo que entró majestuosa y desenvuelta con Charlotte a su lado, como si su presencia estuviera prevista.

Era una bonita casa en Fitzroy Square, una de las plazas georgianas clásicas, y eminentemente adecuada para recibir visitas informales.

El recibidor con el suelo de mármol daba a espaciosas habitaciones que a su vez tenían cristaleras abiertas a un minúsculo jardín.

Se permitieron dedicar unos minutos a la cháchara habitual, cosa que dio a Charlotte la oportunidad de observar a Delia Kendrick, que al parecer había llegado poco antes que ella y Emily.

Delia tenía un rostro inusualmente expresivo, con las cejas muy delineadas y unos ojos muy bonitos, tan oscuros que parecían casi negros. El tiempo había sido más amable con ella que con Felicia Whyte. Su cutis oliváceo y los altos pómulos mantenían a raya el aspecto frágil y flácido. Miró a Charlotte a los ojos con descaro. Esta tenía o bien que sonreírle, o bien apartar la vista. Optó por lo primero. Fue Delia quien reaccionó con frialdad. Pero Charlotte no se atrevía a que la pillaran una segunda vez. Eso exigiría una explicación que no tenía preparada.

—... tan difícil con las hijas, siempre lo pienso —estaba diciendo la señora Farringdon, con las cejas enarcadas.

Charlotte no sabía de qué iba la conversación.

—Estoy convencida de que lleva razón —dijo, esperando acertar.

—Uno de los días más importantes de tu vida —prosiguió la señora Farringdon—. Pienso que debería celebrarse lo más cerca posible de casa, ¿usted no?

—¿De casa de quién? —inquirió Charlotte. Seguía sin saber de qué estaban hablando.

La señora Farringdon la miró de hito en hito.

—¿Cómo dice? ¡La casa de la novia, por supuesto!

—Supongo que sí, excepto que, claro, exista una razón para...

—La querida hija de la señora Kendrick se casó quién sabe dónde —dijo la señora Farringdon en un susurro—. De hecho, por lo que sabemos...

Dejó el resto sin decir, pero era más que evidente lo que daba a entender.

Charlotte se molestó ante tanta malevolencia. De Delia Kendrick solo conocía una mirada penetrante, pero los principios la hicieron saltar en su defensa:

—Tal vez el novio era de otra nacionalidad, y si fuese de familia noble, con grandes fincas, por ejemplo, sería natural que quisieran celebrar la boda entre su gente.

La señora Farringdon se quedó perpleja. Saltaba a la vista que no se le había ocurrido aquella idea, y no le gustó. Levantó la voz considerablemente para asegurarse de que la oyera Delia desde donde estaba, volviéndose un poco hacia ella.

—Querida, la señora Pitt ha mencionado que su hija se casó con un miembro de una familia bastante eminente. Le doy la enhorabuena. No tenía la menor idea. Qué modesto de su parte no hablar de ello...

Delia se volvió hacia ellas, desprevenida.

Ahora Charlotte estaba realmente enojada.

—Perdón —dijo dirigiéndose a Delia—. No he dicho nada de eso. La señora Farringdon sostiene que una pareja siempre debería casarse cerca del hogar de la novia. He señalado que hay excepciones. Al parecer, considera que su hija, cuyo nombre desconozco, es una de ellas. No considero que sea asunto mío, y no lo he sugerido.

Las facciones de Delia se suavizaron, pero su cuerpo permaneció rígido, como si, bajo la seda de color ciruela, tuviera todos los músculos agarrotados. Dirigió un comedido gesto de reconocimiento a Charlotte y luego se enfrentó a la señora Farringdon:

—No es precisamente un país extranjero, Eliza, solo Escocia. Pero sí, la señora Pitt está por completo en lo cierto, Alice ha emparentado con una familia excelente. Con título, y, por supuesto, poseen miles de acres de tierra. Creo que es el único noble que queda en el país que conserva el derecho a mantener a su propio ejército. Tampoco es que haya alguien contra quien combatir. Es una tierra maravillosa, aunque demasiado alejada de aquí para ir y venir con facilidad. Y, por descontado, ahora que tiene hijos pequeños, no los abandonaría.

—Qué pena —repuso la señora Farringdon en un tono que pudo ser compasivo pero que a Charlotte le sonó más a frustración.

—¿Eso cree? —Emily no iba a ser menos—. A mí me parece increíblemente romántico. Me consta que a Su Majestad le encanta Balmoral. Va siempre que puede.

—Iba —puntualizó la señora Farringdon—. El viaje es largo y bastante tedioso. Tal como ha señalado Delia, no es para emprenderlo a la ligera. No estoy segura de si permitiría que mi hija se casara con un escocés. Me preocuparía que le ocurriera algo y no poder acudir en su ayuda. —Miró directamente a Delia—. Usted no va tan al norte con frecuencia, ¿verdad? El invierno es espantoso. ¿La pobre Alice se siente extraña tan lejos de casa?

—El clima solo es un poco peor que el de Derbyshire, o que el de todo el West Country —respondió Delia en medio de un silencio absoluto por parte de las demás—. He pasado algún invierno terrible en Dartmoor. Y como mi primer marido era escocés, no son gente extraña para ella... ni para mí.

—¿En serio? —dijo la señora Farringdon de manera insulsa—. No lo sabía. Ahora que lo pienso, no recuerdo haberla oído hablar de su... primer marido.

Su vacilación daba a entender que dudaba de su existencia.

Delia mantuvo la compostura, pero le subieron dos manchas de color a las mejillas y nada pudo disimular la tensión de su cuerpo.

Charlotte rebuscó en su mente algo que decir para silenciar a la señora Farringdon. ¿Por qué su anfitriona no tomaba el control de la situación? La respuesta era evidente: a ella tampoco le agradaba Delia, por el motivo que fuese. ¿Podía guardar relación con Alan Kendrick? Tal vez su súbito ascenso en el favor del príncipe de Gales suscitaba cierto grado de envidia. Cuando aparece un nuevo favorito, los viejos amigos pierden como mínimo una parte de su influencia. Las posibilidades eran muchas, y la corriente subyacente de sentimientos, peligrosamente veloz. Charlotte recordó lo que Felicia Whyte había dicho sobre el intento de Alan Kendrick de casarse con una aristócrata. ¿Acaso la duquesa negó a su hija que se casara con él porque carecía de título y de patrimonio? ¿O se trataba de algo completamente distinto? ¿Era una tragedia que había marcado su vida o un mero suceso ordinario que el chismorreo había inflado más allá de la realidad?

Fue Emily quien rompió el silencio.

—Tampoco yo hablo a menudo de mi primer marido —dijo en voz baja, y miró a Delia—. Perderlo fue devastador, y no pediría ni desearía a nadie que pasara por el sufrimiento de revivir semejante experiencia. Me cuesta imaginar que alguna de ustedes lo hiciera. Solo puede tratarse de un desliz que lo haya dado a entender.

Charlotte suspiró aliviada y dedicó una breve sonrisa a su hermana.

—No hablemos de tales cosas —convino con fervor—.

¿Alguien ha visto la nueva exposición de la National Gallery? Me han dicho que hay unos paisajes maravillosos.

—Gracias —murmuró Delia cuando pasó lo bastante cerca de Charlotte para hablar sin que la oyeran las demás.

—De nada —respondió Charlotte en voz baja, pero sabía muy bien que aquello era un interesante y excelente comienzo.

4

Pitt estaba al sol junto a la orilla del Serpentine, observando a dos niños pequeños que jugaban con un velero en miniatura. Su padre lo había aparejado, y la brisa ligera lo movía a través de la superficie brillante del agua. Saltaron de excitación cuando la pequeña embarcación topó con una onda, cabeceó y luego volvió a coger el viento para finalmente llegar a la otra orilla, en diagonal desde ellos, donde un niño de más edad lo estaba aguardando.

Así era como Pitt pensaba en el Serpentine, un lugar tranquilo para que los niños jugaran.

¿Qué demonios había llevado a John Halberd a ir solo allí tan tarde y montarse en una barca de remos alquilada? ¿Cabía siquiera suponer que su intención había sido estar a solas? La única explicación que se le ocurría a Pitt era que Halberd había ido allí por razones de privacidad, seguridad o anonimato, para verse con alguien. Era un lugar conocido, al aire libre, donde nadie podría aproximarse a él sin ser visto.

¿Se trataba de una mujer con quien no podía verse abiertamente? Una barca de remos parecía un sitio frío, duro y poco apetecible para hacer el amor; por no decir público, si a alguien más le daba por salir a pasear a oscuras. Había sido una noche clara, con la luna casi llena. La luz reflejada en el agua y el cielo veraniego habrían hecho discernible cualquier figura.

¿Lo había hecho para reunirse con alguien con quien no quería ser visto, ni siquiera por un cochero o un mayordomo, por no hablar de otros comensales cenando en un restaurante? Este era un pensamiento más lóbrego. ¿Con qué propósito? ¿Chantaje? ¿Pasar información peligrosa? ¿Entregar bienes de alguna clase?

¿Se había reunido con alguien a quien no conocía de vista? Era muy poco probable que hubiera otras personas por allí, salvo parejas cortejando.

Siempre existía la posibilidad de que el gusto de Halberd fuese más por los chicos que por las mujeres, pero nada de lo que Pitt había averiguado acerca de él sostenía esa inclinación, y eso que había preguntado.

Pitt había vuelto a hablar con el inspector jefe Gibson, sin sacar nada más en claro. Ahora estaba aguardando al joven que había encontrado el cuerpo por la mañana temprano, mientras paseaba a su perro. Pitt estaba en el punto exacto donde había yacido el cadáver de Halberd. Al menos eso creía; no había nada en absoluto que lo distinguiera como inusual, solo era parte de la suave pendiente que descendía hasta el borde del agua. Había arbustos en la otra orilla, muchos de ellos en flor.

Pocos minutos después de la llegada de Pitt se le aproximó un joven, con un fox terrier bien sujeto de la correa.

—¿El señor Pitt? —preguntó, un tanto nervioso.

—¿Señor Statham? —Pitt le sonrió—. Le agradezco que haya venido. ¿Este es el lugar correcto?

Statham miró en derredor, pestañeando un poco. El perro se sentó obedientemente aunque no se le había ordenado que lo hiciera. Levantó las orejas cuando vio a los niños a una veintena de metros.

—Mire hacia la otra orilla —sugirió Pitt—. ¿Es la misma?

—Creo... creo que sí. No sé qué puedo contarle, señor. —Era evidente que Statham estaba incómodo—. Ya he dicho cuanto sabía.

—Pues intente expresarlo con otras palabras —sugirió Pitt. Le constaba que cuando las personas repiten una historia a veces recuerdan no lo ocurrido, sino lo que dijeron al relatarlo.

Statham titubeó.

—¿Tenía frío? —comentó Pitt para darle pie.

—Sí. La verdad es que sí. Hacía una mañana fría. Sin nubes pero con un poco de viento. Cuando atraviesa el parque resulta cortante. En realidad no es muy buena hora para pasear a Flora, pero tengo que hacerlo. —Se agachó y dio unas palmadas afectuosas al perro—. Me sorprendió un poco que alguien hubiese salido en barca. Estaba a cierta distancia y lo primero que vi fue el bote. Entonces... entonces vi algo en el borde del agua, y supe que no era bueno. Flora se puso a ladrar y a tirar de la correa.

—Prosiga.

—Me la arrancó de la mano y fue corriendo hasta allí. —Señaló una pequeña hondonada en la hierba, cerca de donde se encontraban—. Estaba tendido ahí, con los pies en el agua, empapado. En realidad todo él estaba mojado, como si hubiese estado en el agua. Le hablé, pero no se movió. Quizá no tendría que haberlo hecho, pero intenté darle la vuelta para verle la cara. Entonces me di cuenta de que estaba helado. Tenía que estar muerto. Lo siento, señor.

—¿Presentaba manchas de sangre? —preguntó Pitt.

—Que yo viera, no.

—Piénselo bien, señor Statham. ¿Sabría describir la barca con exactitud? Estaba en el agua, según me ha dicho. ¿A qué distancia de la orilla? ¿Dónde estaban los remos?

Statham parpadeó.

—¿Los remos?

—Sí, por favor.

Statham se concentró.

—Solo vi uno, flotando en el agua, a este lado de la barca.

—¿Y la barca estaba flotando o volcada?

—Flotaba... Ahora me acuerdo, había un poco de agua en el fondo... como si se hubiese inclinado por lo menos hasta la mitad y él hubiese conseguido enderezarla. Pero no sé qué pudo haber ocurrido tan cerca de la orilla. Era un hombre alto. Podría haber estado de pie en el estanque sin problema. Debía de estar borracho como una cuba. —Titubeó—. Perdone, señor, pero es lo único que se me ocurre. A no ser que se cayera por la borda y la barca, al balancearse, le golpeara mientras se esforzaba en ponerse de pie.

¿Por accidente? Pitt reflexionó un momento.

—Se levantó en el agua poco profunda, perdió el equilibrio, cayó y se golpeó la cabeza contra la barca —dijo—. ¿Hay algo que sugiera que ocurrió así? ¿En qué lado tenía la cabeza cuando lo encontró tendido? ¿Hacia la orilla o hacia el estanque?

—Hacia la orilla, señor, como si se hubiese arrastrado para salir. Solo sus pies seguían en el agua. No veo cómo pudo caer de esa manera.

—Si la herida en la cabeza era grave, pudo haber perecido después de llegar a la orilla —señaló Pitt.

Statham lo miró sombríamente.

—Si la barca lo golpeó cuando estaba intentando levantarse en el agua, es poco probable que llegara tan lejos... si es que el golpe fue realmente tan fuerte, lo suficiente para dejarlo sin sentido o... o matarlo.

—¿Examinó usted la barca?

Statham negó con la cabeza.

—No la inspeccioné, pero estaba cerca de la orilla y la arrastré hasta dejarla varada, señor. Por si se iba flotando a la deriva. Me pareció... lo correcto.

—Hizo bien —le aseguró Pitt—. ¿Avisó después a la policía?

—Sí. Había otro señor paseando con un perro, una especie de retriever grandote. Le dije que había ocurrido un accidente y que fuese en busca de la policía. Yo aguardé aquí. Me consta que parece una tontería... —Apartó la vista hacia el agua moteada de sol—. Me daba no sé qué dejarlo solo. Tampoco era que a él fuese a importarle...

—Hizo bien —repitió Pitt—. Ha dicho que estaba completamente mojado. ¿Incluso el pelo? ¿La cara? ¿Los hombros?

—Sí, completamente mojado. ¿Por qué?

—¿De modo que aseguró la barca para que no se fuese a la deriva?

—Sí. Pensé... No sé lo que pensé.

Statham estaba confundido y atribulado. El perrito seguía observando con atención el velero que surcaba el estanque.

—¿Ha dicho que la barca estaba mojada por dentro?

—Pues sí, bastante mojada. Muy mojada —respondió con certeza, como si la estuviera viendo otra vez.

—¿Y qué me dice de los costados? ¿Y del otro remo?

—Un costado estaba muy mojado, el otro... creo que no. Pero faltaba el remo, ahora me acuerdo.

—¿Qué remo faltaba? Por favor, tiene que estar seguro. Cierre los ojos y vea la escena mentalmente. ¿Qué estaba mojado y qué no?

Statham cerró los ojos obedientemente.

—Un remo estaba en el agua, entre la barca y la orilla donde estaba tendido. Ese costado de la barca estaba mojado... —Abrió mucho los ojos—. ¿Quiere decir que volcó y alguien la enderezó después? Sí... Por la forma en que estaba mojada, diría que sí. Un movimiento rápido. Tampoco estaba tan mojada.

—¿Y el remo? ¿Vio si tenía sangre? Por favor, sea exacto. No diga algo porque crea que es lo que quiero oír. Cierre los ojos otra vez y dígame si miró el remo para recogerlo. Descríbamelo.

—No era más que un remo de madera normal y corriente, señor. Con la pala bastante ancha.

—¿Lo recogió?

Statham titubeó.

—¿Lo hizo? —insistió Pitt.

—Lo devolví a la barca, señor. Ahora recuerdo que el otro seguía estando en su escálamo, y bien amarrado, pero ese otro estaba suelto en el agua. No sé qué pudo haber estado haciendo aquel pobre caballero. ¿Por qué se levantaría? Estaba demasiado alejado de la orilla para alcanzarla sin mojarse.

—Es posible que se diera un golpe en la cabeza. ¿Vio si había sangre en la regala? Tenía sangre en el pelo.

—No, señor, no vi sangre.

—¿La habría visto, en la penumbra?

—Hubo un amanecer despejado, señor. No vi nada de sangre, y creo que la habría visto. Aunque en realidad no miré el otro costado.

—Gracias, señor Statham. Ha sido muy amable. Le agradecería que no comentara esto con nadie más, nadie en absoluto.

—No, señor, no lo haré. Dejemos que ese pobre caballero descanse en paz. Y su familia, también.

—¿Vio a alguien más en el parque cuando llegó? ¿Aparte del hombre con el retriever que fue a avisar a la policía?

—No, señor. Solo estábamos yo y Flora. Un poco temprano para la mayoría de la gente. Por eso me gusta. O, mejor dicho, me gustaba. Ahora no me parece tan buena idea. Prefiero dar un rodeo por el otro lado.

Indicó el lugar al que se refería con un gesto de la mano.

Flora lo tomó por una señal para proseguir y se levantó de un salto.

Pitt fue de nuevo a ver al forense, a quien había interrogado después de su segunda visita al inspector jefe Gibson, pero no tuvo nada que añadir, aparte de repetir que Halberd había muerto tras golpearse la cabeza con algo sólido.

—Era alto —dijo, entristecido—. Si estaba de pie en el bote y perdió el equilibrio, haciendo que este se balanceara mucho, se golpearía la cabeza con el costado. Casi un metro noventa de caída, y con todo su peso detrás, más que suficiente para agrietarle el cráneo.

—¿Y dice que tenía sangre en el pelo?

—¡Claro que había sangre, idiota! —le espetó el forense—. ¡Se desgarró la piel y se le rompió el hueso!

—Sí, eso me dijo. Solo quería estar seguro.

El forense chasqueó la lengua y se marchó.

Pitt fue a ver al propietario de las pocas barcas de alquiler que había en el Serpentine, un hombre llamado Dale. Le pidió ver la barca en la que había muerto Halberd.

—¿No dirá nada? —preguntó Dale con urgencia—. Esa barca no me sirve de nada si la gente no la alquila. Así es como me gano el pan.

—Seguramente le pagarían el doble —dijo Pitt adustamente—. Aunque no, no diré nada. Pero necesito verla.

—No sé...

—Sí que lo sabe. Quiere que no haya el menor alboroto.

Pitt le dedicó una sonrisa forzada, poco más que mostrando los dientes.

—El caso es que la he lijado, eso sí, y también repintado —arguyó Dale, sin moverse de donde estaba.

—¿En serio? ¿Por qué lo ha hecho? ¿No las mantiene limpias?

—¡Claro que sí! —respondió Dale, indignado—. Pero la gente deja cosas... tira cosas...

—¿Qué dejó el hombre que murió en su barca? —preguntó Pitt, mirándolo de hito en hito.

Dale cambió el peso de pie.

—Un poco de sangre. Cayó y se golpeó la cabeza, según dijeron. Quedó para el arrastre.

—¿Le pareció que estaba borracho?

Ahora Dale se inquietó.

—Cuando vino a pedir la barca, no, señor, y le presté la llave de repuesto. No era la primera vez y sabía que podía confiar en él. Guardo las barcas cerradas con una cadena y candado, pues de lo contrario cualquiera podría coger una sin pagar. Vino a alquilarla con un par de horas de antelación. Pudo pimplarse unas cuantas copas entremedio. ¿O tal vez solo era torpe? ¿O le dio un ataque? —Parecía afligido—. ¿Cómo voy a saberlo?

—¿Dónde estaba la sangre? Exactamente —insistió Pitt.

—En el mango del remo, y un poco en la regala, banda de estribor. Tuvo que darse un topetazo de aúpa, pobre diablo.

—Gracias.

Pitt inspeccionó el bote, pero no había rastros de sangre. Tal como había dicho Dale, lo había limpiado a conciencia y le había dado una mano de pintura. A petición de Pitt, le mostró la ubicación de la sangre.

—Ahí —apuntó—. ¿Le dice algo?

Pitt no contestó, pero se fue con la respuesta en la cabeza. Habría tenido que ser contorsionista para levantarse, tropezar con el banco y caer de manera que se golpeara la cabeza con la regala, después con el mango del remo y, finalmente, caerse al agua llevándose el remo consigo. La respuesta más natural que encajaba con todos los hechos era que Halberd había quedado con alguien que aguardaba en la orilla del Serpentine, se acercó, varó la barca y dejó los remos en los escálamos. Entonces esa persona se agachó, agarró el extremo del remo más próximo a tierra y golpeó a Halberd en la sien, haciéndole caer por la borda. Tal vez un segundo golpe lo había rematado; aunque una caída contra la regala y luego al agua, cuando ya estaba inconsciente, también era posible. Quienquiera que lo atacara dejó que se ahogara, quizá incluso lo mantuvo sumergido, y luego lo arrastró hasta la orilla. No le habría llevado mucho tiempo, y Halberd estaba inconsciente, incapaz de defenderse. Apenas unos minutos. Después el agresor se marchó y desapareció en la noche.

Se habría mojado, tendría los pantalones empapados hasta las rodillas; ¡o un vestido! Pero ¿quién iba a darse cuenta? Quizá merecería la pena preguntar, pero sin duda el agresor ya tendría una coartada, a aquellas alturas.

Ahora bien, ¿quién lo había hecho? ¿Y por qué?

El siguiente lugar al que se dirigió Pitt fue la casa que Halberd tenía en Londres. Para entonces ya no le cabía duda de que lo habían asesinado. A pesar de que poseía una extensa finca en el campo, pasaba la mayor parte del tiempo en Londres, sobre todo cuando la reina estaba en la capital, más que en su amada Osborne House en la isla de Wight.

Esta era una de las partes de su trabajo que menos le gustaba, pero también era una de las más importantes. No podía permitirse dejar que cualquier decisión se basara en el criterio de otra persona. Llamó a la puerta a primera hora de la tarde y al ver que no contestaban, llamó una segunda vez. Abrió un hombre mayor con el rostro macilento, todavía muy impresionado y pesaroso por la muerte de Halberd.

—¿Sí, señor? —dijo sin el más mínimo interés.

—Buenas tardes —respondió Pitt—. ¿Puedo pasar, señor...?

—Robson, señor. Sir John Halberd ha fallecido, señor —respondió el hombre, con la voz tomada—. Me temo que no puedo serle de ayuda.

Comenzó a cerrar la puerta de nuevo.

—Señor Robson. —Pitt empujó la puerta con la fuerza suficiente para obligar al sirviente a soltarla—. Soy el comandante Pitt, jefe del Departamento Especial. Me gustaría hablar con usted acerca de la muerte de sir John. Tengo motivos para creer que no fue tan simple como pareció en su momento.

—No deseo comentarlo, señor. No le puedo ayudar —replicó Robson, todavía con el semblante inexpresivo.

—Lo siento, señor Robson —dijo Pitt con más amabilidad—. Creo que sir John fue asesinado, y no tengo más opción que investigar la posibilidad de que sea verdad.

Robson lo miró horrorizado, incapaz de hablar.

Pitt entró y cerró la puerta a su espalda. Lo cogió del brazo. Sin reparar en el recibidor panelado de roble ni en la magnífica escalera tallada, guio con cuidado al anciano sirviente hacia la parte trasera de la casa.

—¿Dónde está su despensa? —preguntó.

Robson parpadeó.

—¿Despensa?

—Sí. Su habitación, donde pueda sentarse y tomar un traguito de coñac para calmarse. Voy a necesitar su ayuda. Sir John era una hombre sumamente importante. Quiero asegurarme de que la persona que lo mató pague por ello. Y que la reputación de sir John no quede innecesariamente... dañada.

Por fin Robson se sintió motivado y reaccionó.

—Gracias, señor —dijo, aturullado—. Sir John era un buen hombre. No merece que lo difamen. La gente envidia a los que tienen poder. Mi padre solía decir que si quieres dinero, fama o poder, siempre habrá quienes te odien porque pensarán que es a sus expensas. Pero si lo único que quieres es ser bueno, entonces no ofenderás nadie.

Pitt aguardó. El anciano necesitaba que le dieran un poco de tiempo.

—Se equivocaba, señor. —Robson levantó la vista hacia él, tras recobrar la compostura—. Ese es el mayor desafío de todos. Poner de manifiesto las debilidades de otras personas con compasión. Es algo de lo que no puedes escapar.

Pitt recordó algunos de sus casos del pasado, sobre todo el de aquella mujer española, la santa turbulenta, la persona más desconcertante que había conocido jamás. No le habría costado coincidir con el sirviente si la bondad de Halberd hubiese sido igual que ostensible y perdurable como la de ella. El poder era harina de otro costal.

—No le falta razón, señor Robson. No tuve la suerte de conocerlo, de modo que necesito que me cuente todo lo que pueda. ¿A quién concretamente ponía en evidencia la bondad de sir John, tanto si lo deseaba como si no?

Robson lo miró a los ojos.

—¿Piensa que fue algo... personal, señor?

—Sí, así es. ¿Sería tan amable de prepararnos una tetera? Esto puede llevarnos un poco de tiempo.

Todavía estaban de pie en el pasillo que comunicaba con el vestíbulo. Pitt supuso que las cocinas estaban delante de ellos.

—Sí, señor —contestó Robson—. ¿Estaría más cómodo en la salita del ama de llaves? Ya no está aquí. Tampoco las criadas ni la cocinera. Quedaron muy afectadas por la muerte de sir John, aunque en su momento creímos que había sido un accidente. Pero lo mejor que podían hacer era empezar a buscar una nueva colocación cuanto antes. —Recordar sus deberes y algo en lo que realmente podía ayudar pareció serenarlo—. Escribí cartas de recomendación para todas, y muy pronto recibieron ofertas —prosiguió.

Una insondable tristeza se adueñó de su semblante, y Pitt pudo imaginar cómo había sido lo de perder su hogar y a quienes en cierto modo eran su familia, todo en un mismo día. Adiós a la seguridad, la rutina hecha añicos, dejando solo incertidumbre y un profundo pesar.

—¿Usted estará bien? —se interesó Pitt.

Robson se quedó de piedra.

—¿Yo, señor? Oh... sí, gracias, señor. Muy amable de su parte. A lo mejor me jubilo. Sir John me dejó bien provisto. En el campo, ya sabe. Cultivaré un jardín, quizá. Y unas cuantas hortalizas.

La generosidad de su patrón le había dado seguridad, pero no había llegado de la manera que él deseaba y, desde luego, demasiado pronto.

—¿Tenía sir John una agenda de sus compromisos? —preguntó Pitt, rompiendo el momentáneo silencio.

—Sí, señor. Se la traeré. No hemos tocado nada en absoluto en su estudio.

—¿Quiénes eran sus parientes más cercanos? Supongo que la casa será para ellos.

Le desagradaba preguntar tales cosas, pero no era un tema que pudiera pasar por alto.

Robson se consternó.

—¡Oh, no, señor! No pensará que alguien...

—No —convino Pitt—. Más bien pienso que seguramente fue miedo, enemistad personal más que codicia. Pero igualmente me gustaría saberlo.

Robson pasó delante hasta la puerta forrada de paño que daba a las dependencias del servicio.

—Sir John tenía un primo, señor. No muy cercano, me parece, pero un buen hombre. No vive por aquí. Tengo entendido que se propone vender esta casa en su debido momento —prosiguió—. Ha sido muy bueno al dejar que me quedara aquí hasta... Bueno, uno o dos meses más. Vive en algún lugar del norte. ¿Quiere que le traiga las agendas ahora, señor? ¿Tal vez mientras preparo el té? Tengo una tarta bastante buena, si le apetece un trozo.

Pitt aceptó, y mientras el sirviente preparaba el té revisó la agenda, empezando por el día en que asesinaron a Halberd, y retrocediendo a partir de ahí. Le resultó poco útil dado que Halberd no había hecho anotaciones referidas a la naturaleza de sus compromisos, solo nombres. Pitt reconoció muchos de ellos: parlamentarios, ministros del gobierno, aristócratas, jueces y algún que otro obispo. Ni una sola mención sobre el motivo de los encuentros, fueran sociales o de trabajo. Por lo que Pitt sabía gracias a Cornwallis, Halberd había vivido muy bien con el dinero de su herencia, cuidadosamente invertido, y de los beneficios que producían su magnífica casa solariega y sus tierras. Si había algo más, el Departamento Especial no había detectado indicio alguno. Sería la interpretación de lo que estaba a la vista de todos lo que quizá llevara a deducir algo más, aunque Pitt lo dudaba.

En la agenda figuraban nombres que Pitt había esperado encontrar: Algernon Naismith-Jones, Ferdie Warburton, Walter Whyte y los de otros caballeros que disponían de tiempo y dinero y nada concreto que hacer con ellos.

¿Por qué Halberd pasaba tanto tiempo con tales personajes? Parecían muy ajenos a sus propios intereses y carácter.

Cuando Robson regresó con el té y la excelente tarta, Pitt se lo preguntó.

El anciano puso un cuidado extremo al servir el té, a fin de darse tiempo para sopesar su respuesta.

Pitt aguardó. Una mentira podía revelar tanto como la verdad.

—No estoy del todo seguro, señor —dijo Robson al cabo de un rato—. Creo que respetaba bastante al señor Whyte. Se conocieron en África, hace ya mucho tiempo. A los caballeros les gusta rememorar las aventuras que corrieron en su juventud, sobre todo con quienes han visto algunos de esos extraños lugares del extranjero. ¿Usted ha estado en África, señor?

Pitt consideró que lo que Robson estaba diciendo era absolutamente cierto, pero estaba escogiendo qué partes revelar.

—No, nunca —contestó, fingiendo más interés del que sentía—. ¿Usted sí, señor Robson? ¿Tal vez ya estaba al servicio de sir John, por aquel entonces?

—No, señor —dijo Robson enseguida—. Pero he oído a los caballeros hablar mucho sobre ese continente. Parecía un lugar maravilloso pero muy peligroso. El calor, las enfermedades, los animales salvajes y personas que dejaron la civilización muy atrás. Hay quien parece pensar que si algo no sucede en tu país, donde eres conocido, no cuenta. Sir John solía decirlo. Ahora bien, él sabía...

Pitt aguardó.

—¿Más tarta, señor?

Pitt la aceptó y cambió de táctica:

—¿Sir John y el señor Whyte estuvieron juntos en el ejército?

—Oh, no, señor. El señor Whyte lo estuvo, por poco tiempo. Participó en combates muy encarnizados, según manifestó sir John. En Egipto, o en Sudán, o en algún lugar por el estilo. Allí perdió a su hermano, al parecer. Un horrible accidente de barco. Estaban muy unidos. Su hermano James fue algo así como un héroe. No estoy seguro de las circunstancias exactas, pero, según dicen, salvó la vida a mucha gente. El señor Whyte nunca acabó de aceptar su pérdida. Creo que eso era parte de lo que tenían en común.

—¿Sir John también perdió a un hermano? —preguntó Pitt, sorprendido.

—No, señor. Perdió a la dama con la que iba a casarse. —Robson respiró profundamente—. Ahora hace ya mucho tiempo, pero no me consta que alguna vez se interesara por otra. Fue antes de que entrara a servir en esta casa. Una de esas cosas de las que no se habla. Pero sé que apreciaba al señor Whyte.

—¿Y los demás que ha mencionado?

—Bastante agradables, habría dicho él. Sin mala intención. Diría que era la pasión por los caballos, de un modo u otro, lo que tenían en común.

Estaba siendo evasivo, Pitt lo tenía más que claro. ¿Por qué? Si Halberd apostaba, tampoco era para sorprenderse. Muchos hombres lo hacían. No había rumores de que hubiese perdido más que otras personas y, por descontado, no más de lo que podía permitirse perder. ¿Se había aprovechado de la desgracia ajena? ¿Acaso todo aquello tenía que ver con algo tan sórdido como una deuda?

Decidió hacer la pregunta desde un ángulo completamente distinto:

—¿Sir John criaba caballos... en su finca del campo?

—Caballos de caza, señor, no de carreras. Aunque últimamente parecía más interesado en los realmente buenos, como esos de los que el señor Kendrick sabe tanto. Al menos eso es lo que dice sir John... decía. Él...

Se calló de golpe, un poco sonrojado y sumamente descontento. Diríase que consideraba que estaba hablando más de la cuenta.

—¿Qué ocurre, señor Robson? —preguntó Pitt en voz baja—. Pienso que a sir John lo asesinaron y que lo dejaron en un lugar que diera pie a que la gente sacara conclusiones desafortunadas. ¿Por qué fue al Serpentine aquella noche? ¿Tenía costumbre de hacerlo?

Robson se desconcertó.

Pitt sintió una punzada de compasión, pero tenía que saberlo. Le gustaría poder ser más amable, pero el tiempo apremiaba.

—La verdad es que no lo sé, señor. Yo...

—Sí que lo sabe, señor Robson. Usted era su mayordomo y su ayuda de cámara. Sabe qué se ponía cada vez que salía y a qué hora regresaba. No me diga que no lo esperaba levantado. No le creeré.

—No me gusta repetir...

—Eso ya lo sé. Lo asesinaron, señor Robson. O bien alguien se citó con él y luego abusó de la confianza, o bien fue tras él y lo atacó por la espalda.

—¿En una barca, señor?

—No es probable —convino Pitt—. Tuvo que ser alguien con quien esperaba verse, pero no podía hacerlo abiertamente, en un entorno más social. O un hombre que no era de su círculo, con quien no deseaba ser visto, o si no una mujer, tal vez una mujer casada...

—A Sir John no... —comenzó Robson, y se calló de golpe.

—¿No le atraían las mujeres?

—Eso... —Robson soltó el aire despacio—. Eso no es verdad, señor. Simplemente, nunca amó lo suficiente a otra mujer para casarse con ella después de que la señorita Rachel falleciera. Tenía...

Robson aborrecía decirlo.

Esta vez Pitt no le presionó.

—Aunque supongo que no sería en una barca en el Serpentine.

Una sonrisa cruzó fugazmente el semblante de Robson y se desvaneció.

—No, señor. Él... no, así no.

—¿Qué estaba haciendo en el Serpentine, Robson? No me obligue a arrancárselo con un sacacorchos, hombre. Voy a descubrirlo. Déjeme hacerlo discretamente.

Robson se puso tenso y se cuadró como un soldado.

—Sabía muchas cosas acerca de muchas personas, señor. Estaba pendiente de los asuntos del príncipe, para la reina, por así decirlo. Su Majestad siempre confió en él. El recuerdo del príncipe Albert...

Pitt se quedó perplejo.

—¿Sir John conocía al príncipe Albert?

—Sí, señor. Fue una especie de favorito del príncipe, señor, desde que era muy joven. Eso es lo que tiene contra el príncipe de Gales, pero vela por sus intereses; lo hacía, al menos, a petición de la reina. —Robson negó con la cabeza—. He dicho más de lo que debía. Juré que nunca sería indiscreto, y es exactamente lo que acabo de hacer.

Lo dijo con culpabilidad, pero sin reprochárselo en absoluto a Pitt.

—Como jefe del Departamento Especial, comprendo lo que es la discreción, y las ocasiones en que debe romperse —dijo Pitt en voz baja, observando el rostro de Robson—. No tengo inconveniente en dejar que los secretos de sir John mueran con él, excepto el que motivó su asesinato. Ahora dígame quiénes eran sus amigos y, más importante si cabe, sus enemigos. Sabía mucho sobre mucha gente. Quizá más que cualquier otro. ¿En quién confiaba? ¿Quién le tenía miedo?

—No sabía más que cualquier otra persona, señor —repuso Robson con seguridad—. Siempre decía que nadie sabía más que el señor Narraway, ni cómo usar esa información en el debido momento.

Pitt tuvo un escalofrío, muy ligero, solo una mera advertencia.

—¿Victor Narraway? —preguntó con cautela.

—Sí, señor. Sir John decía que, si se lo propusiera, sería el hombre más peligroso de Inglaterra.

Pitt titubeó. No quería oír nada más, pero debía hacerlo. ¿Le daba miedo averiguar algo acerca de Narraway que pudiera socavar la confianza entre ambos para siempre? O quizá todavía peor: ¿qué había tenido que hacer Narraway cuando ocupaba el puesto que ahora era precisamente el suyo, y que él mismo tendría que hacer algún día?

Pero ese asunto sería para más tarde. Podía persuadir fácilmente a aquel hombre tan frágil, que en una sola noche había perdido su trabajo, su hogar, su familia adoptiva y su ánimo para levantarse cada mañana, sabiendo que se le valoraba, para que le diera las respuestas que buscaba.

Ahora estaba comportándose automáticamente, demasiado aturdido todavía por la mención del nombre de Narraway para sentir el impacto. Pitt recordaba que en los viejos tiempos, cuando era un joven que hacía la ronda, lo habían rajado durante un ataque con arma blanca. Había visto la sangre en la pierna y supo que estaba herido. Se había horrorizado, entendió que era grave y agradeció la ayuda que le prestaron, más aún cuando vio que le cortaban la hemorragia. Pero eso fue horas después, cuando el dolor se adueñó de él, con la carne caliente e hinchada, y moverse le costaba trabajo. Había visto cómo heridas peores habían afectado a otros hombres de la misma manera. La permanencia de algunas llevaba mucho tiempo antes de que dejara de haber sorpresa, sin rastro de incredulidad.

—¿Tenía enemigos políticos? —preguntó Pitt—. Lo que sabía le otorgaba mucho poder. Sin duda se interponía en el camino de personas ambiciosas, hombres a los que no podía dejar trepar más de la cuenta.

—Sí, claro —convino Robson—. El conocimiento da poder, principalmente cuando la otra persona no está del todo segura de lo mucho que sabes. Lo he visto más de una vez. El titubeo, el momento del miedo, la retirada cuando alguien se da cuenta de que no lo sabe. A veces solía preguntarme hasta qué punto era un juego, y si él en realidad desconocía por completo lo que eso implicaba. —Se mordió el labio—. Pero sin duda veía el miedo en los demás, como una sombra en los ojos. No sé si entiende lo que quiero decir.

Miró a Pitt con bastante franqueza, de hombre a hombre, como si no hubiera diferencias de rango o de poder entre ambos.

—Sí que lo sé —respondió Pitt, casi en un susurro—. ¿Quiénes serían esos hombres que sabían leerle el pensamiento cuando tanto lo necesitaban?

—Oh, eso no lo sé, señor. Excepto que sir John no era uno de ellos.

—¿Cómo dice? —replicó Pitt, confundido.

¿Dónde había perdido el hilo de la conversación? Entonces lo supo, como si hubiese abierto una puerta al viento. Robson no estaba hablando de Halberd, estaba hablando de Narraway.

—Sir John no era uno de ellos —repitió Robson.

Pitt reflexionó un momento. No quería revelar su ignorancia, como tampoco quería saber qué pensaba aquel hombre acerca de Narraway. Tanto el orgullo como la ignorancia eran lujos que no se podía permitir, y menos precisamente entonces.

—¿Y lord Narraway le fue útil a sir John? —preguntó. Robson pestañeó.

—Pues... sí, por supuesto. Me había olvidado. Lo enviaron a la Cámara de los Lores después de aquel escándalo, ¿verdad? —Hizo un contenido gesto negativo—. Es lo que tienen los escándalos: no importa que todo sean mentiras, no te quitas el sambenito de encima. Siempre habrá un idiota que dirá: «¡No hay humo sin fuego!» —prosiguió, amargado—. En torno a sir John no había fuego alguno. Ninguno en absoluto. Tenía sus defectos. Señáleme a un hombre que no los tenga. Y tenía enemigos, personas cuyas debilidades conocía, pero no podía evitarlo. No tenía un pelo de tonto. Leía los pensamientos de la gente como la mayoría de los hombres leen una página de un periódico.

—Una habilidad incómoda —observó Pitt—. Sobre todo si los demás saben que la tienes.

Robson levantó un poco el mentón.

—Hacía lo que tenía que hacer, por lealtad a Su Majestad y a la memoria del príncipe Albert, Dios lo tenga en su gloria.

—Por supuesto —dijo Pitt, esperando que los motivos de sir John fuesen tan leales y desinteresados como pensaba Robson. La mayoría de los hombres guardaban pocos secretos y aún menos heroicidades delante de sus ayudas de cámara, quienes los habían visto sin afeitar, con resaca y cara de sueño. Aparentemente, sir John Halberd era la excepción—. Si lleva usted razón, es tanto más importante que descubramos quién lo asesinó esa noche en el Serpentine, y que no permitamos que se arme un escándalo.

Robson estaba muy pálido.

—Haré lo que pueda para ayudarle, señor.

—Bien.

Pitt dedicó las tres horas siguientes a revisar todos los papeles y efectos personales que pudo encontrar con la ayuda de Robson. Estos incluían las agendas de los últimos tres años, pues las anteriores ya las habían tirado. Quedaba claro que Halberd había pasado cada vez más tiempo en el campo, con su propia cuadra, visitando otras, mayormente en zonas de cría de caballos. Había referencias al príncipe de Gales, pero no más de las que cabía esperar, habida cuenta de la amistad de Halberd con la reina y de su interés por los caballos. También había anotaciones sobre árboles y flores, sobre todo rosas.

Aparecía un sinfín de compromisos sociales. Era evidente que le gustaban la ópera, los conciertos, el teatro y la buena conversación. Tal información pintaba el retrato de un hombre que a Pitt le habría caído bien.

Una nota breve metida dentro de la cubierta de la agenda más reciente, sin fecha ni firma, decía: «El martes, no, el jueves, por favor», lo cual podría aludir a cualquier cosa. Pitt la puso aparte para llevársela consigo aunque con pocas esperanzas de que fuese a resultar útil.

Solo había dos referencias a Victor Narraway, y eran tan crípticas que dichas entradas no hacían sino añadir más incertidumbre. La primera decía meramente: «Por supuesto, Narraway ya lo sabía. ¡Cómo no!». La segunda era más larga: «No puedo evitar preguntarme si Narraway participa en esto, pero no quiero mostrar mis cartas preguntando».

Había notas acerca de Kendrick, pero en su mayoría guardaban relación con los caballos, y todas muy fáciles de entender. Kendrick había invertido mucho dinero en purasangres, y estaba cosechando éxitos. Pero eso era del dominio público, igual que la gran afición del príncipe por la hípica. Había varios nombres de otros criadores. También apuntes de grandes sumas de dinero, pero muy breves; los caballos conllevaban gastos muy cuantiosos, y a veces recompensas sustanciosas.

Lo revisó todo a conciencia, pero no encontró nada inesperado o ajeno a las costumbres de un hombre de mediana edad, de buena familia y considerables medios económicos, excepto la inexistencia de parientes cercanos, y eso era pura mala fortuna.

Pitt pidió permiso para llevarse algunos de los papeles

que había visto, dio las gracias a Robson y salió a la tarde templada con una tremenda sensación de fracaso.

Sin embargo, mientras paraba un coche de punto y daba al conductor la dirección de Lisson Grove, seguía estando convencido de que la muerte de Halberd había sido intencionada, violenta y premeditada. Después también se había ocultado muy bien. Todos los hechos que tenía se fundamentaban en testimonios. No había pruebas físicas que un tribunal fuese a considerar concluyentes.

¿Con quién había quedado Halberd en el Serpentine? ¿Y por qué? ¿Por qué no recibirlo en su casa, o en la de la otra persona, o en el salón de un hotel, una cafetería, una esquina de la calle? ¿O incluso debajo de un árbol del parque? Tenía que haber un motivo.

Tal vez la casa de la otra persona no ofrecía suficiente privacidad. Lo mismo valía para una cafetería o un restaurante. El parque después del ocaso parecía bastante apropiado, pero se corría el riesgo de dar la impresión de andar vagueando. Cualquiera podría ser abordado.

¿Había habido una tercera persona implicada, alguien reconocible? Halberd no vivía precisamente cerca del parque. ¿Acaso la otra persona sí?

Cuando Pitt llegó a Lisson Grove habló un momento con Stoker y otros dos agentes, y luego subió a su despacho, pero no tuvo tiempo de tomar notas sobre los interrogatorios que había efectuado. Había un mensaje aguardándolo, que requería su presencia lo antes posible para informar a Su Majestad. Un carruaje lo estaba esperando. Al parecer, ya llevaba allí casi una hora.

Condujeron a Pitt a palacio por el portal de las caballerizas. Un lacayo lo acompañó a la misma sala que la vez anterior. Ahora que estaba allí, aguardaría a conveniencia de la reina. No había razón para que no se sentara en uno de los cómodos y mullidos sillones mientras aguardaba, pero estaba demasiado tenso para relajarse. Fue de acá para allá como uno de los centinelas que estaban de guardia. Bien podría haber estado delante de la fachada, con una guerrera escarlata y el gorro alto de piel de oso de un guardia granadero.

Oyó que la puerta se abría a su espalda y dio media vuelta. Victoria entró despacio en la habitación. Se la veía mayor y muy menuda. De haber sido cualquier otra persona, Pitt le habría ofrecido el brazo para que se apoyara, pero uno no tocaba a la reina, ni siquiera lo sugería.

Pitt hizo una reverencia y después la observó mientras cruzaba la sala por la alfombra y se sentaba en el mismo sillón que la vez anterior. Una vez se hubo arreglado las faldas, dijo a la doncella que esperaba junto a la puerta que se marchara, y finalmente levantó la vista hacia Pitt justo cuando la puerta se cerraba con un chasquido casi inaudible.

—Bien, señor Pitt, ¿qué tiene que decirme?

Su voz sonaba firme pero un poco ronca, como si tuviera la boca seca. Era imposible que tuviera miedo de él, pero tal vez le daba miedo la verdad.

Lo menos que podía ofrecerle era ser sincero y no hacerla aguardar ni un instante, ni preguntar por segunda vez.

—Puedo referirle todos los detalles, Su Majestad —respondió. Su voz sonó alta en el silencio de la sala—, pero he llegado a la conclusión de que sir John Halberd no falleció accidentalmente como consecuencia de haberse puesto de pie en la barca y perdido el equilibrio. Creo que lo golpearon deliberadamente con un remo y que lo echaron al agua por la borda. La barca estaba lo bastante cerca de la orilla para que hubiese podido llegar a tierra sin mayores dificultades, de haber estado consciente. Pero el golpe fue tan fuerte que le hizo perder el conocimiento y, en ese estado, se ahogó.

La reina ni pestañeó.

—Entiendo.

Pitt esperó un momento pero, al parecer, ella había dado por sentado que continuaría. Se le notaban el cansancio y una insondable tristeza.

—Lo siento... —dijo Pitt instintivamente, y era sincero: lo que había averiguado acerca de Halberd era admirable, pero igualmente él se habría apenado por ella, sin que importara cómo había sido en vida.

—Gracias. ¿Por qué la policía no sacó la misma conclusión, señor Pitt?

¿Debía contarle los pormenores? Titubeó.

—¿Señor Pitt? —dijo ella más bruscamente.

—He intentado encontrar un motivo que explicase por qué sir John estaba allí, señora —respondió Pitt, un tanto incómodo—. Hay quien ha insinuado con malicia que se reunió con una mujer a la que no podía ver abiertamente. —Observó cómo la repugnancia hacía torcer los labios de la reina hacia abajo—. Nada de lo que he podido averiguar acerca de él da credibilidad a esta hipótesis, de modo que busqué un motivo distinto, un encuentro de otro tipo. —Estaba hablando demasiado deprisa. Procuró tomarse más tiempo—. Hablé con el joven que encontró el cuerpo de sir John, luego con el propietario de las barcas, e inspeccioné la suya con mis propios ojos, deteniéndome en los escálamos y los remos. Hallé pruebas de que lo golpearon con uno de ellos y después, al caer, se dio con la sien contra la regala. A juzgar por el lugar donde fue encontrada la barca y la forma del escálamo, eso no pudo ocurrir por accidente. No puedo demostrarlo porque la han vuelto a pintar, pero el joven que halló el cadáver recordaba claramente lo que había encontrado y el forense identificó las heridas correspondientes.

—Entiendo. —La reina inspiró profundamente y soltó el aire sin el menor sonido—. Me lo temía. Ojalá me hubiese demostrado que estaba equivocada. Un simple accidente. Estaba distraído, se levantó y perdió el equilibrio. Eso es lo que me habría gustado oír. Y si me lo hubiese dicho usted, me lo habría creído.

—¿En serio, señora? Sir John Halberd se había familiarizado con el manejo de las barcas en el Nilo, según me dijeron.

La reina lo miró sonriendo sin separar los labios, aunque su sonrisa traicionaba una involuntaria diversión.

—No me extraña. A decir verdad, me habría gustado que usted me dijera que fue un mero accidente, aunque me habría costado creerle. Y seguro que al final no lo habría hecho. Simplemente habría pensado que quizá trataba de ser amable conmigo, si bien una pizca condescendiente. —Endureció su tono de voz—. O si no, incompetente. En tal caso habría tenido que pedir al ministro de Interior que lo relevara de su cargo. A Victor Narraway no le habría gustado. Tiene muy buen concepto de usted. O al menos así era la última vez que lo vi, hace ya algún tiempo. No me habría mentido, al margen de lo que hubiese tenido que decirme. Un hombre inteligente, con los nervios de acero. ¿Tiene usted los nervios de acero, señor Pitt?

Esta vez no vaciló lo suficiente para que ella se diera cuenta.

—Sí, señora.

Quisiera Dios que fuese verdad. Aunque tal vez no tenía tanto temple como Narraway. Querría tenerlo y, sin embargo, le daba miedo el precio que habría de pagar.

—Siendo así, descubrirá para mí quién mató a John Halberd y por qué —respondió Victoria—. Y me lo venderá a decir cuando tenga pruebas que lo demuestren. ¿Entendido, señor Pitt?

Tenía la voz tomada, como si batallara contra un profundo sentimiento.

—Sí, señora, entendido.

—¿Sin que importe de quién se trate? ¿Esto también lo entiende, señor Pitt?

—Sí, señora.

—No me gustan las mentiras piadosas —prosiguió la reina—. Si resulta que a usted no le gusta la resolución, igualmente vendrá a referírmela. No tiene prerrogativa para decir nada por mí. Es usted un joven simpático. Tiene esposa e hijos, según me han dicho. Mi amiga Vespasia dice que posee usted un corazón noble.

Se sorprendió y lo conmovió que Vespasia hablara de él con la reina.

Victoria dio un pequeño gruñido.

—¡No soy pariente de usted, soy su reina y emperadora, y no será amable conmigo! Usted es comandante de mi Departamento Especial, y solo me dirá la verdad... a pesar de lo que usted piense que yo vaya hacer con ella, o por más desagradable que pueda ser. ¿Me da su palabra, señor Pitt?

Pitt hizo una ligerísima reverencia.

—Sí, señora. Le doy mi palabra.

—Bien. Pues entonces más vale que se ponga manos a la obra. Confío en que me informe regularmente. Buenas noches, señor Pitt.

Hizo una reverencia más completa y se marchó de la sala, caminando hacia atrás hasta la puerta, donde dio media vuelta y salió.

Un lacayo que lo aguardaba lo condujo de nuevo a la entrada trasera, aunque Pitt apenas reparó en él. Salió a las caballerizas de palacio y se encontró con que el carruaje que lo había llevado hasta allí seguía a la espera. Pidió al cochero que lo condujera a su casa de Keppel Street, y luego se repantingó en el asiento para dar vueltas y más vueltas a lo que la reina le había dicho.

¿Qué era lo que tanto temía Victoria?

Él lo sabía. ¿Por qué lo estaba eludiendo? Lo tenía ahí, en un rincón de la mente, en todo momento. Le daba miedo que el príncipe de Gales estuviera implicado. No que fuera el responsable directo, pero sí indirectamente.

La relación del príncipe con su madre nunca había vuelto a ser la misma tras la muerte del príncipe Albert. Pitt había perdido a su madre de niño, pero al menos todos los recuerdos eran limpios, había una profunda soledad, un enorme pesar ahí donde deberían haber pasado el resto de su vida juntos. No había heridas enconadas, ninguna sin cicatrizar que emponzoñara el pasado.

¡Y había prometido descubrir quién había matado a Halberd y por qué, para decírselo después a Victoria! No había escapatoria posible excepto si fracasaba tan rotundamente que ella no pudiera pensar que le mentía para encubrir algo que no se atrevía a contarle.

5

Pitt empezó la jornada temprano, yendo a ver a Jack Radley a su despacho en la Cámara de los Comunes. No quería encontrarse con él en su casa, donde sería inevitable que Emily se enterase, y era lo bastante espabilada para deducir que el caso en el que trabajaba se había vuelto más grave, con suficientes tintes políticos para que buscara la ayuda de Jack. Ya lo había hecho con anterioridad, aunque en escasas ocasiones, y solo cuando el caso involucraba a alguien que tenía relación profesional con Jack. Por lo general, había tenido consecuencias desafortunadas para Jack, que acababa decepcionado tras enterarse de cosas que le dolían. De hecho, la última vez Jack había decidido no volver a presentarse candidato al Parlamento cuando terminara la legislatura en curso.

Por supuesto, era libre de cambiar de parecer, por más improbable que ahora pudiera parecer.

Jack estaba en una reunión pese a que solo eran las nueve de la mañana, y Pitt aguardó en su despacho tras haber enviado a un mensajero a avisarle de su presencia allí, por si no regresaba directamente.

Pitt llevaba caminando de un lado para otro menos de veinte minutos cuando se abrió la puerta y entró Jack. Estaba tan guapo como siempre, pues el tiempo había sido amable con su rostro, añadiendo un aire de distinción desde que empezó a tomarse la vida más en serio. Ahora se le veía preocupado.

—Perdona que te haya hecho esperar, Thomas —dijo amigablemente—. Hay hombres que parecen capaces de hablar sin parar cuando en realidad no están diciendo nada. Me figuro que tienes un caso en el que puedo ayudar, ¿no es así?

Hizo un ademán para indicar los cómodos sillones que había junto a la chimenea de mármol que en invierno caldeaba la habitación. Como diputado, Jack ya no tenía que compartir despacho.

Pitt se sentó y cruzó las piernas con desenvoltura, como si tuviera intención de quedarse un buen rato.

—¿Conocías a sir John Halberd? —preguntó.

—Someramente. —Jack lo miró de hito en hito—. Estoy al tanto del chisme sobre su salida en barca en el Serpentine, pero me resisto a creerlo. Puedo entender que tuviera una aventura amorosa. Es un hombre normal y no está casado. Harían falta pruebas muy consistentes para que creyera que estaba con una prostituta, o que tenía una aventura con una mujer casada, y que se condujera de ese modo. —Sonrió torciendo un poco las comisuras de los labios hacia abajo—. Complicado, incómodo y completamente innecesario, además.

—¿Qué piensas que estaba haciendo allí? —preguntó Pitt con curiosidad.

Jack frunció el ceño.

—Esa pregunta no sé responderla, salvo que sin duda había quedado con alguien. No iba a salir solo a pasear en barca a medianoche. ¿Quién demonios hace algo así? Por cierto, ¿cómo consiguió la barca? ¿No las ponen a buen recaudo por la noche? ¿Amarradas con cadena y candado, por ejemplo? De lo contrario, cualquier idiota podría coger una: jóvenes un poco ebrios, ladrones por el gusto de hacerlo.

—Interrogué al dueño. Halberd tenía la llave del candado. El barquero se la dio previo acuerdo.

Jack se sorprendió.

—¿Para qué dijo que la quería?

—El pobre hombre no tuvo agallas de preguntárselo. Al parecer, no era la primera vez —respondió Pitt.

—Le tenía por un hombre cabal. ¿Me volví a equivocar?

La tristeza de anteriores errores de juicio apareció claramente a los ojos de Jack, así como en la ligera rigidez de su cuerpo en el sillón.

Pitt meditó un momento, lamentando haberse visto obligado a desilusionar a Jack en dos ocasiones, y en ambas de manera dolorosa.

Sería espantoso que Jack fuese a perder la fe en sí mismo por culpa de aquello, y había estado muy cerca de hacerlo en el pasado. Una tercera vez y se convertiría en un hábito sospechar, prepararse para que ocurriera de nuevo, de tal manera que ya no sabría ver valentía ni bondad en el prójimo. Y, sin embargo, eludirlo tampoco sería algo amable. Se percibiría como condescendencia.

Al principio Pitt había pensado que Jack era un hombre encantador y frívolo, demasiado guapo para su propio bien o el de cualquier otra persona. No obstante, durante los años del matrimonio de Jack con Emily, Pitt no solo había llegado a tenerle aprecio, sino también a ver lo mejor de él, el coraje, el buen humor e incluso el reconocimiento de su antigua superficialidad.

Ahora aguardaba a que Pitt contestase.

—Lo dudo mucho —dijo este con seriedad—. Por ahora se trata de un asunto privado, aunque tendrá que salir a la luz pública pronto, porque estoy convencido de que lo asesinaron. No sé quién ni por qué. Tal vez el porqué sea lo más importante.

Jack percibió la gravedad del asunto de inmediato.

—¿Asesinado? Y han llamado al jefe del Departamento Especial. ¿Quién ha sido? ¿La policía?

—No —contestó Pitt—. Como asunto absolutamente secreto...

Jack se inclinó un poco hacia delante.

—Dime solo lo que tengas que decirme.

Pitt sonrió de manera forzada.

—No se lo contaría a nadie si no tuviera que hacerlo. Narraway y tía Vespasia están fuera del país, en algún lugar de Europa. Ni siquiera sé dónde. Y no se lo he contado a Charlotte. Sabe que no puedo hacerlo.

—Pero ¿tienes pruebas?

—Ahora sí. Solo porque las busqué. El joven que encontró el cuerpo me contó lo que vio. La barca en cuestión la han limpiado y repintado. Pero todo encaja espantosamente bien con el informe del forense.

—Bien habrás tenido una razón para investigar —señaló Jack.

—En efecto. A petición de Su Majestad.

—Ah... ¿Te refieres al gobierno de Su Majestad, el ministro de Interior...?

—Me refiero a Su Majestad —dijo Pitt en voz baja—. Sir John Halberd era un amigo personal que investigaba cierto asunto para ella. Antes de tener ocasión de informarla de sus averiguaciones, falleció. Creo que lo asesinaron. Es posible que guardara relación con lo que ella le había solicitado.

Jack asintió, con una expresión muy grave en el semblante, aunque siguiera estando igual de sorprendido.

—Entiendo. ¿O sea que ahora tienes que saber qué fue lo que averiguó para que mereciera la pena matarlo a fin de que no se lo contara a la reina? ¿Y preferiblemente con pruebas?

—Exacto.

—Supongo que ya se te habrá ocurrido hablar con Carlisle, ¿no? Me consta que es un hombre muy raro; algo sé sobre el asunto de Resurrection Row. —Una sonrisa lúgubre cruzó su semblante—. Por Emily, aunque ella y Charlotte solían implicarse en tus casos. Lo echa de menos...

—Lo sé —respondió Pitt en el acto—. En algunos aspectos, yo también. Pero esto es más peligroso, y no puedo contárselo, ni aunque no lo fuera. Me quedaría sin trabajo.

Aquello había ocurrido ya una vez, y el recuerdo era nítido y doloroso. Había tenido miedo de que nunca volvieran a contratarlo para un trabajo que le apasionaba, la única cosa para la que tenía auténtico talento.

—No permitiré que vuelva a ocurrir —dijo con gravedad—. He agotado las oportunidades que tendré. —La comprensión que reflejaba el rostro de Jack era tan obvia que dejó caer el tema—. Sí, vi a Carlisle.

—¿Te fue de ayuda? —preguntó Jack.

—Bastante. Iré a verle otra vez, si no tengo más remedio. Pero tú estás más conectado que él con los asuntos exteriores. He revisado todos los papeles de Halberd que había en su casa. Conseguí convencer al mayordomo, que también era su ayuda de cámara, para que me los dejara ver. Le preocupa mucho que las habladurías arruinen la reputación de Halberd.

Jack se encogió de hombros y suspiró.

—Sí. —Pitt se arrellanó en el sillón—. Tengo la impresión de que hay unos cuantos hilos que sugieren una conexión con África.

Vio que el semblante de Jack se ensombrecía en el acto. Aguardó.

—¿Los bóeres? —dijo Jack con gravedad—. Me temo

que van de cabeza a otra guerra. Dios quiera que me equivoque, pero lo dudo.

—¿Pronto?

—Este año, a no ser que algo cambie de manera bastante radical —respondió Jack—. Sir Alfred Milner es un imperialista de la peor calaña. Es más terco que una mula. No sé quién demonios lo puso en el cargo, pero va derecho a un desastre. En el peor de los casos perdería la porción sur de África, desde Johannesburgo hasta el Cabo, con toda la tierra y sus recursos. No es preciso que te hable del oro y los diamantes que hay en Johannesburgo.

—¿Ese es el peor? ¿Y el mejor? —preguntó Pitt—. O más importante todavía, ¿cuál es el más probable, desde tu punto de vista?

—Que ganemos pero a un coste tremendo, no solo en vidas y reputación, sino también, para emplear un término pasado de moda, en honor. Podríamos granjearnos el odio y el desprecio de medio mundo.

Pitt ya había demostrado en dos ocasiones que Jack cometía errores de juicio, pero tenía el presentimiento de que esta vez él tendría razón. La desdichada experiencia de la guerra de los Bóeres daba fundamento a sus palabras.

—¿Te suena Alan Kendrick? —preguntó Pitt, retomando el motivo de su visita.

Jack se había esperado una crítica. Se le notaba, aunque sutilmente, en el porte. De pronto se relajó.

—Amigo íntimo del príncipe de Gales. Un oportunista, si quieres que te dé mi opinión. La reina no vivirá para siempre.

—¿Qué más?

—Tiene una cuadra de las mejores en Cambridgeshire, o en Lincolnshire o en algún lugar por el estilo. Un semental en verdad magnífico. Podría ser el próximo ganador del Derby. Y, por descontado, ganaría un montón de dinero si lo pusiera de semental poco después. Corre el rumor de que está restringiendo la reproducción del caballo a propósito.

—¿Para que suba el precio?

—Es posible. O con el fin de reservarlo para el príncipe de Gales. Sería la mejor manera de ganarse su favor. Es prácticamente lo único que sigue apasionándolo.

—¿Sabes de alguna conexión africana?

—Kendrick es amigo de Milner. No veo que eso pudiera llevar a que asesinaran a Halberd en el Serpentine... Aunque nunca se sabe. Algunos círculos son más pequeños de lo que piensas. Pero llevas razón, me estaba yendo por las ramas. Ahora mismo siempre tengo en mente Sudáfrica. —Sonrió, con un gesto súbito y encantador, lleno de afecto—. Mis secretos comerciales.

Pitt correspondió a su sonrisa.

—¿A qué intereses serviría otra guerra en África?

—¿Sin tener en cuenta el resultado? A los traficantes de armas —contestó Jack sin titubeos—. A los grandes, tal vez alemanes. Ahora son los mejores en este campo. La artillería pesada sin duda, de Krupp, en Essen. Y Mauser. Exportan fusiles a toda la región. Y desde luego tienen una cierta afinidad con los bóeres. Y nosotros, como unos estúpidos, les abonamos el terreno.

—Gracias, hombre. Mientras no empiecen a enviarlos aquí, poco puedo hacer al respecto.

—Supongo que habrás investigado a los amigos de Halberd... y a sus enemigos.

—Sí. Dos de ellos tienen conexiones con África, pero de momento con el norte: Egipto y Sudán. Y de hace mucho tiempo.

—¿Existe un chantaje con fecha de caducidad? —preguntó Jack.

—No. —Pitt se levantó y enderezó la espalda—. No, no

existe, sobre todo en lo que respecta al príncipe de Gales. Podrían vencer muchas antiguas deudas cuando sea rey. Y no tardará mucho en serlo.

De repente se le hizo un nudo en la garganta. No se trataba solo del final de un largo reinado, el cambio de siglo y un mundo que moría deprisa. También se trataba de una mujer mayor que estaba cansada, sola y temerosa de un futuro incierto que no iba a poder dirigir. Ahora también estaba el temor a que el hombre en cuyas manos iba a dejar el reino no fuese lo suficientemente sensato y fuerte para hacerlo bien. No tenía otra elección, excepto hacer cuanto pudiera durante el tiempo que le quedaba.

—Gracias, Jack.

Jack también se levantó y le tendió la mano en un gesto instintivo. Pitt le dio un buen apretón.

Aquella noche Pitt no dijo a Charlotte que había visto a Jack, y le constaba que este tampoco se lo diría a Emily. Sin embargo, esa omisión le incomodaba. De repente tenía muy poco de lo que hablar porque estaba pensando en lo que debía evitar, y aun así todos sus pensamientos guardaban relación con el tema de la muerte de Halberd.

Charlotte estaba sentada en el sofá de enfrente, el costurero abierto para elegir los hilos con los que remendar un vestido de Jemima al que se le había abierto el dobladillo. Movía los dedos con tino, puntada tras puntada, la luz de la lámpara de gas encima de ella destellaba en la aguja, y el leve clic de la cabeza sonaba rítmico contra el dedal. Era un sonido que Pitt siempre asociaba con el bienestar.

No había cambiado mucho, Charlotte. A él le parecía que casi nada. Siempre la había encontrado guapa. Siempre le había parecido guapa. Tal vez no lo fuese de una manera convencional, pero la fortaleza de carácter patente en su rostro lo atraía. No le gustaba la guapura. La obediencia, lejos de hacerle feliz, le molestaba. El predecible y constante acuerdo le hacía sentir dolorosamente solo, como si estuviera hablándole a su reflejo en un espejo, no con una persona viva, apasionada y pensante cuyas ideas y sentimientos complementaban los suyos propios, a veces los cambiaban o completaban, nunca se limitaban a devolverle el eco.

No recordaba si se lo había dicho alguna vez. Seguramente ya lo sabía, de todos modos.

—Hoy ha llegado una carta de tía Vespasia —dijo Charlotte de repente—. Desde Viena. Pero la echó al correo hace una semana, y dice que iban camino del sur, sin saber todavía adónde exactamente.

Pitt levantó la vista y se dio cuenta de que lo estaba mirando fijamente. ¿Acaso adivinaba lo mucho que extrañaba el consejo de Narraway en aquel desdichado caso de la muerte de Halberd? Intentó recordar si le había dicho a ella algo que no debería haber dicho. Detestaba no poder confiarse a ella. Charlotte comprendía las razones, pero eso no aliviaba su sensación de soledad.

—¿Te gustaría viajar? —preguntó Pitt inopinadamente.

Charlotte se sorprendió.

—Nunca he pensado en ello. Algún día, quizá. ¿Por qué? ¿A ti sí?

—Tal vez por el resto de Inglaterra. No lo he pensado mucho.

Charlotte iba a decir algo, pero cambió de parecer. Retomó la costura.

Pitt siguió observando, pero ella no levantó la vista. Anhelaba poder contarle lo que estaba pensando, preguntarle qué opinaba de Halberd. Sabía que había fallecido; al fin y al cabo, había salido en los periódicos. Quería poder decirle cuánto echaba de menos el consejo de Narraway. Y siempre tenía en un rincón de la mente lo que Robson, el mayordomo de Halberd, había dicho sobre lo peligroso que era Narraway, su mano invisible en todas partes. Un poco como el propio Halberd.

Pitt había trabajado con Narraway de forma discontinua durante varios años. Incluso sabía que él había estado enamorado de Charlotte, pero no había hecho nada al respecto. ¿En qué medida estaba ella enterada? Nunca había dicho nada a Pitt aunque, por otro lado, ella no haría algo semejante. Lo que se había expresado con palabras nunca acababa de olvidarse del todo. Era un sueño, y ahora Narraway se había dado cuenta de que Vespasia era la mujer a la que verdaderamente amaba.

Casarse con ella lo había cambiado de una manera muy sutil. La melancólica soledad se había esfumado, reemplazada por una infinita capacidad de dudar, de ser lastimado, como cualquiera que amaba con todo el corazón. Alfilerazos a los que antes restaba importancia ahora sangraban, aunque solo fuese un poco, pero lo suficiente para recordarle su propia capacidad de sufrir.

¿Cómo había sido antes, cuando era el jefe del Departamento Especial? ¿Más duro, más dispuesto a correr riesgos porque podía calibrar el coste? ¿O simplemente menos consciente de las posibilidades que tenía de perder? Había nacido en el seno de una familia de buena posición social, no aristocrática pero sí acaudalada, con un ambiente intelectual y una educación universitaria en la que había sobresalido. Pitt había descubierto hacía poco que sus estudios comprendían una licenciatura en derecho y también el derecho a ejercer en los tribunales. Lo había mantenido vigente y solo recientemente lo había vuelto a usar, y con brillantez. Un hombre complejo.

Sin embargo, Pitt también se había percatado de lo mucho que amaba a Vespasia y, aunque rara vez, de los momentos de incertidumbre, el nítido conocimiento de cuánto tenía que perder si cometía un acto verdaderamente horrible. Era la primera vez en su vida que algo le importaba tanto, y lo había encontrado después de verse obligado a abandonar el Departamento Especial, donde las apuestas eran muy altas y la pérdida quizá irreparable.

¿Quién había sido antes?

—Narraway conocía a sir John Halberd —dijo de pronto.

Charlotte levantó la vista hacia él. De modo que había acertado con sus especulaciones.

—Ten cuidado, Thomas. —Bajó la vista de nuevo a su labor—. Perdona. Sé que lo tendrás.

Charlotte tuvo la sensación de haber entrado en un territorio que ya no estaba autorizada a pisar.

En ese instante Pitt habría dado cualquier cosa con tal de volver a ser un policía normal y corriente, salvo por la confianza que habían depositado en él Narraway, la reina y sobre todo la propia Charlotte.

No se le ocurría nada que decir que no fuese trillado, y ellos nunca habían hablado por hablar.

A Pitt le sorprendió recibir con el correo de la mañana una nota breve de Somerset Carlisle invitándolo a almorzar en un club de caballeros muy distinguido. Carlisle se reuniría con él en la puerta principal a la una en punto. Iba firmada con una letra elegante y fluida que Pitt reconoció. No podía decirse que fuese una citación, pero poco le faltaba.

En otra ocasión le habrían contrariado el tono perentorio y la falta de explicaciones. Pero Carlisle sabía que Pitt consideraba que la muerte de Halberd era el asunto más importante de los que se ocupaba, y el parlamentario jamás le había hecho perder el tiempo.

Pitt se vistió cuidadosamente, a fin de encajar con el tipo

de gente que comería en semejante lugar, estrictamente exclusivo para los socios y sus invitados. Estuvo un poco cohibido mientras lo hacía; esforzarse para ir arreglado no le salía de manera espontánea, a diferencia de Narraway, que siempre iba hecho un pincel.

También puso cuidado en estar en la escalera de acceso al club dos minutos antes de la una.

Carlisle, otro de esos hombres que tenía ayuda de cámara para asegurarse de que iba elegante, se asomó a la puerta, vio a Pitt y sonrió de oreja a oreja. Su sonrisa fue más que una bienvenida; irradiaba sentido del humor y expectativas.

—Me alegra que haya podido venir —dijo en voz baja—. La comida es excelente. Le recomiendo el paté de pato, y después el cordero asado.

Como de costumbre, no aludió a la invitación tan tardía que Pitt había aceptado sin dudar.

El portero tuvo la gentileza de inclinar la cabeza ante Carlisle, miró con más detenimiento a Pitt para asegurarse de que iban juntos y después abrió la puerta interior antes de que la alcanzaran.

—Buenos días, señor.

—Buenos días —respondió Pitt, siguiendo a Carlisle hasta el gran comedor con sus arañas, sus chimeneas y una gruesa alfombra que envolvía sus pasos en silencio.

Un camarero los acompañó a una mesa apartada, junto a una de las ventanas. La vista a un patio interior era agradable. Les retiró las sillas y se aseguró de que se abrieran las servilletas y se las pusieran en las rodillas. Les ofrecieron la carta de vinos.

—Gracias, Benton —dijo Carlisle—. Tomaré el paté de pato y después el cordero. Creo que el comandante Pitt tomará lo mismo...

—Sí, gracias —convino Pitt.

El camarero les ofreció vino y Carlisle lo rehusó; después, tras un breve vistazo a Pitt, también decidió por él.

—Mejor, no —dijo mientras el camarero se alejaba—. Esto no lo hacemos por darnos gusto. Quizá lo encuentre interesante.

El regocijo seguía resplandeciendo en su rostro.

A Pitt lo habían sentado donde tenía una vista más amplia del comedor, y un momento después vio entrar al ministro de Interior, que se reunió con un miembro de la Cámara de los Lores y el embajador alemán.

—¿Lo hace por mi cultura general? —preguntó Pitt en voz muy baja.

—En absoluto —respondió Carlisle sin mirar en derredor—. Es bastante concreto. Puede demorarse con el oporto, pero le sugiero que empiece el paté en cuanto llegue.

Pitt enarcó las cejas.

—¿Se me van a quitar las ganas de comer lo demás?

—Es bastante posible.

El paté era tan rico como Carlisle había prometido, delicioso servido en rebanadas de pan moreno ligeramente tostadas. Le alegró que sirvieran el cordero antes de que viera a Alan Kendrick entrar con Ferdie Warburton pisándole los talones. Tanto si fue a petición de Carlisle como si no, y Pitt podía creer fácilmente que lo era, los acompañaron hasta la mesa contigua, y sin esfuerzo Pitt pudo observarlos sin que resultara evidente.

Kendrick se acomodó como si estuviera en su casa. Pidió sin molestarse en mirar la carta. El camarero no le preguntó si quería vino. También quedó claro debido a su conducta que Ferdie Warburton era el invitado de Kendrick. Miró por encima la carta, bizqueando un poco, y eligió algo sin pensar demasiado. Aceptó el vino que le sugirió el camarero. Permaneció sentado muy erguido en la silla.

Pitt se preguntó si lo que le ponía tan nervioso eran unas deudas o el propio Kendrick. Se decantó por lo segundo.

Kendrick, por su parte, adoptó una actitud displicente. Llevaba la voz cantante en la conversación. Pitt pilló retazos mientras daba cuenta del cordero con hortalizas de primavera.

—No sé si lo sabré para entonces —dijo Warburton, atribulado—. No conozco lo suficiente a ese tipo.

—Por Dios, Ferdie, tú eres capaz de encantar a los pájaros para que salgan de los árboles. —Kendrick no se molestaba en disimular su impaciencia—. ¡Necesito saber si hará correr a ese maldito caballo en Ascot! Necesito saber si está en plena forma. Si lo está, ganará.

—¡No va a decírmelo! —protestó Ferdie.

Kendrick se inclinó hacia delante sobre la mesa y habló en voz tan baja que Pitt no alcanzó a oír sus palabras, pero las súbitas y duras líneas de su expresión dejaban claro su significado. Después se enderezó y se apoyó en el respaldo, disipando toda oscuridad con su habitual sonrisa radiante.

—Eres un buen hombre, Ferdie. Tienes un talento extraño pero muy valioso. ¿Pido al camarero que te sirva más vino?

Ferdie aceptó.

Pitt miró a Carlisle y le sostuvo la mirada.

—Gracias —dijo en voz baja.

—Cuando hayamos terminado pasaremos al salón —comentó Carlisle, también en voz baja—. Eso debería ser todavía más interesante. Prepárese. El oporto es excelente aunque bastante fuerte. Le sugiero que juegue con él en lugar de bebérselo. Tiene que estar en plena forma si va a cruzar espadas con Kendrick.

Pitt no tenía la menor intención de hacerlo, pero se dio

cuenta de que si ahora se batía en retirada no solo manifestaría su cobardía ante Carlisle sino también, y más importante, ante Kendrick. El costillar de cordero estaba tierno y sabroso, pero de pronto perdió todo su atractivo. Ahora era solo comida. Rehusó tomar postre.

—Tonterías —le dijo Carlisle—. La tarta de manzana está deliciosa con un poco de nata. —Sonrió de oreja a oreja—. Debe hacer acopio de fuerzas, Pitt.

Veinte minutos después, cuando Pitt estaba sentado en un gran sillón tapizado en cuero y Carlisle se relajaba enfrente de él, con una copa de coñac al alcance de la mano, Kendrick y Warburton entraron en el salón.

—Hola, Kendrick —saludó Carlisle jovialmente—. ¿Le apetece un coñac? Es uno de los mejores. Napoleón habría estado orgulloso de ver su nombre en la etiqueta. Conoce a Pitt, ¿verdad? —Hizo un gesto en su dirección—. Jefe del Departamento Especial. Si no me equivoco, conocía a Victor Narraway, su predecesor.

Aunque Kendrick se vio pillado con la guardia baja, se recuperó de inmediato.

—Sí, por supuesto. Buenas tardes, Pitt.

Su actitud fue fría y distante pero suficientemente amigable.

Ferdie Warburton sonrió más afable y aceptó el sillón más cercano a Carlisle, cediendo el que estaba al lado de Pitt a Kendrick, que no tuvo más remedio que sentarse a su vez, a fin de no desairarlo, pues Carlisle era miembro de la Cámara de los Comunes aunque nunca había ostentado un cargo político, y casi seguro que nunca lo ostentaría. Era demasiado imprevisible políticamente, con sentimientos demasiado profundos para ceñirse a las normas gubernamentales, sin embargo sorprendía el inmenso respeto que le profesaban personas de dentro y fuera de la clase dirigente. Solo un necio subestimaría su influencia. Pitt lo había aprendido cierto tiempo atrás. Carlisle era un buen amigo si le caías bien, siendo entonces leal y valiente. También podía ser un enemigo igualmente malo. Tal vez Kendrick fuese consciente de ello.

El camarero apareció junto a Carlisle, que pidió coñac para los dos caballeros que ahora eran sus invitados.

—Las noticias de África no son muy buenas —dijo apenado, mirando a Kendrick—. Creo que conoce a Alfred Milner, ¿verdad? ¿Qué piensa usted que va a hacer? Supongo que en realidad no va a combatir cuerpo a cuerpo con Kruger, ¿no?

Kendrick sonrió.

—Exagera el conocimiento que tengo de él, Carlisle. Hace ya algún tiempo que dejamos de estar en contacto.

—¿Ha cambiado mucho desde entonces? —Carlisle no parecía estar dispuesto a dejar correr el asunto—. ¿Cree que piensa que Kruger se echará atrás?

Por lo que Pitt sabía acerca de Paul Kruger, presidente del Transvaal, sería el último hombre del planeta en echarse atrás ante cualquier enemigo y a cualquier coste, pero se guardó de decirlo. Aquello no iba sobre Kruger, ni siquiera sobre África; iba sobre Kendrick y lo que estaba dispuesto a decir o lo que se le podía escapar si se le presionaba.

—¿Usted piensa que no? —respondió Kendrick—. ¿O está insinuando que deberíamos hacerlo nosotros? —agregó en un tono con una ligera vena de desdén.

—En mi opinión, cualquiera con habilidad diplomática, incluso de la más elemental, debería tener el sentido común suficiente para no ponernos en una situación innecesaria —dijo Carlisle con franqueza—. A no ser, por supuesto, que tenga interés en que haya otra guerra con los bóeres.

Kendrick enarcó las cejas.

—Eso sugiere que, en su opinión, perderá.

De súbito la atmósfera se enrareció, volviéndose más tensa. Warburton se olvidó de su turbación, incluso de las carreras de caballos y del dinero, y miró a Carlisle muy serio.

Kendrick se volvió hacia Pitt.

—¿Este es el punto de vista del Departamento Especial, señor Pitt? ¿Temen que podamos perder... contra los bóeres?

Pitt le contestó con sinceridad:

—Posiblemente, no en el terreno militar, al menos durante un tiempo. Me refiero a décadas. Pero el ámbito económico es harina de otro costal...

—¿Tienen la más remota idea de la cantidad de oro que hay solo en Johannesburgo? —inquirió Kendrick—. Por no mencionar los diamantes.

—Un cálculo razonable, sí. —Pitt miró de hito en hito a Kendrick sin pestañear—. ¿Cuánto cree que una guerra, tan lejos de Gran Bretaña, nos costará en términos de dinero, armas y vidas humanas? ¿Qué me dice del futuro del comercio? Por no hablar de la benevolencia internacional. Y si lo reduce todo al dinero, tiene que poner precio al juicio de otras naciones sobre nuestra moralidad, y a lo que quizá tengamos que hacer, combatiendo contra un ejército compuesto mayormente de civiles, una población de granjeros y sus familias. Quizá paguemos por eso durante mucho más tiempo del que imaginamos.

—¡Habla como un político! —se burló Kendrick—. ¿Se va a presentar a las elecciones?

Fue un chiste, no una pregunta.

—No me parezco a ningún político de los que haya oído alguna vez —le contestó Pitt—. Escucho lo que es oportuno y lo que no, lo popular y lo impopular, lo caro y lo barato. No oigo tanto lo que está bien o está mal.

—Pues entonces debería escuchar a Alfred Milner —le replicó Kendrick—. Piensa que tenemos el deber moral, en tanto que civilización superior, de cuidar de los menos capaces, menos sensatos, menos avanzados. Se trata de una responsabilidad moral, y todo buen hombre lo acepta y da lo mejor de sí mismo. No es cuestión de contar peniques.

—Bien hablado, siendo un hombre que tiene cientos de miles de peniques —intervino Carlisle, mordaz—. Aguarde a que sus hijos pasen la noche en vela, llorando porque no tienen qué comer.

—Dudo mucho que Milner viva en un lugar donde pueda oír eso —dijo Pitt, antes de que Kendrick tuviera ocasión de hablar—. O enviar al mayordomo a por más coñac.

—En un club como este, señor Pitt, lo llamamos camarero.

El sarcasmo de Kendrick fue afilado como una navaja. Pitt se rio.

—¿El señor Milner pasa el rato en un club de caballeros? Pensaba que estaba en África parlamentando con los bóeres. Eso explicaría que le cueste captar los detalles.

Kendrick renegó entre dientes.

—Puesto que usted no es socio de este club, yo mismo avisaré al camarero.

Levantó la mano y el camarero se presentó casi en el acto.

—¿Sí, señor?

—Otra ronda de coñac —pidió Kendrick—. Excepto para el señor Pitt. Según parece, no bebe.

Mientras el camarero iba a buscar más coñac para ellos tres y lo servía, Ferdie se volvió hacia Pitt y le hizo una pregunta sobre carreras de caballos. Fue un intento evidente de dirigir la conversación hacia un tema menos controvertido.

—No lo avergüences, Ferdie —dijo Kendrick con una breve sonrisa forzada—. Su experiencia se limita a los caballos de tiro; perdón, tal vez debería decir percherones; suena menos...

—Grosero —apuntó Carlisle por él, y su sonrisa era igualmente impostada—. En realidad, creo que su pericia reside en unos conocimientos de otro tipo, más... pertinentes a... a toda suerte de cosas.

—Sí, claro. —Kendrick se volvió hacia Pitt—. Disculpe. Los apasionados de las carreras de caballos nos volvemos un poco miopes cuando se tratan otros temas.

Dejó el comentario flotando en el aire para que cada cual lo interpretara como quisiera.

Pitt aceptó el desafío. Era para lo que Carlisle le había llevado allí, y no tendría una oportunidad mejor.

—No soy de los que apuestan su dinero a un ganador —dijo, mirando a Kendrick e ignorando a Ferdie.

Se hizo un momento de silencio.

Kendrick aguardó, sin hacer caso a su coñac.

—Más bien a un caballo de caza —concluyó Pitt.

—Apostaría mi vida, y la suya, a un ganador... llegado el caso —replicó Kendrick.

Ferdie se rio un tanto nervioso.

—Propio de usted —dijo Carlisle, con una mirada cautelosa y una sonrisa en los labios—. Se lo he dicho, ocupó el cargo de Narraway. Conoció usted a Narraway, ¿verdad, Kendrick?

—Seguramente mejor de lo que usted piensa —contestó Kendrick—. O usted —agregó, incluyendo a Pitt esta vez—. Un gran recabador de información, que es, como bien dice usted, una ocupación peligrosa.

Ferdie estaba cada vez más violento. Cambió de postura en el sillón.

—Por lo general, personal y desagradable —prosiguió Kendrick—. Me figuro que es necesario escarbar en los secretos ajenos por si hay algo que se pueda utilizar. Diríase que no es una ocupación propia de un caballero. Y tal como ha observado, es peligrosa.

Pitt imaginó a Halberd inconsciente, tumbado bocabajo en las aguas del Serpentine, ahogándose. De repente se enojó mucho.

—En grado sumo —convino, sin el menor atisbo de humor en la voz, y con el rostro crispado—. Cuando descubres algo realmente feo sobre una persona, esta no se enfrenta contigo abiertamente como lo haría un soldado, o como en la tarima de la Cámara de los Comunes, para discutirlo a fondo. Es más probable que te den una puñalada por la espalda, en un callejón oscuro donde nadie te pueda socorrer. O que te rompan el cráneo y te dejen morir ahogado en un lago o un río, de modo que para un observador inexperto parezca un accidente.

Carlisle abrió los ojos como platos.

Kendrick se puso tenso.

—¡Dios mío! —Ferdie dio un grito ahogado—. ¿Está diciendo que a Halberd lo asesinaron? Recababa toda clase de información. ¡Conocía a todo el mundo!

—¡No seas tan estúpido! —le espetó Kendrick—. Te está haciendo morder el anzuelo. Lo más probable es que Halberd hubiese bebido más de la cuenta y se negara a pagar a una prostituta. El proxeneta se peleó con él y Halberd salió peor parado. Diría que fue un accidente en el sentido de que ese hombre no tenía intención de matarlo. —Se volvió hacia Pitt—. Ese es el problema cuando ustedes husmean en todo tipo de asuntos. Ni siquiera son capaces de dejar en paz a un hombre honrado, tienen que escarbar en el estiércol para sacar a la luz cosas que hombres mejores dejarían enterradas.

Se hizo un tenso silencio. Incluso Carlisle se sorprendió.

—Hablando de saber cosas —dijo Pitt lenta y claramente—, parece ser que usted sabe mucho más que la mayoría de la gente acerca de este incidente en concreto. No hay pruebas de que hubiera una mujer involucrada, ni de que fuese una prostituta con un proxeneta impetuoso. ¿De dónde lo ha sacado?

Otro silencio candente. Ahora incluso Carlisle estaba tieso en su sillón.

Kendrick por fin contestó:

—Esta vez lleva razón, Pitt. Solo ha sido una suposición descortés, basada en mi familiaridad con la víctima. Era un claro ejemplo de persona que recoge hasta el último pedacito de información mugrienta sobre la gente, y sin embargo sigue sin enterarse de cómo funciona el mundo real. Solo era cuestión de tiempo que cometiera un error que le saliera caro. Fue mala suerte que además tuviera consecuencias fatales.

Las ideas se agolpaban en la mente de Pitt, pero se las arregló para conservar la calma e incluso sonreír. Al menos eso creyó. Carlisle estaba sentado delante de él, solo un levísimo movimiento de su pecho indicaba que estaba respirando.

—Sabiendo tanto al respecto, estoy convencido de que le advirtió que buscar prostitutas en Hyde Park era una insensatez —dijo Pitt despacio—. Aparte de la incomodidad de una barca de remos para tales aventuras, es en extremo probable que te tropieces sin querer con alguien a quien conoces.

Carlisle soltó una carcajada.

Ferdie Warburton se atragantó y le dio un ataque de tos.

Kendrick se puso de pie, derribando su copa de coñac vacía, que rodó por el suelo.

—Pensaba que Narraway era horrible, pero al menos sabía lo que hacía. Usted, señor, es un necio con uniforme de policía. ¡Debería dejar ese trabajo a quienes son capaces de hacerlo como mínimo eficientemente, cuando no bien!

Dio media vuelta y se marchó, dejando a Ferdie Warburton poniéndose de pie atropelladamente para salir tras él.

—Bravo —dijo Carlisle en voz baja—. Quizá sea brillante o desastroso, pero nadie podrá decir que es usted un cobarde. Sé mucho más acerca de Kendrick ahora que hace una hora. Espero que usted también.

—Lamentablemente, Kendrick también sabe mucho más sobre mí —respondió Pitt, con la boca seca.

—Pues entonces reculará un poco —repuso Carlisle—. O bien atacará.

A última hora de la tarde, Pitt ya sabía cuál de las dos opciones iba a darse. A las cinco en punto fue convocado por Su Alteza Real el príncipe de Gales. A diferencia de la reina, no envió un carruaje a recoger a Pitt, tan solo un mensaje entregado en mano, formal y de tono perentorio. Debía llevar la nota consigo y si se la mostraba al personal del príncipe, le franquearía la entrada a Kensington Palace, donde el príncipe residía entonces.

Pitt contó a Stoker adónde iba y tomó un coche de punto al final de Lisson Grove, dando al sorprendido conductor la dirección de Kensington Palace, e indicándole la entrada en la que Pitt se debía presentar.

Se sentó en el carruaje, obviando las calles por las que pasaba y los retrasos que provocaba el tráfico atascado en el bullicio vespertino. Tenía una historia digna de mención con el príncipe, más bien poco afortunada. Había comenzado cuando expulsaron a Pitt de la policía y este encontró en el Departamento Especial al único cuerpo de las fuerzas de seguridad dispuesto a contratarlo. Aquel fue el comienzo tanto de su relación con Victor Narraway como con el príncipe de Gales, pero, que él supiera, no había conexión alguna entre ambos.

Narraway era entonces el jefe del Departamento Especial, y el príncipe de Gales era sumamente impopular entre gran parte de la población de Londres. La reina seguía llorando afligida al príncipe Albert, pese a que ya habían transcurrido años desde que falleciera. En opinión de muchos, el príncipe de Gales desatendía a sus súbditos. Vivía ostentosamente, por encima de sus posibilidades, y pedía dinero prestado a muchas personas, jamás con intención de devolverlo. A un hombre en concreto le supuso la muerte, y casi el cierre de su fábrica y la pérdida de trabajo, y, por tanto, el sustento y el hogar de cientos de familias.

El East End londinense estaba al borde de un levantamiento revolucionario. No se había producido, pero había faltado demasiado poco para tomárselo a la ligera. La autocomplacencia del príncipe era un factor que había influido mucho, y se le había hecho saber que Pitt estaba enterado.

Entonces tuvo lugar el violento y trágico asunto de la intención del príncipe de respaldar a los constructores de una línea ferroviaria desde El Cairo, en el Mediterráneo, a través de África, casi toda bajo mandato británico, hasta Ciudad del Cabo, en el extremo sur del continente, entre el océano Índico y el Atlántico Sur. Un sueño maravilloso.

Una vez más, el que Pitt resolviera un asesinato había precipitado su frustración. Y, por supuesto, Pitt había interrogado al príncipe y presenciado su fracaso. Aquello era inolvidable.

Ahora lo habían mandado llamar. Edward pronto sería rey, pero eso no alteraba el hecho de que la lealtad de Pitt fuese para la Corona propiamente dicha, no para la persona de Edward ni la de su frágil y afligida madre.

El coche de punto se detuvo. Pitt se apeó y pagó, después sacó de un bolsillo las instrucciones del príncipe, se dirigió hasta el guardia de la puerta lateral y presentó el tarjetón.

Media hora después estaba de pie junto a la ventana de una agradable sala de estar cuando el lacayo le dijo a Pitt que Su Alteza lo recibiría de inmediato.

La segunda estancia era muy semejante a la que Pitt acababa de abandonar, solo que más grande. Edward estaba de pie. Su aspecto reflejaba muy bien los sesenta y tantos años que tenía, mucho más corpulento que la última vez que Pitt lo había visto. El pelo le raleaba y la barba le cubría casi toda la parte inferior del rostro. Sus ojos tenían la misma ligera caída que siempre, y normalmente reflejaban claridad y buen humor, cuando no la alegría de vivir.

Miró a Pitt de arriba abajo con acusado desagrado.

Pitt se guardó mucho de hablar el primero.

—Alan Kendrick es amigo mío —comenzó el príncipe—. ¿Sospecha que haya cometido algún acto criminal?

Era varios centímetros más bajo que Pitt, pero aun así se las arregló para mirarlo con desprecio. Pitt se sorprendió. Aquello era lo último que había esperado que dijera el príncipe.

—No, Su Alteza Real.

No había otra respuesta posible.

—Entonces ¿qué demonios hace insultándolo en público como si fuese un delincuente común? ¿Acaso no sabe quién es? —inquirió Edward.

Pitt había intentado planear lo que iba a decir durante todo el trayecto hasta allí, pero nada de lo que tenía en mente encajaba con aquella entrevista. ¿Cómo iba a decir que lo había insultado y le había pagado con la misma moneda? ¡Parecería una riña de patio de colegio entre niños de diez años!

La verdad, o al menos parte de ella, era lo único en lo que podía confiar.

—Discutimos sobre la muerte de sir John Halberd, señor —dijo a media voz, procurando que su tono y actitud fuesen respetuosos—. El señor Kendrick creía que sir John estaba en compañía de una prostituta y que su proxeneta lo agredió. Estoy investigando el caso...

—¿Por qué, si puede saberse? —lo interrumpió el príncipe, colorado de ira—. Dejemos que el pobre hombre descanse en paz. ¿A qué viene que sea asunto suyo la manera en que ocurrió? ¿No puede dejar de meter las narices en todo?

Pitt apretó los puños.

—Si a un súbdito leal de Su Majestad, en quien ella confiaba como consejero, primero lo asesinan y después difaman su memoria, no, señor, no puedo.

—¿Asesinado? —El príncipe se desconcertó—. ¿Quién lo asesinó? ¿Piensa que fue así? ¿Está seguro?

—Creo que fue asesinado, señor. Es imposible que se cayera accidentalmente y se golpeara la cabeza contra el remo y el costado de la barca a la vez, de la manera que indicaban sus heridas y las manchas de sangre en la barca. No sé quién es el responsable ni por qué, pero estoy haciendo cuanto puedo a fin de descubrirlo, con absoluta discreción. También estoy haciendo lo posible por averiguar qué hacía allí, para empezar, en un bote de remos en el Serpentine, de noche, y aparentemente solo. Pero no es fácil hacerlo sin dañar su reputación. Tampoco lo facilita la opinión que el señor Kendrick manifestó en voz alta relativa a que sir John estaba allí con una mujer de la calle.

El príncipe apretó los labios hasta formar una línea de repugnancia, como si alguien hubiese roto un huevo podrido cerca de él.

—¿Por qué demonios haría semejante tontería? —inquirió—. ¿Lo sabe usted, Pitt?

—Carezco de razones para creer que estaba haciendo algo de ese estilo. —Pitt se encontró defendiendo a Halberd con cierto acaloramiento—. Pienso que se reunió con alguien, pero pudo ser un hombre o una mujer, y por varios motivos.

—¿Como... cuáles?

¿Debía Pitt decirle algo cercano a la verdad? ¿Mencionar a Victoria? No. No tuvo que interrogarse para saber que el príncipe era la última persona que debía imaginar siquiera la tarea de Halberd.

—No lo sé, señor. Cuanto más investigo su vida, más claro tengo que sabía un montón de cosas sobre muchas personas y asuntos.

—¿Asuntos de quién? —dijo el príncipe con recelo.

—Negocios y cuestiones políticas, señor, nada personal, hasta donde tengo entendido.

El príncipe reflexionó en silencio por espacio de varios minutos.

Pitt se mantuvo en posición de firmes, aguardando.

—Pues entonces me figuro que más vale que siga adelante —dijo el príncipe por fin—. Pero Alan Kendrick es amigo mío. Bueno con los caballos, realmente muy bueno. Nunca he conocido a un hombre que juzgue sus purasangres con más destreza. ¡Y leal! Jamás olvido la lealtad. Tampoco la deslealtad, Pitt. Recuérdelo.

—Señor.

Pitt se irguió y sostuvo la mirada de Edward. Un día aquel hombre sería rey. Llevaba toda la vida aguardando ese momento. Ahora estaba rollizo, canoso y distaba mucho de ser el joven que había sido antaño. Su ascenso al trono cambiaría muchas cosas, muchas más de las que nadie podía prever.

Quizá cambiaría por completo la vida de Pitt.

—De acuerdo —dijo el príncipe bruscamente—. Supongo que más vale que descubra qué le ocurrió a Halberd. ¡Pero no entre como un elefante en una cacharrería! ¿Será capaz?

Pitt inhaló profundamente y soltó el aire despacio.

—Sí, señor.

6

Charlotte pasó un mal día. Vio que Pitt se había vestido de manera inusualmente formal y adivinó que tenía que ir a algún sitio que lo requería. Nunca lo habría hecho de no ser necesario. De la ropa no le interesaba el estilo, solo la comodidad. El único artículo que le importaba era el calzado. Apreciaba mucho que los zapatos o botines también fuesen elegantes. Hacía poco que había abandonado la vieja costumbre de meter toda suerte de cosas en los bolsillos porque se había dado cuenta de que precisaba algo más que el aprecio de sus hombres; necesitaba su respeto. Debía tener el aspecto de todo un comandante del Departamento Especial para ganárselo, y más aún el del público en general y el de los aristócratas con quienes trataba con tanta frecuencia. Jamás estaría a la altura de Narraway en cuanto a elegancia, pero se movía con desenvoltura y eso le confería cierta distinción.

Por eso Charlotte supo que allí donde fuese a almorzar, la cita lo ponía nervioso. Había estado a punto de decir algo para tranquilizarlo, pero justo cuando iba a hablar se dio cuenta de que sus comentarios no serían bien recibidos. La tensión de Pitt no era superficial; la inquietud lo carcomía.

Y, sin embargo, él no podía contarle nada relacionado

con el caso. Ni siquiera tendría que haber mencionado a sir John Halberd y a Narraway. Por descontado, lo que esa falta de información había conseguido era que Charlotte apartara todo lo demás de su mente. Pitt no podía tener éxito en todo, nadie lo tenía, pero debía ganar en las cosas importantes. Bastantes eran ya los que pensaban que Victor Narraway había confiado demasiado en Pitt al ascenderlo tan alto y tan deprisa. Una excelente reputación como policía que resolvía asesinatos no era lo mismo que ser jefe de toda una fuerza de seguridad que se ocupaba de casos de traición, sabotaje y atentados con bomba. A menudo lo que estaba en juego era más ideológico que personal, y los infractores eran desde refugiados extranjeros sin un penique a su nombre hasta aristócratas terratenientes cuya lealtad a la Corona podía ser dudosa, y cuyas ambiciones sobrepasaban su posición.

Si Pitt estaba preocupado por aquel caso, sin duda era porque revestía importancia. Detrás había algún personaje de renombre, seguramente alguien de la alta sociedad, pues de lo contrario no habría ido a una fiesta a la que asistiría lady Felicia Whyte. Sus roces con Kendrick eran significativos, tenían que serlo, o Pitt se habría largado corriendo.

¡Pero Charlotte nada podía hacer porque él no podía decírselo! ¿Por qué diablos iba a dedicar la jornada a tareas insignificantes como limpiar la despensa, tal como estaba haciendo ahora, cuando Minnie Maude podía hacerlas la mar de bien? Minnie Maude había sustituido a Gracie cuando esta por fin se casó con Tellman y fundó su propia familia. Aparte de que, para empezar, había adoptado a un perro callejero, escondiéndolo en el sótano, Minnie Maude era una sirvienta ideal, y Charlotte ya le había tomado cariño. El perro, Uffie, era harina de otro costal. Una vez descubierto, se le había autorizado a subir, y ahora prácticamente había fijado su residencia en la cocina y se sentía plenamente en casa. Incluso Pitt estuvo de acuerdo en que se quedara para siempre, y a menudo se detenía para decirle algo, acariciarlo y admirar su suave pelaje. No tenía la más ligera idea de que Charlotte hacía exactamente lo mismo. En ocasiones incluso se había sentado con él en el regazo. Uffie acomodaba su cálido cuerpecito de inmediato, y resultaba reconfortante.

Pero Charlotte echaba de menos los tiempos en los que podía proporcionar a Pitt una ayuda más práctica. Tampoco eran tan remotos. Incluso cuando se incorporó al Departamento Especial ella solía implicarse. La vez que Narraway huyó para ponerse a salvo, Charlotte se había ido con él a Irlanda y desempeñó un papel principal en la resolución del caso. Pitt entonces estaba en Francia, dando caza a un fugitivo que había escapado de Londres, dejando a un hombre tendido en la calle con un tajo en el cuello.

Parecía que hiciera mucho tiempo que Pitt la mantenía apartada de sus casos. Quizá en parte fuese a fin de protegerla, aunque ella pensaba que mayormente se debía a que había ascendido a un puesto que no sabía si le venía grande. Observaba reglas que antes no lo habían atado tan corto. En el pasado siempre había habido otros que ejercían de árbitro final. Mientras estuvo en la policía fueron subinspectores jefe, y después, en el Departamento Especial, había sido Narraway. Ahora no había nadie.

Charlotte temía por él. Pitt nunca había cargado con una responsabilidad de tanto peso. Le costaría mucho, muchos éxitos, acostumbrarse, si es que alguna vez lo hacía. Era un hombre que rara vez daba las cosas por sentadas. Había recibido una muy buena educación y era culto, pero carecía de la desenvoltura de un caballero, la gracia y modales que eran un derecho de nacimiento. Y jamás tendría la arrogancia innata de quienes habían nacido para ser dirigentes.

Charlotte anhelaba poder protegerlo, y supo antes de formular mentalmente la pregunta que no había modo alguno en que pudiera hacerlo.

Y se sentía muy sola. Había visto lo mismo con idéntica claridad en Emily, hacía poco tiempo, cuando creía que Jack ya no la encontraba interesante. Los mismos temores asediaban ahora a la propia Charlotte. ¿Se había vuelto predecible, como un mueble cómodo predilecto, dando su existencia por descontada, solo como parte de la habitación de la casa en la que vives? ¿Cuando lo miras y de súbito ves lo gastado que está?

Mantuvo una apariencia de sosegada alegría cuando Daniel y Jemima llegaron a casa del colegio a media tarde, e incluso durante la cena. Pero en cuanto los niños fueron a ocuparse de sus cosas durante la velada, se sentó en la sala de estar con las cortinas descorridas y las cristaleras abiertas al jardín. Se acordó de los niños jugando cuando eran pequeños: Pitt enseñando a Daniel a parar el balón; Jemima agachada junto a Pitt para arrancar malas hierbas, encantada de estar ayudándole. En esas ocasiones Charlotte se había quedado dentro para observarlos, rebosante de amor. Una brisa ligera agitaba las hojas de los chopos y una agradable fragancia de rosas flotaba hasta el interior.

Todo era paz.

Pitt ocupaba el sillón enfrentado al suyo. Tenía los ojos cerrados como si durmiera, pero por la rigidez de su cuerpo Charlotte supo que no dormía. No se confiaba a ella para protegerla. Sin embargo, lo que había perdido tenía un precio demasiado alto a cambio de una teórica seguridad.

—¿Qué tal el almuerzo? —preguntó Charlotte de improviso.

Pitt abrió los ojos.

—Paté de pato y costillar de cordero —contestó—. Todo estaba delicioso.

Charlotte buscó algún indicio de humor o ligera mofa en su expresión, mas no encontró ninguno. ¿Era esa su manera de pedirle que no le hiciera preguntas, y que se esperaba de ella que así lo interpretara y obedeciera? ¿Se arriesgaba a provocar una estúpida disputa si le faltaba el suficiente tacto para enzarzarse en ella? Estaba siendo pueril, pero, aun así, la sensación de exclusión era tan aguda como un dolor físico.

—¿Con quién has comido?

En cuanto dejó escapar estas palabras se arrepintió. Pero agregar algo más quizá solo empeorara las cosas. Ella no tenía nada que contar. No había ido a lugar alguno ni visto a nadie. ¿Acaso se estaba convirtiendo en el tipo de mujer aburrida que ella misma despreciaba, que solo era capaz de hablar de chismorreos?

—Con Somerset Carlisle —contestó Pitt—. Creía habértelo dicho...

—No.

—Oh. Vaya. Bueno, pues era Carlisle.

—¿Cómo está?

Aquello era absurdo. Carlisle no habría invitado a Pitt con tan solo dos horas de antelación si no fuese por algo que consideraba de suma importancia. Recordó lo mucho que se había implicado en el pasado, y había sido difícil decir en qué lado de la ley. Sus creencias eran moralmente intachables, pero no todo el mundo estaba de acuerdo con sus procedimientos.

—Está involucrado en tu caso —sentenció Charlotte. Al ver que no le contestaba, tuvo mucho más miedo—. ¡Thomas! ¡Ten cuidado! Es un completo...

No supo cómo terminar la frase.

Pitt enarcó las cejas de golpe.

—¿Acaso no te cae bien por eso precisamente, porque es una especie de marginado, por usar el término coloquial? Impredecible y escandaloso, pero siempre valiente.

—¿Por eso crees que me cae bien? —preguntó Charlotte, sorprendida.

—Pienso que tenéis una afinidad innata.

Pitt se relajó por primera vez y sonrió.

—No soy tan extremista como él —protestó Charlotte—. ¡Ni mucho menos!

—Lo has sido —señaló Pitt—. Y no dudes que lo serás otra vez, cuando pienses que la ocasión lo justifica.

Con tanto placer como pena recordó algunos de los casos en los que había ayudado en el pasado. Había habido tragedia, peligro, intensa compasión, pero siempre aquella sensación de luchar codo con codo, de compartir algo que importaba muchísimo.

—Lo haré —convino con fervor—. No tengo que apartarme del curso de los acontecimientos solo porque esté casada. Esto no es el final de todo. Se supone que es el principio.

Pitt la miró muy fijamente, y la memoria llevó a Charlotte a cuando se conocieron, cuando él pensaba que vivía tan protegida que no comprendía cómo era la vida de la mayoría. Nunca se había preguntado de dónde saldría la comida siguiente, o si quedaba carbón para encender el fuego, si conservaría el empleo que le daba unos pocos peniques o si lo perdería. Nunca había tenido que apañárselas con lo que hubiera. Su padre gozaba de fortuna y posición.

En cambio nada de eso protegió a la familia de Charlotte de que asesinaran a su hermana mayor. Fue en tan terribles circunstancias cuando Pitt percibió su coraje y su fuerza de voluntad. Al menos entonces había pensado que era una mujer competente. Y ella estaba dispuesta a aprender. Se habían enseñado cosas mutuamente.

—Hace mucho que dejamos atrás el principio —dijo Pitt, compungido—. Jemima ya ha cumplido dieciocho.

Charlotte lo sabía de sobras. Ahora tenía una hija que ya no era una niña sino una jovencita ilusionada con su matrimonio. Hacía que de pronto se sintiera vieja, como si hubiesen transcurrido diez años mientras tenía la atención puesta en otra cosa. En realidad no se sentía así, pero ya tenía más de cuarenta. Una imagen no muy romántica, precisamente. ¿Qué veía Pitt cuando la miraba?

—Tienes razón —dijo, un poco brusca—. Me cae bien Somerset Carlisle. Tiene pasión, coraje, honor y nunca le da miedo hacer lo que considera correcto, ¡tanto si los demás están de acuerdo con él como si no!

—Me parece que te pondría nerviosa vivir con él —observó Pitt.

—Nunca se me ha ocurrido vivir con él. —Charlotte levantó la vista y pestañeó para contener unas inesperadas lágrimas—. ¿O me estás diciendo que te pone nervioso vivir conmigo? ¿O que te ponía, cuando hacía cosas impredecibles?

La conversación se había descontrolado, y eso era lo último que había deseado Charlotte. Quería ser útil, no empeorar más aún las cosas. ¿Qué podía decir para arreglar la situación?

—¿Te está ayudando... en el caso del que me hablaste?

—Creo que esa es su intención —dijo Pitt lentamente.

Charlotte lo miró, recostado en el sillón. Se le veía muy cansado y todavía preocupado. Lo último que necesitaba era una esposa que necesitase que le dijeran que seguía siendo guapa, al menos para él, y que todavía podía ayudar, estar en el meollo de las cosas, no en el borde.

Hizo una suposición, fundamentándose en lo que había oído decir en la fiesta a la que la había llevado Emily.

—¿A sir John Halberd lo asesinaron?

Pitt se quedó helado, con los ojos muy abiertos.

Charlotte entendió que había dado en el clavo.

—Dios mío —añadió en voz baja—. Qué desastre.

Pitt se puso de pie y ella también se levantó, automáticamente. Él le sacaba un palmo, aunque ella fuese alta para ser mujer.

—Se está especulando un montón al respecto —comentó Pitt con gravedad—. La mayoría de las conjeturas son muy poco amables, y del tipo que me figuro que puedes adivinar. Y tú no vas a añadir otra. ¿Entendido?

—¡Es injusto! —exclamó Charlotte, enojada; era mejor que mostrar su dolor—. Nunca he chismorreado así, y nunca he repetido un chisme excepto a ti cuando he pensado que podía serte útil.

Pitt suspiró.

—Ya lo sé. Pero Halberd se movía en las altas esferas, en lo más alto, y sabía muchas cosas sobre muchas personas. Quien lo mató no tendrá remilgos en volver a matar, si piensa que alguien es un peligro para él. Y eso podría incluirte.

—¡Soy menos peligrosa que tú! —Ahora temía por él no solo en el ámbito profesional, sino en el personal también. Se olvidó de su sentimiento de estar excluida. Dio un paso al frente y apoyó las manos en su pecho, con delicadeza—. Narraway y tía Vespasia no están aquí para ayudarte, Thomas. Voy a hacerlo yo, tanto si quieres como si no. Y tendré muchísimo cuidado. Sé muy bien cómo tener cuidado, lo sabes de sobra.

—¿En serio? —dijo Pitt con escepticismo—. Esta persona es muy peligrosa, Charlotte. Él o ella mató a alguien muy inteligente que sabía que corría peligro.

—Entonces ¿qué demonios hacía sir John de noche y a solas en una barca de remos en el Serpentine? —repuso Charlotte—. ¿Ya tienes una respuesta para eso?

—No, no la tengo.

—En tal caso, no contaba con que lo agredieran. Esperaba a otra persona. ¿Hay dos personas implicadas?

—No lo sé. Es posible. Sir John sabía muchas cosas sobre mucha gente. ¡Charlotte, por favor! No puedo permitirme estar todo el tiempo preocupado por si estás a salvo o no.

—Estaré perfectamente a salvo. No haré más que observar y escuchar. Y lo que no puedes permitirte es no resolver este caso, ¿me equivoco? —Fue duro decir aquello, pero en cuanto lo miró a los ojos tuvo claro que era la verdad—. No te estoy pidiendo que me cuentes nada —prosiguió Charlotte—. De momento ya sé que Alan Kendrick está involucrado...

—¡No lo sabes! —replicó Pitt—. No sabes...

—Vamos, Thomas. ¡Por favor! Estuve contigo en la fiesta en casa de lord Harborough. Nunca habrías perdido el tiempo conversando educadamente con Kendrick si no hubieses tenido un motivo para hacerlo. Por cierto, ¿sabías que Delia Kendrick estuvo casada antes de conocerlo? No sé con quién, pero era escocés, me consta. Y, al parecer, tampoco fue la primera elección de Kendrick. Cortejó a la hija de la duquesa de Lansdowne, y la duquesa lo rechazó porque no era lo bastante bueno para su familia.

Pitt hizo una mueca.

—¿Esto lo has preguntado?

—No, claro que no. Concédeme un poco de inteligencia.

—¿Te lo contó ella? —inquirió, incrédulo.

—¡Pues tampoco, naturalmente! Alguien lo hizo. Yo solo escuché. Delia Kendrick es el tipo de mujer de la que se suele chismorrear.

—¿Las hay de otro tipo?

—Por supuesto que sí. Principalmente el tipo de mujer

que nunca hace algo que merezca la pena airear. —Pensó que ella misma encajaba en ese perfil, pero le pareció autocompasivo decirlo—. Solo hablas de las personas que envidias —agregó.

—¿Quién envidia a Delia Kendrick?

—Felicia Whyte, por ejemplo.

Pitt la miró asombrado.

—¿Por qué?

—Porque son casi de la misma edad y Delia parece como mínimo diez años más joven —dijo con una pícara sonrisa—. ¿No te has dado cuenta?

—Nunca lo he pensado.

—¡Oh, Thomas! ¡Tanto si quieres aceptar ayuda como si no, tienes que aceptarla! —Se dio la vuelta antes de que pudiera protestar. Iba a echarle una mano, por su propio bien, pero sobre todo por el de él—. Seré discreta —agregó.

Pitt no contestó a eso último.

Fue bastante discreta. Acudió a ver a Emily de nuevo, esta vez preguntando con antelación a qué hora le iba mejor. Emily contestó de inmediato que tomar el té aquella misma tarde le venía muy bien. De ahí que a las cuatro en punto estuvieran en una pequeña sala de estar que daba al jardín. Tomaron sándwiches de pepino y diminutos éclairs de chocolate rellenos de crema.

La elegante tetera de peltre estaba muy caliente. La irían rellenando a intervalos regulares con más agua hirviendo.

Emily no perdió el tiempo con sutilezas.

—¿Has averiguado algo más? —preguntó—. ¡Sí! Lo adivino porque te veo más preocupada. ¿Qué es?

—La muerte de sir John Halberd.

Charlotte encontraba difícil decirle a su hermana lo que

era preciso que supiera, mantener ciertas cosas en secreto y, sin embargo, no dar lugar a que dijera o hiciera algo que revelara todo lo que sabía. Podría prevenir al culpable, o incluso poner a la propia Emily en peligro.

—Me lo figuraba, ¿tú no? —Emily la miró con más detenimiento—. ¿Y qué más? Veo que te importa mucho.

—Me consta que no puedes hacer un trabajo como el de Thomas sin granjearte enemigos, pero aun así... —empezó Charlotte.

—No puedes hacer casi nada sin granjearte enemigos —la interrumpió Emily—. Lo sabes de sobras. —Alargó el brazo y tocó a Charlotte con ternura—. ¿Qué ocurre, en realidad? Siempre has sido desastrosamente franca, y ahora me vienes con rodeos. Si estás molesta porque Thomas ha dejado de explicarte sus casos, no deberías estarlo. Le perderías el respeto si te contara cosas que no debe contar.

—Lo sé —dijo Charlotte con premura—. Y no, por supuesto que no quiero que traicione la confianza que han depositado en él. Pero ¿cómo voy a ayudarlo si no sé de qué va? Emily, esto es terriblemente grave. Sir John sabía todo tipo de cosas sobre un montón de personas.

—¿Chantaje? —preguntó Emily.

—¡Santo cielo! Espero que no. Era...

Se calló. No sabía cómo era. El idealismo de nada iba a servirle a Thomas, y Charlotte sin duda era lo bastante mayor para no ser tan idealista.

—¡Oh, Charlotte! —Emily negó con la cabeza, con una expresión de impaciencia—. Llevas demasiado tiempo encerrada en casa. Has olvidado cómo es la gente en realidad. Quizá hayas llevado una vida demasiado cómoda y demasiado segura durante años. Tu sentido común está hibernando. Por supuesto que podría tratarse de un chantaje, o del temor a ser chantajeado.

—Thomas sabe tantas cosas que resulta espantoso. Saberlas forma parte de su trabajo. Victor Narraway aún sabía más.

Había olvidado por un momento que Emily estaba perfectamente al corriente de la traición en Lisson Grove, así como de los viajes a Irlanda con Narraway, cuando la vida de Pitt corría peligro en Francia; o, para ser más sincera, si se había llegado a enterar de que Narraway había estado enamorado de Charlotte, o al menos había creído que lo estaba.

La expresión de Emily no ofrecía respuesta alguna.

—Pues claro que Narraway sabe un montón de cosas —dijo con impaciencia—. Y quizá Halberd no se rebajaría a chantajear a nadie. Pero ¿acaso lo sabe todo el mundo? Además, ¿qué demonios hacía en el Serpentine? Obviamente, algo secreto. ¿Y si intentó chantajear a quien no debía? ¿Supones que es alguien a quien Thomas tiene que proteger?

Charlotte se había preguntado lo mismo.

—Es posible. Tendría que ser un secreto muy grande.

—Hay muchos secretos grandes —le recordó Emily—. Se me ocurrirían fácilmente media docena.

—Bueno, no iba a ser algo de lo que todo el mundo ya anduviera chismorreando —respondió Charlotte—. ¿Qué puede ser tan grave para que merezca la pena matar por ello? Una aventura, no. La mitad de la aristocracia se acuesta con personas con las que no están casadas. Se mira hacia otro lado. No me he apartado tanto de la buena sociedad como para haberlo olvidado.

—Si tu hijo y heredero de tu título y tus tierras no es de tu marido, puede surgir cierto resentimiento —contestó Emily—. Pero esto no es lo que tenía en mente. A la gente le importa el dinero o que les hagan hacer el ridículo en público. Todos tenemos algo que nos preocupa; una posesión, la reputación o la apariencia. Sobre todo en sociedad, eres lo que le gente cree que eres, al menos para la mayoría. Nadie quiere que piensen que eres embustera o cobarde. Nadie quiere que se sepa si alguien te ha dejado plantada, o si has hecho el ridículo con un hombre que te encuentra aburrida o fea.

—Pero ¿matar para que no te hagan chantaje por una cosa así? —dijo Charlotte con escepticismo, tomando otro éclair de chocolate.

—No, de entrada seguramente no —contestó Emily, pensativa, tomando uno a su vez—. Pero a lo mejor lo había intentado demasiadas veces. O chantajeaba a alguien por una nimiedad cuando en realidad tenía algo mucho más grave que ocultar. ¿No te parece?

Charlotte reflexionó unos minutos.

—Tal vez. Pero parece que se trata de un asesinato normal y corriente, no algo que justifique que se avise al Departamento Especial. Ocurren toda clase de cosas tristes y sórdidas, a veces a las personas que menos esperarías que les ocurrieran. Pero aun así no son asunto del gobierno.

Emily levantó la vista y miró a Charlotte con una expresión exagerada de paciencia.

—Has estado demasiado tiempo al margen de la vida social. Estás empezando a volverte...

—¿Corriente? —sugirió Charlotte—. ¿Tal vez eres demasiado considerada para decir «aburrida»?

—¡Oh, por Dios!

Emily la miró fijamente, pero en lugar de desdén había una súbita ternura en sus ojos.

Charlotte tenía miedo de preguntar. Se sentía muy vulnerable. Emily era su hermana menor, solo por un par de años, pero ella siempre había sido la mayor, la más alta, la líder en muchos sentidos. Emily poseía título y dinero, pero Charlotte nunca se los había envidiado. Tenía la seguridad emocional de estar con un hombre que la amaba, y con el que había corrido sus aventuras. Tenía la sensación de contar con una meta en la vida porque se comprometía a ayudarlo en asuntos que eran importantes, que tocaban las mayores alegrías y las peores tragedias de la vida. Al menos así había sido hasta hacía un tiempo.

Ahora Emily había pasado por su crisis de sentirse abandonada, de convertirse en un apéndice innecesario, y había vuelto a encontrar una meta. Era Charlotte, la apasionada e indómita Charlotte quien se sentía marginada y más ornamental que útil. Excepto que nunca había sido una auténtica belleza, sino, más interesante que eso, una mujer dinámica, vehemente, con un fuego interior que en los últimos tiempos se había enfriado considerablemente.

Compasión era lo último que deseaba en este mundo, particularmente la de su hermana menor, que al parecer la conocía demasiado bien.

—Oh, por Dios... ¿Qué? —inquirió Charlotte.

Emily se mordió el labio.

—Iba a decir «demasiado idealista» —contestó—. Has olvidado lo corrientes que somos todos. Debajo de la ropa extravagante y los estudiados modales, somos tan triviales y miserables como cualquiera. Sé que parece absurdo, pero incluso los duques y duquesas tienen catarros, indigestiones y espinillas, y otras dolencias todavía más indelicadas.

Charlotte se rio a su pesar, y entonces se dio cuenta de lo cerca que había estado de echarse a llorar. ¿Era porque estaba asustada y se sentía inútil dado que Pitt iba tan por su cuenta que ella no lo podía ayudar? Ni siquiera podía decirse de qué iba el asunto en realidad.

—Nadie puede chantajearte por eso —contestó a Emily—. Como bien dices, es la suerte común de los seres humanos. Si Thomas está implicado, y realmente asesinaron a sir John, significa que es algo que afecta a la seguridad del Estado, no de alguien a quien meramente se haya puesto en un aprieto, por peliagudo que sea.

—Pues tenemos que descubrir quién se sentía tan vulnerable para arremeter de esa manera —dijo Emily con sensatez—. Y sé de un lugar por el que empezar esta misma tarde. ¿Alguna vez has estado en un club de señoras?

—¿Un club de señoras?

Charlotte procuró que no se le notara la decepción en la voz, pero en cuanto se oyó se dio cuenta de que no lo conseguía.

—No es lo que piensas. —Emily negó con la cabeza—. Santo cielo, ¿me ves yendo a semejante lugar, si no es bajo coacción?

—No.

—La verdad es que es muy interesante —prosiguió Emily—. Nos preocupan mucho decisiones recientes del Parlamento, los últimos acontecimientos y los planes para el futuro. Y no digo esperanzas; me refiero realmente a planes. Grandes ideas, Charlotte. Te encantaría.

—¿Grandes ideas sobre qué? —preguntó Charlotte, un tanto escéptica.

Los ojos de Emily brillaban de entusiasmo.

—Mejoras en la salud, cambios en la ley, en las condiciones de trabajo, la reforma de las prisiones. Llegará un día en que las mujeres podremos votar igual que los hombres.

—¿El derecho a voto? ¿Te refieres a votar para el Parlamento?

—¡Sí, claro que me refiero al Parlamento! —exclamó Emily—. ¿Por qué no? Somos tan inteligentes como los hombres. Quizá no recibamos tan buena educación, pero ¿conoces a alguna mujer que no sea como mínimo tan buena como un hombre cuando se trata de juzgar el carácter de una persona? ¡Tenemos que serlo! Nos las arreglamos solo porque vemos a través de la pomposidad y entendemos lo que la gente realmente quiere decir cuando pronuncia esos largos y grandilocuentes discursos. Por supuesto que habrá ignorantes y soñadoras entre nosotras, tal como los hay entre los hombres. Pero, por lo general, somos más prácticas. Sabemos que lo que importa es tener un techo sobre la cabeza, preferiblemente sin goteras, comida en la mesa y agua clara para beber. Por eso tenemos que trabajar. Tenemos que producir bienes que otras personas compren, y que lo hagan a un precio que dé beneficios. Para sobrevivir, tienes que ganar más dinero del que te cuesta vivir. El idealismo puede venir después, cuando tienes resuelta la supervivencia.

Charlotte la miró fijamente. Cuanto estaba diciendo tenía más sentido práctico del que creía que Emily poseía. Aunque, pensándolo bien, se dio cuenta de lo pragmática que había sido siempre su hermana. La soñadora era Charlotte.

—Tienes razón —convino con fervor—. Deberíamos tener derecho a votar quién va al Parlamento. ¡Un día tal vez incluso podamos representar nosotras al pueblo! ¿Por qué no?

—Entonces ¿irás al club de señoras conmigo?

—Sí, claro que iré.

—Bien. —Emily se levantó—. La verdad es que no vamos vestidas para la ocasión. Me cambiaré y buscaré algo para ti.

—¿Ahora? —dijo Charlotte, incrédula—. ¿Esta tarde?

—Desde luego. —Emily enarcó las cejas—. ¿Por qué no? ¿Acaso tienes tiempo que perder?

—¿En qué nos puede ayudar para descubrir quién mató a John Halberd o por qué?

—No lo sabré hasta que lo intentemos. Delia Kendrick

asistirá, espero. Y Felicia Whyte es una gran simpatizante. Y habrá otras...

—Siendo así, vayamos. Pero tienes razón. —Charlotte se miró la falda tan sencilla que llevaba y la bonita pero informal blusa—. Debería ponerme algo mejor que esto. ¡Parezco... provinciana!

Emily disimuló su sonrisa.

—Algo encontraré. —Se estaba dirigiendo a la puerta. No tenía que recoger la mesa del té. Tenía servicio que se ocuparía de hacerlo—. Vayamos arriba a ver qué te puedes poner.

En el vestidor de Emily esta enseguida se decidió por un vestido de tarde. Era bastante formal pero no deslumbrante. Sabía que el azul verdoso en tono pastel favorecía sobremanera su tez clara.

Cuando eran jóvenes, a Charlotte le divertía ser la hermana mayor. Ahora lo encontraba mucho menos divertido.

Emily revisó los trajes y vestidos de su armario. Había bastantes que le gustaron mucho a Charlotte. Señaló un vestido de color lila.

Emily negó con la cabeza.

—Estos colores son demasiado claros para ti. Parecerá que hayas caído enferma.

Charlotte hizo una mueca.

—¿Y ese azul grisáceo?

Emily se mordió el labio.

—No te cabrá.

—¿Cómo lo sabes si no me lo pruebo?

—Porque eres unos centímetros más alta que yo, y tienes una constitución un poco más... generosa...

Charlotte soltó un bufido.

—¡Quieres decir, más gorda!

Emily se encogió de hombros.

—Quiero decir... quiero decir que tienes más... —Hizo un gesto delicado señalando su propio busto y su escasa cadera—. Más femenina. ¡Y no pongas esa cara! Casi todos los hombres prefieren a las mujeres con curvas que a las que no tienen.

—¿Cómo lo sabes? —preguntó Charlotte.

—Porque los observo, por supuesto. ¿Qué pensabas? Quizá tú no sepas cuántos hombres te miran con admiración, pero los llevo viendo toda la vida. A ver, pruébate este. Es un traje, o sea que no te quedará estrecho de cintura. Y ponte esta blusa; nunca me los he puesto juntos, de modo que no parecerán míos.

—¡Es gris! —dijo Charlotte, dubitativa.

Emily puso los ojos en blanco.

—Ya lo veo. Pero la blusa es de un blanco deslumbrante, y con todo ese encaje quedará de maravilla. Póntelos y deja de quejarte. Tenemos que llegar con suficiente antelación.

Charlotte se quedó asombrada. A la falda quizá le faltaban un par de centímetros para que fuese ideal, pero Emily llevaba razón con la blusa: la favorecía de manera extraordinaria. Precisaba un traje de color liso para resaltar. Se lo agradeció de manera sentida y ambas partieron en el carruaje de Emily hacia el mejor club de Albemarle Street, que admitía a hombres y mujeres.

Charlotte estaba nerviosa, pero si no se arriesgaba, nada obtendría. Pitt creía que a John Halberd lo habían asesinado, tal vez porque sabía algo acerca de un hombre o una mujer que no podían permitirse hacerlo público y, más probablemente, decírselo a una autoridad que pudiera enjuiciarlos, destituirlos, o ambas cosas. Aquel era el tipo de lugar en el que se reunía esa clase de personas. Vespasia habría sido perfecta para hacer averiguaciones mediante la observación y el conocimiento de los asiduos, así como de todos sus sueños y sus pesadillas. Pero no estaba en Londres. Todo dependía de Charlotte, con la ayuda de Emily. El club tenía el encanto de una gran y acogedora casa particular. Había jarrones con flores frescas, en arreglos más bien informales, como si la anfitriona las hubiese escogido en el jardín. El salón al que las acompañaron tenía una notable colección de cuadros en las paredes.

Charlotte vio en el semblante de Emily que su hermana conocía a muchas de las mujeres que ya estaban allí, y que se sentía bastante a gusto. Ella en cambio tenía que esforzarse para aparentar que lo estaba tanto como su hermana. Era preciso que lo hiciera, si quería aprovechar algo de lo que ofrecía la vida social. Solo era cuestión de rememorar el pasado y no hablar demasiado a menudo, pero como si hiciera ese tipo de cosas a diario.

Al principio Charlotte no vio ni a Felicia Whyte ni a Delia Kendrick. Observó y escuchó, y la arrastraron a un círculo en el que se discutía con suma seriedad la probable posibilidad de que estallara otra guerra con los bóeres por Navidad, junto con el cambio de siglo para entrar en el veinte. El tema era desalentador y los sentimientos, poderosos. Una señora había perdido a su hijo en el anterior conflicto armado en Sudáfrica y, como era de entender, tenía las emociones a flor de piel. Se había ido de su vida un buen día, embarcándose en una aventura en un lugar del que todo el mundo había oído hablar pero al que muy pocos habían ido. Habían recibido un puñado de cartas, valientes y llenas de vívidas descripciones. La última les llegó cuando ya había fallecido, y nunca lo volvieron a ver. El sentimiento de pérdida era irreal, una lo olvidaba y lo volvía a recordar con renovado dolor.

—Me enfurece que no tengamos influencia alguna en el gobierno —dijo una mujer con vehemencia—. Si fuésemos iguales, podríamos poner fin a este desaguisado.

—Dudo que alguna vez lo seamos —dijo otra, con poca energía—. Iguales, no.

—Un nuevo siglo, nuevas ideas... —terció su acompañante en un tono más esperanzado.

—Sigue reduciéndose a un asunto de dinero —le dijo la segunda mujer—. Hay diamantes y oro en el sur de África, y quién sabe qué más. Apenas hemos arañado la superficie.

—No es de extrañar que los bóeres quieran conservar esas tierras —agregó Emily, dando su opinión con una expresión de comprensión y pesar.

Charlotte había decidido no hablar, limitarse a escuchar, pero la emoción se impuso a la razón.

—No se trata solo de que perdamos o no la guerra —dijo muy claramente—. La cuestión es quién se quedará con esos recursos si no lo hacemos nosotros. —Tomó aire—. Que probablemente será el káiser.

Se hizo un momento de silencio mientras las demás mujeres la miraban fijamente. Fue Emily quien lo rompió.

—No es la primera vez que oigo este supuesto —comentó muy seria.

—¿En boca de quién? —inquirió la tercera mujer.

Emily sonrió y permaneció callada, pero el ambiente se enfrió de tal modo que ninguna de las presentes pudo obviarlo.

La idea se abrió camino a la fuerza en la mente de Charlotte: ¿era eso contra lo que Pitt estaba luchando en realidad? ¿Y no lo había contado, no porque fuese secreto sino porque inspiraba mucho miedo?

Fue entonces cuando se les unieron primero lady Felicia y un momento después Delia Kendrick. Era una mujer de estatura normal y figura común y corriente, pero tenía una abundante mata de pelo negro que relucía y ojos tan oscuros que al mover las pestañas parecía que diera sombra a sus mejillas.

Charlotte estuvo más que contenta de cambiar de tema. La verdad de lo que había dicho era una amarga intromisión en el idealismo de unos momentos antes. Pero la cuestión de los bóeres siguió dominando la conversación, pese a que tanto Felicia como Delia acababan de unírseles.

—Dudo que lleguemos a una guerra de verdad —dijo lady Felicia en un tono tranquilizador—. El señor Kruger se echará atrás.

Delia enarcó sus cejas negras.

—¿Quiere decir? Si lo hace, perderá el liderazgo de los bóeres.

—Tonterías —repuso Felicia, descartando la idea—. Los venceríamos. Dudo que eso sea lo que quieren.

Delia se volvió hacia ella.

—¿Desearía que la gobernara una potencia extranjera desde el otro extremo del mundo, a miles de kilómetros, que además no supiera nada sobre su vida y sus costumbres? ¿Que está en invierno cuando tú estás en verano, y viceversa?

—Allí donde estuviera, preferiría que me gobernara Gran Bretaña en lugar de estar muerta —respondió Felicia, mirando a Delia descaradamente.

Delia esbozó la mínima expresión de una sonrisa.

—No lo dudo —dijo en voz muy baja.

Transcurrieron unos segundos antes de que alguien se diera cuenta del doble significado del comentario, y de pronto todas guardaron silencio. Ya no se trataba de una discusión política; era mucho más personal y sin relación alguna con Sudáfrica, la guerra o la independencia.

Felicia se puso como un tomate.

—Y preferiría lo mismo para mi familia, al margen de mi propio orgullo. —Se dirigía exclusivamente a Delia—. Tal vez usted discrepe. Me da la impresión de que la familia le resulta mucho menos importante. Tengo entendido que su marido tiene intereses en la industria pesada, ¿verdad? ¿Armamento, tal vez?

La insinuación fue muy leve, pero nadie la pasó por alto.

Ahora era el rostro de Delia el que estaba tenso, con dos manchas de color en sus blancas mejillas.

—Me figuro que fue su esposo quien se lo contó, ¿no?

Una de las demás mujeres estaba haciendo lo posible para interrumpir, pero se dio cuenta de que iba a ser inútil. Un aparente cambio de tema no iba a traer la paz.

—Veo difícil que vendamos armas a los bóeres —dijo Emily—. Sería traición, y estoy convencida de que el señor Kendrick no haría algo semejante. Seguro que esta cuestión ni siquiera se ha planteado.

—Por supuesto que no —espetó Delia—. Me parece que no es para nada de lo que estamos hablando.

—Ni por un asomo —convino Felicia—. Este es un asunto muy... viejo, una diferencia entre nosotras, por así decir.

—Más viejo para unas que para otras —agregó Delia, mirando a Felicia de arriba abajo, desde el reluciente cabello rubio, la luz resaltando unos pocos toques plateados, pasando por la pálida piel, muy bien delineada en los ojos y la boca. Después posó la mirada en su esbelta y elegante figura, envuelta en un vestido de tarde perfectamente entallado.

—Unos veinte años —contestó Felicia—. Para cambiar por completo de tema, ¿cómo está su hija? Alguien me refirió que se casó y vive en... He olvidado dónde, ¿en otro país? Espero que no sea Sudáfrica. No se fugaría para casarse con un bóer, ¿verdad?

Ahora fue Delia quien se puso muy pálida.

—No se fugó, como tan groseramente ha dicho. Se casó

con un escocés, que no es alguien de otro país, tan solo el norte de este.

—Me pregunto si no deberíamos retomar el tema de lo que podemos hacer para influir sobre el gobierno —sugirió otra de las mujeres presentes, pero nadie le hizo el menor caso.

—Dudo que los escoceses lo vean así —replicó Felicia como si la otra dama no hubiese hablado. Torció un poco hacia abajo las comisuras de los labios—. Aunque queda bastante lejos de Londres. ¿Le gusta Edimburgo? He oído decir que es una bonita ciudad. Un poco fría, tal vez. Pero, por descontado, una mujer debe vivir donde su marido tiene su... ocupación. —La elección de la palabra daba a entender que era alguna clase de comerciante.

—Nunca ha mencionado Edimburgo en sus cartas. No vive allí. Y la finca de su marido está más al norte, cerca de Perth —la corrigió Delia, con la voz tensa.

—Creo que no me apetecería demasiado —repuso Felicia, impostando un escalofrío.

—No se lo han ofrecido —repuso Delia a su vez, mordazmente.

Felicia levantó las cejas de golpe.

—¡Querida, me han ofrecido toda suerte de cosas!

Delia sonrió.

—No lo dudo...

Dejó el comentario flotando en el aire, aunque su significado estaba tan claro que resultaba despiadado.

Alguien se echó a reír y de inmediato se reprimió.

—En verdad opino...

La mujer que había hablado antes hizo otro intento de retomar el tema de actuar para influir en el gobierno.

Felicia estaba tan furiosa que apenas podía respirar, cosa que le estaba bien empleada.

Delia dio media vuelta para marcharse.

Felicia recuperó la voz.

—Tiene suerte de encontrar «amigos» —dio un curioso giro al significado de la palabra— que puedan ayudarla. ¿El señor Narraway, fue? Ahora lord Narraway, por lo que sé. Aunque lo más probable es que siga manteniendo sus viejos hábitos. No me imagino cuánto le pagaría usted, pero tuvo que ser una buena suma.

Charlotte oyó a Emily inspirar bruscamente, y notó un escalofrío que le recorrió el cuerpo entero. ¿Podía ser verdad? Hacía varios años que conocía a Narraway. Creía conocerlo bien, incluso ciertos aspectos de su carácter que otros ignoraban. Había presenciado su arrepentimiento en Irlanda cuando se vio obligado a hablarle de las cosas que había hecho, por necesidad, para atrapar a los enemigos de su país. Se avergonzaba de las mentiras que había explicado, de las personas violentas y desesperadas a las que había traicionado, para luego odiarse a sí mismo por haberlo hecho. Aunque volvería a actuar de igual manera. Los soldados contra los que luchas, sean militares o civiles, están atados por sus lealtades del mismo modo en que tú lo estás por las tuyas. Así es la guerra para todos. Puedes quedar atrapado en una situación en la que, hagas lo que hagas, te vuelves en contra de alguien que confía en ti. Charlotte sabía que le dolía de un modo que tal vez ni siquiera Pitt entendía. Un hombre esconde sus heridas delante de otro hombre, pero en ocasiones permite que una mujer de su confianza las vea.

Narraway había confiado en ella: durante una breve temporada la amó, o creyó que así era. Ahora amaba a Vespasia, con una entrega absoluta. Y Charlotte también quería a Vespasia. Aun así, ¿qué sabía Vespasia de los años anteriores a que ella y Narraway se conocieran, las cosas que le habían enseñado su sabiduría y compasión? Esas no se aprendían fácilmente. ¿Amaría Vespasia a Narraway si lo que Felicia daba a entender resultase ser verdad? ¿Estaba ella en lo cierto? ¿O simplemente arremetía contra cualquiera que tuviera a mano, movida por su propio sufrimiento?

—¿Qué consiguió lord Narraway con eso? —preguntó Charlotte. No iba a dejarlo correr—. ¿Dinero? ¿Tanto lo necesitaba?

Felicia la miró como si acabara de reparar en su presencia.

—Dinero, no, señora... Pitt. —Su desdén era afilado como una cuchilla—. Por supuesto que no lo necesitaba. Poder, y la capacidad de manipular a otras personas. Siempre se trata de lo mismo en los hombres como él. ¿No es cierto, Delia? Poder para usarlo en el momento que quiera, durante el resto de su vida. Así es como trabajan esas personas: información, miedo, la fuerza de la mente. La verdad, ¡qué ingenua es usted!

Emily se sintió herida en sus sentimientos. Había amado a tía Vespasia desde hacía tanto tiempo como Charlotte, y en realidad era tía suya por matrimonio, no de Charlotte.

—No es tan ingenua —dijo, torciendo un poco el labio—. Solo es que sabe mantener la boca cerrada y dejar que otros digan todo tipo de cosas que quizá luego lamenten... profundamente.

Felicia temblaba con una ira que apenas lograba contener.

—¡Quiere decir que escucha y después se va a contar los chismes a todas sus amiguitas! Dios nos asista. Pensaba que era una de nosotras, señora Radley. Usted me hizo creer que lo era.

Fue una observación devastadora, con la intención de cerrar todas las puertas a Charlotte de entonces en adelante.

Sorprendentemente, fue Delia Kendrick quien salió en

defensa de Charlotte, antes de que a Emily se le ocurriera algo que decir.

—Santo cielo, Felicia, si ha pensado por un instante que es ese tipo de persona, y ha dicho todo lo que acaba de decir, ¿qué demonios habría dicho si confiara en ella? ¡Me muero de ganas de saberlo!

Felicia agarró su copa de vino como si fuera a tirársela a Delia a la cara.

—Si hace eso —dijo Delia claramente—, será usted quien no volverá a ser invitada a estas reuniones. Me encargaré de ello. Y, créame, el señor Narraway no es la única persona que sabe unas cuantas cosas escogidas sobre otra gente.

—¿Me está amenazando, Delia? —Felicia tenía el rostro ceniciento—. Porque, si es así, ¡también yo sé unos cuantos secretos! ¡Y el señor Narraway quizá acepte dinero para callarse, pero yo no!

—¿Acaso se lo han ofrecido? —replicó Delia—. No sabía que estuviera en una situación económica tan... embarazosa.

—¡La dejó a usted por mí! —espetó Felicia—. ¡No lo olvide!

Delia hizo una mueca de dolor.

—Yo estaba embarazada —dijo entre dientes—. ¿O acaso ha decidido olvidarlo?

Felicia dio media vuelta y se marchó a grandes zancadas.

Emily suspiró.

—Qué lástima. Creía que íbamos a hablar de la batalla por el sufragio femenino. Seguro que tiene opiniones interesantes al respecto.

—Yo estoy sumamente interesada —respondió Charlotte, sorprendida de que, con la cabeza dándole vueltas después de todo lo que había oído, todavía dijese aquello con bastante sinceridad.

—Pues claro —intervino una de las mujeres del círculo, recobrando la compostura con cierto esfuerzo, y agradecida por el cambio de tema—. Permita que le contemos lo que hemos hecho hasta ahora y los planes que tenemos.

Charlotte sonrió y se dispuso a escuchar.

7

Charlotte estaba plantada en medio de la sala de estar. Se había cambiado, quitándose la ropa que le había prestado Emily para ponerse de nuevo la suya, y le había referido a Pitt casi todo lo importante que había ocurrido por la tarde en el club de señoras.

Pitt se quedó atónito, no porque Delia Kendrick y Felicia Whyte hubieran discutido tan abiertamente, aunque no dejaba de ser sorprendente, sino por la certeza de Felicia en cuanto a que Victor Narraway había ayudado a Delia a ocultar algo hacía unos veinte años. Y, al parecer, el secreto seguía siendo lo bastante oscuro e importante para seguir suscitando intensos sentimientos. ¿Era posible que lo hubiese hecho para embolsarse un dinero, tal como suponían? Y más importante aún, ¿se trataba de un secreto con el que se podía manipular a otros?

Charlotte estaba apabullada, dolida, como si algo la hubiese golpeado cuando menos lo esperaba. Le importaba mucho, tal vez porque había visto la vulnerabilidad de Narraway, mientras que para el resto del mundo parecía muy inteligente, elegante, siempre un ganador, indemne a las heridas que afectaban a los demás. Pero así había sido ella siempre. Podía odiar a un ganador, perder los estribos y pelear más allá de lo razonable contra lo que considerase injusto o cruel. Pero en cuanto percibía un sufrimiento verdadero, tendía la mano. No podía evitarlo. Nunca haría daño a alguien que ya estuviera lastimado, ni siquiera con una palabra severa, mucho menos con un acto. Y deploraba la duplicidad y la manipulación.

La indignación y esa apasionada compasión fueron lo primero que hizo que Pitt se enamorase de ella, todos los sentimientos que eran tan fuertes en su naturaleza.

En el anochecer veraniego con la lámpara encendida y las cortinas todavía abiertas, la luz entraba oblicua, dorada, y ella habría podido ser la misma jovencita que era cuando se conocieron, ¡solo seis años mayor que Jemima ahora! Cómo fluía el tiempo, tan engañoso como un cambio en la luz que entraba en la sala.

—¿Has preguntado a Felicia a qué se refería? —quiso saber Pitt.

—No, por supuesto que no. Me habría delatado —repuso Charlotte acaloradamente—. Y la he odiado por sus chismorreos. He dicho algo en ese sentido. Dudo que me vuelvan a invitar.

—¿Eso ha sido todo? ¿Un chisme?

Pitt deseaba con tantas ganas como ella que fuese cierto, pero su mente racional no lo aceptaría.

—No. —Negó con la cabeza—. En realidad han hablado de toda clase de asuntos serios. El voto para la mujer, algún día. Y la probabilidad de que estalle otra guerra en Sudáfrica. ¿Crees que la habrá?

Pitt titubeó. Charlotte solo le estaba preguntando su opinión, no datos concretos.

—Mucho me temo que sí. Milner goza de gran reputación. El ministro para las colonias tiene muy buen concepto de él, y creo que el primer ministro también. Aunque parece ser que está manejando a Kruger bastante mal. Tiene que ver con el Imperio, y con lo que percibe como nuestro deber con los pueblos que tenemos a nuestro cargo en todo el mundo.

Charlotte frunció el ceño, insegura de lo que quería decir Pitt.

—¿No tenemos un deber?

—No, si lo imponemos por la fuerza. Pero lo que yo piense poco importa. Debemos hacer frente a la realidad, y esta es muy probable que sea que Milner dé un ultimátum a Kruger y que Kruger lo rechace. —Estaba pensando en voz alta, necesitaba compartir sus inquietudes con Charlotte—. Un buen negociador nunca pone al contrario en una situación en la que no tenga escapatoria a la lucha sin renunciar a su dignidad. Kruger perderá a sus seguidores si da la impresión de rendirse.

Charlotte lo miró muy seria.

—¿El ministro para las colonias no lo sabe? ¿O acaso desea otra guerra?

—No lo sé —admitió Pitt—. Es posible que realmente piense que tiene un deber con la integridad del Imperio, con la responsabilidad de proteger a todos los ciudadanos, sean de la raza que sean. Y, por supuesto, construir vías ferroviarias, puertos, todo tipo de industrias, más trabajo para Gran Bretaña. Y para imponer lo que nosotros consideramos que es la ley. O podría ser algo tan prosaico como asegurarse la posesión de una riqueza inimaginable en oro y diamantes en las minas que hay en torno a Johannesburgo. Incluso cabe que piense que si no nos adueñamos de estas, otro lo hará; Alemania, tal vez.

Pitt pensó en la *Weltpolitik* del káiser, de nueve años atrás, que Daniel le había recordado. Tal vez no se lo habían tomado suficientemente en serio. Quizá no fuera una mera pose.

Charlotte guardó silencio un momento.

—Oh. ¿Y Victor? Ojalá supiera lo que hizo por Delia y, más todavía, por qué.

—Yo también quisiera saberlo —reconoció Pitt.

Tal vez no fuese asunto suyo. Todo el mundo, incluso Narraway, cometía errores; era parte de la naturaleza humana. El propio Pitt había cometido algunos de los que era dolorosamente consciente, pero eran los errores que brotaban de su carácter, las amenazas de la compasión por quien no la merece, los miedos, la inseguridad, el deseo de ser un hombre poco dado a la arrogancia y a los juicios precipitados. Eso lo había llevado a vacilar cuando no debía, a conceder a ciertas personas una laxitud por la que otras habían tenido que pagar. Temía que lo considerasen cruel, un traidor de sus propias raíces en la pobreza y la necesaria obediencia. Y de alcanzar más allá de sus capacidades, de no ser lo bastante bueno para una posición que no había heredado ni para la que lo habían educado desde la niñez.

¿Eran esas cualidades el polo opuesto de lo que impulsaba a Narraway? ¿Sus equivocaciones eran fruto de la arrogancia, de creer que sus decisiones estaban por encima de todo cuestionamiento o debilidad? Siempre se había mostrado muy seguro de sí mismo. Ahora bien, Narraway era un líder nato, y un líder nunca debe ser visto dudando de su propio juicio, pues, de lo contrario, ¿quién confiaría en él? Sin duda alguna, una parte del liderazgo consistía en descargar el peso de las decisiones de los hombres de los demás.

Pitt se acercó a Charlotte y apoyó las manos en sus hombros con suma delicadeza.

—Me consta que tienes miedo por él, y también por Vespasia. Pero las personas cometen errores, incluso las personas que amamos. Esto ocurrió hace mucho tiempo. Averiguaré lo que pueda, aunque quizá sea después de que descubra quién mato a John Halberd y por qué. Eso es mucho más urgente.

—Sabía algo —dijo Charlotte, sonriendo compungida—.

Por favor, ten cuidado, Thomas. La información es muy peligrosa. Entiendo que no puedes hacer nada sin ella, pues de poco servirías en tu trabajo, pero ¡ten cuidado! Halberd no tenía un pelo de tonto y sin embargo alguien se las arregló para matarlo, de modo que no pudo verlo venir hasta que fue demasiado tarde.

—Te prometo que no concertaré una cita a solas en el Serpentine ni en ninguna otra parte.

La estrechó entre sus brazos, sabiendo que no necesariamente mantendría su palabra.

El miedo a lo que Narraway podía haber hecho seguía acompañando a Pitt el día siguiente. No era tanto porque hubiese perdido la fe en un hombre que admiraba como su mentor, que le había protegido cuando lo había necesitado y que le había enseñado toda una gama de nuevas aptitudes, sino porque temía que la vena de crueldad que Narraway había demostrado tener fuese una parte necesaria del trabajo que le había pasado a Pitt, contra los deseos de sus superiores.

Pitt era detective, estaba entrenado para recabar información, llenar las piezas que faltaban, deducir los secretos y paso a paso terminar por entender la verdad. Era, en ocasiones, diplomático, pero despreciaba el engaño de la manipulación, el uso del miedo para que la gente hiciera lo que no deseaba hacer. Era más fácil de aceptar si se usaba para ocultar una culpa, y mucho más duro si causaba sufrimiento a inocentes que no lo merecían, y tal vez lastimar a alguien que amaban.

Se sentó a su escritorio en Lisson Grove y revisó antiguos archivos y papeles de Narraway. No buscaba el trabajo de hacía veinte años, sino las informaciones que había obtenido, a fin de calcular las presiones que había utilizado para guardar o romper secretos. No había hablado de ningún incidente concreto con Pitt, solo de generalidades, de modo que este tuvo que estudiarlo todo.

En el pasado Pitt había supuesto que el secretismo de Narraway era para proteger a quienes habían revelado información confidencial. Pero ahora se le ocurrió que el secretismo quizá hubiera sido menos altruista porque también ocultaba los métodos que Narraway había empleado para persuadir o forzar una revelación.

¿Era necesario? ¿Acaso Pitt era realmente demasiado remilgado, demasiado sensible a su propia consciencia ante la seguridad de otras personas para hacer bien su trabajo? Y nunca podía permitirse hacerlo menos que bien. El precio del fracaso era incalculable, y él no sería el único en pagarlo. Los éxitos nunca serían conocidos; eran los desastres que no sucedían.

Mientras revisaba los archivos memorizaba nombres, situaciones, relaciones, ascensos a posiciones más altas. Se fijaba sobre todo en los escándalos que nunca salían a la luz, las tragedias evitadas o al menos medio escondidas mediante mentiras en nombre de la decencia.

Ciertos nombres resaltaban. Tenía que averiguar tanto como pudiera sobre lo que John Halberd sabía en vida, antes de poder deducir qué había provocado su muerte. De entre todos los secretos y debilidades, ¿cuál había impulsado a alguien a matarlo?

Los archivos eran de difícil lectura. Encontró referencias a varias personas del círculo de amistades de Kendrick. Algernon Naismith-Jones había sorteado con facilidad más de un asunto potencialmente difícil, con un talento del que nunca se jactaba: la capacidad de crear falsificaciones muy ingeniosas, imposibles de detectar por la gente corriente. El Departamento Especial lo había descubierto, pero siguiendo las instrucciones de Narraway, no fue procesado. ¿Se debió a misericordia —una ayuda puntual—, o bien la posibilidad de ser enjuiciado devino una amenaza constante sobre su cabeza? ¿Quizá incluso el uso ocasional de su talento por parte del propio Narraway, si surgía la necesidad?

¿Qué pensar de Felicia Whyte, la belleza mimada que ahora se estaba apagando de manera tan evidente? Había anotaciones muy antiguas acerca de su madre, otra belleza rubia que había sido deslumbrante en su juventud para luego marchitarse muy deprisa. Para cuando cumplió los cincuenta, estaba aquejada de demencia. Había muerto relativamente joven, sola, confundida y atormentada por miedos irracionales.

Pitt se sentó sobre el escritorio, con la página abierta delante de él. Esas eran cosas que no deseaba saber y, sin embargo, mientras tenía la mirada fija más allá del papel, entendió cuán fácilmente podían ser ciertas aquellas palabras. Aun siendo indiscretas, eran el medio que le permitiría encontrar las respuestas que necesitaba. Eran la manera de prevenir más tragedias.

Habría preferido con mucho otorgar a una debilidad, como mínimo, la dignidad de ser privada, pero le constaba que Narraway había guardado la información. Estaba ahí para proteger la seguridad del Estado de quienes pudiesen atentar contra ella por la razón que fuese: anarquistas, revolucionarios, saboteadores, agentes de naciones extranjeras, incluso traidores con otras lealtades, o ninguna en absoluto.

Ahora bien, ¿y si el hogar y la familia del propio Pitt fuesen las víctimas, y el hombre a quien se le había encomendado la tarea de protegerlos se excusaba porque su consciencia era demasiado delicada para dar un paso difícil o incierto? Su respuesta fue un ataque de ira. ¡Jamás! Igual que cualquier soldado, asumes las heridas, sean las que sean, pues de lo contrario traicionas a quienes debes proteger.

Oyó pasos a lo largo del pasillo que se acercaban a su despacho con la puerta cerrada, pero nadie interrumpió. Sus hombres tenían tareas que hacer y no lo molestarían. Él era el comandante.

Cuando Pitt había sido subalterno confiaba en Narraway, y no quería saber en qué estaba ocupado ni por qué. Le alegraba dejar la toma de decisiones difíciles a otro. Los actos violentos súbitos e impulsivos ya eran bastante difíciles de por sí. Todavía recordaba la decisión de disparar a un hombre cuando no había otra manera de detenerlo. No había titubeado, pero después tuvo pesadillas, se preguntaba si había hecho bien, en qué medida el miedo o la indignación habían influido, cuestionándose a sí mismo en vano. Le espantaba pensar que un día encontraría tan comunes esos actos que no le suscitarían dudas ni sufrimiento, ni los reviviría haciéndose preguntas a posteriori.

Ahora Pitt estaba decidiendo qué información contenida en aquellos documentos utilizaría para forzar a la gente a que le contara lo que Halberd sabía antes de morir. La decisión de Pitt era deliberada, tomada a sangre fría, o al menos con la cabeza fría. Lo enojaba que hubiesen dejado a Halberd inconsciente para que se ahogara en el Serpentine y que la gente que le tenía aversión se tomara la libertad de especular con malicia sobre lo que estaba haciendo allí, solo y de noche. No debería tomárselo tan a pecho, pero si no se enojaba, ¿dónde quedaba su propia humanidad?

¿Aquello guardaba relación con otra guerra en Sudáfrica? No tenía ni idea. ¿Llevaba razón la reina y Kendrick estaba ejerciendo una mala influencia sobre el príncipe de Gales?

Había dado su palabra a la monarca de que lo descubriría, y ya iba siendo hora de hacerse con las armas que necesitaba para hacer el trabajo o, de lo contrario, renunciar y dejar que otro lo hiciera tan bien como fuese capaz, no estar para siempre mirándose las manos para ver si las tenía limpias.

Narraway había creído que Pitt era el hombre indicado para el cargo. ¿Tanto se había equivocado? Tenía sus puntos débiles —todo el mundo los tiene—, pero no es verdadera amistad encomendar a un hombre una tarea para la que le faltan aptitudes o estómago. Si su consciencia sufría al emprenderla, ¿qué más daba? Los adultos, hombres y mujeres por igual, aceptan que habrá errores, sufrimiento, remordimiento, pero lo vergonzoso era quedarse de brazos cruzados por tu propia comodidad, y dejar que el mal ocurra porque tienes demasiados remilgos para combatirlo, demasiado miedo a lo que te pueda costar. ¿No era eso el colmo del egoísmo?

¿No era mejor que el liderazgo del Departamento Especial recayera en un nombre cuya consciencia lo importunara de vez en cuando, y no en otro que tuviera la consciencia siempre tranquila?

Cogió la carpeta siguiente y leyó su contenido, y el de la siguiente, y así hasta que se dio cuenta con un sobresalto de que había anochecido y eran más de las nueve. Pero para entonces sabía lo que haría al día siguiente.

Pitt llegó a la oficina hacia las ocho de la mañana y empezó de inmediato a revisar los archivos, haciendo referencias cruzadas entre lo que ya había leído sobre Halberd y cualquier cosa que se supiera acerca de todas las demás personas con las que este se había relacionado durante el último año. Comenzó por las del círculo de Kendrick: Naismith-Jones, Walter y Felicia Whyte, Ferdie Warburton y, por descontado, Delia Kendrick.

¿Narraway habría puesto por escrito alguna cosa relacionada con la ayuda que le había prestado veinte años atrás?

¿Guardaba relación alguna con el Departamento Especial? ¿Pudo ser algo de carácter personal? Pitt distaba mucho de imaginar que Narraway hubiese llevado una vida monacal. Había sido soltero; sin duda podía haber tenido aventuras amorosas. Pitt estaba al corriente de un par de ellas. El deber quizá le exigiera investigar sobre Delia, pero se sentía sucio tan solo de pensar en llevar a cabo tal cosa acerca del hombre que le había ayudado, que había confiado en él y que ahora tal vez fuese su amigo más íntimo; aparte, por supuesto, de Vespasia, a quien consideraba de la familia, aunque solo remotamente en sentido legal, y en absoluto por consanguinidad.

Aprendió un poco más sobre Ferdie Warburton, leyendo las notas sobre sus diversas aventuras, románticas y económicas, las segundas relacionadas todas con el juego. Lo que emergió fueron su encanto, su pasión por las carreras de caballos y el embarazoso hecho de que cuando bebía más de la cuenta era propenso a tener prolongadas lagunas de memoria. Esto lo volvía particularmente vulnerable al chantaje o, en el mejor de los casos, a presiones por parte de quienes sacarían provecho de su trato fácil y su más bien excesiva liberalidad con el dinero.

Pitt sonrió al cerrar la gruesa carpeta. No le sorprendía que el príncipe de Gales encontrara en él a un buen compañero. Más que ayudarse en sus respectivas debilidades, las reflejaban casi a la perfección. Además, Ferdie era encantador, a veces incluso ingenioso, y tenía un refinado gusto por la buena vida.

¿Había dado eso a Kendrick un poder que Halberd quizá hubiese encontrado peligroso? El príncipe siempre había tenido amigos del alma, personas con quienes podía divertirse, satisfacer sus gustos y saber que por lo menos casi nada de aquello iría más lejos. El propio Pitt había tenido un par de amigos así, en otra época, antes de que el trabajo en la policía le ocupara tanto tiempo y el matrimonio cubriera sus necesidades afectivas. Todavía disfrutaba de una buena conversación con un hombre al que apreciara y respetara, preferiblemente si además entendía los triunfos y desastres de su trabajo y los pensamientos que lo atosigaban incluso después de haber resuelto un caso. Era una frágil felicidad poder compartir sus inquietudes con alguien que no necesitaba explicaciones de los sentimientos para los que era tan difícil encontrar palabras, la autocrítica, los remordimientos, el doloroso interrogatorio de si podía haberse hecho mejor, más deprisa, con más tacto y tal vez así salvar una vida o una reputación.

Durante varios años, ese hombre había sido Narraway. Quizá eso era lo que ahora le dolía a Pitt: la sombra sobre un hombre que era más que un amigo, que en ciertos aspectos sustituía al padre que Pitt había perdido hacía casi cuarenta años. Tampoco era que fuese a dejar que Narraway lo supiera. La mera idea le resultaba humillante. Notó que se ponía colorado.

Lo interrumpió una llamada a la puerta.

—¿Sí? —dijo bruscamente.

Stoker entró. Su rostro enjuto y huesudo se veía cansado, tenía la tez pálida y la piel tirante en los pómulos.

Pitt tomó una decisión en ese preciso instante.

—Adelante, Stoker. Y cierre la puerta. En primer lugar, ¿a qué ha venido? —Le indicó la silla con un ademán—. Siéntese.

—Solo a informarle de que ese asunto en Marylebone está prácticamente cerrado.

Stoker se sentó algo incómodo.

Pitt lo miró de hito en hito.

—¿Eso es todo? ¡Tiene un aspecto espantoso!

Stoker le dedicó una de sus escasas y dulces sonrisas.

—Me preguntaba cómo iba el caso en el que está trabajando, señor. No nos contó nada, pero le está dedicando un montón de horas, y también usted tiene un aspecto espantoso.

—Pues quizá ya vaya siendo hora de que se lo cuente, pero no debe salir de aquí. Usted será el único que lo sepa. Lady Vespasia está fuera de Inglaterra; Narraway, también.

—Sí, señor. En Grecia, según creo, o eso dijo usted.

—En algún sitio por el estilo. Recibimos postales de vez en cuando, pero tardan mucho en llegar aquí, de modo que las noticias están anticuadas para cuando llegan. Estoy investigando la muerte de sir John Halberd, por petición personal de la reina...

Stoker abrió los ojos como platos.

—Entonces ¿fue un asesinato? ¿Cómo se enteró ella?

Carecía de sentido decir a Stoker una verdad a medias. De todos modos deduciría el resto, y si ahora escurría el bulto, le ofendería innecesariamente.

—Estaba investigando cierto asunto para ella, relacionado con Alan Kendrick, un amigo y consejero del príncipe de Gales. Halberd estaba a punto de entregarle su informe, pero esa noche murió en un accidente de barca bastante ridículo en el Serpentine.

—Solo que no fue un accidente —concluyó Stoker—. ¿Kendrick es sospechoso?

—Sí. Por ahora, el único. Aunque Halberd parece ser que sabía secretos de un montón de personas, o al menos cosas que estas preferirían no tener que hacer públicas.

Stoker frunció el ceño.

—¿Chantaje? ¿O miedo a él?

—Tal vez nada tan patente como el chantaje, solo una discreta presión —respondió Pitt, atento al rostro de Stoker.

Por un momento el hombre se desconcertó, pero enseguida lo entendió.

—Pudo haber molestado a muchas personas —observó—. La información es muy poderosa. ¿Ha revisado nuestros archivos para ver si el señor Narraway requirió alguna vez de sus servicios?

Todavía le costaba recordar que Narraway ahora era lord, desde su destitución, absolutamente injusta, y su posterior ascenso a la Cámara de los Lores, donde su experiencia laboral podía ser de utilidad.

A Pitt se le ocurrió pensar que podía perder más revelando los secretos de otras personas de lo que ganaría siendo discreto. Rezó para sus adentros para que eso no le hubiese sucedido a Narraway, y quisiera Dios que no tuviera nada que ver con su título nobiliario.

Pero así era como funcionaban los malos pensamientos. Corroían la tenacidad y la bondad en el fuero interno, tal como un cáncer carcome la carne.

—Parece ser que no —dijo Pitt—, pero se conocían. No hay manera de descubrir si él y Halberd intercambiaron información.

—Seguro que sí —sentenció Stoker—, aunque no por escrito. ¿Sabe con certeza si Halberd fue asesinado, señor, o solo es probable? Además, ¿qué estaba haciendo allí? ¿Fue tan solo una buena oportunidad para pillarlo a solas y desprevenido?

—Estoy convencido de que lo asesinaron —contestó Pitt—, pero ahora mismo tendría dificultades para demostrarlo ante un tribunal. Y no sé qué hacía allí.

—¿Ningún testigo... todavía? —preguntó Stoker.

Pitt se mordió el labio.

—Si los hubiera, serían prostitutas y sus clientes, u otras personas metidas en asuntos que enseguida negarían. Pensé en hacer averiguaciones, pero creo que si lo hago, siendo jefe del Departamento Especial, quizá solo conseguiría empeorar este lío. Dudo que Su Majestad lo agradeciera.

El rostro de Stoker reflejaba desolación.

—No, señor, seguro que no. Y puesto que Halberd era amigo de ella, no será precisamente lo que esté buscando. Y es más, el señor Kendrick es buen amigo del príncipe. Tengo unos cuantos contactos en la policía regular, señor, que trabajaron en esa área. Puedo preguntar con mucha discreción, y en estas ocasiones no tengo inconveniente en distorsionar un poco la verdad. ¿Puedo decirles que no tendrán que testificar? Solo queremos saber la verdad, no utilizarla forzosamente.

—Si es preciso —concedió Pitt. Se levantó—. Me voy a averiguar cuanto pueda sobre la señora Kendrick. Creo que puede ser la clave de como mínimo una parte de este embrollo.

Stoker también se levantó.

—Sí, señor, empezaré ahora mismo. ¿Está usando alguna tapadera para esto? No voy a mentir a mis propios hombres. No voy a ninguna parte si pierdo su confianza.

Miró fijamente a Pitt, y este tuvo claro que el mensaje también valía para él, y que Stoker tenía razón.

—Dígales que es un asunto que puede resultar peliagudo y que debe manejarse con la mayor discreción por si salpica al príncipe de Gales. No les costará creerlo.

Stoker apretó los labios.

—Con eso no bastará, señor. No sé cómo será vivir bajo el nuevo rey. He pasado toda mi vida con ella en el trono de Inglaterra y de buena parte del resto del mundo. No me gustan los cambios, no los de este tipo.

—A mí tampoco, Stoker —convino Pitt.

De hecho, con la aversión del príncipe hacia él, tendría suerte si conservaba su puesto. Y a medida que esa realidad iba estrechando el cerco a su alrededor, sentía que deseaba mucho conservarlo, merecerlo y tener éxito en el desempeño de sus funciones.

La información de que Ferdie Warburton era propenso a las lagunas de memoria y, por consiguiente, al miedo de haber hecho algo que estaba muy mal, era el punto de partida. Pitt aborrecía hacerlo, y sin embargo, pensó, por más que el poder pudiera corromper, también lo hacía la abdicación del poder: la arrogancia de usarlo incorrectamente, la cobardía de no usarlo cuando era preciso.

Entrada la tarde, Pitt encontró a Warburton en un partido de críquet en el Lord's Cricket Ground, cerca de Regent's Park. Iba vestido con ropa informal y se le veía muy a gusto. Llevaba una jarra de cerveza en la mano. Otros hombres se apiñaban a su alrededor, riendo, dándose palmadas en la espalda. Parecía que el equipo al que apoyaban hubiese ganado.

Pitt se sintió intruso. Nunca había jugado a críquet, ni ganas, pero era el juego nacional para caballeros. Las frases que aludían al honor y al juego limpio, a la valentía frente al enemigo, estaban salpicadas de referencias al críquet. «¡Eso no es críquet!», para los que jugaban sucio; «Último jugador», cuando la victoria dependía de ti; «Con pies de plomo», para los dignos de confianza; «A por todas y juega limpio», para la vida en sí misma, para el coraje y el honor hasta la última batalla; ganar, perder o empatar.

Siguió avanzando, sin alterar el paso a pesar de las dudas que lo asaltaban. Para ellos siempre sería un intruso, aunque tal vez lo fuese, de todos modos. ¿Narraway habría hecho lo mismo? Probablemente, pero con más habilidad, y le habría traído sin cuidado lo que pensaran de él. Nunca sería un intruso para ellos, al margen de lo que él fuese para sí mismo.

Pitt casi había alcanzado a Warburton cuando los demás le vieron. Naismith-Jones se volvió, vaciló un instante y acto seguido recordó quién era Pitt y dónde se habían conocido.

—¿Fanático del críquet? Lo siento, colega, pero se acabó. Un gran partido. La próxima vez tendrá que venir mucho más pronto —dijo, sonriente—. ¿Una cerveza?

—No, gracias —rehusó Pitt, correspondiendo a su sonrisa. Detestaba todo aquello—. ¿Podría hablar a solas con usted, señor? Se trata de un asunto bastante delicado.

—Estamos entre amigos. —Warburton se encogió de hombros. Volvió a mirar a Pitt a los ojos—. Pero si lo prefiere, podemos ir a dar un paseo. Regent's Park está a la vuelta de la esquina.

Levantó el brazo en dirección al parque.

Pitt aceptó y se marcharon juntos, los pies silenciosos sobre el césped bien segado, apenas mecido por la brisa. Olía a tierra y a briznas de hierba recién cortadas.

—¿De qué se trata, pues? —preguntó Warburton.

—Solo de un poco de información —contestó Pitt. Fue una manera hipócrita de expresarse.

El semblante de Warburton era de desconcierto, pero aun así no traslucía signos de alarma.

—¿Acerca de qué, por Dios? Tiene que ser urgente para que le haya traído aquí por la tarde. ¿No dijo Kendrick que usted tenía algo que ver con el gobierno? ¿Qué ha sucedido ahora?

—Con el Departamento Especial —respondió Pitt—. No recuerdo si lo dijo o no.

Warburton se mostró incrédulo.

—¿Cómo? ¿Terroristas y anarquistas y ese tipo de cosas?

—Ese tipo de cosas y mucho más.

—No es precisamente un ámbito en el que tenga experiencia, querido amigo.

—Quizá sepa mucho más de lo que cree saber.

—Lo dudo. Tengo memoria de pez. Lo siento.

Sonrió y se detuvo en el borde de la calle, como si tuviera intención de dar media vuelta y desandar lo andado. Era un hombre de aspecto agradable, plantado allí con pantalones claros de verano y camisa blanca. Tenía el rostro sembrado de pecas y ligeramente bronceado, probablemente por el viento más que por otra cosa. Su expresión era afable, incluso amistosa, pero los ojos le brillaban con intensidad.

—Sí —convino Pitt, procurando sonar igual de informal—. Me habían dicho que su memoria tiende a tener... lagunas, a veces. Debe de ser molesto para usted.

Warburton se encogió de hombros.

—Un fastidio, no una auténtica aflicción.

—Excepto cuando ha ocurrido algo importante —respondió Pitt, sosteniéndole la mirada— y tiene que dar cuenta de su paradero, tal vez dar pruebas de que usted no estaba cerca del lugar de los hechos. O, por supuesto, jurar que otro lo estaba. Entonces podría ser importante.

Warburton se quedó inmóvil una fracción de segundo de más para que su reacción fuese natural. Entonces se decidió.

—¿Se está refiriendo a algo en concreto, muchacho? Si piensa que he visto algo en su esfera de... de cosas, se equivoca. No conozco a nadie que no sea un honrado y conocido miembro de la alta sociedad. Quizá haya tomado una jarra de cerveza con uno o dos personajes de mala fama, pero ¿quién no lo ha hecho? Difícilmente uno puede preguntar a un tipo por su ideología política sin haberle dejado tomar una jarra.

Pitt tomó aire, aguardó un instante y decidió cómo jugar aquella mano.

—La gente empezará a evitarle —agregó Warburton. Se apartó un paso de Pitt, volviéndose hacia el campo de críquet, donde el público ya se estaba dispersando—. Lo siento, pero no puedo ayudarle...

—Todavía no le he pedido nada —señaló Pitt—. Y sus lagunas de memoria son bastante selectivas. Me parece que algunas quizá sean un gesto de amabilidad más que una sincera ausencia de recuerdo.

Warburton se volvió hacia él.

—¿Qué... qué insinúa?

—No hablo de indiscreciones sexuales, señor Warburton, ni de deudas de juego que permanecen impagadas durante mucho tiempo. Como tampoco de unos papeles que han sido cuidadosamente recreados.

Warburton palideció. Tragó saliva con dificultad.

—¿Me está amenazando?

—Le estoy pidiendo ayuda —le dijo Pitt con sumo cuidado—. Cualquier cosa que me diga será utilizada sin mencionar su nombre, y solo si es necesario. Me ocupo de casos de asesinato y traición, señor Warburton, actos que supongo que usted deplora tanto como yo...

—Bueno, claro... ¡Pero no sé nada! No conozco a personas a quienes se les ocurriría siquiera pensar en tales cosas...

—Usted conocía a sir John Halberd.

—Pero él no era... —Warburton tragó saliva otra vez, pero sus ojos no se apartaron de los de Pitt—. Era leal a la reina y a cuanto representa para cualquier hombre que esté vivo. Apostaría mi cabeza.

—Me alegra saberlo, pues quizá tenga que hacerlo. Creo que él lo hizo y, por lo que sabemos, la perdió.

—¡Santo cielo! ¿Está diciendo que lo asesinaron? ¿Por qué, por el amor de Dios? Pensaba que solo se había comportado como un maldito idiota y que perdió el equilibrio en esa estúpida barca y se dio un golpe en la cabeza. Se quedó sin sentido y se ahogó.

—¿Haciendo qué, solo y de noche en el Serpentine? —dijo Pitt en voz baja, aunque sus temor y tristeza profundos resonaron en sus palabras.

Warburton hizo como si no se hubiese enterado, pero sus ojos lo desmintieron.

—¡Sabe Dios! Tendría... una maldita cita con alguien, supongo. Pero no voy a destrozar la reputación de un hombre que ha muerto y no puede defenderse por sí mismo. Además, ¡qué diablos! ¿Por qué va a ser asunto de nadie más? —concluyó, tan desafiante como se atrevió a serlo.

—¿Y qué ocurrió con esa cita? —preguntó Pitt con curiosidad—. ¿Se asustó y salió huyendo? ¿Ese es el tipo de mujer con quien Halberd se reuniría en el parque, de noche, en un bote de remos? Usted le conocía, señor Warburton. No me venga con que esto es algo que haya... —titubeó—, olvidado.

Warburton se sonrojó, pero ahora había una ira gélida en sus ojos.

—¡Por supuesto que no! Pero todos cometemos errores de juicio, a veces. ¿Quién sabe por qué fue al parque y lo que ocurrió?

—Quien le asestó el golpe en la cabeza con el remo y luego lo dejó bocabajo en el agua para que se ahogara —contestó Pitt, sin perder la compostura pese a que también él estaba montando en cólera. No contra Ferdie Warburton, sino contra toda la gente que sabía cosas y guardaba silencio por su propia comodidad—. Tengo intención de descubrir al que lo hizo, señor Warburton. ¿A quién está protegiendo? ¿A un amigo? ¿O a alguien a quien le debe cierta lealtad, tanto si es por voluntad propia como si no? ¿Alguien a quien teme porque tal vez sabe lo que usted hizo, dónde estaba o con quién, en una de sus lagunas de memoria?

—¡Maldito bastardo! —masculló Warburton, apretando la mandíbula. Tenía el rostro blanco como la nieve y se le destacaban las pecas—. ¡Que no pueda recordarlo todo no significa que haya hecho algo deshonroso!

—Probablemente, tan solo ridículo —convino Pitt—.

Embarazoso. Pero no puede estar seguro, ¿verdad? Dígame, ¿qué sabe acerca de Walter Whyte? Tiene un interesante historial en África, igual que Halberd. ¿Se conocían en aquella época?

—Que yo sepa, no —respondió Warburton en tono agresivo—. ¿A cuento de qué viene todo esto? Walter Whyte es uno de los hombres más respetables que conozco. Y no tuvo nada que ver con Halberd. Apenas se conocían antes de que Halberd falleciera.

Estaba mintiendo, y Pitt lo sabía con toda certeza.

—¿En serio? Eso no es lo que dicen las notas de Halberd.

—Pues entonces tendrá que haber sido en uno de esos momentos que he olvidado —replicó Warburton, con una mueca de lóbrego humor.

—Sí, tendré que investigar este asunto con mucho más detenimiento —convino Pitt—. A ver si logro refrescarle la memoria. Alguien tiene que saber...

Warburton agarró el brazo de Pitt, apretándolo con sorprendente fuerza. Si intentara zafarse, le dolería. Así se puso de manifiesto el miedo de su interlocutor.

—Maldito cerdo —espetó Warburton amargamente—. Halberd sabía cosas sobre el hermano de Walter, como que Walter había mentido para protegerlo, por el bien de su prometida. Hubo un espantoso accidente de barca en algún puñetero sitio del Nilo. Unas cuantas personas se ahogaron, pero media docena se salvó gracias al extremo coraje de Walter. Cometieron una equivocación. Walter y su hermano se parecían mucho. Solo se llevaban un año, y su hermano cosechó el mérito. No es que lo hiciera adrede, solo fue un error. Pero Walter lo dejó correr, por el bien de su hermano y el de la chica con la que iba a casarse. Ella creía que había sido James quien los había rescatado, y lo admiraba. James nunca lo superó. Murió un par de años después, tratando de ser el héroe que todos creían que era. Walter no se lo contó a nadie. Yo me enteré por casualidad. Ni siquiera Felicia lo sabe. Me parece que lo trataría de otra manera si lo supiera. —Se calló de golpe—. Nada de eso es asunto suyo, Pitt. Pero Walter es un buen hombre, y Halberd lo sabía y por eso lo admiraba.

—¿Y lo presionaba? —preguntó Pitt en voz muy baja—. Diríase que Whyte quería mucho a su hermano. ¿James era el más joven?

—Sí, lo era. Pero no, Halberd no era de los que presionan a un buen hombre que había dado tanto para proteger a un hermano. Halberd admiraba lo que había hecho. Si no se lo cree, señal que no sabe nada acerca de los hombres. Y usted falla en su trabajo. De hecho, es aún peor, se ganará como enemigo a cualquiera que sea digno de saberlo. Me aseguraré de que así sea.

—¿Está diciendo que Halberd no utilizaba lo que sabía acerca de la gente?

Pitt ansiaba oír lo que diría Warburton. Era la impresión que la reina tenía de Halberd, pero ¿cuán realista era ella?

—Sí, eso es lo que digo —respondió Warburton, con la voz todavía ronca por su enojo.

—¿Y sobre otras personas que eran menos decentes?

—¿Cómo demonios voy a saberlo?

—De la misma manera que sabe que decidió no utilizarla contra quienes respetaba.

Warburton dejó caer los hombros, como si de pronto estuviera agotado.

Pitt dio un paso atrás, por si era un farol.

Warburton seguía estando furioso.

—¿Piensa que yo pegaría a un policía? —dijo, incrédulo—. ¡O lo que quiera que sea usted! Y si quiere acusarme de algo o decirle al mundo que en ocasiones bebo demasiado y no recuerdo dónde he estado, adelante. Casi toda la gente que me importa ya lo sabe.

Pitt se sintió lastimado por aquella acusación.

—No quiero decírselo a nadie, señor Warburton. Lo que quiero es descubrir quién mató a Halberd y por qué. Si fue por uno de los secretos de los que estaba enterado, e iba a actuar sobre esa base, necesito saber qué secretos son.

—Tendría que ser algo bastante feo —respondió Warburton tristemente—. Halberd era un bicho raro, pero un hombre decente. Me caía bastante bien, la verdad. Era muy irónico. Vivió una tragedia cuando era joven, no sé qué exactamente, pero la mujer que amaba murió. Por la forma en que me habló de ello, una única vez, se echaba la culpa a sí mismo. Como mínimo se culpaba por que ella hubiese ido allí. Para empezar, ella fue allí para estar con él. Por eso perdonaba los errores de los demás más fácilmente que la mayoría.

Pitt intentó imaginárselo: la aflicción y la culpabilidad de un hombre que ha perdido a la mujer que amaba. Pensó cómo se sentiría si una aventura suya provocaba la muerte de Charlotte. Era peor que cualquier otra cosa que pudiera concebir, un sufrimiento que no terminaría nunca.

Warburton debió de verlo en su rostro.

—Equivocaciones —prosiguió—. Pero nunca perdonó una traición ni ningún tipo de crueldad, sobre todo con los animales.

—No parece el típico cortesano —observó Pitt.

—No lo era —convino Warburton—. No dedicaba mucho tiempo al príncipe de Gales, pero era sumamente leal a la reina. Por descontado, era un protegido del príncipe Albert y lo admiraba profundamente. Vino a la corte a servir a Victoria tras la muerte de Albert.

A Pitt no le costó imaginar el aprecio de la reina por cualquier hombre que elogiara a su amado Albert, que lo recordaba y mantenía viva su memoria para ella.

Tal vez si Halberd había dicho a la reina que creía que la impetuosidad y la indisciplina del príncipe de Gales habían contribuido al menos en parte a la temprana muerte de su padre, su empeño para limpiar el nombre de cualquier daño a su reputación era comprensible, incluso que deseara vengar su muerte. Solo se daría por satisfecha con una respuesta que pudiera creer que era la verdad, y para ello era preciso que Pitt lo pudiera demostrar.

¿Era un hombre que se citaba con prostitutas en una barca del parque? A lo mejor Stoker daría con algún indicio, pero Pitt esperaba con toda el alma que si lo hacía, fuese algo que pudiera contar a la monarca sin desilusionarla acerca del hombre en quien había confiado y que guardaba tales recuerdos para ella.

—Diríase que era un buen hombre —comentó Pitt.

—Lo era. —Warburton titubeó—. ¿Qué tiene previsto hacer?

—Descubrir quién lo mató y por qué.

—Si... si descubre que estaba con una mujer de la calle, ¿tiene que hacérselo saber a todo el mundo?

—No, en absoluto —respondió Pitt enseguida—. Aunque creo que fue allí para verse con alguien con quien no podía reunirse en un lugar más cómodo o más normal. Alguien con quien no quería ser visto, y que no quería ser visto con él.

—¿Una mujer?

—Parece lo más probable.

—Bueno, si Walter lo sabe, no se lo dirá.

Pitt no contestó.

Warburton echó a andar de regreso al campo de críquet y de repente se detuvo.

—Halberd era muy leal, no solo a la reina sino a la idea misma del Imperio —dijo con apremio—. No era militarista, no le interesaba la conquista, pero sí creía que tenemos el deber de velar por la gente a la que hemos enseñado a confiar en nosotros. Creía en la integridad del Imperio, en el bien que hemos prometido hacer, el comercio, la justicia, la paz y, por supuesto, la creación de grandes sistemas de jurisprudencia y medicina, exploración, todas las cosas que pueden ser buenas.

—¿Qué opinaba de Milner? —preguntó Pitt con curiosidad.

—Discrepaba de la opinión general de que es un tipo excelente. Cree... creía que era demasiado inflexible.

—¿Pensaba que habría otra guerra con los bóeres?

Warburton arrugó el semblante.

—¡Dios mío, no! ¿Supone que fue por eso? Estaba totalmente en contra y no tenía reparo en decirlo. Habría preferido dejar que los estados bóeres se independizaran antes que tomar las armas y derramar sangre para conservarlos contra su voluntad. Pensaba que en el futuro toda suerte de lugares se independizarían, pero con el tiempo, cuando hubieran aprendido a valerse por sí mismos. Como un hijo que crece y se marcha de casa. Decía que no llegaríamos a verlo. ¿Cree que lo mató un maldito belicista?

—No lo sé —admitió Pitt—. Pero es una posibilidad.

8

Pitt llegó a casa un poco más tarde de lo habitual, aunque debido a la estación del año, todavía era de día. Daniel y Jemima ya habían cenado y se habían ido a las fiestas que daban sus respectivos amigos. Pitt y Charlotte llevaron una cena ligera a sala de estar y se sentaron ante las cristaleras abiertas.

Charlotte vio que Pitt había pasado bastante tiempo a la intemperie porque el sol le había bronceado el rostro, dándole un brillo tostado en la piel. Pero eso no bastaba para disimular su inquietud, que era todavía más profunda que antes. Entendía parte de los problemas mucho mejor que unos días atrás. Si Halberd había estado involucrado en algo relacionado con la posible guerra en Sudáfrica que ya se vislumbraba en el horizonte, su muerte podría ser infinitamente más grave que un desdichado pero muy ordinario escándalo.

Esta circunstancia devolvía el caso al Departamento Especial y explicaba que Pitt estuviera tan implicado. Y no podía apartar de su mente lo que había oído decir acerca de Narraway.

¿Pitt tenía tanto miedo como ella de que Victor Narraway hubiese utilizado métodos de los que incluso él se avergonzaba? No habría querido que se supieran, pero Pitt tenía que estar al corriente. La información era la materia prima de su trabajo, no era meramente interesante, curiosa, incómoda. Era mucho más fácil creer lo que querías y dejar intactos tus sueños.

Pitt no podía permitírselo. Tal vez Narraway tampoco había podido.

¿Iba Pitt a perder esa parte de sí mismo que ella amaba de todo corazón, la amabilidad, la comprensión e incluso la piedad por quienes se habían traicionado a sí mismos y perdido de vista todo salvo la oscuridad que anidaba en su fuero interno? Recordó casos anteriores en los que las personas habían hecho cosas horribles y, sin embargo, más que furia, Pitt había sentido una profunda lástima por ellas. No hallaba el menor placer en castigarlas.

¿Iba a perder esa faceta de su carácter por haberse decepcionado de demasiada gente? Conocer la fragilidad de las personas que amas forma parte del hacerse mayor. Ver las debilidades de todo el mundo es cinismo, y esto es venenoso.

—Thomas... —dijo.

Pitt levantó la vista y Charlotte vio reflejado en sus ojos un inmenso cansancio. Si había pasado el día utilizando información de una manera que lo espantaba, debía dejar que lo hiciera sin tener que explicárselo a ella. Incluso aunque no la encontrase romántica o excitante, tal vez eso también formara parte del hacerse mayor. Seguía necesitando que Charlotte creyera en él, y desvelar aquella parte de su deber cuando estuviera preparado para hacerlo. O quizá tendría que pasar toda la vida mirando hacia otro lado, como si no se diera cuenta.

Pitt estaba aguardando.

Ahora Charlotte tenía que pensar algo que decir, pero no debía sonar forzado.

—Ha llegado otra carta de tía Vespasia. Van a ir hacia el sur, en tren, hasta Sicilia —le dijo.

Pitt esbozó una sonrisa.

—Sicilia es una isla, tendrán que hacer el último trayecto por mar. ¿Da la impresión de estar bien? ¿Contenta?

En una carta uno puede mostrarse como desee, pero Charlotte se guardó de decirlo.

—Sí. Italia es maravillosamente bonita si uno escoge los lugares que visita. Y el clima es perfecto.

La cuestión de Narraway flotaba entre ambos, en tácito silencio. Charlotte deseó haber sido capaz de sacar otro tema a colación, pero ya era demasiado tarde. Ninguno de los dos lo dijo, pero ambos se preguntaban acerca de Narraway. Tal vez había cambiado. La gente podía cambiar, aunque al final muy pocos lo hacían.

¿Pitt también cambiaría? Charlotte siempre había apreciado mucho a Narraway, pero Pitt estaba entretejido en cada hilo de su vida y eso era totalmente distinto. Nunca podría descoserse.

Si ella hubiese cambiado, empezado a perder lo mejor de sí misma, ¿se inmiscuiría él de todas formas para intentar salvarla? Sabía la respuesta: por supuesto que lo haría.

Por otra parte, Charlotte nunca iba a hacer algo tan importante como lo que hacía él. Ninguna vida dependería de lo que ella dijera. ¿Era un buen pensamiento, o era malo? Las mujeres tenían poca influencia, excepto sobre sus propios hijos. Y tal vez sobre sus maridos, aunque no siempre.

Pensó en el club de señoras al que la había llevado Emily. Lástima que no fuesen a invitarla más. ¿Realmente existía una batalla que librar para que las mujeres lograran el sufragio? Eso podría cambiar muchas cosas. Si votaban tantas mujeres como hombres, cosa harto improbable, como bien sabía ella, y los parlamentarios de verdad necesitaban los votos de las mujeres para ser elegidos, ¡las posibilidades eran considerables! Dejó que su mente explorase esas ideas durante un rato. Se trataba de algo real pero mucho más cómodo que preguntarse qué estaba pensando Pitt, sintiéndose excluida e impotente.

Por la mañana Charlotte telefoneó a Emily y se alegró al oír su voz a través del aparato. Emily, por supuesto, también se preocupaba por Vespasia, de modo que le había estado dando vueltas a lo poco que sabía sobre la implicación de Narraway en la vida y la muerte de sir John Halberd.

Las hermanas se conocían lo suficiente para no andarse con evasivas, y estaba claro que Emily había dedicado tiempo a reflexionar sobre el tema, y tal vez sobre su prestigio en el club de señoras.

—Perdóname —empezó Charlotte—. No tendría que haber sido tan franca. ¿He perjudicado tu reputación? Siempre puedes prometer que no me volverás a llevar.

Era una disculpa que le debía, aunque la idea era dolorosa, pues suponía una exclusión que no deseaba.

—Al contrario —dijo Emily, rebosante de energía—. Lo más probable es que solo me dejen volver si te llevo. No te figuras lo aburrida que es la vida de algunas personas.

Era un pensamiento halagador, si bien ligeramente absurdo, pero se encontró riendo a su pesar.

—¿En serio?

—¡Charlotte! —dijo Emily con impaciencia—. Tenemos que hacer algo. Quizá no podamos ayudar en el caso de Thomas, pero debemos averiguar lo posible sobre Victor Narraway.

—¿De verdad piensas que estuvo saliendo con Delia? —preguntó Charlotte—. Me pareció que insinuaban que había tenido una aventura con él. Incluso que es el padre de su hija...

—Me consta que es lo que dieron a entender —convino Emily—, pero creo que solo son habladurías maliciosas. En términos puramente prácticos, tanto Delia como Narraway son muy enigmáticos. Antes de ser cano, el pelo de Narraway era negro como el tizón. Y, según parece, la hija de Delia es rubia... ¡como el príncipe de Gales!

Charlotte hizo una mueca, pero aquel no era momento para remilgos. Tenía que afrontar la verdad, incluso sobre sus amigos.

—¿Me estás dando a entender que utilizó esa situación, que es mucho más manipulador y desaprensivo de lo que pensábamos?

—¿Eso es lo que crees que vamos a descubrir? —preguntó Emily, con la voz un poco vacilante.

Charlotte pensó en todo lo que sabía sobre Narraway y en su viaje a Irlanda. Entonces se había enterado de muchas cosas acerca de él, tanto de sus sentimientos como de lo que lamentaba. Pero aun así había hablado muy poco de su familia, de su casa o de su vida antes del Departamento Especial. Había mencionado el ejército, pero sin entrar en detalles.

—No —respondió a su hermana, sin ser del todo sincera—. Simplemente, no lo sé...

—Pues tenemos que trazar un plan —dijo Emily—. Tenemos que descubrir qué ocurrió realmente con Delia.

—¿Cómo diablos vamos a hacerlo? No sé de nadie que conozca a Delia Kendrick y que se digne a hablar con una de nosotras, y mucho menos que nos cuente algo.

—¡No seas tan débil! —le espetó Emily—. Cálmate y prepárate. Te recogeré dentro de una hora.

—¿Para qué tengo que prepararme?

Charlotte se sintió herida porque notó una punzada de verdad en la acusación de Emily.

—No lo sé. Ponte algo... normal y corriente.

Y, dicho esto, el teléfono dio un chasquido y enmudeció.

Charlotte lo devolvió a su horquilla.

Una hora después, Charlotte y Emily estaban en el tocador de esta última tomando té con tarta de chocolate, cosa sumamente inapropiada a las once de la mañana.

—Cuando no quieres hablar de algo pero tienes que hacerlo, lo mejor es permitirte un capricho que te guste de verdad —dijo Emily, a modo de disculpa, y Charlotte estuvo completamente de acuerdo. De hecho, alargó la mano y se sirvió un segundo pedazo de tarta.

—Hay que encontrar a alguien que sepa lo máximo posible —observó.

—Por supuesto, eso es obvio.

Emily también se sirvió un segundo trozo.

—Y que esté dispuesto a contarnos —agregó Charlotte—. Eso hace que sea mucho más complicado. Me parece que lady Felicia Whyte hace años que conoce a Delia...

—Y la odia —convino Emily—. Pero eso no significa forzosamente que esté dispuesta a hablar de ella. Tendría que tener un motivo para poder pensar que está justificado... Quizá incluso para ayudar, aunque no lo veo muy probable.

Charlotte de repente tuvo una idea, al menos parte de una idea.

—¿Y si le pidiéramos simplemente que rememorase los viejos tiempos? Si logramos que recuerde esa época, seguro que Delia aparece por alguna parte.

—Fantástico —dijo Emily, entusiasmada—. Aunque, por descontado, si supiera secretos de Delia ya se los habría contado a todo el mundo. Y la verdad es que no querría que se me tildara de chismosa... —se mordió el labio—, si se puede evitar. Además, a las personas que chismorrean no suele gustarles contar la verdad sin adornos. Que es lo que necesitamos. Suponiendo que encontremos a alguien que la conozca.

—Los criados —dijo Charlotte sin titubear—. Y si alguna vez quieren volver a trabajar, no la cuentan.

Emily suspiró y miró por las ventanas al soleado exterior.

—Tienes razón. Sobre todo las doncellas. Saben más sobre ti que tú misma. Si mi doncella fuese de las que chismorrean, ¡estaría perdida!

—Pues entonces necesitamos un criado que se haya jubilado —razonó Charlotte.

—Y que no dependa de una pensión que le pase su antiguo patrón —agregó Emily—. Al primer chisme desaparecería como la nieve bajo un chaparrón.

—¿No te refieres al sol? —preguntó Charlotte.

—No. El sol no forzosamente derrite la nieve, pero la lluvia siempre la arrastra. Tienes que venir al campo más a menudo. ¿Por dónde empezamos?

—¿Por la nieve? Lo tenemos crudo en esta época.

—¡Por encontrar a alguien que esté dispuesto a hablar con nosotras sobre Delia! Presta atención.

—Detesto hacer esto.

—Lo sé —dijo Emily, esta vez más amable—. Lo único peor sería no hacerlo. Las cosas desagradables no desaparecen simplemente porque no las miras. ¿Tanto miedo te da que vayamos a descubrir algo espantoso?

—Me da miedo lo que puede hacerle a una persona estar en el Departamento Especial, a cargo de todo.

Emily dejó su taza en la mesa y miró muy seria a su hermana.

—Eso es parte de lo que se supone que deben hacer las mujeres; ser lo bastante fuertes para crear un lugar donde la cordura y la amabilidad siempre prevalezcan. —Observó la expresión de Charlotte—. No digo que haya que negarlo todo —añadió enseguida—, solo no exagerar. Creer que el bien es mejor y que al final siempre gana, aunque no siempre sea verdad.

Charlotte se enderezó.

—¿Qué queremos saber, exactamente? En definitiva, quién mató a Halberd y por qué; pero antes que eso, qué hizo Narraway por Delia para que le quedara tan agradecida y Felicia piense que fue algo un tanto deshonesto. Y si ambas cosas están relacionadas o no tienen nada que ver. La hija de Delia nació hace unos veinte años. Deberíamos averiguar cuándo se casó, dónde, con quién, qué tuvo de raro ese enlace y qué tuvo que ver Narraway con la boda. Quizá también deberíamos averiguar por qué Felicia Whyte sabe tanto al respecto.

—Sí —convino Emily—. No es fácil ser discreta, ¿eh? —Sonrió de oreja a oreja—. Tampoco es que lo hayas intentado alguna vez, que yo sepa.

Charlotte tenía la réplica perfecta, y la vio en el rostro de su hermana al instante.

Emily se encogió de hombros.

—Ay, a veces soy tan discreta que ni sé lo que hago yo misma —dijo entre risas—. Comenzaremos enseguida por la parte más difícil. Resulta que por casualidad sé dónde estará almorzando lady Felicia.

—¡Oh, no! Emily...

Pero Emily se había puesto de pie y ya estaba a medio camino de la puerta, haciendo señas a Charlotte para que la siguiera.

La ligereza y las bromas solo eran un disfraz del miedo real subyacente, y Charlotte lo sabía muy bien. Ambas estaban inseguras en cuanto a cómo proceder sin causar estragos, inseguras de que lo que averiguasen fuese a dolerles más de lo que podrían soportar. Y la decepción sería no solo para ellas sino también para aquellos a quienes amaban. No obstante, una vez sembrada la simiente de la duda, hay que arrancarla por más que pinchen las espinas.

Descubrieron dónde estaba lady Felicia y la encontraron con bastante facilidad. Su rutilante cabellera rubia y su peculiar ropa la distinguían en cualquier multitud. Charlotte sintió una punzada de compasión. Tomarse la molestia de destacar de semejante manera requería valentía, pero, en cierto modo, también era un signo inequívoco de desesperación.

Creyendo que lady Felicia quizá deseaba que la escena en el club de señoras nunca hubiese ocurrido, Emily se comportó en consecuencia.

—Maravilloso sombrero —dijo en voz baja, sentándose al lado de Felicia a la pequeña mesa como si la hubiese invitado y dejando que Charlotte buscara su propio sitio—. Por descontado hay que ser alta para que quede tan elegante —prosiguió, aunque apenas había una diferencia de centímetros entre ambas.

—Gracias —murmuró Felicia. Una tenía que agradecer tales cumplidos, pues de lo contrario podría disuadir a quien se los prodigase.

La gente se movía a su alrededor. Podrían interrumpirlas en cualquier momento. Emily introdujo con bastante descaro la conversación que deseaba.

—Admiro tanto su estilo —dijo en voz baja, con el rostro absolutamente serio—. Me encanta escuchar cuando rememora sus tiempos en la corte. Me consta que fue presentada a la reina en su puesta de largo.

Contempló a Felicia con una pizca de nostalgia, y Charlotte se preguntó por un instante cómo sería haber pertenecido a la clase en que las jovencitas se ponían de largo a los dieciocho años de edad. Una era recibida oficialmente en el mundo adulto, y quedaba abierta a que la cortejaran jóvenes caballeros apropiados. Había bailes, fiestas, cenas, salidas al teatro donde la buena sociedad al completo podía verla. Como hija de marquesa, Felicia había disfrutado de todos aquellos privilegios y obligaciones. Probablemente había tenido muy poco que opinar al respecto.

Charlotte lo habría detestado. Pero Emily tal vez no. Al fin y al cabo, se había casado con lord George Ashworth. Y Charlotte se había casado con un policía, lo que en su momento era el equivalente social de un exterminador de ratas o un alguacil, al menos para cierta gente. El prestigio de la policía ahora era más alto, veinte años después, y Pitt ya no era un novato sino una figura mucho más poderosa. El respeto, al menos en apariencia, se lo tenían más fácilmente. Lo que la gente pensara en verdad era otro asunto. Y le constaba que Pitt era plenamente consciente de ello.

Felicia se mostró encantada de recordar los que habían sido los años más felices de su vida. Se le iluminó y dulcificó el semblante mientras hablaba.

—Ay, sí —respondió enseguida—. En aquel entonces me parecían siglos, los días y las noches se sucedían como en un sueño, pero, naturalmente, la primera temporada de una en realidad es muy corta, y si no le han hecho un ofrecimiento se siente una fracasada.

Charlotte sabía que decía la verdad: la presión era insoportable. Se imaginaba comprando caballos, cada animal desfilando de un lado para otro para ser elegido, ¡o no! Los caballos no tenían voz ni voto. Se preguntó en qué medida los tenían las mujeres.

Emily y Felicia seguían conversando. Charlotte se las arregló para dar la impresión de estar escuchando con admiración. En realidad, el placer de su rostro reflejaba el alivio de que no le hubiese ocurrido a ella. Su matrimonio fue para muchos un desastre social, pero para ella había sido un romance imposible y, en la madurez, le aportó más dicha de la que la mayoría de las mujeres conocían alguna vez.

Las interrumpió, sabiendo que podría hacerlo cualquiera de las demás personas que pasaban junto a ellas, asintiendo y sonriendo.

—¿Llegó a bailar con el príncipe de Gales? —preguntó con entusiasmo—. Sin duda entonces era más joven, por supuesto, y la mar de encantador.

Procuró parecer ingenua y no supo bien si lo consiguió. Emily la miró un momento y enseguida apartó la vista.

Felicia se ruborizó.

—Una o dos veces —dijo—. Fue mucho después, cuando yo ya tenía veintitantos, cuando lo conocí mejor.

Se hizo un silencio sepulcral. Fue Emily quien lo rompió.

—¡Oh! —Miró a Felicia maravillada—. ¿Quiere decir...?

Felicia estaba radiante. Bajó los ojos.

—Supongo que en realidad ya no es un secreto, y ustedes son amigas mías. Sí, lo conocí... bastante bien. —Algo en las angulosas facciones de su rostro se suavizó—. Tiene razón. Cuando le permiten ser él mismo, sin que todos los ojos estén puestos en él ni se espera que actúe como un diplomático o un príncipe, es divertido y generoso y... es imposible que no te guste.

Usó esa palabra como un claro eufemismo de un sentimiento mucho más profundo.

Charlotte se preguntó si había sido amor, o si era solo la manera en que a Felicia le gustaba recordarlo. El príncipe había tenido muchas amantes y, que ella supiera, siempre fueron mujeres casadas. Como muchos hombres de su rango, llevaba sus romances con discreción, aunque en su caso todo el mundo estaba enterado de ellos, pero nunca desvirgó a una muchacha ni se arriesgó a dejarla embarazada. Que lo hiciera por moralidad o por instinto de supervivencia poco importaba.

—¿Por eso Delia Kendrick le tiene tanta envidia? —preguntó Charlotte—. ¡Porque envidia tiene!

Felicia esbozó una sonrisa cómplice, dulce como si estuviera lamiendo un panal.

—Qué pronto lo ha visto. Sí, me temo que sí. Fue su... favorita... antes que yo. No se tomó con deportividad que la desbancara. Menuda estupidez. Nunca habría encontrado más que... diversión y afecto. Me parece que se hacía ilusiones... —Dejó la frase sin terminar, para que la completara la imaginación—. Era como esperar que la misma mariposa regresara el verano siguiente. Por supuesto que siguen siendo igual de bonitas y breves, pero aun así son diferentes.

Charlotte la miró con un arranque de lástima por una mujer que veía las cosas tan claras y que sin embargo se perdía el gozo y la dicha que importaban, los momentos de belleza. No era de extrañar que los años la hubieran tratado cruelmente. Tuvo ganas de decir algo amable.

—La mayoría de nosotras nunca llegamos a ser mariposas —señaló—. Creo que las tortugas viven cien años, pero ¿quién quiere ser una tortuga?

Felicia soltó la primera risa totalmente sincera que Charlotte le hubiese oído hasta entonces. No hubo tiempo de seguir por ese derrotero: un instante después las interrumpieron.

—Es un sitio por el que empezar —dijo Emily horas después, cuando estaban de nuevo en su casa—. Pero ¿qué relación guarda con Narraway?

—Podemos averiguarlo —respondió Charlotte, poniéndose más cómoda en la butaca del tocador. Las ventanas estaban abiertas y las fragancias del jardín entraban con la brisa. Había un jarrón con rosas amarillas en la mesita que quedaba entre ellas—. Será trabajoso, pero es posible. Podemos averiguar en qué año tuvo Felicia su aventura con el príncipe de Gales y cuándo sustituyó a Delia. Ahí es donde empezaría todo, sea lo que sea. ¿Dónde estaba Victor Narraway hace veinte años? Era mucho antes de que fuese jefe del Departamento Especial.

—¿No lo sabes? —preguntó Emily, sorprendida.

—¡Pues no, no lo sé! —Charlotte contuvo su genio. No tendría que haberle importado tanto darse cuenta de lo poco que sabía sobre Narraway antes de los pocos años en que había sido el superior de Pitt—. Pero lo que de verdad necesitamos es a alguien que conociera a Delia Kendrick entonces. Me pregunto cuándo nacería su hija.

—Sí, por supuesto. Podría ser en la misma época —dijo Emily enseguida—. Si se apartó de la sociedad durante una temporada, dando a Felicia la oportunidad de ocupar su lugar, ese podría ser el motivo. ¿Qué sabemos sobre su marido? A lo mejor es importante.

—Todo es cuestión de sentimientos —dijo Charlotte, tanto para sí como para Emily—. Tenemos que encontrar a alguien que observara los momentos íntimos, tal como suele hacerlo una doncella, y que no esté implicado personalmente. Así pues, ¿cómo vamos a localizar a la doncella de Delia? Con suerte, no será la misma que ahora.

—¿Con suerte? —preguntó Emily, y entonces se dio cuenta de por qué y soltó un gruñido de impaciencia consigo misma.

—Porque si nos cuenta algo que no se sepa, perdería su empleo y su reputación —aclaró Charlotte, aun sabiendo que era innecesario—. Me pregunto si era difícil trabajar para Delia. No parece ser especialmente amable ni agradable.

Emily lo consideró un momento. Después ambas sugirieron otras posibilidades, descartándolas una tras otra.

—Podría pedir a mi doncella que haga averiguaciones —dijo Emily por fin—. Pero en cuanto mencione mi nombre será tan desastroso como si yo misma estuviera haciendo preguntas. Peor, de hecho, porque parecerá una maniobra deshonesta.

—Pero una doncella sería buena idea —apuntó Charlotte—. De una doncella a otra. Podía decir que su tía o su prima habían conocido a la doncella de Delia hace veinte años, y que está intentando ponerse en contacto con ella por motivos familiares.

—Aun así, tarde o temprano saldrá a relucir que es mi doncella —arguyó Emily.

—Sí, es verdad. No estaba pensando en la tuya. Yo no tengo. Minnie Maude se apuntaría encantada, pero no pasaría por doncella de una dama, es demasiado... —buscó una palabra más amable que «cortante»—, particular. Y aparte de eso, se lo contaría a Thomas. Seguro que en algún momento lo haría. Estaba pensando en pedírselo a Gwen, la doncella de tía Vespasia. Si una de nosotras le explica el motivo verdadero, sin abundar en detalles, creo que lo hará. Hace cualquier cosa si piensa que es por el bien de Vespasia...

Aquella era la peor parte de todas. La decepción de Thomas podría intentar curarla, pero la de Vespasia sería devastadora, e inaccesible. Apartó aquellos pensamientos de su mente.

—¿Acaso no es por el bien de Vespasia, puesto que hablamos de Narraway? —preguntó Emily, enarcando las cejas.

—Y por el de Thomas, sí. —Asintió con la cabeza—. Pero no es preciso que lo sepa todo... todavía.

—Eres mucho más taimada de lo que creía —dijo Emily con evidente admiración—. Siempre he pensado que eras un poco demasiado franca.

—Eso es porque se me da mejor a mí que a ti —replicó Charlotte, algo áspera—. El arte de ser taimada reside en no parecerlo.

—Pues entonces adelante, sé taimada con Gwen. Seguramente la conoces mejor que yo.

Transcurrieron dos días largos y difíciles antes de que el plan diera resultado, pero mereció la pena esperar. Gwen demostró tener inventiva y ser una actriz consumada, habilidad que la complacía en grado sumo. Sentía devoción por Vespasia y estuvo dispuesta a correr cualquier riesgo con tal de ayudar, aunque pidió que no le contaran a la señora su papel, salvo los detalles absolutamente necesarios.

Cumplida su misión, explicó a Charlotte que Elsie Dimmock había sido la doncella de Delia Kendrick durante buena parte de su vida laboral, y que antes había servido en casa de los padres de Delia. Ahora vivía en una casita de campo en las afueras de Maidstone, en Kent, que había heredado de sus padres y que podía mantener gracias a una pensión que le pasaba la señora Kendrick. Al parecer, en opinión de Gwen, era un persona muy atenta.

Charlotte le dio las gracias efusivamente, le reembolsó lo que había gastado en el billete de tren y las carreras de taxi, y le dijo que si lo prefería, lady Vespasia no tenía por qué enterarse en absoluto del asunto.

Gwen aceptó el dinero a regañadientes y le dio las gracias.

—Me alegra ser útil. ¿Hay algo más que pueda hacer?

Charlotte le dijo que cuando lo hubiera la avisaría sin falta.

Todavía era temprano y Charlotte sabía que no había tiempo que perder. Telefoneó a Emily para darle la noticia. Se vistió con su ropa más corriente, una sencilla blusa blanca, una falda azul oscuro y un sombrero de paja, y salió para reunirse con su hermana debajo del reloj de la estación de ferrocarril donde tomarían el tren hasta Maidstone. Comentaron sus planes durante el trayecto, tanto en el tren como en el coche de punto que las llevó de la estación de Maidstone hasta la calle donde vivía Elsie Dimmock.

—Espero que esté en casa —dijo Emily con recelo.

—Bueno, si no está, tendremos que aguardar. —Charlotte se negaba a contemplar la idea de que pudieran fracasar, al menos sin intentarlo con mucho más empeño—. Si es necesario, preguntaremos dónde está a los vecinos.

Emily llevaba el paso de Charlotte, y cuando subieron el sendero hasta la puerta rodeada de rosales, fue Emily quien tiró de la cuerda de la campanilla.

Una mujer rolliza de no menos de sesenta y cinco años abrió la puerta al cabo de un momento. Era fea de cara, pero tenía un precioso pelo plateado que captaba la luz como un halo. Se secó las manos en el delantal y las miró desconcertada.

—Soy Emily Radley, y esta es mi hermana Charlotte —dijo con una dulce sonrisa—. ¿Es usted la señora Elsie Dimmock?

Fue una cortesía llamar «señora» a una mujer mayor aunque quizá no se hubiese casado nunca.

—Soy Elsie Dimmock, señora. ¿En qué puedo servirle?

No se movió del umbral puesto que no esperaba que entraran en su casa.

Charlotte tragó saliva. Aquella era la parte más difícil, y sobre la cual ella y Emily habían estado en mayor desacuerdo. Habló a media voz:

—Somos amigas de la señora Delia Kendrick.

Reparó en el veloz reconocimiento que asomó a los ojos de Elsie Dimmock, y, acto seguido, en su preocupación.

—¿Podemos pasar? —preguntó Charlotte—. Ha ocurrido algo un poco desagradable... Rumores, ¿entiende? Y como amigas suyas que somos, deseamos con toda el alma ponerles fin antes de que se extiendan más. Ella no lo hará; supongo que es natural. Todas tenemos nuestro pequeño orgullo y...

—¡Oh, a la señorita Delia no le falta! —convino Elsie con algo cercano a la risa, pero demasiado tenso para que le saliera así—. A veces es su peor enemigo. —Abrió la puerta del todo—. No sé cómo puedo ayudar, pero haré cuanto esté en mi mano.

Charlotte y Emily cruzaron una mirada y luego siguieron a Elsie al interior de la pulcra casa que olía a lavanda. Siendo una casita de campo, se accedía directamente a la sala de estar delantera, con su chimenea y sus cómodos muebles. Había un jarrón con flores variadas encima de la mesa, cuyos primeros pétalos estaban empezando a caerse.

De modo que Elsie no estaba sorprendida. Quizá habían corrido chismes tiempo atrás, de los que Delia no se había defendido. ¿Por orgullo otra vez, o quizá porque eran ciertos?

Emily se sentó con elegancia natural en el sofá y Charlotte ocupó una de las butacas.

—¿Puedo ofrecerles una taza de té? —dijo Elsie.

—No, gracias —contestó Emily—. No queremos molestarla.

—Sería muy amable de su parte —aceptó Charlotte.

Emily quizá no lo supiera, pero ocuparse en algo cotidiano y útil, como preparar té, haría que Elsie estuviera más a gusto. Sentiría que estaba siendo hospitalaria y que en cierto modo llevaba el control de la situación.

Elsie se fue a prepararlo.

Emily se contuvo, no sin dificultad, de decir algo más. No era momento para discrepancias.

En cuanto Elsie regresó con la bandeja del té y lo sirvió, preguntó qué decían los chismes esta vez. Mientras calentaba el agua en el hervidor, había cortado unos pedazos de tarta que les ofreció.

—Lamentablemente ha habido una muerte —dijo Charlotte en cuanto se hubo tragado el primer bocado—. Al principio se creyó que había sido un accidente, pero ahora se ha planteado la posibilidad de que fuera una agresión.

—Dios mío —exclamó Elsie, alarmada.

—El caso es que —prosiguió Charlotte— se trataba de un hombre que sabía muchas cosas sobre otras personas, no siempre honrosas. Se especula con si una información concreta hizo que lo... atacaran. Lamento decirlo, pero lo mataron. Seguro que se figura cuánta gente ha aprovechado la ocasión para hacer insinuaciones espantosas a fin de vengarse por un motivo u otro, real o no. Y la señora Kendrick suscita celos en mucha gente. Es horrible, y del todo injusto.

—Como si no hubiese tenido suficiente —dijo Elsie, verdaderamente afligida.

—¿Ha ocurrido antes? —preguntó Emily con compasión, antes de que Charlotte pudiera decir algo.

—Hay personas que parecen atraer la tragedia.

Elsie miraba con los ojos muy abiertos hacia sus recuerdos. Charlotte supuso que tal vez pasaba mucho tiempo sola, desde su jubilación. Echaría en falta la constante compañía que conlleva vivir en una casa grande, los demás criados siempre yendo y viniendo, las bromas y las tomaduras de pelo, en su mayoría bienintencionadas: el interés común por la vida de la familia a la que servían. Aquella casita de campo era cómoda, mucho mejor que los hogares a los que la mayoría de los criados podían mudarse tras la jubilación, aunque quizá fuese demasiado silenciosa a veces, y la libertad también podía ser solitaria.

Charlotte aceptó otro pedazo de tarta y lo mordió con evidente placer, pero fue lo bastante discreta para no hacer un cumplido abiertamente, al menos por el momento.

—Creo que perdió a su primer marido —dijo Elsie, apenada—. Entiendo lo duro que puede llegar a ser, la conmoción. El preguntarte qué vas a hacer, cómo te las vas a arreglar.

—¿Le ocurrió a usted, señora?

—Sí. Sé lo que se siente. ¡Tan... perdida!

—Pobre señorita Delia, por más que el señor Darnley fuese malo, aunque guapo como un sol, y supiese encantar a los pájaros para que salieran de los árboles. Lo veo tan claramente como si estuviera aquí. Tocaba el piano de maravilla y también sabía cantar, todo tipo de canciones antiguas, románticas. Solía contar muchas historias, incluida una en la que aseguraba que un antepasado suyo estuvo casado con Mary, reina de los escoceses, y lo asesinaron por amor.

Charlotte recordaba que la trágica Mary, reina de los escoceses, en efecto había estado casada con un hombre que se llamaba Darnley, y que se sospechaba que ella misma había ordenado que lo asesinaran. Pero aquel no era el momento de decirlo.

—Qué triste —comentó—. Y era el padre de la hija de Delia, ¿verdad? No su marido actual.

—Oh, sí, la señorita Alice. Era un cielo, una chiquilla encantadora. Me recordaba a la señorita Delia cuando tenía su edad. Tan feliz. Brillante como la que más. Curiosa por todo. «Por favor, Elsie, ¿qué es esto? ¿Qué es eso? ¿Para qué sirve? ¿Puedo usarlo? ¡Enséñame! ¡Déjame probar!»

—Se le arrasaron los ojos en lágrimas—. Esa época pasa muy deprisa, ¿no les parece? Solo unos pocos años y de pronto todos se han ido. Parece que solo eran bebés el año anterior. La señorita Delia se casó con ese tal Darnley cuando solo tenía veinte años. Tardó cinco años en gastarse todo su dinero y entonces empezó a buscar el de otra. Era un... No debería decir lo que era delante de unas damas.

Charlotte se alegró de no haber tenido el suficiente dinero para que mereciera la pena casarse con ella por esa razón. Era una bendición que no había considerado tan grande en los tiempos en que a ella y a Pitt les costaba pagar el alquiler y economizaban en comida. Pero aquello había quedado atrás. La sensación de ser amada, no.

Emily cogió un pedazo de tarta y tomó un sorbo de té.

—Tuvieron que ser unos años muy difíciles para ella.

—Oh, se lo pasó bien. —El rostro de Elsie se iluminó—. Siempre fue muy valiente, la señorita Delia. Sabía hacer reír a la gente, y a los caballeros les gustan las mujeres que disfrutan de la vida. Tenía coraje, juventud, encanto.

—Y era muy guapa —agregó Charlotte, siendo más generosa que exacta.

Elsie se encogió de hombros.

—A mí me lo parecía, pero, claro, ella fue lo más parecido a tener una hija propia. Nunca fue tan bonita como lady Felicia; una auténtica belleza, como una figura de porcelana. Daba miedo cogerla del estante para quitarle polvo, por si se te caía y se rompía un trozo. Pero todo cambió. La felicidad se esfumó. Y los amigos también.

—Es lo que ocurre cuando fallece tu marido —dijo Emily, mordiéndose el labio—. La gente cambia. Todo aquello en lo que confiabas desaparece. Incluso los amigos son diferentes, como si nadie supiera qué decir, de modo que te evitan.

—Sí, fue como si su vida también se hubiese detenido.

—Lo recuerdo —dijo Emily en voz muy baja—. ¿Cómo murió el señor Darnley? ¿Fue repentino? Mi marido tuvo una muerte violenta, y eso fue lo peor de todo. La gente dijo cosas espantosas.

Charlotte lo rememoró con una sensación de frío tan glacial como si hubiese ocurrido muy recientemente. Sintió de nuevo el miedo que anidó en su interior, oyó las voces que decían que Emily lo había matado. Algunas lo creían de verdad. Querían creerlo porque Emily era más guapa, más afortunada, más rica, todas las cosas que deseaban ser. Y entonces en un solo día, de repente, fue más vulnerable que nunca. El título y el dinero no la ayudaron en absoluto; en todo caso, empeoraron las cosas.

Mirándola mientras hablaba quedamente con aquella anciana doncella percibió su voz quebrada, el miedo, la aflicción en la cabeza gacha. Por más profundo que hubiese sido su amor por George, o no, la violencia de su pérdida hizo pedazos su vida. En su nueva felicidad con Jack no lo había podido borrar de la mente, solo apartarlo a un rincón donde pudiera prestarle atención solo de vez en cuando.

—¿Sobre usted también? —preguntó Elsie con tristeza.

—Sí. E incluso después de que se descubriera la verdad y las aguas regresaran a su cauce, dejé de recibir invitaciones —prosiguió Emily—. Hay algo en lo de ser una joven viuda que pone nerviosas incluso a tus amigas. Con un hombre es diferente. Todas las mujeres quieren cuidarlo, asegurarse de que no quede marginado, y los amigos lo invitan todavía más a menudo que antes. Mis amigas, al parecer, creían que quería las atenciones de sus maridos. —Emily esbozó una sonrisa forzada—. Difícilmente podía decirles que no tenían de qué preocuparse. No me habría quedado con ninguno de sus maridos aunque viniera con una tiara de diamantes. El aburrimiento no tiene precio. Pero me sentí terriblemente sola.

—Es lo mismo que presencié en el caso de la señorita Delia —convino Elsie—. No era tan guapa como usted, pero tenía su atractivo. Era lista y sabía hacer reír a la gente. Al menos así solía ser.

—¿Antes de enviudar? —inquirió Emily.

—No, no exactamente. El señor Darnley aplastó algo en ella. Perseguía a otras mujeres, y no siempre era discreto como lo habría sido un hombre más cabal. Pero cuando hizo buenas migas con el príncipe de Gales, todo cambió. Pensé que realmente le tenía cariño. Era todo un caballero, por más que ahora vaya a ser el rey, y siempre lo fue. Considerado, a su manera. Y amable. Siempre muy cortés. Heme a mí, nacida en los barrios pobres del East End, aprendiendo modales cuando la madre de la señorita Delia me recogió y me enseñó el oficio de doncella. Y ahí me tienen diciendo qué noche tan agradable que hace, como si no me impresionara estar hablando con el siguiente rey de Inglaterra.

—¿Y ella le tenía aprecio? —preguntó Emily.

—Oh, sí. Estaba halagada, por supuesto, pero aparte de eso, la verdad es que le tenía mucho cariño. Por poco se le partió el corazón cuando descubrió que estaba encinta, y pasó un embarazo tan malo que se marchó al campo. No fue de extrañar, pobrecita: eran gemelos, y el niño solo vivió unas semanas. Es una crueldad perversa perder a un hijo de esta manera. Dudo que alguna vez lo llegue a superar. Y amaba a su hijita más que a nada en el mundo.

Esta vez ni Emily ni Charlotte respondieron.

—Y después regresó a Londres con la pequeña Alice. Había pasado un año fuera y el príncipe de Gales se había juntado con la tal lady Felicia. Supliqué a la señorita Delia que le dijera por qué se había marchado, pero se negó a hacerlo. Pensé que era por orgullo, pero ahora creo que tenía miedo de perder también a la pequeña Alice. Era un bebé precioso y sano como una manzana.

—¿Y el señor Darnley? —instó Emily.

—Oh, murió casi un año después. Un accidente montando a caballo, creo que fue. Algo por el estilo. Ya no me acuerdo de los detalles. Solo me acuerdo del hombre que fue a contárselo, trasladándose desde Buckinghamshire, según dijo, y de lo triste que estaba. Y ahí estaba Delia con su hijo muerto y ahora también su marido, y todas sus amigas cotilleando acerca de ella cuando estaba tan hundida que no tenía fuerzas para defenderse.

Miró a Charlotte.

—Y no tenía una hermana como usted, señora, que la apoyara y actuara contra quienes habían empezado los rumores.

Charlotte intentó sonreír aun sabiendo que de nada serviría. Veía aquel sufrimiento con demasiada claridad.

—¿Delia conocía al señor Narraway por aquel entonces? —tuvo que preguntar.

—No lo sé, pero sin duda se conocieron más adelante, cuando llegó la hora de buscar un buen marido para la señorita Alice. Yo encontraba que era demasiado joven, pero la señorita Delia dijo que era el momento adecuado. Para entonces estaba casada con el señor Kendrick y yo estaba a punto de jubilarme. Hará unos tres años.

—¿El señor Narraway la estuvo ayudando a buscar marido para Alice? —dijo Emily, como si estuviese confundida—. ¿No el señor Kendrick?

El semblante de Elsie se iluminó y enderezó la espalda.

—Esa es otra cuestión, señorita. Y creo que no debería hablar de ello, si me permite decirlo.

—No, claro que no —convino Charlotte enseguida—. Discúlpeme. Solo lo preguntaba por algo que dijo lady Felicia. Ahora me doy cuenta de que lo hizo por pura envidia. Aunque después de lo que nos ha confiado, y de lo que viví cuando mi hermana sufrió a manos de las chismosas, quiero poner fin a esto del todo. —Se puso de pie—. Delia es afortunada al tener a una amiga tan leal como usted. Pero no mencionaremos quién nos ha informado. Creo que es mejor actuar con discreción, ¿no le parece?

—Sí, señorita, gracias. Pero intentará parar los rumores, ¿verdad? —Elsie también se pudo de pie—. No merece más aflicciones.

Cuando estuvieron fuera, caminando bajo el sol hacia la calle principal más cercana donde podrían tomar un coche de punto que las llevara de vuelta a la estación del ferro-carril, ambas guardaron silencio por espacio de varios minutos.

—Lo siento —dijo Charlotte al cabo de un rato—. Había olvidado lo mal que lo pasaste. Supongo que quería ayudar. Me sentía tan impotente...

Emily le dedicó una breve sonrisa.

—Me ayudaste más que nadie. Siempre creíste que no podía haber matado a George, a pesar de lo que pensaba todo el mundo. Pero ser viuda siempre conlleva soledad porque la gente te teme. Aparte del hecho de recordarles que tarde o temprano la muerte nos llega a todos, incluso de improviso, sin anuncio previo, y se lleva todo lo que pensabas que te daba seguridad. No saben qué decir ni cómo ayudar, y lo hacen todo menos comportarse con naturalidad. Se supone que tienes que ir de luto durante siglos y no salir de tu casa. Es el peor castigo que quepa imaginar. ¿Te acuerdas de cuando hacíamos travesuras y la señorita Hampton nos mandaba a sentarnos a nuestras habitaciones, sin libros ni nada?

—Lo suficiente para que fueras buena chica —dijo Charlotte en tono sombrío.

—Lo suficiente para que tú y Sarah fueseis buenas chicas —repuso Emily—. A mí solo me hizo tomar la determinación de que no me pillara.

Fue la primera vez que una de las dos había mencionado a Sarah de una manera tan despreocupada. Hablaban de ella, por supuesto, pero reflexionando y echando mano de los recuerdos. La habían asesinado muchos años antes, pero todavía resultaba doloroso. Era dos años mayor que Charlotte.

—¿Por qué supones que Narraway ayudó a casar a Alice con un escocés? —preguntó Emily—. ¿Crees que era hija del príncipe de Gales y no de Darnley? ¿Y que si hubiese permanecido en Londres, alguien se habría dado cuenta?

—Es la respuesta más evidente, ¿no? —convino Charlotte—. Según ha explicado Elsie, eso ocurrió hace unos tres años, y para entonces sería el jefe del Departamento Especial: ¿Quién sabe qué presiones recibía? Dudo que Thomas sepa algo al respecto.

—¿Vas a contárselo? ¿No deberías hacerlo?

—Sí... supongo que sí. No se pondrá muy contento.

—¿Por qué no? Es mucho mejor que algunas otras cosas que habrían podido suceder.

—Eso depende bastante de lo que le ocurriera a Alice —dijo Charlotte en voz baja—. ¡Pobre Delia!

Emily no contestó.

—Y luego, por supuesto, está la otra incógnita —prosiguió Charlotte—. ¿Cómo murió Darnley?

9

Pitt escuchó muy preocupado el relato de Charlotte sobre su visita a Elsie Dimmock. Cada nueva información implicaba más a fondo al príncipe en el asunto. Durante años todo el mundo había sabido que tenía amantes. En tanto que fuese razonablemente discreto y eligiera a mujeres casadas cuyos maridos estuviesen más o menos conformes, se aceptaba como una costumbre que venía practicándose desde tiempos inmemoriales. Muchos habían tenido bastardos reales, particularmente en los siglos anteriores. El apellido Fitzroy se daba a tales hijos y significa «hijo del rey». Algunos de estos hijos ilegítimos habían alcanzado sus propios títulos: duque de tal, conde de cual.

Sin embargo, el reinado de Victoria había propiciado el surgimiento de una actitud muy diferente hacia la familia real, un patrón de conducta distinto, al menos en público.

¿Había sido Darnley un marido consentidor? Era harto posible que no.

—¿Elsie estaba segura de que Darnley murió en un accidente montando a caballo? —preguntó Pitt.

Se encontraban en la sala de estar. Como tantas otras veces, era tarde. Daniel y Jemima se habían acostado. Las cristaleras estaban cerradas para resguardarse del aire nocturno y la lluvia repiqueteaba contra los cuarterones.

Charlotte miró a Pitt con los ojos muy abiertos. Torcía el gesto con aprensión.

—No. Creo que no. ¿De qué va todo esto, Thomas? ¿De la relación entre Delia y el príncipe? Según lo que dijo Elsie, Delia tuvo un embarazo complicado con los gemelos, por eso se retiró de la vida social y se recluyó en el campo. Durante esa etapa, el príncipe encontró a otra, en concreto a Felicia Whyte. O quizá ella vio su oportunidad y fue en busca de él.

—Así se explica su antipatía mutua, pero ya han pasado más de veinte años —señaló Pitt—. Ambas tenían que saber que su aventura con el príncipe sería breve. Jamás podría haber sido otra cosa.

—En ese caso, ¿qué es lo que te lleva a preguntarte si la muerte de Darnley fue un accidente? —quiso saber Charlotte.

—No lo sé. No estoy seguro de qué clase de hombre era. ¿Utilizó a su esposa para ganarse al príncipe?

Al decirlo, pensó que era una desdichada situación vivir así, preguntándote siempre si los demás, hombres o mujeres, te apreciaban por ser tú mismo. ¿Sopesarían en todo momento qué ventaja podías suponer para ellos? Qué terrible soledad. Se sintió abrumadoramente agradecido de su propia normalidad. Charlotte se había casado con él a pesar de su posición, no debido a esta.

—No lo sé —admitió Charlotte—. A lo mejor son figuraciones de Elsie. Me pareció que apreciaba mucho a Delia. Nunca ha tenido familia propia.

Pitt vio aparecer una súbita tristeza en el rostro de su esposa, sopesando la soledad de estar siempre al margen, sabiendo que la necesitaban y que confiaban en ella pero fuera de la pared de cristal en cuyo interior residía el amor. Así era como lo imaginaban quienes se sentían excluidos. Sin embargo, demasiado a menudo esto no era para nada así. A veces hacía más frío dentro; con frecuencia faltaba el aire, espacio para estirarse, para crecer.

—Pero Delia se ocupó de que Elsie tuviera un hogar y lo suficiente para vivir bastante bien, según lo que me has contado —dijo Pitt, retomando el tema del caso.

Charlotte sonrió.

—Sí. Una faceta de Delia Kendrick que no me esperaba. Y aunque tuviera un ardoroso romance con el príncipe, eso no explica qué estaba haciendo Halberd, ni por qué lo mataron... ¿verdad?

—No... —convino Pitt, tratando de desenmarañar los sentimientos y los celos, el orgullo, y sacar de aquel embrollo algo que todavía fuese importante veinte años después.

Charlotte fue al grano, como de costumbre:

—¿Piensas que la hija de Delia puede ser del príncipe?

—Es posible —concedió Pitt—. Y quizá por eso Narraway la ayudó a casarse con un escocés en un lugar poco conocido.

Esperaba que esto fuese verdad, pero la pregunta seguía dándole vueltas en la cabeza, insistente y penosa: ¿por qué se había molestado en hacerlo? Entonces era el jefe del Departamento Especial. ¿A quién le hizo el favor realmente? ¿A Delia?, y en tal caso, ¿por qué? ¿O al príncipe? Si lo segundo fuese cierto, tenía que haber una razón, tal vez mucho más poderosa que un antiguo afecto, que bien podía haberse desvanecido tiempo atrás, siendo sustituido por varios otros desde entonces.

¿Habían asesinado a Darnley? ¿Era eso lo que Halberd sabía? Y en tal caso, ¿por qué, y a manos de quién? No parecía que hubiera motivo alguno. ¿Quién lo sabría, aparte del culpable?

Costaba de creer, y sin embargo ahí estaban los hechos. Aborrecía la idea de reabrir un sufrimiento pasado que debería permanecer en el ámbito de lo privado, pero no podía permitirse pasarlo por alto. No estaba seguro de querer saber qué parte había tenido Narraway en el asunto. Profesionalmente, no podía hacer la vista gorda. La mera idea le provocó tal presión en el pecho que incluso le costó respirar.

—¿Thomas? —lo interrumpió la voz de Charlotte.

Pitt devolvió su atención al presente.

—Dime.

—¿Crees que esto es todo lo que hizo Victor?

—¿Casar a Alice con un escocés? Es una solución satisfactoria, y elegante, en cierto sentido.

Charlotte frunció el ceño.

—¿Eso es todo? ¿Por qué no podía encargarse la propia Delia? Habría estado en una posición mucho mejor para hacerlo, y desde luego no le faltaba destreza. No necesitaba a Narraway. No me lo imagino haciendo de celestino. ¿Tú sí?

—No...

—Pues entonces fue una tapadera de alguna otra cosa que supongo que no te habrá contado ni te habrá dejado constancia por escrito —concluyó Charlotte, sin apartar los ojos de los de Pitt—. ¿Y si en realidad no tenía nada que ver con casar a Alice sino con algo que ocurrió mucho antes? Thomas..., él haría todo tipo de cosas cuando estaba en el Departamento Especial, en los primeros tiempos. Quizá tú no lo sepas todo.

—¿Tú sí?

En realidad no fue una pregunta.

—En absoluto —dijo Charlotte en voz baja—. Pero sí sé que algunas de esas cosas se hicieron a la desesperada, cosas que a veces salvaron vidas a costa de otras.

Ahora miraba a Pitt de hito en hito y con una sombra de miedo en los ojos. ¿Era por Narraway y lo que pudieran descubrir de él, que después ambos odiarían? O todavía peor, ¿miedo por Pitt y aquello en lo que podría convertirse?

Todo giraba en torno a la responsabilidad, una vez más,

y en la necesidad de actuar con decisión, a veces deprisa. Sacar una conclusión y esperar que fuese la correcta. No había a quién preguntar: la soledad máxima. Y nadie después con quien compartir la culpa, o para que te asegurase que habías obrado con rectitud, aunque resultase que te habías equivocado.

Tal vez en eso consistía hacerse mayor, en aceptar cierta soledad y no ahogarte en ella.

—Haré cuanto pueda para descubrir qué fue lo que hizo —prometió Pitt—, pero Narraway es muy inteligente. Si quería que fuese secreto, estará bien escondido.

Deseó estar convencido de que no sería algo inquietante, pero no tenía la menor certidumbre al respecto. No podía descartar que Narraway podía ser el padre de la hija de Delia. O peor todavía, y quizá más probable, que hubiese utilizado el hecho de saber que era vulnerable para obligarla a que le diera información peligrosa con la que manipular a otros, posiblemente al mismísimo príncipe. Cabía incluso que lo considerase su deber. Eso Pitt lo podía creer, a pesar de que le repugnase la idea.

A la mañana siguiente vio a Stoker en cuanto llegó a Lisson Grove. Entró en su despacho y cerró la puerta.

—¿Qué novedades tiene? —le preguntó Pitt.

—He investigado los lugares donde estaban todos durante el tiempo en que Halberd tuvo que ser asesinado, señor. Gente a la que estaba viendo regularmente: Walter Whyte, Algernon Naismith-Jones, Ferdie Warburton y Alan Kendrick. El señor Kendrick se encontraba en casa con su esposa. Lo corroboré con ella, discretamente, y lo respalda. El señor Naismith-Jones estaba con una mujer cuyo nombre me dio a regañadientes, pero conseguí confirmarlo. El señor Warburton no se acuerda de nada. Dice que es propenso a beber mucho y que de vez en cuando tiene lagunas de memoria. Borracho como una cuba, señor. Perdió el conocimiento en un club de caballeros. El camarero lo llevó a uno de los dormitorios y le dejó dormir la mona, hasta bien entrado el día siguiente.

—¿Lo comprobó?

—Sí, señor. El problema es el señor Whyte. No dice palabra y todavía no lo he averiguado. Espero que no sea él. Es un hombre respetable. Al menos... lo parece.

—Gracias.

—Sigo buscando testigos que estuvieran en el parque. El problema es que, estando como estaba en el agua, es difícil precisar con exactitud la hora en que Halberd murió. Aunque estemos en verano, hacía bastante frío. Es posible que solo estuviera allí poco tiempo. Estoy intentando restringirlo partiendo de lo que la gente no vio.

—Bien, tal vez aún sea importante —convino Pitt—. Quizá encuentre a alguien que viera a Halberd con vida después de que saliera de su casa, con lo cual todavía se acotaría un poco más.

No abrigaba grandes esperanzas; Halberd podía haber estado en cualquier sitio en el lapso de tiempo que mediaba entre que salió de su casa y encontró la muerte. ¿Qué pensaba que había hecho Kendrick, o qué planeaba hacer, para que mataran a Halberd a fin de que no se lo contara a la reina? Seguramente guardaba relación con el príncipe de Gales. ¿O se equivocaba en eso y había algo más, y de ahí que lograra descubrirlo?

Stoker seguía en el despacho.

—¿Y bien? ¿Hay algo más?

—Me preguntaba si los caballos tuvieron algo que ver —dijo Stoker, un tanto incómodo—. Es prácticamente la única afición que el príncipe nunca ha abandonado, a pesar de que ya no cabalga como antes.

Pitt devolvió su atención al momento presente.

—Prosiga.

—De acuerdo, señor. Parece ser que ahora le está yendo muy bien. Ha cosechado algunos triunfos realmente buenos, y de sus caballos... de un modo u otro, los mejores proceden en su mayoría de la cuadra del señor Kendrick. Tiene un semental magnífico, aunque no lo usa mucho. Según parece, lo reserva para amigos especiales, mayormente el propio príncipe. O como alternativa, el príncipe efectuó sus adquisiciones siguiendo el consejo del señor Kendrick. Por eso el señor Kendrick está a partir un piñón con él. O tiene mucha suerte o es muy listo.

—O ambas cosas —agregó Pitt—. Gracias, Stoker. Esto nos será útil. Al menos sabemos de qué va. ¿Algo más acerca de Kendrick? Me gustaría disponer de todos los datos que tenga; fechas y lugares.

—Sí, señor.

Stoker sacó un bloc de notas del bolsillo de su chaquetón y le pasó varias hojas a Pitt. Todo estaba escrito pulcramente, y también figuraban algunas fechas concretas mientras que otras eran solo aproximaciones.

—Gracias —aceptó Pitt—. Voy a enterarme de todo lo que pueda sobre la relación de Kendrick con el príncipe. Quiero que averigüe hasta donde le sea posible, y con la máxima discreción, sobre los dos últimos meses de Halberd. ¿Qué lugares frecuentaba, a quién solía ver y a quién no? Cualquier cambio en su pauta de conducta habitual. Tengo archivados algunos informes sobre él, pero por ahora no han aportado nada útil.

—Sí, señor, entendido. Estaba investigando a Kendrick. Tenemos que saber por qué.

—Y qué descubrió en concreto para que lo mataran.

—Estaría bien saber quién fue el autor material —agregó Stoker—. Posiblemente no fuera él, ya que su esposa asegura que pasó toda la noche en casa. Me imagino que se habría dado cuenta si él se hubiese levantado y salido de casa por la noche.

—No necesariamente. La gente con tanto dinero puede tener dormitorios separados y dormir juntos cuando así lo desean. Aunque por lo que llevamos observado, dudo que sea muy a menudo.

Stoker iba a decir algo, pero cambió de parecer.

—Manténgame al día de sus pesquisas —concluyó Pitt—. Voy a ver si logro destapar alguna historia.

En su trabajo en el Departamento Especial, y hasta cierto punto como simple ciudadano británico, Pitt ya estaba enterado de la mayoría de las cosas de conocimiento público acerca del príncipe de Gales. Como hijo mayor del monarca reinante, pasaba a ser automáticamente el heredero del trono. A los siete años había comenzado a formarse con el máximo rigor para ese papel. Pitt había oído rumores de que el príncipe no era ni de lejos tan buen estudiante como su hermana mayor, la princesa Victoria, pero se había visto sujeto a todo posible esfuerzo para tratar de alcanzar las expectativas de sus progenitores, en concreto las de su padre. Fue un esfuerzo condenado al fracaso: simplemente carecía de la predisposición necesaria, pese a que las presiones que recibía eran inmensas.

Pitt pensó, con repentina lástima, cuánto debió de temer cada nueva jornada, cada clase en la que sistemáticamente no era lo bastante bueno. Era un milagro que hubiese aprobado sus exámenes, pero al parecer lo había hecho, sobre todo los de historia moderna, en el Trinity College de Cambridge.

Pitt se recostó en su sillón y le estuvo dando vueltas al asunto. Él mismo había disfrutado con las clases del profesor particular que sir Arthur Desmond había contratado para que enseñara a su propio hijo, y al hijo de un guardabosques caído en desgracia, que entonces cumplía sentencia en la colonia penitenciaria de Australia, un destino que Pitt se había empeñado en atenuar sin conseguirlo. No había sido solo buena voluntad; ¡las dotes de Pitt eran un acicate para que su hijo no se dejara superar por el hijo de la lavandera! Y a medida que se hicieron mayores, Pitt aprendió la sensatez de permanecer donde aparentaba ser un igual.

Recordó un día de verano en el aula de la casa solariega, cuando había tomado la delantera en la resolución de un problema de matemáticas, y de pronto se dio cuenta de ello y se comportó como si hubiese tropezado con un obstáculo que no lograba superar. Solo cuando terminaron la clase se dio cuenta de que sir Arthur había estado observando todo el tiempo. No dijo palabra, pero Pitt recordaba la ternura de su mirada. No haber revelado el resultado para dejar que otro se hiciera con la victoria era un logro mucho mayor que haber dado la respuesta correcta.

¿La reina Victoria había hecho alguna vez algo semejante por su hermano menor? ¿O le irritaba que, aun siendo la mayor, nunca heredaría el trono mientras alguno de sus hermanos varones estuviera vivo, o los hijos de estos, en caso de que los tuvieran? Su madre había sido reina solo porque no había herederos varones. ¿A ella le importaba? ¿O en verdad había sido un alivio?

En 1860, con diecinueve años, Edward había hecho una gira por América del Norte, la primera visita de un heredero al trono británico. Allí cosechó un gran éxito, posiblemente por primera vez en su vida. Había conocido a toda suerte de personajes eminentes de la literatura y las artes, la ley y la política. Lo ovacionaron grandes muchedumbres y consiguió muchos beneficios diplomáticos para Gran Bretaña.

Al parecer, había querido hacer carrera en el ejército, pero su madre le había prohibido hacer algo más peligroso que cumplir con los deberes ceremoniales, nada de verdadero carácter militar.

Edward había esperado tener cierta experiencia militar y había participado en muchas maniobras en Irlanda, donde se decía que había pasado unas tres noches con una actriz que se llamaba Nellie Clifden.

El príncipe Albert estaba enfermo, pero le indignó tanto la conducta de su hijo que cuando Edward regresó a Cambridge, Albert se levantó de su cama de enfermo y fue a visitarlo para darle la reprimenda que consideraba apropiada.

Dos semanas después, en diciembre de 1861, Albert falleció. El dolor de Victoria era inconsolable. Vistió de luto el resto de su vida y nunca perdonó a Edward.

Pitt también pensó en eso. Su madre había muerto cuando él era un niño, pero todos sus recuerdos de ella eran buenos. Muchos tenían una pátina de aflicción porque sabía lo duro que trabajaba y, con el tiempo, la soledad que debió de sentir en ocasiones. Jamás le había dicho lo enferma que estaba, jamás dejó que se diera cuenta. Pero a Pitt nunca le había pasado por la cabeza dudar de que lo amaba, que creía en sus capacidades para tener éxito y que sería un buen hombre.

Ojalá pudiera ver cómo había sido su vida. No era tanto su rango lo que más deseaba compartir con ella, sino que hubiese podido conocer a Charlotte y constatar lo felices que eran. Nunca supo que tendría nietos. Lo único bueno era que todos sus recuerdos eran tiernos, sin el menor rastro de cosas desagradables. Si en realidad las había habido, había conseguido olvidarlas.

El príncipe de Gales se había tomado la vida social muy en serio, presidía inauguraciones de grandes obras públicas, como el túnel ferroviario debajo del río Mersey en 1886, y la del Tower Bridge a través del Támesis en 1894.

Pero Pitt sabía por Narraway que solo desde hacía cosa de un año la reina permitía que su hijo tuviera acceso a documentos del gobierno, ahora que su salud empezaba a fallar y él pronto sería rey. La inevitabilidad del relevo era muy reciente.

Aquello también tenía que doler. Estaba claro que no soltaría las riendas hasta que la edad o la enfermedad la doblegaran. Quienes la rodeaban sin duda percibían su falta de confianza. ¿Cómo iban a confiar en él, antes de que las circunstancias no les dejaran otra alternativa?

Pitt se preguntó cómo manejaría semejante afrenta a su orgullo, a su confianza en sí mismo si incluso su propia madre no solo sentía tan poca confianza en él, sino que además la manifestaba de manera que todos sus amigos lo supieran, y sus enemigos, incluso sus criados.

¿Qué le ofrecía Kendrick? ¿Un hombre prudente que buscara ganarse su favor haría, lenta y discretamente, los pequeños comentarios de alabanza y confianza, no al príncipe sino al hombre?

¿Cuántas mujeres lo habían hecho instintivamente? Por descontado, Pitt había visto a mujeres someterse a un hombre, deferir a él cuando en realidad ellas eran más inteligentes e ingeniosas y, desde luego, igual de valientes. Había sorprendido a Charlotte haciéndolo solo una o dos veces, y se había ruborizado y disculpado, y le quitaron hierro entre risas. Pero uno no se reía con un príncipe hasta que este hubiese convenido que era aceptable.

El príncipe había buscado mucho menos la compañía íntima de mujeres desde hacía un tiempo. Pitt supuso que el exceso de comida y el declive de vigor que traía consigo le había perjudicado la salud, y muy posiblemente la virilidad. Ahora su amor eran las carreras de caballos. Mantenía una cuadra en Newmarket, no muy lejos de su residencia en Sandringham. Tan solo tres años antes, en 1896, su caballo Persimmon había ganado el Derby, el trofeo máximo. ¿Kendrick también lo había ayudado en eso? Sin duda había contribuido a celebrar la victoria.

¿Eso era cuanto había? ¿Un hombre lo bastante diplomático para decir y hacer lo más apropiado en cada momento? Si eso era lo que había averiguado Halberd, no había de qué preocuparse, se trataba más bien de algo de lo que alegrarse.

Pero tenía que haber más, algo más fuerte y mucho más siniestro, si habían asesinado a Halberd para que no se supiera.

Ahí era donde investigar lo que estaba en boca de todos, aun aplicando toda la sensatez y la comprensión del mundo, no era suficiente. Había llegado la hora.

Podría haber encontrado a Walter Whyte más fácilmente un par de horas antes, pero necesitaba hablar con él en privado, probablemente un buen rato y, por supuesto, sin interrupciones. Abordarlo mientras paseaba después de almorzar en su club en Piccadilly, cruzando Green Park en dirección al Mall, era una oportunidad demasiado buena para desperdiciarla.

Whyte tenía cincuenta y tantos años, era esbelto y todavía estaba en forma. Pitt tuvo que estirar las piernas para darle alcance.

—Buenas tardes, mayor Whyte —saludó cuando estuvo a su altura.

Whyte se paró en seco, sorprendido por el sonido de un tratamiento que no había usado desde hacía más de veinte años. A algunos hombres les gustaba recordar su cargo el resto de su vida, pero Whyte no se contaba entre ellos y Pitt lo sabía. Estaba reconociéndole el mérito durante su servicio militar, mientras que al mismo tiempo le daba a entender que sabía mucho más acerca de él de lo que su trato ocasional y muy superficial justificaría.

—Buenas tardes, comandante Pitt —dijo Whyte tras un instante de vacilación—. ¿Cómo está usted?

Fue una respuesta predecible que no precisaba contestación.

—Encantado de toparme con usted —dijo Pitt—. Estoy en mitad de un cometido bastante penoso. —No iba a fingir que disfrutaba, sin importarle lo que Whyte pensara de él al final—. Su historial militar ha llegado a mi conocimiento. Demostró una valentía y una lealtad notables, mucho más que las de la mayoría de los soldados. Por descontado, la mayoría no tienen ocasión o necesidad de hacerlo.

Estaban parados en el sendero, cara a cara. Pitt no estaba a gusto, pero se las arregló para disimularlo. Whyte no. Tenía el cuerpo tenso, sus ojos no se apartaban del rostro de Pitt.

—Me parece que me confunde con mi hermano, comandante —dijo a media voz.

A lo lejos un perro ladraba excitado y unos niños chillaban alentándolo.

—Fue él quien salvó vidas en el accidente de barco en el Nilo, si es eso a lo que se refiere. No se me ocurre otra cosa. Lamentablemente, murió pocos años después, de nuevo intentando salvar a unas personas —agregó con la voz tomada por la emoción, y la aflicción fue patente en su rostro.

Pitt se sintió desdichado. Por un momento incluso se planteó disculparse e irse a buscar la información que necesitaba en otra fuente. Excepto que no conocía ninguna y buscarla sería una pérdida de tiempo que no se podía permitir. ¿Quizá simplemente tendría que haber preguntado directamente, sin intentar presionar a Whyte? A lo mejor se lo habría dicho. Salvo que hubiese mentido para proteger a alguien, desconociendo la gravedad del asunto. Tenía que ser grave, pues de lo contrario Halberd no estaría muerto.

Whyte se disponía a dar la espalda a Pitt y seguir su camino a través del parque hacia el Mall.

—Discúlpeme —dijo.

—Ojalá pudiera, mayor Whyte, pero estoy convencido de que sabe lo que es el deber tan bien como yo. A veces es costoso, como lo sería para usted que su hermano se llevara el mérito de su valentía al salvar a aquella gente en el Nilo. Estuve en Egipto una vez, muy poco tiempo, por un caso. Una tierra fascinante.

—¿Qué demonios está diciendo? —inquirió Whyte. Miró a Pitt con más detenimiento—. ¿Está sobrio, señor?

—Totalmente. Y si esto no fuese un caso de asesinato, y posiblemente de traición, no tendría inconveniente en dejarlo correr. Pero lo es y no puedo hacerlo.

—¿Quién ha muerto, por Dios? —preguntó Whyte bruscamente, aunque ahora estaba más pálido bajo el bronceado de su piel.

—Sir John Halberd, a quien sin duda conocía —contestó Pitt.

—¿Esto es de lo que va este... chantaje?

—¿Chantaje? ¿Así es como lo ha llamado alguien? —replicó Pitt con mucha labia y cierta curiosidad, preguntándose quién más había presionado a Whyte antes que él.

Whyte no contestó.

—El propio Halberd —dijo Pitt con un suspiro—. Qué pena, pero qué interesante. Me cuesta creer que Halberd le estuviera haciendo chantaje, pero si era así, surge la cuestión de si fue usted quien lo mató.

Whyte se quedó helado, con una mirada de asombro. Acto seguido se convirtió en absoluta aversión, pero con la repugnancia del desprecio, no del miedo.

—Ya me lo figuraba —dijo Pitt con una sonrisa sombría—. Y dudo mucho que Halberd le estuviera haciendo chantaje. Más bien diría que lo estaba obligando a contarle ciertas cosas que usted prefería no contar. Lamento tener que hacer lo mismo, sobre todo habida cuenta de que alguien lo mató para impedir que actuara basándose en esa información. ¿No está preocupado, mayor Whyte?

—¡A usted debería preocuparle muchísimo más! —espetó Whyte—. Él está muerto. ¡Yo no!

—Todavía no —convino Pitt—. Pero yo tampoco. ¿Qué quería saber Halberd? Y le ruego una respuesta exacta. Y completa.

Whyte permaneció bajo el sol unos minutos y al cabo pareció sufrir un pequeño bajón. Se volvió para echarse a caminar despacio hacia la calle pero a través del césped, no por el sendero. Pitt pensó que lo hacía para reducir la posibilidad de que alguien los oyera.

—Me hizo un montón de preguntas sobre el príncipe de Gales y sus visitas diplomáticas al extranjero. El príncipe lleva haciendo esos viajes desde los años sesenta. Se le da muy bien. Nos ha granjeado un buen número de amigos en Europa, con quienes no nos llevábamos tan bien hace un tiempo.

—¿Esto es todo lo que quería Halberd? —preguntó Pitt, escéptico.

Whyte no lo miró.

—Me preguntó cuán a menudo lo acompañaba Kendrick y, en concreto, adónde.

—Qué interesante. ¿Y cuál fue su respuesta? Supongo que quería una respuesta exacta, no una suposición.

—Sí. Consulté mi agenda para ver qué sabía. Por supuesto, él conocía las fechas del príncipe; están a disposición de cualquiera. Lo que quería saber era cuándo fue acompañado de Kendrick.

—Y usted contestó...

—Solo una vez a Francia, y más a menudo a Alemania. Quizá tenía familia allí.

—Entiendo. ¿Y usted nunca fue, mayor?

—¿Con el príncipe? Solo una vez. No viajé con él, fui unos días después.

—¿Y Kendrick también fue en esa ocasión?

—Sí...

—Ya veo. ¿Y adónde fueron, concretamente?

—¿Qué demonios importa? —inquirió Whyte, pero había en sus ojos una pesadumbre como si supiera la respuesta—. El príncipe tiene un estrecho parentesco con la familia real alemana, aunque supongo que ya lo sabe. No puede decirse que sea un secreto. El príncipe Albert era de la casa de Saxe-Coburgo. Y la hermana del príncipe está casada con el rey de Prusia.

—Lo sé. Es el señor Kendrick el que me interesa. ¿Adónde fue?

Whyte lo miró fijamente y fue palideciendo poco a poco. Pitt aguardó.

—La mayor parte del tiempo estaba con el príncipe, pero fue a visitar a alguien que aseguró ser un viejo amigo...

—Vaya al grano, mayor Whyte. ¿Qué le contó a Halberd? Iba con el príncipe, supongo que para aprovechar su élan diplomático, su nombre, su habilidad para ser bienvenido en todas partes. Kendrick se hizo amigo del príncipe, ¿verdad? —No precisaba que Whyte respondiera afirmativamente, bastaba con verle los ojos—. ¿Adónde, mayor Whyte? Necesito saberlo.

No quería amenazarlo con socavar la memoria de su hermano, pero tenía que estar dispuesto a hacerlo. Debía conseguir que su interlocutor así lo creyera.

Permanecieron mirándose de hito en hito.

Pitt tenía ganas de decirle a Whyte lo mucho que aborrecía todo aquello, pero tenía que hacer que ambos creyeran que desvelaría la verdad sobre el momento de pánico de James Whyte, y sobre el mérito que cosechó por algo que no hizo él. Que había fallecido fracasando en el intento de ser de verdad aquel hombre. Odiaba la mirada de los ojos de Whyte, la repugnancia.

—Fue a la fábrica de armas Mauser —dijo Whyte por fin—. No me di cuenta hasta más tarde. Y carezco de pruebas. Si lleva este asunto adelante, lo negaré todo. ¡Piense por un instante lo que supondría para la reputación del príncipe! Si tiene alguna lealtad a la reina o a su país, olvidará todo esto.

—¿Kendrick trafica con armas? —preguntó Pitt muy despacio—. ¿Con quién?

—¡Maldita sea, no lo sé! Con el ejército británico, supongo. O con mercenarios de cualquier lugar.

—¿Como África, por ejemplo? —dijo Pitt en voz baja.

El horror demudó el semblante de Whyte.

—¡Por Dios, no! ¿Se refiere a los bóeres? Nunca haría algo semejante.

—Me parece que Halberd creía que sí —arguyó Pitt—. Pero necesito algo más que esto para estar seguro.

Dio las gracias a Whyte y dejó que se marchara presuroso, echando apenas un vistazo al palacio de Buckingham que se alzaba a su derecha, al otro lado de la explanada con sus guardias uniformados de rojo, para luego desaparecer por el Mall hacia Whitehall. Whyte no volvió la vista atrás ni una sola vez.

Pitt dio media vuelta para desandar el camino por el que había venido.

Le debía a la reina un informe de lo que había averiguado hasta aquel momento, antes de poner en marcha las investigaciones siguientes, que deberían llevarse a cabo en el Foreign Office con respecto a lo que se supiera sobre la probabilidad de que estallara una guerra y del papel que Kendrick podía estar interpretando entre bastidores.

A Charlotte no le contó nada de esto. Lo había ayudado mucho con la información que le había dado sobre el origen de Delia Kendrick, y así se lo había hecho saber, pero las novedades supondrían una carga de miedo que no tenía por qué soportar. Como tampoco era preciso que supiera cómo había obligado a Walter Whyte a colaborar. Habría compartido la vergüenza de Whyte por el hermano que había amado, y la amargura de comprobar que Pitt también lo sabía sin haber visto nunca a James Whyte, lo bueno que había en él, lo que le importaba.

Fue admitido en el palacio a media tarde del día siguiente, exactamente de la misma manera que en las ocasiones anteriores, y acompañado por sir Peter Archibald, que estaba muy serio.

Al llegar ante la puerta de la habitación, sir Peter se detuvo.

—Su Majestad hoy no se encuentra muy bien, señor Pitt. Le ha concedido esta audiencia contra mi consejo. Confío en que será usted breve, y que proceda con tanto tacto como sea posible sin desinformarla. Sugiero que si trae malas noticias solo le haga un bosquejo y que después me informe a mí de cualquier asunto del que pueda ocuparme. ¿Me comprende, señor?

—Perfectamente —contestó Pitt—. Pero me valdré de mi discreción en cuanto a lo que le cuente. Le doy mi palabra de que no será nada que considere innecesario. Es lo máximo que le puedo prometer.

Sostuvo la mirada de sir Peter sin pestañear y vio su sorpresa, seguida de enojo y respeto.

Sir Peter llamó a la puerta y la abrió, dejando que Pitt entrara solo.

La reina parecía más menuda en el amplio sillón, con la

espalda tan tiesa como podía sostenerla, y las manos, con puñetas de encaje, recogidas en su regazo. Como siempre, iba vestida totalmente de negro.

—Puede acercarse, señor Pitt —dijo en voz baja. Después, cuando lo tuvo delante de ella, agregó—: Me complace que sus pesquisas hayan sido tan fructíferas como para tener que informarme de nuevo.

Había la sombra de una sonrisa en sus labios, irónica, llena de pena por el amigo que había perdido. Toda la información que le diera jamás sustituiría a Halberd, que era de la generación de sus hijos, y que había conocido y reverenciado tanto al príncipe Albert. Pitt era ajeno, de una clase social completamente distinta; es más, incluso inferior a la de los criados que le servían las comidas y le abrían las puertas. Y, sin embargo, él había arriesgado su vida y su carrera para servir a los mismos ideales en los que ella creía, y una vez incluso juntos, enfrentándose a un mismo enemigo que quería matarlos a los dos.

—Puede sentarse, comandante.

Dirigió la mirada a la butaca que Pitt tenía más cerca.

—Gracias, Su Majestad.

Se sentó, esperando no dar la impresión de estar tan incómodo como estaba. ¿Acaso alguien, a excepción de Albert, había estado totalmente relajado con ella desde que se había convertido en reina? La corona no solo pesaba físicamente; mentalmente, seguro que a veces era casi insoportable. Aunque nadie había renunciado a ella por voluntad propia.

—¿Qué tiene que decirme? —preguntó—. ¿Sabe quién mató a sir John y por qué?

Pitt reparó en la aflicción que traslucía su rostro y, más profundo todavía, el miedo. ¿Realmente creía posible que el príncipe de Gales pudiera estar implicado, aunque fuese de forma indirecta? Lo había culpado de la muerte de Albert.

Pitt escogió sus palabras con sumo cuidado.

—Creo saber por qué, señora —comenzó—. Estaba usted en lo cierto al suponer que se debió a que tuvo éxito con la misión que le encomendasteis. Dudo que fuese Alan Kendrick en persona quien le asestó el golpe. Su esposa asegura que se encontraba en casa. —Se fijó en su expresión de incredulidad e impaciencia—. Aunque eso puede ser o no ser verdad. Pero bien pudo pagar a un tercero. Sería un riesgo que quizá consideró que valía la pena correr.

—¿Riesgo? —dijo la reina con escepticismo.

—Que el hombre en cuestión después quisiera hacerle chantaje —contestó Pitt—. O, por supuesto, también pudo... deshacerse de él a posteriori. La policía no conectaría esas dos muertes porque nadie sabría de su relación.

—Continúe, señor Pitt. Ha dicho que cree saber por qué.

El rostro de Victoria estaba pálido incluso en la media luz de aquella estancia. ¿Habría sido más acertado decirle directamente que el príncipe no estaba involucrado, o lo consideraría condescendiente? Tal vez incluso no le creyera o pensara que estaba haciendo justo lo que sir Peter le había sugerido instantes antes. Mejor hacerlo bien que deprisa. Tenía que creerle, pues de otro modo sus palabras no la confortarían sino que, por el contrario, suscitarían más temores.

—El príncipe de Gales es muy apreciado tanto en Europa como en América, señora. Acepta su hospitalidad, que es el mayor y más sincero cumplido que uno puede hacerle a su anfitrión.

La reina sonrió, y por un momento el orgullo asomó a su semblante. Los años se esfumaron como si los más funestos jamás hubiesen existido.

Pitt tenía que decir algo para romper el hechizo. Ella aguardaba que le diera las noticias que le dolerían, razón por la que Pitt estaba allí.

—El señor Kendrick acompañó al príncipe en varios viajes al extranjero —dijo—, principalmente en los que efectuó a Alemania. Como era amigo del príncipe, la gente le dio una calurosa acogida y confió en él. Kendrick aprovechó esa ventaja para ponerse en contacto con la empresa armamentística Mauser.

—¿En serio? ¿Con qué propósito?

La reina permaneció totalmente inmóvil, aunque agarrándose las manos que descansaban en su regazo.

—Mi fuente no puede contarme en qué consistió exactamente el acuerdo, señora, pero guarda relación con una enorme adquisición de armas, sobre todo fusiles.

—Vaya. Y esta adquisición tiene previsto sacar un beneficio, claro está. ¿De quién?

—Creo que de los bóeres en Sudáfrica, señora, si estallara otra guerra.

—Gracias, señor Pitt. Me imagino que no le ha sido fácil contármelo. Soy una mujer de edad avanzada y las personas bienintencionadas me mantienen al margen de lo que pueda afligirme. Yo prefiero saber. Tengo el deber de saber. —De nuevo un amago de sonrisa le cruzó el semblante—. Con frecuencia lo que evoca la imaginación es peor que la realidad. Sin duda es más variado, y está peculiarmente vivo.

Pitt quería decir algo que la consolara, sin embargo no se atrevió a demostrar demasiada familiaridad. Ambos siempre debían fingir que Pitt no reparaba en sus sentimientos.

—Lo mismo nos ocurre a muchos, señora. Y cuanto más informada la imaginación, peores son las posibilidades. Las únicas cosas buenas de esta situación son la lealtad absoluta de sir John tanto hacia su país como hacia Su Majestad, y el hecho de que el príncipe de Gales, aunque se haya abusado de su generosidad, lo ignora por completo.

La reina asintió muy lentamente.

—Confío, señor Pitt, que mientras prosiga con su investigación haga lo posible para protegerlo de quienes aparentan ser sus amigos cuando en realidad no lo son. Será una tarea más ardua cuando yo ya no esté aquí, pero la dejo en sus manos.

No podía hacer otra cosa que aceptar. El peso que suponía fue momentáneamente agobiante.

—Sí, Su Majestad.

Victoria asintió con la cabeza y no dijo más, salvo darle permiso para retirarse.

10

Después de su visita a la reina, Pitt regresó a Lisson Grove y abrió la caja fuerte que contenía los archivos que Narraway había guardado aparte para que solo Pitt pudiera verlos. Debía revisarlos de nuevo, estudiarlos con más detenimiento. Necesitaba que los datos disponibles fuesen exactos. Aun así, estaban escritos en una especie de caligrafía que Narraway había desarrollado, y la clave para descifrarla también estaba en posesión de Pitt. Narraway carecía de la habilidad detectivesca de su sucesor y de su conocimiento de los bajos fondos en los límites del crimen, la comprensión de la pobreza y del papel que desempeñaban los hurtos para la supervivencia.

En cambio, tenía una extensa red de contactos en la alta sociedad, comprendía el mundo del dinero, el privilegio, el gobierno y el ejército. Sabía cómo vivían los hombres de esos estamentos, lo que valoraban y cuáles eran sus debilidades. En parte era cuestión de instinto, pero casi todo estaba en aquellos expedientes, ahora a disposición de Pitt si así lo deseaba. Él no quería saber qué contenían y, mucho menos, utilizarlo. Pero esa clase de inocencia era un lujo que ya no se podía permitir. Otras personas pagarían el precio de su excesiva sensibilidad. Mantener las manos limpias no valía la vida de nadie. Quienes se detienen a mirar son cómplices de lo que podrían haber impedido, cuando deciden no hacerlo.

Tardó tres horas de tediosa lectura antes de encontrar lo que necesitaba para aquel caso en concreto. Si tenía suerte, pillaría por los pelos a Stephen Dudley antes de que se marchara a su casa hasta el día siguiente. Por muy desagradable que fuera, como pisar un charco helado, era mejor hacerlo enseguida. Buscar excusas para posponerlo solo lo empeoraría.

Tomó un coche de punto y llegó al Foreign Office tres cuartos de hora después. Había un tráfico espantoso y su impaciencia de nada sirvió. Cruzó el vestíbulo de mármol, oyendo el eco de sus pasos, y subió por la gran escalinata. Conocía a varias personas que trabajaban allí, un poco al menos, y las saludó con la cabeza al cruzarse con ellas. Llegó ante la puerta de Stephen Dudley justo cuando este se disponía a marcharse.

—Disculpe —dijo Pitt, antes de presentarse.

Dudley era un hombre guapo, probablemente pocos años mayor que Pitt, pero con una desenvoltura que delataba un largo linaje de antepasados que habían ocupado altos cargos en las cortes de la realeza desde los tiempos de la reina Elizabeth.

—¿Pitt? —dijo Dudley con un ligero titubeo—. Me temo que no consigo ubicarlo. —Esbozó una sonrisa—. Es tarde. ¿Podemos aguardar a mañana? Me encantaría recibirlo, digamos... ¿a las once y media?

Hizo ademán de ir a cerrar la puerta, dejándolos a los dos en el pasillo.

—No nos conocemos —respondió Pitt—. Soy el jefe del Departamento Especial. Sustituí a Victor Narraway hace un par de años. —Pronunció el nombre de Narraway cuidadosamente, y buscó la mirada de su interlocutor al hacerlo—. Y me temo que no podemos aguardar a mañana.

Dudley se quedó atónito. Permanecieron inmóviles, mirándose de hito en hito en el amplio y silencioso pasillo con sus retratos de héroes del pasado colgados en las paredes. Reinaba el silencio, excepto por el eco de unos zapatos de suela de cuero sobre el mármol, en algún lugar que no estaba a la vista.

—Victor Narraway —dijo Dudley por fin, todavía sonriendo como si negara lo que ya sabía.

—Sí, señor Dudley. Ha sido difícil ocupar su puesto, y ahora me encuentro ante una dificultad que no puedo consultar con él, de modo que me veo forzado a recurrir a algunas de sus fuentes de información.

—¿No le ayudaría? —Dudley dio vueltas en la cabeza a esa idea, buscando una escapatoria—. ¿Eso no le da que pensar, señor... Pitt?

—No puede ayudarme —replicó Pitt, sin dejar de sonreír amablemente—. Está en el extranjero en este momento, y viajando constantemente, por tanto, es imposible ponerse en contacto con él. Por eso he venido a verle a usted directamente.

Dudley se puso tenso. Respiró hondo y soltó el aire despacio, dándose tiempo para pensar, y después entró delante en su oficina e indicó a Pitt dónde sentarse mientras él ocupaba su sillón detrás del escritorio.

—¿Qué es exactamente lo que desea saber? Hay ciertas informaciones que quizá no pueda compartir con usted.

—Cuando sepa de qué se trata, señor Dudley, seguro que me lo contará —dijo Pitt cuidadosamente, sin alterar el sereno tono de su voz en lo más mínimo.

Sabía cuál era el punto débil de Dudley y aborrecía la idea de utilizarlo. Pero no podía imaginarse delante de la madre de un soldado muerto en otra guerra en África y decirle que fue un mojigato a la hora de presionar a un cargo del

Foreign Office cuyo hijo era un embustero del que estaba sumamente avergonzado.

Dudley lo miró con desagrado.

—¿En qué piensa que puedo ayudarle? Estará dando caza a algún demonio irlandés, me imagino.

—No, señor Dudley. En estos momentos me preocupa la idea de que estalle otra guerra con los bóeres en África, y que alguien les suministre lo mejor del armamento alemán de última generación.

—¡Por Dios! —La sorpresa hizo que Dudley olvidara toda animadversión. Ahora se le veía tan despojado de emoción y cansado que era como si no le quedara nada de energía—. No sé si habrá otra guerra o no. Dependerá de si Kruger se arredra, supongo. O de si Milner se echa para atrás. Pero es poco probable, por lo que oído decir sobre él. Es un ganador, siempre ganador. Seguramente espera ser el gobernador de Sudáfrica; siguiente paso, primer ministro.

—Cuenta con muchos admiradores —señaló Pitt.

El rostro de Dudley se llenó de repugnancia.

—¿No sabe algo desagradable acerca de él? Ahí es donde hacer un poco de... palanca... tendría su resultado.

—¿De modo que puede haber guerra? —preguntó Pitt.

—Mi mejor pronóstico es que sí, y probablemente por Navidad. Y ahora, dígame: ¿qué demonios es eso de las armas alemanas?

—Todavía nada. Necesito saber con qué frecuencia Alan Kendrick fue a Alemania con el príncipe de Gales, y en qué fechas, así como cualquier otra cosa que pueda contarme sobre esas visitas. Quizá sepa los nombres de algún cortesano, amigo o criado discreto con el que pueda hablar. Y lo necesito de inmediato.

Dudley lo miró con el semblante adusto.

—¿Qué es exactamente lo que sospecha?

Pitt debía tomar una decisión en el acto. Narraway había dejado suficiente información sobre Dudley para ponerlo en un grave aprieto. ¿Tenía alguna relación con Kendrick que pesara más que su propia posición?

—Sospecho que Kendrick está negociando una venta de armas con la empresa Mauser para suministrar fusiles a los bóeres, en caso de que haya otra guerra. Y con la posibilidad de que el káiser no solo está dispuesto, sino en condiciones de llevar a cabo su *Weltpolitik*: una armada mayor, la adquisición de grandes inversiones en las tierras de África y más territorios extranjeros en general, después una alianza con un estado bóer inmensamente rico e independiente en el sur de África deja de ser improbable.

Aquello era ir mucho más lejos de donde él mismo había llegado, y desde luego no lo podía demostrar.

—¡Dios todopoderoso! —Dudley juró con vehemencia—. ¡Tiene que detenerlo! ¡Y, además, valiéndose de los contactos del príncipe de Gales para hacerlo! Delante de sus narices. ¿Cómo podemos impedirlo? ¡Equivaldría a implicar al próximo rey en una traición contra su propia corona! ¿Está seguro?

—No —dijo Pitt, tajante—. Quiero saber si las cosas están tan mal como pintan. Y si lo están, debo ponerles fin... o al menos asegurarme de que se detiene a Kendrick. Y no perdamos más tiempo comentándolo. Ayúdeme a averiguar todo lo que pueda sobre cada visita en la que príncipe llevó a Kendrick consigo.

La actitud de Dudley había cambiado. Estaba tan tenso como un muelle demasiado apretado, pero su determinación saltaba a la vista en cada parte de su cuerpo, en sus movimientos al levantarse, como un atleta listo para un esprint. Iba a ser un buen amigo en el futuro, o un mal enemigo.

—Aquí no puede ayudar —dijo a Pitt mientras este a su vez se ponía de pie —. Trabajaré en ello toda la noche y lo tendré listo para usted mañana a las diez. ¡Veré a quien tenga que ver, aunque lo tenga que sacar de una cena, de la ópera o de una cama ajena!

—Estaré aquí a las diez —dijo Pitt, agradecido.

Al salir sintió un alivio tan grande que fue como si lo abandonara un dolor corporal. ¿Habría usado la información de Narraway para forzar a Dudley, si este se hubiese negado a colaborar? Le habría resultado espantoso. Era un asunto personal y sumamente embarazoso, y aunque se remontaba a un pasado lejano, seguía teniendo la capacidad de hacer mucho daño. De hecho, podía interrumpir una carrera brillante, por no mencionar el posible menoscabo a la vida personal de Dudley.

Pensó en Daniel y en la acusación que había referido a sus padres pocos días antes, de haber copiado en un examen en el colegio. Pitt había creído en la inocencia de Daniel sin dudar ni un instante, y admiró la determinación del chico a no chivarse del verdadero culpable. Pitt esperaba que el asunto fuese agua pasada, y sin embargo la injusticia de la falsa acusación todavía supuraba. ¿Dudley también había creído a su hijo? ¿Qué presiones había recibido, qué lealtades se pusieron a prueba, qué aprobación o condena de sus iguales? ¿Alguien que se precipitaba en juzgar se detenía a pensar en estas cosas?

Al día siguiente tendía que hablar con Daniel y asegurarse de que su mancha no estropeara su futuro y volviera a emerger cuando fuese demasiado tarde para demostrar su inocencia. ¡Qué ingenuo había sido Pitt al creer que todo se olvidaba!

Mientras iba por la calle buscando un coche de punto, se preguntó si habría llevado a cabo su amenaza contra Dudley, y en caso afirmativo, qué habría pensado de sí mismo después. ¿Habría asumido la responsabilidad por el daño causado, el sufrimiento, la pérdida de las aptitudes de Dudley para el puesto que ocupaba? ¡Y la pérdida para él mismo! ¡Tal vez la ruina de su hijo! ¿Qué pensaría Charlotte al respecto? Confiaba en el honor de Pitt, en su gentileza, en su compasión por los que sufrían, sin que importara de quién fuese la culpa. Cuando Daniel fuese lo bastante mayor para enterarse, ¿admiraría a su padre por ello o lo despreciaría? ¿Tal vez incluso le tendría miedo y no volvería a confiar en él? Ni siquiera sabía qué sería peor. Si Daniel lo admirase, podía tomarlo como el permiso para hacer lo mismo, obtener lo que quería mediante manipulación, amenazas, chantaje emocional. Podría hacerlo no solo cuando fuese la única solución, sino cuando simplemente fuese la más sencilla.

Al pensar en cualquiera de aquellas eventualidades se le hizo un nudo en el estómago.

Ahora bien, si una amenaza no se hacía efectiva, ¿cuánto tardaba en dejar de ser creíble? Un tigre de papel no asustaba a nadie; Pitt sería alguien objeto de chanza. ¿Qué defensa era un soldado que no tenía agallas para disparar su arma? ¿De qué servía a quienes había jurado proteger y habían confiado en él?

Había llegado la hora de aceptar la responsabilidad.

Estuvo de vuelta en el despacho de Dudley a las diez en punto de la mañana siguiente, y en cuanto entró, tuvo claro que las noticias eran malas. Dudley estaba de cara a la puerta, dando la espalda a la ventana, en medio de un charco de luz solar proyectado en el suelo. Había dos hojas de papel encima del escritorio, escritas a mano.

Pitt cerró la puerta a su espalda.

—Me temo que el asunto es tan feo como usted pensaba —empezó Dudley. Se le veía cansado, como si hubiese pasado la noche en vela. Ni los esfuerzos de su ayuda de cámara habían conseguido que no tuviera un aspecto demacrado—. Kendrick ha estado en Alemania cinco veces, tres de ellas este verano. La última, sin el príncipe. Al parecer, se ha establecido tan bien que ya no necesita respaldo real. Me figuro que sabe que el Mauser M93 es uno de los mejores fusiles del mundo, si no el mejor. Al menos tan bueno como el Enfield. No he encontrado rastros de una conexión con los bóeres, pero me he asegurado de que no está haciendo tratos en nombre del ejército británico. No es que creyera que los estuviera haciendo, pero tenía que asegurarme.

—Sí, por supuesto —convino Pitt, tan solo para llenar el silencio momentáneo y para demostrar que estaba escuchando y entendiendo lo que Dudley le decía.

Había esperado estar equivocado. Tal vez los viajes de Kendrick guardaran relación con una aventura amorosa, o incluso con algún deporte del que fuese aficionado, ilegal en Inglaterra, aunque a Pitt no se le ocurría cuál podía ser.

—He intentado encontrar algún indicio de que Halberd siguiera la misma línea de investigación que yo —prosiguió Dudley—. Lo siento, pero no he podido demostrarlo en ningún sentido. Si interrogó a alguien, nadie habla de ello. —Su sonrisa era triste y un poco amargada—. Tal vez fuese alguien que no podía permitirse no contestar. Halberd parecía saberlo casi todo...

No terminó el hilo de pensamiento; ambos sabían cuál era. Dudley echó un vistazo a los papeles de encima del escritorio.

—Esto es cuanto sé, y es la única copia. He anotado los detalles, también si se demostró que habían ocurrido o si solo son una posibilidad. Fechas y horas, quién estaba allí, etcétera. Por Dios, Pitt, haga lo que tenga que hacer para detener a Kendrick. ¡Busque algo para silenciarlo, y úselo!

—Debería habérselo preguntado antes. ¿Halberd estuvo en Alemania, que usted sepa?

—Sí, un par de semanas antes de morir. Fue asesinado, ¿verdad?

Había un matiz de angustia en su voz, incluso de miedo.

—Sí. Aunque todavía no puedo demostrar quién lo hizo. Quizá el propio Kendrick, pero, en tal caso, tenemos la palabra de su esposa conforme estaba en casa, y me atrevería a decir lo mismo de sus criados. Pero aparte de eso, no me imagino que pudiera pillar desprevenido a Halberd. Si tenía planeado reunirse con él, no sería a solas, de noche y en una barca de remos en el Serpentine.

—Pues entonces otra persona le hizo ir allí —concluyó Dudley—. No intente convencerme de que tenía otro enemigo mortal que por casualidad hizo el trabajo de Kendrick por él —añadió con amargura—. Encerrarlo por homicidio sería ideal.

—Me encantaría hacerlo —contestó Pitt con vehemencia—. Pero no puedo permitirme quedarme de brazos cruzados, basándome en esa esperanza.

—No podemos permitirnos esperanza alguna —repuso Dudley—. Le quedaría muy agradecido si me mantuviese al día, en la medida en que pueda.

—Lo haré —respondió Pitt.

—No disponemos de mucho tiempo —advirtió Dudley—. La situación en Sudáfrica está emporando sin cesar. Quizá evitemos la guerra, pero no podemos confiar en eso. Es tan improbable que desespera.

A Pitt le constaba que tenía razón. Recogió las notas que Dudley había escrito para él, las metió en el bolsillo interior de la chaqueta, le dio las gracias de nuevo y se marchó.

Aquella misma tarde finalmente pidió cita para ver al director del colegio de Daniel. Tal vez fue la terrible vulnerabilidad que Pitt había visto en el rostro de Dudley la que le había movido a actuar. Lo amilanaba el inminente encuentro, y no fue capaz de preparar lo que iba a decir.

Ya le habían presentado al profesor Needham en una entrega de diplomas, pero aquella había sido una ocasión formal, agradable pero impersonal. El colegio era excelente, el mejor que Pitt podía pagar, pero fue muy consciente, al entrar en el vestíbulo forrado de paneles de roble con sus retratos de directores anteriores, de que casi todos los chicos estaban acostumbrados a ser ricos y privilegiados. Una parte de Pitt todavía se resentía, y le recordaba demasiado vívidamente lo pobre que había sido él cuando tenía la edad de Daniel.

Un chaval de unos dieciséis años salió a su encuentro y lo acompañó hasta el despacho de Needham, le abrió la puerta y la volvió a cerrar.

Needham era un hombre enjuto de pelo gris y con un rostro sagaz, parecía más un erudito que un deportista. Las paredes estaban forradas de librerías, sin trofeos ni fotografías de equipos.

El profesor se puso de pie y le tendió la mano.

—Buenas tardes, comandante Pitt, ¿verdad?

—Buenas tardes, profesor Needham —respondió Pitt, asintiendo ligeramente con la cabeza al estrechársela.

Needham indicó a Pitt la silla de su lado del escritorio y volvió a sentarse.

—¿En qué puedo servirle? Me alegra decir que Daniel está haciendo buenos progresos. Entiendo su deseo de cambiar del latín al alemán, y tengo su carta de autorización.

Pitt sonrió brevemente.

—Parece ser que lo ha reflexionado bastante, y no pude discrepar.

Needham aguardó, mostrando interés.

Pitt tragó saliva con dificultad. No debía hacerle perder el tiempo y, sin embargo, tenía que explicarle por qué quería que le hicieran el favor de investigar más a fondo un asunto que él mismo había convenido tácitamente en cerrar. No debía presentar excusas. La honestidad era la única vía con cierta dignidad para cualquiera de los dos.

—¿Sabe a qué me dedico, profesor Needham? —comenzó.

—Daniel apenas ha contado nada —respondió este—. Deduzco que tiene que ver con trabajo policial de muy alto nivel —contestó, desconcertado.

—En el Departamento Especial. —Pitt llenó el silencio antes de que resultara evidente—. Manejo abundante información confidencial sobre personas...

Needham frunció el ceño y su expresión cambió ligeramente, pero no le interrumpió.

Pitt notó calor en su rostro y comprendió que se estaba sonrojando. ¿Acaso imaginaba Needham que iba a intentar ejercer algún tipo de presión, incluso chantaje? Tenía la boca seca y el corazón acelerado solo de pensarlo. Debía ser rápido, y sencillo. No rehuyó los solemnes ojos grises del profesor.

—He conocido a personas que han caído en desgracia por un error antiguo sobre el que se mintió, por miedo, y que se desveló en un momento en que los arruinó.

Needham siguió sin decir palabra, pero su expresión se ensombreció.

Pitt tenía que ir al grano. Sin más preámbulos.

—Hace poco Daniel fue acusado de copiar en un examen. Me aseguró que no lo había hecho, pero que el honor adquirido con un compañero de clase le impidió decir al profesor que había sido su amigo quien había copiado, no él. Le creí, y aplaudí su deseo de no ser considerado un chivato. Entiendo el código de lealtad y el precio de romperlo.

Needham frunció los labios y asintió ligeramente con la cabeza.

—Desde que eso ocurrió, he visto a un hombre que respeto, un alto cargo, manipulado para que hiciera algo que no quería hacer, mediante la amenaza de que desenmascarasen a su propio hijo, arruinando su carrera por un incidente similar ocurrido en sus tiempos de estudiante.

—Entiendo. ¿Y desea que suprima esta referencia del historial de su hijo?

—No, profesor Needham. Me gustaría que mandara investigar el asunto y que la culpa recaiga en el chico que cometió la falta, sea quien sea. Y si no puede determinarse con justicia, que el asunto no aparezca en ningún historial académico.

Aguardó. No debía permitir que los nervios le hicieran hablar más de la cuenta. Lo había visto un sinfín de veces en otros, y lo detectaba enseguida.

—Me parece razonable —convino Needham con cautela—. Pediré al señor Foster que reconsidere el asunto.

—¿Y si no está dispuesto a hacerlo? —preguntó Pitt.

Needham sonrió.

—Si pido a uno de mis maestros que haga algo, comandante Pitt, es muy poco probable que se niegue a hacerlo. Si el jefe del Departamento Especial le da una directriz clara, usted no... Oh. —Sonrió más abiertamente—. ¡Su grado de comandante significa que usted es el jefe de ese departamento! Qué tonto he sido al no darme cuenta. Es usted inusualmente modesto, una cualidad que escasea.

—Gracias —dijo Pitt, tan gentilmente como pudo.

Sentía un alivio inmenso. Y también cierto embarazo. Aquel hombre se había ganado su respeto, y le encantaría sobremanera que él lo respetara a su vez. Aquello no guardaba relación alguna con el futuro de Daniel.

Se puso de pie, ansioso por marcharse.

Needham también se levantó.

—Le escribiré para comunicarle el resultado —prometió—. No puedo decirle cuál será la conclusión, pero creo que será satisfactoria.

Miró a Pitt a los ojos un momento y volvió a tenderle la mano.

Al día siguiente estaba en el mismo club que antes en compañía de Jack, después de haber tomado un buen almuerzo, relajándose en el salón de fumadores. Era un lugar excelente para reunirse tranquilamente, así como para enterarse de algunas novedades, aunque, más aún, para ver qué personas hacían negocios juntas, quién buscaba a quién y a quién evitaba.

Pitt se encontraba cómodo con Jack. Era agradable y tenía un sentido del humor ingenioso y mordaz. De hecho, había vivido de su encanto antes de casarse con Emily. Le había ido bien porque era bastante genuino. Estaban charlando en voz baja de la familia, mientras ambos observaban a los hombres que iban y venían, las miradas, breves intercambios de palabras, alguien que evitaba a alguien.

—Buenas tardes, Pitt. No le veo por aquí muy a menudo.

Pitt supo de quién se trataba antes de levantar la vista; la entonación de la voz le resultaba familiar.

—Buenas tardes, Kendrick —contestó Pitt, omitiendo deliberadamente el tratamiento de señor, tal como Kendrick había hecho con él.

—¿Me permiten invitarlos a una copa? —preguntó Kendrick, mirando también a Jack—. Conozco sus gustos, Radley. ¿Para usted malta, Pitt?

Pitt no quería aceptar nada que viniera de Kendrick, y el whisky no le gustaba demasiado, sobre todo a esas horas del día. Pero aquello nada tenía que ver con lo que le gustase o no. Alzó la vista hacia Kendrick.

—Gracias, sería estupendo.

Kendrick se sentó en el tercer sillón y levantó la mano para llamar al camarero, que apareció a su lado casi en el acto. Le hizo el pedido, se recostó en el respaldo y cruzó las piernas.

—Tiene usted un cometido bastante desagradecido —le dijo a Pitt—. ¿Ha hecho algún progreso?

Pitt tuvo ganas de decirle que no era asunto suyo, pero sonaría ofensivo, y se lo tomaría como una clara indicación de que Pitt estaba empezando a perder pie. Aquel era el hombre que estaba intentando cerrar una venta de los mejores fusiles del mundo a enemigos potenciales de Gran Bretaña. ¡La mitad de los hombres presentes en aquel salón tendrían parientes que podían terminar muertos por causa de ellos! Y peor todavía, Kendrick estaba utilizando al próximo rey en su objetivo. Para derrotarlo era precisa una jugada más inteligente que una negativa a la defensiva.

—No demasiados —respondió Pitt—. Pero entonces se producen avances repentinos y se aclaran algunas cosas. Casi todos los secretos suponen una pérdida de tiempo, pero la información aparece en los lugares más inusitados.

Kendrick sonrió.

—¿Como aquí, por ejemplo? —preguntó, mirando en derredor el acogedor y cómodo salón con sus mullidos sillones, sus chimeneas de mármol y roble, además de alfombras lo bastante gruesas para amortiguar el ruido de los pasos. Había un dejo de diversión en su voz y solo el más leve toque de ironía.

—Sobre todo aquí —contestó Pitt, manteniendo la misma expresión cortés en su rostro.

—¿Piensa que alguien de los presentes podría saber con quién se estaba... entreteniendo Halberd? Le aseguro que no estarán en absoluto dispuestos a admitirlo. Y, desde luego, menos a usted, amigo mío. Todo el mundo sabe quién es usted. Igual que sabían quién era Narraway. ¡Es la última persona a quien le confiarían algo! El más ligero paso en falso podría terminar siendo su perdición. Si alguna vez ha habido un hombre en quien no confiar, ese era Narraway. De vez en cuando le salía el tiro por la culata. Momentos de cierta justicia poética.

—Y sin embargo seguía frecuentando este lugar.

Pitt estaba demasiado metido en la conversación para retirarse.

El camarero regresó con el whisky, y permanecieron en silencio hasta que terminó de servirlos y se fue.

Jack levantó su vaso.

—Gracias, Kendrick. Por las conversaciones a dos bandas. ¿Tal vez le gustaba el whisky? —Dio un sorbo al suyo—. Es muy bueno.

—Creo recordar que bebía muy poco —respondió Kendrick—. Y cuando lo hacía, bebía coñac. Siempre ponía mucho cuidado en permanecer sobrio. Debes estarlo, cuando tienes tantos enemigos.

—¿Debemos suponer que usted era uno de ellos? —preguntó Pitt, observando el rostro de Kendrick por encima del borde de su vaso.

—Bien deducido, Pitt —convino este.

—No hay para tanto. Lo ha hecho patente. Tampoco es que lo tuviera en su archivo. ¿Supone que lo ignoraba?

Se preguntó por qué Kendrick le contaba aquello. ¿Era una advertencia o un anzuelo?

—Seguro que no lo sabía —dijo Kendrick, y tomó otro sorbo de whisky—. Se trataba de una cuestión más personal que profesional. Y no, me imagino, algo de lo que estuviera orgulloso y que preferiría que no supieran sus subordinados.

¿Aquello era verdadero rencor, o lo decía para que Pitt perdiera los estribos y contestara sin pensar?

Pitt sonrió.

—En tal caso le molestaría mucho pensar qué sabían de él los criados de una casa. Particularmente, un ayuda de cámara o una doncella.

La más mínima irritación posible cruzó el semblante de Kendrick para desaparecer de inmediato.

—Usted está por encima de un ayuda de cámara, ¿no? —preguntó, con las cejas enarcadas.

—Tengo otro tipo de capacidades —dijo Pitt—. Y en realidad estoy empleado por la Corona, igual que la policía, el Departamento Especial, los diplomáticos, los jueces y otros funcionarios. Y me figuro que el ejército también. —Echó un vistazo a Jack—. Y los parlamentarios. De hecho, de un modo u otro, la mitad de los hombres que hay en este salón. Perdone, lo he olvidado, ¿cuál era el tema de esta conversación?

Tenía interés en ver qué contestaría Kendrick. ¿La reconduciría de nuevo hacia Narraway?

—Sus progresos, o la ausencia de ellos, para descubrir qué le ocurrió exactamente al pobre Halberd —respondió Kendrick—. O quizá habíamos pasado a lo desagradable que era Narraway, aunque quizá «temido» sea una palabra más acertada. El desagrado no llama a la acción, excepto para evitarlo cuando es posible.

—Me parece que estaba usted señalando que los hombres poderosos a menudo son temidos —respondió Pitt—. Una perogrullada. A nadie le gusta tener miedo. Te despoja del... amor propio, y de la libertad para hacer lo que te plazca sin que nadie te acoquine. La pérdida de una libertad que algunas personas valoran muchísimo.

—¿Eso es una amenaza, Pitt? —preguntó Kendrick, como si la idea le interesara lo mismo que una especie nueva de insecto.

—¿El qué? —Pitt enarcó las cejas—. Ya se lo he dicho, en ninguno de los muchos documentos que Narraway dejó se menciona su nombre.

—¿En serio? De modo que no guardó ningún documento. Qué... revelador.

—En efecto. ¿De qué? —preguntó Pitt.

—De que usted no lo aprobaría, por supuesto. Y él lo sabía, porque le conoce y sabe cuál es su moralidad. —Ahora Kendrick sonreía abiertamente—. Cosa que no lo convierte en un hombre excepcional, por supuesto, solo un poco ingenuo para ser policía.

Pitt se dio cuenta de que se estaba encolerizando. Tal vez eso fuese exactamente lo que quería Kendrick. La gente que pierde los estribos también pierde el control de la discusión y es más fácil de manipular.

—Hace que parezca que realmente usted sabe algo. —Pitt dejó el vaso de whisky en la mesa. No había hecho más que probarlo, cosa que era una pena porque estaba buenísimo—. Y dudo que sea así.

A Kendrick le brillaron los ojos y se sonrojó levemente.

—Vaya, pues se equivoca. ¿Sabe cómo murió Roland Darnley? ¿En un accidente de equitación? —Su expresión reflejaba amargura—. No estoy tan seguro. Si lo investigara un poco más a fondo descubriría que no fue un accidente. Tiene muchas ansias de averiguar qué le ocurrió a Halberd, pero no a Darnley. ¿Por qué? La verdad, ¿no lo sabe? ¿Le falta imaginación? ¿No le importa? ¿O preferiría con mucho no saberlo? —Se inclinó hacia delante tan solo unos centímetros, sin apartar los ojos del rostro de Pitt—. ¿Y sabe que justo después de la muerte de Darnley, Narraway empezó a pagar a su viuda con bastante regularidad? Y generosamente. Ya veo que no. ¿Por qué supone que lo hacía? ¿Una aventura amorosa? ¿Chantaje? ¿Para aliviar su conciencia? ¡Si pagara eso, estaría en un asilo para pobres!

Pitt se quedó atónito, pero sabía que no debía notársele.

—¿Debo suponer que sabe todo esto porque se lo contó su esposa? —dijo entonces con mucha labia, casi como si le divirtiera—. Qué desleal por su parte insinuar que es una puta o una chantajista. Afortunadamente, no me he encontrado en situación de tener que pensar tales cosas de mi esposa, pero si así fuera, creo que no se lo contaría a nadie, y menos a un hombre que me desagradase. —Respiró profundamente—. ¿O abriga la esperanza de que investigue y demuestre que está usted equivocado? No creo que eso sea competencia del Departamento Especial.

Fue un error, y lo supo en el mismo momento de haberlo decirlo.

—¿Cómo que no es de su competencia? —preguntó Kendrick con incredulidad—. ¿El comandante del Departamento Especial posiblemente asesinó a Darnley y luego pagó chantaje a su esposa, y usted piensa que no es asunto suyo? ¡Por Dios, hombre! Entonces ¿qué lo es? ¡Un imbécil entrometido se cae en el Serpentine mientras tiene una aventura con una prostituta, en una barca de remos, para más inri! Y usted hace perder el tiempo a todo el mundo con eso en lugar de correr un velo por una cuestión de decencia. Ni siquiera puede chantajearlo para que haga lo que usted quiera, o le cuente sus secretos, porque se golpeó la cabeza contra la regala y se ahogó. ¡Permítale descansar en la paz que pueda haber después de la muerte! Deje de sacar trapos sucios.

Pitt notó cómo se le ponían rígidos todos los músculos del cuerpo hasta que llegaron a dolerle. Tenía que dominar su furia, no pensar en sus años de amistad con Narraway, todas las horas que habían pasado luchando codo con codo, ni en el sufrimiento de Vespasia si algo de aquello fuese cierto, la devastadora pérdida de toda su recién encontrada felicidad. Debía seguir adelante, poniendo sumo cuidado en lo que decía.

—Me imagino que puede decirme cómo debo investigar esto, ¿no? —preguntó con tanta compostura como pudo—. ¿Lo sabe porque se lo contó su esposa? ¿Simplemente decidió creérselo, o hay alguna prueba que lo demuestre? Usted no tiene acceso a los extractos bancarios de Narraway, pero sí a los de ella. Yo no. Yo solo tengo su palabra, que no es prueba de nada, excepto de que odia a Narraway. ¿Se debe a que piensa que tuvo una aventura con su esposa, antes de que usted la conociera? Tengo entendido que lo mismo ocurrió con el príncipe de Gales. Excepto, por supuesto, que me imagino que no le pagaba.

Kendrick se puso como un tomate y Pitt tuvo claro que se había ganado un enemigo de por vida. Era un pensamiento incómodo, pero eso también formaba parte del precio de tomar decisiones y ser consecuente con ellas.

—Oh, sí, señor Pitt, claro que tengo pruebas —dijo Kendrick entre dientes—. Tengo los extractos bancarios de mi esposa. Fue una considerable suma de dinero, pagada regularmente. Y si investiga un poco más en serio la muerte de Darnley, verá que fue un asesinato, bien disfrazado, planeado con astucia, pero asesinato, al fin y al cabo. Nunca esperaría que Narraway fuese torpe, ¿verdad?

Pitt mantuvo su fingida afabilidad, pero fue uno de los actos de autocontrol más difíciles que había llevado a cabo en su vida.

—Y me figuro que también sabe por qué Narraway mató a Darnley, ¿no? Diríase que no habría sido necesario para tener una aventura con su esposa. Nada indica que tuviera deseos de casarse con ella.

La mirada de Kendrick destilaba puro odio.

—Me imagino que Darnley conocía unos cuantos secretos de Narraway —dijo, con la garganta tan tensa que la voz le sonó varias notas más aguda—. ¡Lo dejo para que usted lo averigüe, si tiene agallas para investigarlo!

Y, dicho esto, se puso de pie y se largó sin mirar siquiera a Jack Radley.

Pitt soltó el aire despacio.

Jack lo estaba observando, con el semblante lleno de aprensión.

—Te has granjeado un mal enemigo —comentó en voz baja.

—Lo sé. ¿Qué esperabas que hiciera? ¿Recular?

—No. No, creo que esperaba que hicieras exactamente lo que has hecho. Narraway ha sido buen amigo tuyo y, aparte de eso, es el marido de tía Vespasia, de modo que debemos defenderlo como podamos. ¿Estás seguro de que es inocente?

Pitt se puso hecho una furia, pero se le pasó enseguida. Aquel no era un buen momento para gestos quijotescos.

—No, no lo estoy —admitió—. Pudo haber tenido una aventura con Delia. No lo veo claro, pero ¿quién sabe? La gente se siente atraída por las parejas más inesperadas. Ocurrió hace veinte años. Y no creo que por eso matara a Darnley. ¿Por qué demonios iba a hacerlo? Todo indica que ella estaba libre y dispuesta, de todas formas.

Jack no apartó la mirada.

—Entonces ¿por qué le pagaba? Y si pretendes pensar que no lo hizo, estás soñando. Kendrick no diría algo semejante si no pudiera sustentarlo.

—Lo sé. —Pitt alejó el vaso de whisky—. De entrada, tendré que investigar la muerte de Darnley. Si realmente fue un accidente, no tendrá relación alguna con esto.

—¿Se te ha ocurrido que todo este asunto pueda ser irrelevante respecto a la muerte de John Halberd, y que Kendrick solo lo haya sacado a colación para desviarte del caso?

—Sí, claro que lo ha hecho por eso. Pero no significa que pueda dejarlo correr. —Pitt se levantó—. Perdona, Jack, tengo un montón de agentes a mi disposición. Debo hacer ambas cosas.

—¿Estás empleando a todos tus efectivos? —Jack apuró su whisky y también se levantó—. ¿Es prudente? Indica que te preocupa que Kendrick pueda estar en lo cierto. Y puedes estar seguro de que estará vigilándote. Insistirá en la importancia del asunto. Yo lo haría, si estuviera en su lugar... Y tú también.

—No. Solo trabajaré con Stoker. Tampoco tengo a nadie que se esté ocupando del caso Halberd. Pero gracias por la advertencia. Está jugando con sentimientos; miedo, lealtad; eso me consta.

En cuanto Pitt regresó a Lisson Grove, más tarde de lo que tenía previsto, mandó llamar a Stoker y le dijeron que había salido. No tendría que haberse sorprendido, le había encomendado mucho que hacer, insistiéndole en que no informara a nadie más, ni directa ni indirectamente.

Pasó toda la tarde revisando tantos informes como pudo, retrocediendo dos años desde la fecha de la muerte de Darnley. No contaba con encontrar nada que fuera a serle útil. Si Narraway había tenido una aventura amorosa con Delia, no habría rastro de ello en aquella oficina. Pero Pitt como mínimo podría averiguar dónde había estado el propio Narraway. Si era en un lugar próximo a Buckinghamshire, donde habían asesinado a Darnley, tendría un sitio por el que empezar. Aunque solo le sería útil si se demostraba que estaba lo bastante lejos para no poder haber ido allí. No quedaba tan lejos de Londres, y el servicio ferroviario era excelente.

Después de cruzar un número considerable de referencias, Pitt se sorprendió al encontrar una copia del informe policial sobre la muerte de Darnley, claramente dictaminada como accidente. Con la menuda, bonita pero casi ilegible caligrafía de Narraway, halló varias notas al margen. Sirviéndose de una lupa, las leyó todas, o al menos casi todas las que tenían sentido para él. Todavía estaba enfrascado en ello cuando llamaron brevemente a la puerta y, antes de que pudiera responder, Stoker entró y la cerró tras de sí.

Pitt levantó la vista, extrañándose de lo complacido que se sintió al ver el rostro huesudo de Stoker.

—Dígame qué saca en claro de esto —dijo, empujando las hojas al otro lado de la mesa de escritorio, junto con la lupa y sus propias anotaciones.

Stoker lo leyó todo antes de levantar la vista.

—Diría que estaba bastante seguro de que asesinaron a Darnley, señor. Y la última nota da a entender que se ocupó del asunto, o que alguien lo hizo.

—Es lo mismo que me ha parecido a mí —convino Pitt—. Ahora bien, ocuparse podría significar un montón de cosas. ¿Qué sabe acerca de Darnley? Esto ocurrió antes de que usted ingresara en el Departamento Especial. ¿Se le ocurre quién podría estar al corriente?

—A lo mejor Lethbridge. Llevaba treinta años aquí cuando yo llegué. Aunque no sé si tiene buena memoria. Podría preguntarle, o si lo prefiere, ya lo haré yo.

—Lo preferiría —aceptó Pitt—, pero tenga cuidado. No quiero que circulen especulaciones por toda la oficina, y fuera, menos aún. Si Lethbridge le pregunta, o incluso si no lo hace, no le dé demasiadas explicaciones. Dígale solo que el asunto se ha reabierto y que tenemos que cerrar el caso. Infórmeme en cuanto sepa algo.

—Sí, señor.

A Pitt le habría gustado irse a casa y comentarlo con Charlotte. Podrían haberse confortado mutuamente, rememorar todas las veces que habían estado sentados a la mesa de la cocina con Narraway y Vespasia para esforzarse en desentrañar casos, demostrar la culpa o la inocencia en la que creían, resolver qué era cierto y qué era falso.

Cualquiera que hubiese tomado decisiones en su vida se había equivocado en alguna ocasión. Lo importante era si lo asumías y cómo lo rectificabas, el grado de honestidad, la valentía y la voluntad de afrontarlo.

¿Era Narraway el hombre que Pitt creía que era: inteligente, sarcástico, muy reservado, manipulador cuando era necesario, pero aun así íntegro, capaz de sentir lástima y culpa, y ahora tan vulnerable debido a su amor por Vespasia? ¿Cuánto cambiaba la gente, para bien o para mal?

Había llegado la hora de que cambiara y soportara a solas el peso de lo que sabía. Le daba miedo lo que pudiera descubrir, cuánto daño le haría a Charlotte y, más aún, a Vespasia. Pero ¿acaso tenía que saberlo Charlotte?

Era una idea estúpida. Claro que lo sabría. La actitud de Pitt con Narraway sería diferente. El respeto se esfumaría, y era más que eso; era la clase de confianza que uno tiene en su padre, un hombre que te ha enseñado su profesión, que te ha guiado, que a veces imponía una cierta disciplina. Pero siempre se habían tenido confianza, aunque fuese tácita. No había sentimentalismo, pero era una especie de amor. Cualquiera de ellos arriesgaría su vida por el otro. En realidad, ya lo habían hecho.

La verdad estaba clara: tenía miedo de descubrir algo que pusiera en peligro para siempre su amistad con Narraway, pero no había escapatoria. Sabía de sobras que no podía mirar hacia otro lado. Las preguntas sin responder siempre estarían ahí, volviéndose más oscuras y pesadas, rezumando su veneno sobre todo lo demás, igual que una gota de tinta tiñe de azul un vaso de agua.

Pero no era preciso que Charlotte se enterase aquella misma noche. Cabía la posibilidad de que hubiera otro motivo detrás de la muerte de Darnley y de los pagos de Narraway a Delia. Hasta que lo supiera, no diría palabra.

Decidido, Pitt se irguió y sonrió al entrar en su casa aquella tarde, y cuando Charlotte salió de la sala para darle a bienvenida, la besó con ternura, reteniéndola solo un instante más de lo habitual. Cuando ella lo miró con más detenimiento, escrutándole el rostro, fingió no darse cuenta.

Habló con Daniel y Jemima, interesándose por lo que estaban estudiando. Jemima se explayó con todo lujo de detalles. Daniel se mostró más reservado, y Pitt estuvo a punto de decirle que había hablado con el profesor Needham, pero sabía que era demasiado pronto. La respuesta del director del colegio sería que la acusación quedaría anotada en el historial aunque fuese falsa.

Daniel no pareció darse cuenta, pues estaba demasiado ensimismado.

Solo Charlotte percibió la tensión de Pitt, pero este se negó a reconocerla. Admitió estar cansado cuando los niños se hubieron ido a la cama, y se sirvió de esa excusa para acostarse temprano también. Evitó hablar con ella fingiendo que se dormía, cuando en realidad seguía dándole vueltas a las posibilidades de que Darnley hubiese sido asesinado, y qué demonios había llevado a Narraway a pagar regularmente una suma de dinero a su viuda. Se preguntó si Narraway podía ser el padre de su hija.

Por la mañana fue directo al recibidor para ver si ya había llegado el correo. Lo supo en cuanto vio el sobre. Lo abrió con recelo, entonces vio el membrete del colegio en la hoja y se dio cuenta de que le temblaba la mano.

Estimado comandante Pitt:

Me complace informarle de que el asunto que comentamos ha sido investigado y resuelto. Aconsejaré a Daniel que en el futuro su lealtad a la verdad desbanque su lealtad a sus compañeros. Un hombre justo sirve a una causa más elevada que el que encubre las faltas de otro. Después de una primera vez puede venir una segunda, y luego convertirse en un hábito. Creo que Daniel entenderá mi punto de vista. Al final será un mal menor. Tal como usted señaló, a un dirigente no puede manipularlo la popularidad. Un lección dura de aprender para un chico.

Atentamente,

JAMES NEEDHAM

Pitt dobló la carta y la metió en el bolsillo interior de su chaqueta, sintiéndose inmensamente aliviado. No solo estaba resuelto el asunto, sino que se convenció de que Daniel estaba en un colegio en el que lo formaría un adalid del honor y la sensatez.

Enfiló el pasillo de la cocina sonriendo.

Durante dos espantosos días Pitt atendió otros casos del Departamento Especial, y en el tiempo que le quedaba libre leía todos los informes que tenía sobre la situación en el sur de África. Cuanto más leía, más inevitable parecía que una segunda guerra con los bóeres estallara, posiblemente antes del fin de año.

Sir Alfred Milner quizá fuese un hombre brillante y honorable, pero a Pitt no le gustaba en absoluto. Su concepción del Imperio, su papel no solo como guardián de los pueblos menos avanzados, sino la suposición de que esa tutela podía y debía imponerse por las armas en caso de ser necesario, resultaba repulsiva. La ley solo puede administrarse con éxito con el consentimiento del pueblo en cuestión. Lo había aprendido de primera mano durante sus años en la policía. Cuando la mayoría de la gente pierde la confianza en ti, solo puedes gobernar mediante la violencia.

Por suerte, su trabajo guardaba muy poca relación con la cuestión bóer. No obstante, como ciudadano lo afligía.

Cuando al tercer día Stoker se personó en su despacho, ya era entrada la tarde y se notaba que se había dado prisa. Le faltaba el aire al hablar.

—Me alegra que aún esté aquí, señor.

Tenía el rostro radiante de dicha y satisfacción.

—¿Qué novedades hay? —inquirió Pitt—. Cualquier buena noticia será bien recibida.

—No he podido demostrar que asesinaran a Darnley. —Stoker jadeó para recobrar el aliento. Miró la silla, pero estaba demasiado tenso para sentarse en ella, y además no lo habría hecho sin permiso de Pitt—. El agente que llevó el caso entonces estuvo bastante seguro de que lo había sido, pero que se había llevado a cabo muy ingeniosamente. Al parecer, Narraway no quiso darle mayor importancia, de modo que lo dejó correr...

—¡Stoker! —exclamó Pitt con la voz aguda y más alta de lo normal—. ¡Vaya al grano, hombre!

—No movió ficha porque Darnley estaba trabajando para él, no regularmente, solo de vez en cuando.

Pitt se irguió en el asiento.

—¿Darnley trabajaba para Narraway? —dijo, incrédulo.

—Sí. —Stoker rebosaba satisfacción—. Narraway no podía decirlo, se trataba de una misión muy secreta, pero por eso pagó a su viuda. Muerto en combate, por así decir. Era un canalla, escurridizo como una anguila, pero útil. Aquel no era el primer trabajo que hacía para Narraway. Nadie lo tomaba en serio: el mejor disfraz que existe. Pero tenía coraje, eso no puede negarse. Ni idea de si Narraway lo apreciaba o confiaba en él, pero no abandonó a su esposa, y le pagaba de su propio bolsillo. El informe es bastante críptico, o sea que se salía de lo normal y, por tanto, no había fondos gubernamentales para cubrirlo. Así que tenía que ser de su propio bolsillo, o nada.

Pitt sintió el mismo alivio que Stoker, reflejado en su mirada. Desconocía cuán atroz había sido el miedo, cuánto le dolía, hasta que se terminó. Se quedó medio aturdido, eufórico.

Stoker lo observaba, con una sonrisa de oreja a oreja.

—¿Le apetece ir al pub, señor? ¿Una jarra de sidra?

Sería una grosería no aceptar. Y además, sí, le apetecía. Le gustaría pasar un rato celebrándolo con alguien que sabía la razón de su alegría. Se levantó.

—Sí, por supuesto. La primera ronda corre de mi cuenta.

11

La mañana siguiente Pitt estaba desayunando un poco más tarde de lo habitual. Había dormido bien por primera vez en más de una semana. Se acababa de servir una segunda taza de té cuando sonó la campanilla de la puerta. La campanilla en sí estaba en la cocina, de modo que una criada difícilmente pudiera no oírla. Miró a Charlotte, pero ambos dejaron que Minnie Maude fuese a abrir. Regresó seguida de cerca por Stoker, pálido como la nieve.

—Disculpe, señor —dijo Minnie Maude en voz baja—, pero el señor Stoker dice que es urgente.

Pitt le dirigió un gesto de asentimiento y se volvió hacia el agente. No le ofreció té. Eso podía esperar.

—¿Qué sucede? —preguntó.

Stoker nunca se andaba con rodeos para causar más efecto.

—La señora Kendrick, señor. Me temo que el señor Kendrick ha encontrado su cuerpo esta mañana. Se habrá levantado por la noche y...

Miró a Charlotte como preguntando si debía decirlo delante de ella.

Pitt solo vaciló un instante.

—¿Qué, Stoker? Me figuro que todos los sabremos, tarde o temprano.

La voz de Stoker bajó un tono:

—Se ha ahorcado, señor. Al menos eso dice la policía local. Dejó una nota muy breve. Poca cosa, solo «Me lo merezco». Cuando han interrogado al señor Kendrick estaba muy alterado, naturalmente, pero ha dicho que, si se detenía a pensarlo, no era tan sorprendente. Se ha culpado a sí mismo de no haberlo visto venir e impedirlo. Al menos eso han dicho. Por suerte, tenían al mando a un hombre bastante inteligente. Ha ordenado que lo dejaran todo tal como estaba y nos ha enviado un mensaje. He venido directamente a explicárselo, pero he dejado el coche de punto fuera, por si quiere ir al lugar de los hechos...

—Por supuesto —respondió Pitt, olvidando su té recién servido. Se puso de pie—. Tengo la chaqueta en el recibidor. Perdone que no le ofrezca té, pero debemos llegar allí de inmediato.

Miró a Charlotte sin decir palabra, vio su horror y deseó disponer de más tiempo para hablar con ella, aunque nada iba a hacer que aquello fuese mejor. Sonrió forzadamente y, acto seguido, siguió a Stoker hasta la puerta, recogiendo su chaqueta al pasar por el recibidor.

Fue un trayecto silencioso, y tan veloz como fue posible. Tal vez la mente de Stoker estuviera tan rebosante de ideas como la de Pitt, tratando de hacer encajar aquel nuevo y trágico hecho en la imagen general, a fin de sacar algo en claro. Llegaron a casa de Kendrick un cuarto de hora después y se fijaron en el coche fúnebre detenido en el otro lado de la calle. Había un agente de guardia en la acera, cerca de la puerta principal.

Pitt mostró su identificación y momentos después él y Stoker se encontraban en el amplio y hermoso vestíbulo de cara al inspector Wadham, un hombre fiero de unos cuarenta y cinco años, cuya expresión delataba una profunda inquietud.

—Lamento haberle hecho venir por esto, comandante —dijo—. A lo mejor es un simple suicidio, pero habida cuenta de que el señor Kendrick es tan buen amigo de Su Alteza Real, y de la extraña manera en que murió sir John Halberd, he pensado que querría verlo.

—Gracias —dijo Pitt sinceramente—. Otro en su lugar quizá no hubiera advertido la relevancia. A lo mejor no está relacionado, pero me temo que es mucho más probable que sí... de un modo u otro. Veo que ha llamado al transporte del depósito de cadáveres. ¿Ya la han descolgado?

—No. Lo siento, parece indecoroso, pero he pensado que debía verla tal como se encontraba. Creo que el marido estaba demasiado impresionado para hacerlo él mismo. O eso, o ha tenido el acierto de dejarla para que la viéramos exactamente tal como la había encontrado él. El médico forense ha verificado que llevaba muerta algún tiempo, me refiero a varias horas, pero le he dicho que aguardara a que llegara usted, sé que estuvo destinado en la policía regular antes de su traslado. Nos espera en el almacén de la trascocina, que es donde está la señora.

Pitt se quedó perplejo.

—¿El almacén de la trascocina?

—Sí, señor. Es el único sitio donde hay ganchos recios en el techo. Lo siento, pero es bastante desagradable. El marido aguarda en la sala de día. Uno de mis hombres está con él. El forense espera, señor.

Dio media vuelta y pasó delante para cruzar el vestíbulo e internarse en el pasillo que conducía a la parte trasera de la casa. Stoker los siguió pisándoles los talones.

Había otro agente en el callejón al que daba la puerta de la cocina. Y un tercero permanecía cerca. A juzgar por su porte, y el gran maletín Gladstone de cuero que tenía a sus pies, tenía que ser el médico forense.

—Doctor Carsbrook, le presento al comandante Pitt, del Departamento Especial —dijo Wadham en tono resuelto—. ¿Qué puede decirnos?

Carsbrook miró a Pitt y saltó a la vista que había cambiado de parecer acerca de lo que iba a decir, y posiblemente en la manera que lo habría dicho.

—Todavía está colgada. Por la temperatura corporal y la lividez diría que lo hizo hacia medianoche. Es lo más que puedo decir. Debería saber más cosas cuando la lleve al depósito y la examine con más detenimiento.

—¿Está seguro de que lo hizo ella misma? —preguntó Pitt.

Carsbrook enarcó las cejas.

—Santo cielo, ¿qué está insinuando? ¡Una mujer no se levanta en plena noche, baja a la trascocina, se sube a una banqueta con una soga atada al gancho para carne del techo y luego le da una patada a la banqueta por accidente!

—No es la única alternativa —repuso Pitt con cansancio—. En vista de otras muertes recientes que parecieron accidentales, tengo que estar seguro.

Carsbrook permaneció casi inmóvil.

—¿El marido? ¿O insinúa que fue alguien del servicio doméstico? Nadie ha entrado a robar. La policía ya lo ha comprobado. ¿Acaso no se lo han dicho?

—Soy el jefe del Departamento Especial, doctor, no de la brigada antirrobo del distrito —replicó Pitt, cortante—. Necesito saber, partiendo de los datos del cuerpo, del lugar donde está, de la naturaleza de su muerte, si usted está convencido de que lo hizo ella misma.

—Pues entonces más vale que le eche un vistazo y que me deje descolgar a esa pobre mujer de una vez —respondió Carsbrook con la misma aspereza.

Pitt lo rodeó y abrió la puerta. La habitación era como cualquier otra trascocina de una casa grande. Estaba diseñada principalmente para almacenar cosas, en concreto las que eran demasiado grandes para guardarlas en la cocina o la despensa, como tiras enteras de tocino o costillares de ternera, sacos de cereales o de patatas.

Delia Kendrick estaba colgada del gancho de hierro para carne más voluminosa, sujeto con firmeza en la viga más baja, a unos dos metros y medio del suelo. La soga que le rodeaba el cuello era de cáñamo, lo bastante gruesa para soportar su peso. Estaba atada con nudo corredizo como el que usaría un verdugo. Llevaba camisón y zapatillas, y la larga melena negra, suelta. En parte le cubría la cara. Una vieja banqueta para ordeñar de tres patas estaba tumbada de costado a un par de palmos del cadáver.

A Pitt le habría gustado concederle el decoro de ocultar su rostro de los desconocidos que habían ido a verla en su último trance, pero no pudo. Se acercó a ella y le tocó la mano. Estaba fría y se fijó en que había trocitos de piel, apenas jirones, debajo de las uñas, aunque ninguna estaba rota. Miró las de la otra mano, y vio que también estaban intactas. Escrutó con detenimiento su semblante congestionado y amoratado. Tenía la boca abierta, los ojos saltones y salpicados por diminutos puntos rojos de los capilares que se revientan cuando una persona lucha desesperadamente por respirar sin conseguirlo. Podía haber ocurrido tal como decía el médico forense.

Se volvió para hablar con Carsbrook.

—Descolguémosla. Me gustaría ver el cuello cuando le quiten la soga. Y quítenla con cuidado, por favor.

Carsbrook se acercó y, con la colaboración de Pitt para levantarla un poco, se subió a una silla de la cocina, llevada con ese propósito, y la descolgaron. Ayudados por Wadham, la tendieron en el suelo de piedra. Con mucho cuidado, Carsbrook aflojó el nudo, retiró la soga y la dejó al lado de su maletín. Fue capaz de hacerlo sin tener que cortarla.

Pitt observó la piel del cuello. Estaba horriblemente magullada, pero ni siquiera un examen minucioso reveló desgarro alguno. No había indicios de lucha. La muerte le había sobrevenido deprisa.

—¿Qué está buscando? —preguntó Carsbrook.

—Hay piel debajo de las uñas de la mano derecha —contestó Pitt.

El forense frunció el ceño, volvió a inspeccionar el cuello y torció los labios.

—Tiene que proceder de alguna otra parte.

Mientras hablaba, subió las mangas del camisón pero no había marcas en ninguno de los dos brazos.

—Si encuentra algo en el cuerpo, hágamelo saber —solicitó Pitt—. Es más, hágamelo saber aunque no encuentre nada.

—¿Qué tiene en mente? —inquirió Carsbrook—. ¿Qué va a decir a la prensa? Me consta que el suicidio es un crimen, pero, por el amor de Dios, ¿de qué sirve contar a todos los entrometidos que la mujer estaba... fuera de sí por... no sé. ¿Aflicción? ¿Miedo? No es preciso que sepamos todos los puñeteros detalles de unos y de otros. Concédale un poco de paz.

Su voz, su rostro, incluso la rigidez de sus manos traslucían un gran enojo. O quizá solo fuera una pena tan profunda que lo sobrepasaba y no se atrevía a expresar.

—Tengo que saber si lo ha hecho ella misma y, en tal caso, estaré completamente de acuerdo con usted —dijo Pitt, más amable—. Y no haré ninguna declaración ni contestaré preguntas de nadie. Pero si se lo ha hecho una tercera persona, no descansaré hasta que descubra quién es y pague por ello.

Carsbrook se volvió para mirarlo de hito en hito.

—¿La policía no le ha dicho que nadie ha forzado la entrada? ¡Francamente, no entiendo qué pinta usted aquí!

—Por suerte, no tiene por qué entenderlo —espetó Pitt—. No será asunto mío si lo ha hecho ella misma, y no lo será suyo si no ha sido así.

—¿Esto no le dice nada, hombre? ¡Está bastante claro, mire!

Carsbrook recogió un papel del suelo y se lo mostró.

—Sí, ya he visto la nota. —Pitt lo tomó de su mano—. Dice: «Me lo merezco». No va dirigida a nadie ni está firmada. Es de suponer que será su letra, pero podría referirse a cualquier cosa.

—¡Maldita sea, hombre! —A Carsbrook le tembló la voz—. Está en el suelo al lado del cadáver. ¿A qué otra cosa iba a referirse? Difícilmente será que merece un vestido nuevo o un pedazo de tarta de chocolate.

—¿Dónde está el lápiz con el que la escribió? —preguntó Pitt—. ¿O el resto de la hoja de papel?

Carsbrook se mostró confundido.

—Bueno, es obvio que la escribió en otra parte y... que la trajo consigo.

Pitt miró a Wadham.

—Por favor, asegúrese de que sus hombres buscan el resto del papel, y el lápiz estará en algún sitio cercano.

Wadham asintió con la cabeza. Entendió a la primera lo que Pitt estaba pensando.

—El marido se encuentra en la sala de día, comandante —dijo.

—Más vale que vaya a hablar con él. Stoker, venga conmigo. Gracias, doctor.

Pitt salió de la cocina y siguió a Wadham escaleras arriba y a lo largo del pasillo de la cocina hasta llegar de nuevo al vestíbulo. El inspector llamó a la puerta de la sala de día y la abrió.

Kendrick estaba de pie delante de la chimenea y la pantalla que ocultaba el hogar en aquella época del año, en la que no era necesario encender el fuego. Se volvió hacia la puerta al oír que se abría. Por la impresión que reflejó su semblante, no había esperado que fuese Pitt. Tal vez había pensado que Wadham no investigaría más la muerte de Delia.

El inspector habló primero:

—El comandante Pitt del Departamento Especial va a llevar el caso a partir de ahora, señor, de modo que me voy a supervisar las demás cuestiones.

Fue una manera discreta de aludir al levantamiento del cadáver, y tal vez a la limpieza de la escena del crimen para que el servicio doméstico pudiera reanudar sus tareas, al menos quienes estuvieran en condiciones de hacer algo.

Mientras Wadham cerraba la puerta, dejándolos a solas, Kendrick miró fijamente a Pitt, con profundas marcas de horror en todos los detalles de su apariencia, desde la palidez de su rostro hasta la rigidez de su cuerpo. Las manos estaban tan tensas que daba la impresión de que cualquier movimiento podría romperlas.

—¿Tiene que hacerlo? —dijo Kendrick con la voz ronca.

—Sí, señor Kendrick —respondió Pitt—. Si pudiera evitarlo y dejarlo en paz con su aflicción, lo haría. Seré tan breve como pueda. ¿Tendría la bondad de contarme cuanto sepa acerca de lo sucedido?

—Me figuro que para usted no es obvio o que, si lo es, todavía tiene que darle vueltas como un... perdone. Tal vez debería haberlo visto venir antes, pero no fue así. Para mí es una auténtica conmoción.

Kendrick miraba al frente, no a Pitt sino hacia algo que solo él podía ver.

Pitt no lo interrumpió.

—Delia siempre fue... una mujer de sentimientos profundos... y eso resultaba atractivo para muchos hombres.

Por descontado, estaba enterado de su aventura con el príncipe de Gales. Fue antes de que la conociera, y si bien no me complacía, tampoco me molestaba. Fue a Darnley a quien traicionó, no a mí. Y tengo buenas razones para creer que él distaba mucho de serle fiel.

Ahora observaba a Pitt, tratando de juzgar su reacción.

—Como he dicho, todo terminó antes de que nos conociéramos, años antes. Era viuda cuando regresé a Londres después de varios viajes. Todo fue la mar de bien entre nosotros durante muchos años. Traté a su hija Alice como si fuese mía. Es un encanto de muchacha. Me alegré por ella cuando Delia arregló un afortunado matrimonio con un escocés de buen carácter y mejor familia, que cuidaría de ella y le ofrecería una vida lejos de Londres.

Pitt se preguntó qué más iba a decir acerca de Alice, o de Darnley, pero no quiso apremiarlo.

—Es muy agradable a la vista —prosiguió Kendrick—. Rubia, y con una tez bellísima. Se parece al padre de Delia, más que a Delia o a Darnley. Por desgracia, también guarda parecido con el príncipe de Gales, y la valentía y la distinción de Delia siempre han suscitado chismorreos maliciosos. Casar a Alice con un escocés y así perderla de vista fue una manera de reducirlos; de hecho, casi de ponerles fin. Delia me dijo que su predecesor, el ahora lord Narraway, le prestó su ayuda en los preparativos. Aunque no tengo la menor idea de cuál era su interés en el asunto.

Pitt supuso que se remontaba a los servicios prestados por Darnley veinte años antes, pero se guardó de decirlo. Dejaría que Kendrick sacara sus propias conclusiones siguiendo su camino, y a su manera.

—Los chismes cesaron —prosiguió Kendrick—, pero no así el chantaje.

—¿Chantaje? —repitió Pitt, perplejo.

Kendrick hizo rechinar los dientes.

—No solo por dinero, también por... otras cosas. El dinero lo habría pagado yo... o Delia. Pero cuando ella dijo que todo había terminado, al principio no lo entendí.

Miraba a Pitt a la cara, observándolo. Tomó aire y lo retuvo un momento antes de soltarlo con un suspiro, como si se hubiese enfrentado a un obstáculo inmenso y hubiese cedido ante este.

—Halberd no era el hombre que usted pensaba, y lo que es más desagradable y mucho más peligroso: distaba mucho de ser el hombre que la reina creía que era —prosiguió Kendrick—. Creo que el príncipe lo sabía, pero afligiría a su madre contándoselo. Esperaba que nunca tuviera que enterarse.

Se calló, escrutando todavía el semblante de Pitt, tratando de decidir si lo entendía.

Pitt entendía de sobras lo que estaba insinuando, pero necesitaba que Kendrick lo dijera abiertamente.

—¿No lo entiende, maldita sea? —Al perder los estribos, la voz de Kendrick devino chirriante, y el rostro se le congestionó—. ¡No se quede ahí plantado, pestañeando como una maldita lechuza!

—Lo entiendo, señor —respondió Pitt—. Pero, por si me equivoco, necesito que sea más concreto.

—¡Quería favores que eran... repulsivos! Cuando ya no lo pudo soportar más... ella... ¡lo mató! —Kendrick parecía estar desesperado—. ¿Esto tiene que hacerse público? La reina se quedará desolada. Si aparece en todos los periódicos, y aparecerá, nadie podrá impedir que se entere. Es mayor, pero mucho más sensata de lo que muchos imaginarían. Halberd no tenía familia, pero no eran pocos quienes confiaban en él. ¿No podemos ocultar todo esto? ¿Quién más tiene derecho a saberlo, por el amor de Dios?

Pitt estaba más afectado de lo que esperaba. Nada de lo que había averiguado sobre Halberd indicaba algo de aquella naturaleza, pero había sido policía el tiempo suficiente para saber con amarga certeza que los vicios más oscuros no solo son difíciles de reconocer, sino que pueden ser completamente invisibles. Victoria ni siquiera los habría imaginado, y mucho menos habría creído que los tuviera alguien en quien había depositado su aprecio y confianza.

Ahora bien, ¿eran verdad o eran invención de Kendrick, a fin de justificar los actos de Delia?

Tenía que responder ya. Kendrick lo miraba de hito en hito, aguardando.

—Nadie —dijo—. No le falta razón, es mucho mejor que no demos información a los periódicos, aparte de su fallecimiento. Solo por razones legales, sería imprudente decir algo a propósito de Halberd. Solo provocaría especulaciones de la peor clase.

Observó el rostro de Kendrick y reparó en su alivio, incluso en un posible brillo de satisfacción, cuidadosamente disimulado.

¿Así era como acababa el asunto de la muerte de Halberd? Tenía sentido tanto por el motivo como por el acto en sí, el lugar y la hora en que había ocurrido.

—La noche en que murió Halberd, me figuro que la señora Kendrick no se encontraba en casa, con usted, a la hora que usted mismo refirió a la policía —dijo Pitt. Se esforzó en sonar cortés, incluso comprensivo.

Kendrick titubeó. Al parecer, la suposición lo pilló desprevenido.

—Pues... sí. Lo siento. Era consciente de que ella estaba fuera de casa a última hora de la tarde, pero de verdad que creí que sería por... un asunto inocente, como mínimo inocente de haber matado a Halberd. Créame, desconocía por completo su... bestialidad. A ella le daba vergüenza contármelo. De haberlo sabido, habría encontrado la manera de ponerle fin. Me trae sin cuidado que fuese poderoso o que la reina lo tuviera en alta estima. Es una anciana muy frágil. Edward será rey en cuestión de uno o dos años.

Estaba pálido y demacrado, tenía la voz tomada.

Pitt asintió ligeramente con la cabeza. Contra aquello no podía discutir y se sorprendió invadido por una gran tristeza. Sería el final de un siglo y de una época. Al margen de lo que el nuevo siglo trajera consigo, había una familiaridad, incluso un amor por lo antiguo que dejaría una profunda pena cuando concluyera.

—Le pido disculpas por haberle inducido a error —prosiguió Kendrick con más calma—. Creía que la estaba protegiendo de los chismes maliciosos, no de... de la acusación de haber matado a un hombre, aunque se viera empujada a hacerlo por culpa de su... brutalidad.

Pitt no estaba seguro de si creía a Kendrick, pero debía comportarse como si lo hiciera. Formuló la pregunta que le habría venido a la mente si le hubiese creído:

—¿Por qué permitió que la sometiera de esta manera? Usted podría haber arruinado su reputación, y seguramente lo habría hecho si hubiese sabido que tenía una mente tan sucia, ¿no? Habría sido un revés para la reina, pero podría haber manejado la situación de modo que Halberd se hubiese retirado al campo, alegando mala salud, o cualquier otra excusa que quisiera.

Kendrick sonrió con amargura. Dio la espalda a Pitt un momento. ¿Lo hizo a fin de tener tiempo para pensar? ¿Tan afectado estaba realmente que no había preparado aquello de antemano, como mínimo antes de que llegara Pitt? ¿Era siquiera concebible que estuviese diciendo la verdad?

Parecía estar sumamente incómodo, cambiando el peso de un pie al otro.

—Sabía... sabía que tenía una relación con él, pero pensaba que no era más que un devaneo. Halberd estaba enterado de su... intimidad con el príncipe de Gales, antes de que naciera su hija y antes de que Darnley... muriera. —Su titubeo tenía un significado implícito—. Halberd usaba lo que sabía para que fuese algo más que eso. Ella no me lo contó hasta que leí la carta que me dejó. —Adoptó una actitud desafiante. Miró a Pitt a los ojos—. La quemé. No tengo intención de contar lo que decía. Ni a usted ni a nadie. Ahora los dos están muertos. Nada de lo que usted diga o haga nos los devolverá. Por Dios, si tiene la más mínima decencia, deje que descansen en paz. Ambos han pagado el precio supremo.

Pitt se quedó atónito, apenado por ellos, y sin embargo no se lo creía del todo. Por el momento fingiría aceptarlo, pero investigaría. Tenía que hacerlo. Deseaba con toda el alma que Narraway estuviese en Londres. Los conocía mucho mejor que Pitt. Pertenecía a los mismos círculos sociales, conoció a Delia durante su aventura con el príncipe y también había conocido a Roland Darnley. Había nacido y crecido en el mismo estrato social y entendía a esas personas. Pitt se sentía como un ciego, ni siquiera capaz de reconocer lo que veía.

Kendrick aguardaba a que respondiera.

—Haré cuanto esté en mi mano para que sea posible —dijo Pitt.

Vio que Kendrick se relajaba de inmediato. Quizá no había querido que se le notara, pero el lenguaje corporal, involuntario, era casi universal. Pitt lo entendió muy bien. Kendrick había estado preocupado, incluso temeroso. Resultaba interesante, y no lo iba a olvidar.

Se despidió y volvió en busca del médico forense. Tenía más cosas que preguntarle. Y pediría a Stoker que comprobara con todo detalle si Delia podría haber matado a Halberd. Debía buscar otra vez, con más empeño, testigos que pudieran haber visto a una mujer que se correspondiera con la descripción de Delia, incluso en cualquier lugar remotamente cercano al Serpentine a la hora de los hechos.

Charlotte había estado presente cuando Stoker comunicó a Pitt la muerte de Delia Kendrick, pero insistió en enterarse con más detalle. Veía a su marido conmovido, impresionado porque no había previsto siquiera tal posibilidad, y apenado por el modo en que había ocurrido. Había lástima en sus ojos y en su voz. Incluso las palabras que escogía mostraban más aflicción que mera discreción. Pero lo que Charlotte sentía era culpa. Recordaba el rostro de la doncella, Elsie Dimmock, y su inmensa compasión por una mujer que había conocido desde que era niña. La proximidad a veces engendraba clemencia, pero había algo más que una larga familiaridad en su actitud. Había sido testigo del coraje y el sufrimiento de Delia, y Charlotte se conmovió. Delia había perdido a un marido y, provocándole una herida más profunda, a un niño. Había conocido la riqueza y las privaciones. Desde luego, también la soledad. Tal vez al esforzarse por ser la querida de un príncipe, la derrota fuese inevitable. Pero al margen de la causa que lo provocara, el rechazo es una derrota y, además, muy pública. No era como si hubiese decidido hacerse a un lado; la habían empujado, y encima cuando estaba en sus momentos más vulnerables: viuda, llorando la pérdida de un hijo y en aprietos económicos.

Charlotte sintió una inmensa gratitud por la discreta ayuda que Narraway le había prestado, haciéndolo como si fuese una deuda que tuviera pendiente, no un acto caritativo. Era un favor que no necesariamente habría esperado de él, y además lo había hecho en el más absoluto secreto. Lo que más le preocupaba era el miedo persistente a que ella y Emily hubiesen contribuido a la desesperación de Delia y, por tanto, a que se suicidara. Todo lo que sabían sobre ella indicaba que no era una mujer cobarde, sino la última persona que se quitaría la vida.

¿Qué había ocurrido para que se le agotaran las fuerzas para seguir luchando?

Charlotte no dijo nada a Pitt, excepto para empatizar con su hastío y ofrecerle algo sencillo para cenar. No tenía apetito, pero tampoco rechazó los bollos recién tostados con mermelada de arándanos y una taza de té bien caliente. Ambos fueron a acostarse temprano. Ella escuchó, lo tuvo entre sus brazos con ternura y, cuando se quedó dormido, permaneció despierta, dándole vueltas a lo que podría hacer, al menos para vindicar la reputación de Delia. ¿Qué podía salvarse de aquel naufragio? ¿Algo bueno? ¿Algo que atenuara la noticia para su hija, en la lejana Escocia? ¿Algo que mitigase el sentimiento de culpa de la propia Charlotte? Estaba convencida de que Emily sentiría lo mismo.

Cuando Pitt se marchó por la mañana, Charlotte descolgó el teléfono para hablar con Emily, diciéndole que saldría de inmediato y que estaría en su casa al cabo de media hora. Tenían que hablar y hacer planes. La alivió oír en la voz de su hermana un indicio de que era consciente de la parte que quizá habían desempeñado en aquel asunto, y la hiriente sensación de haber sido demasiado rápidas al inmiscuirse, demasiado superficiales incluso para sopesar la posibilidad de hacer tanto daño.

Anduvo hasta el final de la calle y paró un coche de punto. En poco más de media hora estaba sentada en el tocador de Emily con un servicio de té caliente recién preparado.

—¿Thomas te ha contado lo que ocurrió? —preguntó

Emily. También se la veía afligida y muy seria—. ¿Pudo ser un accidente? —agregó con cierta esperanza.

Charlotte no le había referido los pormenores. No eran el tipo de asunto que una comentaba por teléfono.

—No. —Negó con la cabeza de manera casi imperceptible.

Emily ya estaba dispuesta a discutir. Charlotte vaciló solo un instante antes de continuar.

—Es imposible hacer un nudo corredizo, colgarlo de un gancho del techo de la trascocina y ahorcarse por accidente. —Pasó por alto la expresión horrorizada de Emily—. Solo existen dos posibilidades. O se quitó la vida de forma deliberada y espantosa, ejecutándose a sí misma, por así decir, o alguien la asesinó tomándose muchas molestias para que pareciera un suicidio.

—Oh...

—No sé qué es peor —dijo Charlotte al cabo de un momento—. Ojalá pudiera pensar que fue un asesinato, pues eso significaría que nosotras no tuvimos parte en ello; pero si lo fue, ¿quién pudo haberlo cometido excepto su marido?

El rostro de Emily estaba tenso, su mirada era sombría.

—¿Por qué iba a suicidarse? Me consta que la gente habla de ella, pero siempre hablan de alguien, y está claro que ella ya había pasado por eso. ¿Realmente tuvo algo que ver con la muerte de Halberd?

—No lo sé —admitió Charlotte—. Thomas no dijo gran cosa, y no sé si cree que se suicidó. A decir verdad, no le pregunté porque me dio miedo lo que pudiera contestar. ¿Qué pasa si ella lo hizo?

Emily estaba desolada, pero no eludió la respuesta.

—¿Pudo ser por algo que dijéramos o hiciéramos? ¿Qué opinas?

—Suscitamos las preguntas sobre quién mató a Halberd

en lugar de dejar que los demás siguieran pensando que fue un estúpido accidente —contestó Charlotte.

—¿Alguien lo creía de verdad? —preguntó Emily, con las cejas muy enarcadas—. ¿Qué pensaba la gente que estaba haciendo allí?

—Poco importa que tuviéramos o no intención de revolver las cosas, ni siquiera si realmente lo hicimos —dijo Charlotte en voz muy baja—. No fuimos lo bastante cuidadosas para reflexionar sobre lo que dijimos o qué conclusiones sacarían los demás. La irreflexión no es excusa. No somos niñas, y ambas sabemos qué significa ser víctima de los chismorreos.

—Tú no has... —comenzó Emily.

—¡Lo he visto! —dijo Charlotte con más aspereza de la que pretendía.

Estaba enojada consigo misma, y no aceptaría excusas para ninguna de las dos. Se lo habían tomado demasiado a la ligera, disfrutando al implicarse, al ejercitar la imaginación, al sentir ese remolino de sensaciones y el colorido de estar de nuevo en sociedad. No iba a eximirse de culpa. Delia Kendrick estaba muerta, y la gente suponía que lo había hecho por su propia mano, porque era culpable de haber matado a John Halberd.

—Tenemos que averiguar si es verdad —repuso a continuación—. Aunque en efecto matara a Halberd, y después a sí misma, lo que hicimos estuvo mal, porque no nos tomamos la molestia de pensar antes de actuar. Pero si ella no lo mató, tenemos que demostrar su inocencia.

—Estás enfadada porque no te caía bien y ahora te sientes en deuda con ella —señaló Emily. Acto seguido, se mordió el labio—. Y yo también.

—Pues más vale que reflexionemos y hagamos planes. —Charlotte apuró su taza de té y se sirvió otra—. ¿Por dónde empezamos?

Aquel mismo día, el doctor Carsbrook se puso en contacto con Pitt. Lo hizo mediante una breve nota entregada en mano por un mensajero.

Pitt rasgó el sobre para abrirlo mientras el chico aguardaba.

He examinado el cuerpo con detenimiento, buscando en concreto arañazos que explicaran los jirones de piel que la señora Kendrick tiene debajo de las uñas. No he encontrado nada, ni la más ligera abrasión. Solo puedo concluir que no se trata de su propia piel.

He redactado un informe a tal efecto. Luchó por su vida.

Le agradezco que me pusiera sobre la pista.

RICHARD CARSBROOK

—Gracias —dijo Pitt al mensajero—. No hay respuesta, aparte de mi agradecimiento por la nota.

Dio al muchacho una moneda de seis peniques que llevaba en el bolsillo, una buena propina.

Media hora después, el príncipe de Gales mandó ir a buscarlo. Esta vez fue un lacayo quien se presentó en su casa, y aguardó en uno de los despachos hasta que Pitt por fin pudo irse con él. Ya habían dado las cinco de la tarde y el tráfico era denso.

Sin embargo, bastante antes de las seis acompañaron a Pitt a la habitación donde el príncipe lo aguardaba.

Edward lo esperaba de pie, como si estuviera demasiado inquieto para sentarse. Aquella templada tarde de verano se le veía más canoso y con todas las arrugas del rostro muy pronunciadas.

—¡Ah, Pitt! Gracias por venir —dijo el príncipe en cuanto lo vio entrar en la sala y el lacayo cerraba la puerta silenciosamente, con un chasquido del pestillo apenas audible.

Pitt no había esperado que le dieran las gracias. De hecho, había imaginado que el príncipe revelaría enojo más que aflicción, que era lo que parecía mostrar.

—Es una ocasión muy triste, Su Alteza Real —respondió con gravedad.

—Solo me han referido una versión muy sucinta de los hechos —dijo el príncipe, dejando a un lado toda formalidad—. Cuénteme qué ocurrió.

Pitt había pensado durante el trayecto cuánto debía explicarle en función de lo que le preguntara. Si realmente había apreciado a Delia Kendrick, merecía saber tanta verdad como él deseara. Si solo la había utilizado por su ingenio, inteligencia y disposición a complacerlo, Pitt le diría tan poco como fuese posible, sin dar la impresión de conceder la menor importancia a una antigua amiga.

Pitt miró el rostro del príncipe, recordando lo que había averiguado acerca de él durante las últimas semanas. Si lo que vio no era auténtica aflicción, aquel hombre poseía un talento soberbio para fingirla.

—Todavía no estoy seguro, señor —dijo Pitt en voz baja—. Las apariencias sugieren que se quitó la vida. Había una nota que podría interpretarse como una confesión de que fue ella quien mató a sir John Halberd...

Decidió no mencionar la nota de Carsbrook a propósito de la piel. Era un detalle íntimo que angustiaba, y aún no sabía adónde lo conduciría.

—¿Sugieren? —preguntó el príncipe, con la voz quebrada por la emoción—. ¿Qué diablos quiere decir? ¡Hable claro conmigo, hombre! ¿Y cómo y por qué es posible que conociera a Halberd? ¡Esto es ridículo! ¿Quién ha insinuado algo tan absurdo? Halberd era un hombre alto y fuerte. Estaba en excelente forma. ¿Cómo iba a tener la señora Kendrick la fuerza suficiente para matarlo? Es una idea irrisoria.

No era meramente negación lo que transmitía su voz, era genuina incredulidad.

Pitt debía escoger sus palabras con cuidado, no solo porque estaba hablando con su futuro soberano, sino, más importante para él, porque estaba claro que el príncipe era presa de un verdadero sentimiento de pena, posiblemente de culpa por una ruptura que ahora ya no se podía enmendar, tanto si alguna vez había tenido aquel propósito como si no.

—Eligió una manera particularmente desagradable de morir, señor, y la nota que dejó decía con toda claridad que se lo merecía. Aunque eso no es una prueba. A mí me cuesta creerlo. El motivo es extremo, y solo lo avala la palabra del señor Kendrick...

El príncipe enarcó las cejas.

—¿Acaso tiene dudas?

Pitt miró al príncipe a la cara y pensó que se estaba esforzando por dar con una respuesta distinta a la que Pitt había encontrado. Su deseo no parecía ser tanto una defensa de Kendrick como simplemente una negación de todo aquel trágico incidente.

—Lo cuestiono todo hasta que se demuestra, señor. Es parte de mi trabajo. Y cuando alguien se suicida inesperadamente, o parece haberlo hecho, necesito pruebas antes de aceptarlo. Según parece, la señora Kendrick tenía mucho coraje. Ya había superado la muerte de su hijo recién nacido, después la de su marido, que al parecer no la trataba bien, y más tarde las dificultades económicas que le cayeron encima, si bien temporalmente.

Se guardó de mencionar la aventura con el príncipe, y

también que al parecer ella lo había apreciado más que él a ella, pero vio la expresión sombría del rostro del príncipe y pensó que tal vez lo sabía, si no entonces, al menos ahora.

—¿Por qué demonios iba a matar a Halberd, aun suponiendo que tuviera la fuerza necesaria? —inquirió Edward.

El dolor que sentía lo enojaba, Pitt lo tenía cada vez más claro, y además se sentía culpable por algo que ahora era irreparable.

Pitt contestó primero la segunda parte de la pregunta:

—Si Halberd no contaba con que pudieran agredirle, estaría desprevenido. Quien lo mató agarró uno de los remos y le asestó un golpe muy fuerte en la cabeza. Ahora bien, con un objeto tan largo, un giro completo del hombro le habría dado mucho impulso. El golpe lo dejó inconsciente, y el asesino dejó que se ahogara. Una mujer resuelta pudo hacerlo sin mayor dificultad, sobre todo una con quien no esperaba tener problemas.

El príncipe arrugó el semblante ante la imagen que describían las palabras de Pitt.

—Entendido. Pero ¿por qué? ¿Por qué demonios desearía Delia agredir a Halberd, y menos aún matarlo? ¿No pudo ser un accidente? ¿Y si no sabía que lo había dejado inconsciente y que se ahogaría?

—Si la riña hubiese sido muy violenta y ella tenía miedo de él, sería posible —convino Pitt, aunque con reservas—. Y todavía nos queda la pregunta de por qué ella estaba allí.

—Sí... ¿Qué pintaba allí? ¿Y por qué iba a tener miedo de Halberd?

—Kendrick dijo que tuvo una aventura con Halberd, y que por eso después la chantajeó, para conseguir que se plegara a hacer ciertas obscenidades que al final ya no pudo soportar más, y que por eso lo mató... deliberadamente.

La última traza de color se desvaneció del rostro del príncipe.

—¡Eso es... una vileza! No me lo creo, señor. No. ¡Es totalmente... obsceno!

—Estoy de acuerdo —dijo Pitt en voz baja—. Por eso necesito pruebas, algo más consistente que la palabra de un hombre, para aceptar que sea la verdad.

Edward estaba desconcertado, pero cuando habló lo hizo con un pregunta sincera, no un desafío:

—¿Qué puede descubrir? ¿Qué lo demostraría? ¿Dice que dejó una nota?

—Apenas unas pocas palabras, señor. Solo que lo merecía. Podría significar cualquier cosa.

—Parece bastante claro...

—Que alguna vez consideró que merecía algo —dijo Pitt lentamente, escrutando el rostro del príncipe para ver si seguía el hilo de lo que le estaba diciendo—. Podríamos pensar que se refería a su muerte.

—¿Cómo... murió?

Pitt titubeó.

—¿Cómo murió? —repitió el príncipe con más dureza—. Por Dios, hombre, deje de...

—Se ahorcó, señor. En la trascocina, de un gancho fijado a una viga.

El príncipe lo miró fijamente, demasiado consternado para hablar.

—Lo siento, señor. Habría preferido con mucho no tener que decirle esto.

Pitt hablaba en serio. Por unos instantes fueron simplemente dos hombres afligidos por la muerte de una mujer que ambos habían conocido, aunque fuese en grados muy distintos.

El príncipe asintió con la cabeza.

—Lo he forzado yo. Pobre Delia...

Se calló de golpe, ahogado por la aflicción. Pitt vio en su rostro tantos sentimientos encontrados que imaginó que otros recuerdos también ocupaban su mente, otros arrepentimientos, y tal vez la consciencia de su propia mortalidad, y sin duda también de la de su madre, y todo lo que eso significaría para él y para el mundo.

El príncipe lo seguía mirando. ¿Se estaba preguntando qué clase de hombre era Kendrick en realidad? Eso también sería un pesar, y una traición. Quizá estuviera acostumbrado a ello, pero eso no mitigaba la herida; de hecho, tal vez la hacía más profunda.

—Lo lamento, señor —dijo Pitt con sentimiento.

Edward asintió con la cabeza, y por un momento permaneció callado.

El protocolo prohibía que Pitt interrumpiera.

—Este... gracias, Pitt —dijo por fin—. Por favor, manténgame al tanto de lo que descubra. Me imagino que la señora Kendrick será enterrada enseguida. Puedo enviarle flores, pero no asistir en persona.

—Por supuesto que no —convino Pitt—. Pero unas flores estarían muy bien, algo muy sencillo. Ella lo sabrá sin que nadie más se entere.

—¿Lo sabrá?

Fue una pregunta sincera, tan llena de esperanza como de temor. Sentarse en la iglesia y obedecer las reglas, o la mayoría de ellas, era una cosa. Creer, ante la muerte real, era otra. Quedaba más allá del conocimiento, un acto de fe cuando uno estaba en sus momentos más vulnerables.

—Sí, señor —dijo Pitt sin vacilar.

Desde el caso de Angel Court había meditado mucho sobre cuestiones espirituales. Fueran cuales fuesen las conclusiones que había sacado, no era el momento de reconocer sus dudas.

El príncipe esbozó una sonrisa.

—Gracias, Pitt. Ha sido muy amable al venir.

Era el permiso para retirarse. Pitt hizo una reverencia y obedeció. El lacayo que había ido a recogerlo a su casa le aguardaba al otro lado de la puerta.

12

Charlotte estaba muy preocupada no solo por la muerte de Delia, sino también por la manera en que había muerto. ¿Realmente creía que merecía un final tan espantoso? Incluso aunque hubiera matado a Halberd, seguro que había circunstancias atenuantes, un dolor tan profundo que para ella lo que había hecho estaba justificado. ¿Enojo, rechazo después de la esperanza? ¿O miedo? ¿Qué peligro suponía Halberd para Delia? Al parecer, contaba con abundante información de mucha gente. Se lo había dicho Pitt. ¿Halberd la estaba chantajeando? Difícilmente a causa de su aventura con el príncipe de Gales. Eso lo sabía todo el mundo, y siempre había sido así. Sin duda quienes se interesaban por tales asuntos podrían citar el nombre de todas las mujeres por las que el príncipe había mostrado interés durante los últimos cuarenta años.

¿Y si había algo más que Elsie Dimmock podría haberles contado pero se abstuvo de hacerlo?

Estaba sentada frente a Emily en su tocador, el sol entraba a raudales por las ventanas, que estaban abiertas al jardín. Fuera se oía el alegre piar de los pájaros y a lo lejos ladraba un perro.

—¿Por qué? —dijo Emily, desolada—. Si es que de verdad lo hizo ella.

—Por qué es la pregunta que debemos contestar ahora —respondió Charlotte—. Tanto si se lo hizo ella misma como si fue obra de un tercero, había un motivo para que ocurriera. Era un hecho nuevo, o antiguo y que devino en algo horriblemente peor. Sea como fuere, tuvo que haber algún tipo de cambio.

El rostro de Emily era de pura tristeza, profundas arrugas le cruzaban la frente.

—¿Crees que lo hizo ella?

—No. —Charlotte había estado pensando acerca de ello desde que se enteró de la muerte de Delia. Tenía que admitir que parecía un extraño sinsentido—. Me formé la opinión de que era una luchadora —contestó a Emily—. Alguien con amplitud de miras, no una mujer ensimismada.

—Fuimos a ver a su antigua doncella y sondeamos el pasado —dijo Emily—. Sacamos a relucir algunas cosas de lo más dolorosas. No tuve la impresión de que Elsie Dimmock eludiera algo deliberadamente. ¿Tú sí?

—No. Intento encontrar un sitio por el que empezar a indagar si realmente se suicidó —contestó Charlotte.

Emily se mordió el labio.

—¿Qué probabilidades hay, en realidad?

—Bueno, si ocurrió, es bastante probable —dijo Charlotte, sonriendo como si se mofara de sí misma—. Para empezar, tampoco parecía que a Halberd lo hubieran asesinado. Daba la impresión de haber sido un accidente más bien ridículo, de esos que prefieres no comentar, fue muy... indigno: un muy respetable amigo de la reina se cae de una barca de remos mientras está solo en el Serpentine por la noche y se ahoga en un estanque que como mucho debía de cubrirle hasta las rodillas. ¡Nadie se cuelga de un gancho para la carne en su propia cocina por accidente! La cuestión es que ninguno de los dos casos parece un asesinato, pero uno de ellos lo es, y quizá el otro también.

—¿Qué dijo Thomas exactamente? O tan exactamente como puedas recordarlo.

—Que parecía que lo hubiera hecho ella misma, pero no está en absoluto convencido de que fuera así. Kendrick dijo que Halberd estaba teniendo una aventura con ella, y que era bastante repugnante. La chantajeaba con tal fin, y cuando ella no lo soportó más, lo mató.

—Siendo así, ¿por qué suicidarse? —preguntó Emily sensatamente.

—¿Por miedo a que la descubrieran?

—¿Acaso Thomas sospechaba de ella?

—Que yo sepa, no. Aunque no sé gran cosa.

Charlotte procuró que su soledad no se deslizara en su voz. Emily la estaba observando con suma atención. No precisaba palabras; su hermana se percataría hasta de un cambio de tono, y entendería su significado.

—¿Kendrick se sorprendió al enterarse de que ella... había hecho eso? —preguntó Emily.

—Sí, estaba impresionado... Realmente horrorizado —respondió Charlotte, recordando la expresión de lástima de Pitt mientras le explicaba lo poco que le estaba permitido.

Incluso llegó a preguntarse si su marido le habría contado algo de no haber sido porque conocía personalmente a Delia. Eran muchas las cosas de las que no podía hablar con ella. Antes no era así. Pero no solo estaría mal que intentara convencerlo de que compartiera con ella más de lo que debía, también sería una crueldad muy egoísta. Quería saber en su propio beneficio, pues ansiaba estar más cerca de Pitt, compartir con él todo aquello que consideraba significativo. Pero dicho así sonaba muy pueril. Si deseaba compartir algo con él, aparte de los pormenores de la vida cotidiana y un hogar, ¡tenía que hacer algo por su cuenta y compartir eso! Tal vez cuando todo aquello hubiese terminado buscaría algo que mereciera la pena, una causa por la que luchar.

—Pues si ella no asesinó a Halberd, ¿qué la llevó a suicidarse? —dijo—. No pudo ser porque Thomas sospechara que lo hubiese matado. De modo que fue otra cosa. Tenemos que averiguar cuál.

—¿Otra aventura? —sugirió Emily—. Parece que era propensa a tenerlas...

—La única de la que sabemos algo es la que tuvo con el príncipe de Gales, y todo el mundo está al tanto de eso —señaló Charlotte—. Halberd era tal como dijo Kendrick.

—Siendo así, deberíamos averiguar si era verdad. Supongo que la muerte de Halberd no fue un suicidio, ¿no?

—¡No sé cómo podrías golpearte a ti misma en la cabeza con la fuerza suficiente para ahogarte!

Emily adoptó una expresión muy dubitativa.

—¿Estás segura de que están relacionadas?

—Quizá no. ¿Con quién podemos hablar, si lo hacemos con el cuidado suficiente?

Emily reflexionó un momento.

—Bueno, con Felicia Whyte. Y Helena Lyndhurst. Es capaz de pasar horas hablando de cualquier cosa que tenga que ver con la familia real. Si lo planteamos así...

—Por desagradable que sea, más vale que nos pongamos manos a la obra mientras todavía sea un tema de interés y la gente recuerde cosas —respondió Charlotte.

Detestaba el chismorreo, pero tenía su utilidad. A veces era lo único que servía.

—Felicia irá al club de señoras esta tarde. —Emily se levantó decidida—. Más vale que nos pongamos en marcha. Buscaré algo que puedas ponerte. Así no pierdes tiempo yendo a casa para cambiarte, tenemos que hacer planes.

—Qué encantador por su parte haber traído a su hermana otra vez —dijo lady Felicia en cuanto vio a Charlotte justo detrás de Emily.

La expresión de Felicia mantenía el equilibrio perfecto entre afecto y diversión. Saltaba a la vista que no había olvidado nada de la última reunión. A Charlotte le causó buena impresión que lo hubiese encontrado divertido.

—Gracias por la bienvenida —respondió con la misma mezcla de diversión y placer. No tenían tiempo que perder. Aquella podría ser una larga y ardua tarea—. Ojalá la tragedia no empañara la ocasión.

Felicia entendió al instante a qué se refería. Sorprendentemente, sus ojos reflejaron un real y profundo pesar.

—Desde luego. Es muy aleccionador. Una sabe mucho menos de lo que imagina.

—Tiene razón, por supuesto. —Charlotte lo dijo con una empatía que era puramente táctica, pero acto seguido se sorprendió al constatar que lo decía en serio. Tampoco sabía gran cosa acerca de Felicia. Quizá había experimentado su parte de aflicción, de sentirse asustada o sola, o incluso traicionada.

Tuvieron que transcurrir otros diez minutos antes de que Emily se las arreglara para dirigir la conversación de nuevo hacia Delia.

—Usted la conocía desde mucho antes que nosotras —comentó, esbozando una sonrisa triste—. ¿Se sorprendió?

Pareció que quería continuar, pero entretanto observaba el rostro de Felicia y algo en su expresión le impidió hacer la pregunta siguiente.

—Sí que me sorprendí —dijo Felicia en voz baja—. Me cuesta creerlo incluso ahora. Delia —pronunció su nombre con ternura— estaba más llena de vida, para bien o para mal, que cualquier otra mujer que haya conocido. No logro imaginar una desesperación tan profunda que pudiera llevarla... —negó con la cabeza, con bastante brusquedad, como si quisiera apartar una imagen de su mente—, a hacer algo tan espantosamente irreparable.

Charlotte decidió arriesgarse:

—Están circulando toda suerte de rumores. Uno de ellos asegura que tenía una aventura con John Halberd, que tuvieron una terrible pelea por algo... demasiado espantoso para decirlo... ¡y que fue ella quien lo mató! Y que se suicidó porque creía que iban a detenerla.

Se mordió el labio con culpabilidad por lo que acababa de decir, pues era enorme el desprecio que sentía por los chismes crueles y gratuitos como aquel. Pero tenía que ver cómo reaccionaba Felicia.

Notó cómo se sonrojaba ante la ira que traslucían los ojos de Felicia.

—¿Quién dice semejante cosa? —inquirió—. ¡Es una vileza! Y una estupidez. Sir John quizá fuese orgulloso y frío, y sabía muchísimo más de lo que debía acerca de casi todo el mundo, pero no era la clase de hombre que tiene aventuras... de naturaleza repugnante. No se casó porque la única mujer a la que amó murió trágicamente, en África, antes de que tuvieran ocasión de contraer matrimonio. Nunca la olvidó ni abrigó sentimientos profundos por otra mujer. —Esto lo dijo en voz baja para que no la oyeran las demás, pero la certidumbre de sus sentimientos era inequívoca—. No sé si me caía muy bien; era demasiado inteligente, demasiado... moderado para mi gusto. Era un hombre que no se dejaba manipular. Con él siempre me sentía en cierta desventaja. —Esbozó una sonrisa atribulada—. Como si me conociera mucho mejor de lo que yo llegaría a conocerlo a él. Su comportamiento era siempre intachable. Y... —Respiró profundamente, casi como si le costara un gran esfuerzo dominarse.

Charlotte no se volvió para mirar a Emily. Aguardó.

—... y resulta que sé, por casualidad, que Delia estuvo más unido a él durante las últimas semanas de su vida, pero era un viejo conocido —prosiguió Felicia—. Apenas tenían relación, según decía ella misma, cuando todavía estaba casada con Roland Darnley. Y eso fue años atrás. Si hubiese habido algo como lo que está insinuando, yo lo habría sabido.

Su expresión fue de profunda repugnancia.

Charlotte no pudo evitar defenderse, sorprendida de que en realidad le importase lo que Felicia pensara de ella.

—Yo tampoco me lo creí —aseguró—. A la entrometida que lo contó le dije algo parecido a lo que pensaba de ella.

—¿Parecido? —preguntó Felicia.

—No podía emplear según qué tipo de lenguaje.

La expresión de Felicia se suavizó.

—Entiendo. La tentación tuvo que ser mayúscula, pero tal vez lo mejor sea no... aunque estoy de acuerdo.

—Los celos lo destruyen todo —dijo Emily—. Son como una enfermedad que te come por dentro. —Miró a Felicia—. Sin duda usted lo sabe muy bien, con su posición.

Felicia optó por tomárselo como un cumplido.

—Qué perspicaz. Sí, es como un ácido que corroe todo lo que toca.

Era el turno de Charlotte. Sintió un instante de verdadera lástima por aquella mujer que tenía tanto y, sin embargo, tan poco.

—Espero que al final esto no mancille el recuerdo de Delia, que simplemente rebote en las personas que piensan tales cosas, tanto si las dicen en voz alta como si no. Me alegra que Delia tuviera una relación agradable con sir John, y que gozara de su consideración antes de morir.

Felicia se quedó un momento pensativa.

—Más bien creo que Delia buscaba su ayuda por algo en concreto, aunque no sé el qué. —Arrugó la frente en un esfuerzo por recordar un pensamiento esquivo—. Me consta que también se la pidió a mi marido. Estuvo muchos años en África, ¿sabe? Aunque no en el sur, creo. O al menos no mucho.

Charlotte se estremeció.

—Menciona usted África y me entra miedo a que haya otra guerra.

Había empezado la frase intentando lograr un efecto dramático, pero cuando la terminó se dio cuenta de que realmente temía otra contienda. No es que supiera gran cosa sobre sus consecuencias, pero le preocupaba la expresión en el rostro de Pitt cuando se hablaba del tema, y la diligencia con la que leía más artículos en el periódico.

Felicia la estaba observando con atención.

—¿Cree que Delia temía lo mismo? —preguntó—. ¿Qué sabría sir John?

—Ha dicho que tenía mucha información sobre toda suerte de cosas. ¿Tal vez sabía algo interesante o peligroso? —sugirió Charlotte.

Mientras lo decía, se dio cuenta de que tenía sentido. Había mucha gente inquieta, sobre todo quienes ya habían perdido hijos, maridos o hermanos en la primera guerra, terminada hacía muy poco.

Ahora bien, ¿cuál era la relación de Delia? ¿Acaso Charlotte estaba construyendo algo sin fundamento?

—¿Es posible que Delia Kendrick estuviera preocupada, o que supiera algo más que cualquier otro lector de titulares? —inquirió.

—Eso depende mucho de las conversaciones que oyera sin querer —le aseguró Emily.

—Podría ser —dijo Felicia tras un momento de vacilación—. Era muy inquisitiva, incluso entrometida, en cierto modo. Ya saben, a primera vista su marido era apuesto, desde luego para él mismo, aunque de ninguna utilidad para los demás. Nunca parecía tener otro interés que el de divertirse. No andaba metido en negocios de ninguna clase, y no poseía tierras, a no ser que las tuviera en los páramos de Escocia. Delia era la que tenía dinero, pero él lo gastaba a espuertas. Tampoco es que eso sea muy inusual, por supuesto. —Parecía que estuviera mirando muy lejos, como si recordara el pasado con más claridad que cuando lo había presenciado en su momento—. En un par de ocasiones lo vi tomarse en serio las cosas, y mi marido le profesaba cierto respeto, y eso que no era un hombre cuya consideración se ganara fácilmente.

Dio la impresión de perder el hilo de su pensamiento y de pronto se calló.

—Pobre Delia —dijo por fin—. Me pregunto si habríamos sido más amables de haber sabido qué le deparaba el futuro. —Se estremeció y se puso muy pálida—. O qué nos deparaba a nosotras. —Se encogió de hombros—. Aunque entonces viviríamos en un miedo perpetuo. Tal vez la única manera de tener coraje pase por no saber. Dígame, señora Pitt, cuando asegura que se sumaría a la lucha por el sufragio femenino, ¿lo dice en serio?

La pregunta pilló a Charlotte completamente desprevenida.

—Vaya... pues sí. Sí, claro. Algún día tendrá que llegar. Estoy completamente a favor de que sea pronto.

Felicia sonrió, aunque resultó obvio que le costó un esfuerzo.

—Pues venga conmigo, tengo que presentarle a varias personas que conozco. —Hizo una seña para que la acompañara—. Vamos.

Charlotte no compartió con Pitt ninguno de los comentarios de Felicia Whyte, pero intentó convencerlo, muy en contra de su voluntad, de que asistiera a una recepción a la que acudirían Walter y Felicia Whyte.

Estaban en la sala de estar después de cenar. Ya había transcurrido la mitad del verano y oscurecía más pronto. Hacia las nueve la luz se desvanecía y el cielo se llenaba de colores.

—No tengo tiempo —se excusó Pitt, fingiendo que lo lamentaba. No quería desilusionarla, pero estaba claro que lo último que deseaba era perder el tiempo con conversaciones corteses y totalmente artificiales—. Lo siento —agregó.

¿Cuánto debía contarle de lo que ella y Emily estaban haciendo? Lo menos posible, por supuesto, solo lo necesario a fin de averiguar más cosas acerca de Delia. Quería ser sincera. Fingir y manipular no eran actos propios de los amigos. Y, sin embargo, a veces hay que guardar ciertas cosas en secreto, al menos durante un tiempo.

—Estoy empezando a ver a Felicia Whyte con otros ojos —comenzó Charlotte, tanteando el terreno.

De pronto Pitt le prestó atención, desconcertado.

—¿Y eso? Es todo lo distinta a ti que se pueda ser.

¿Tan predecible era? ¿Debería decirle la verdad? Y en tal caso, ¿qué parte de ella?

Aquel era el momento en que le decía la verdad o le restaba importancia y lo perdía para siempre.

Las palabras fluyeron con facilidad:

—En realidad no me cae bien, pero me imagino con toda claridad el miedo que tiene. Entiende a Delia Kendrick mejor que nadie que yo conozca, y lleva haciéndolo desde hace mucho tiempo. Me habló de su primer marido, Darnley, y dijo que Walter Whyte lo conocía y le tenía un respeto que parecía infundado. Estaba muy enfadada por el chismorreo de que Delia estaba teniendo una aventura con Halberd. Se interrumpió, mirando a Pitt para ver si estaba escuchando.

Supo por su expresión que era bastante consciente de que ella estaba intentando averiguar algo, tal como solía hacerlo cuando llevaban poco tiempo casados y Pitt podía compartir sus casos con ella. Le aventajaba a la hora de entender las reglas y tabús de la alta sociedad, y tenía un instinto muy afilado para percibir los sentimientos de los demás.

—¿Qué andas buscando? —le preguntó a bocajarro.

—No lo sé. Creo que asesinaron a Delia por algo que había visto u oído. Y entendió lo que significaba, a diferencia de otras personas. Su muerte está relacionada con la de Halberd, ¿verdad?

—No lo sé, pero creo que sí. —Pitt estaba muy serio—. Pero si investigarlo hizo que la mataran brutalmente, quienquiera que sea no dudará en matar a cualquiera que parezca estar siguiendo el mismo camino. No te hagas ilusiones de estar a salvo. Si este asunto es tan grave como me temo, nadie lo está. —Se inclinó hacia delante—. ¡Por favor, no puedo hacer mi trabajo si me paso la mitad del tiempo preocupado por saber dónde estás y en qué nido de víboras te has metido!

Hablaba totalmente en serio. Lo dijo con una leve sonrisa, pero solo en sus labios. No se reflejó en su mirada.

—Solo han sido una charla informal entre conocidas —repuso Charlotte.

—¡Justo lo que menos te conviene! —replicó Pitt bruscamente.

Charlotte hizo como que no lo entendía.

—Si Walter Whyte sabe algo sobre Delia, ¿no merece la pena averiguarlo? Tú no crees que se suicidó, ¿verdad?

Hizo la pregunta muy en serio porque le constaba que

Pitt no le mentiría de plano. Quizá se negara a contestar, pero eso en sí mismo sería suficiente respuesta.

—No, no lo creo —admitió Pitt—. Si no, entonces fue Kendrick quien la mató, y casi con toda certeza Halberd tuvo algo que ver con ello. Lo que no sé es por qué ni cómo demostrarlo.

—Pues entonces hay que averiguar lo que sabía Delia.

—Charlotte lo dijo como si fuese la cosa más simple del mundo y ella no corriera peligro alguno en aquella sala de estar, en su propia casa. Pero Delia había encontrado la muerte en la suya, ya fuera por su propia mano o por la de otro—. Thomas, no podemos dejar que esto ocurra y mirar hacia otro lado —dijo con más vehemencia de la que pretendía, pero era real, no un dramatismo impostado.

—No tengo intención de dejarlo correr —prometió Pitt—. Fue la reina quien me pidió que descubriera quién mató a Halberd y por qué. No podría dejarlo correr aunque quisiera. Y no quiero.

De pronto Charlotte se quedó sin aliento.

—¿La... la reina? ¿Te lo pidió ella? Quiero decir... ¿en persona? ¿Y no me lo dijiste?

Un espacio enorme se abrió delante de Charlotte, vasto, solitario, cosas que no podía ver, y no era parte de... y no podía ayudarlo.

Pitt le acarició suavemente la cara con las yemas de los dedos.

—Te lo contaré todo cuando haya terminado. Si te hubiese dicho que me había mandado llamar pero no por qué, habría sido espantoso y engañoso. No es algo personal, es parte de mi trabajo. Si Narraway hubiese estado aquí, habría mandado llamarlo a él. Pero no está.

Charlotte entendió de pronto por qué había estado tan retraído, apenas dirigiéndole la palabra. Soportaba en solitario el peso del encargo, y era mucho más severo que la embarazosa muerte de un hombre muy admirado. ¡La reina había recurrido a él! La invadió un embriagador orgullo y, acto seguido, el serio temor de lo que podría significar un fracaso.

—Tienes que dejarme colaborar —dijo Charlotte con decisión—. Tendré mucho cuidado y siempre estaré en compañía de otras personas. Lo prometo. Yo puedo hacer preguntas que tú no, y escuchar conversaciones como quien no quiere la cosa. Las mujeres se fijan mucho más de lo que muchos hombres piensan...

—Que pudo ser precisamente el motivo por el que mataron a Delia —la interrumpió Pitt.

—Para ya de encerrarme en la guardería —exigió, enojada porque se sentía inútil y se moría de ganas de ayudar.

—¡Temo por ti!

Pitt estaba exasperado, como si todavía no lo entendiera.

—Por supuesto —replicó Charlotte en el acto—. ¿Acaso piensas que no temo yo por ti? ¿O que no te amo? ¿O acaso no te importa si resuelves todos los casos o no?

Sus palabras fueron más hirientes de lo que habría querido, pero las dijo en serio.

Por una vez, Pitt se quedó sin saber qué decir.

Charlotte se sintió culpable.

—Thomas, te amo. Por favor, no intentes impedir que te preste la poca ayuda que me sea posible. Puedo acercarme más a la verdad de ciertas cosas sobre Delia Kendrick que tú. No me caía muy bien, pero la entiendo, y me apena y me enoja lo que le sucedió. Por extraño que parezca, lo mismo le ocurre a Felicia Whyte, me parece.

—Iremos a esa fiesta —convino Pitt, aunque por su tono de voz ella tuvo claro que lo haría a regañadientes—. Pero no te apartarás de mi lado.

Charlotte asintió obedientemente.

—En serio —recalcó con más aspereza que antes.

—¡Thomas, tengo tan pocas ganas como tú de que me hagan daño!

Esta vez fue él quien asintió.

La fiesta fue muy glamurosa, y Charlotte asistió con un vestido suyo, totalmente azul marino pero con un corte tan exquisito que la favorecía notablemente. Era fácil adornarlo con gran variedad de aditamentos: encajes, una nota de un color claro o una flor de seda. En aquella primera ocasión de lucirlo se decidió por unas sencillas perlas. Aun teniendo la mente en tantas otras cosas, vio que Pitt la contemplaba admirado. Eso era cuanto necesitaba. Ahora descubriría todo lo que pudiera sobre Delia Kendrick, y lo haría con mucho cuidado.

Para empezar, se había enterado de la recepción a través de Emily, que fue quien consiguió las invitaciones necesarias. La estaba viendo al lado de Jack como si estuviera escuchando la conversación con suma atención, pero Charlotte sabía que también estaría pensando en la mejor manera de introducir cualquier tema que pudiera llevar a nuevos descubrimientos.

La primera media hora transcurrió entre presentaciones, formalidades corteses, y se dio cuenta de que Pitt se aburría tanto como ella.

—Hay que pasar por el aro —le susurró en un momento de tranquilidad—. He visto a Felicia Whyte por allí, a nuestra izquierda. No habrá venido sola. Estará con el señor Whyte.

—No puedo interrogarlo delante de tanta gente —respondió Pitt—. De hecho, no tengo ningún fundamento para hacerlo.

—Deja de pensar como un policía —murmuró Charlotte. Se les estaba acercando Somerset Carlisle. Sin duda Emily le había pedido que asistiera—. Eres del Departamento Especial —prosiguió Charlotte—. No tenéis las mismas reglas. De hecho, ¿seguro que tenéis alguna regla?

Pitt no tuvo tiempo de contestar porque Carlisle ya estaba allí, con una sonrisa que podía significar cualquier cosa. Como de costumbre, su aspecto era elegante y enigmático.

—¿Reglas? En serio, ¿qué reglas está pensando acatar, Pitt? —Sonrió—. O romper solo a regañadientes.

—Solo aquellas de las que salga bien librado —dijo Pitt—. Estoy convencido de que usted es uno de los mejores en eso. Nunca he conocido a alguien que lo haga tan a menudo y con tanta habilidad.

Sonrió al parlamentario con idéntica mezcla de humor y gravedad fingida.

—¿Todavía estamos hablando de la muerte de Halberd? —inquirió Carlisle con el mismo tono de voz que si hubiese estado hablando del tiempo.

—Indirectamente —contestó Pitt.

—¿E, indirectamente, qué más hay? ¿Anda buscando pruebas de que fue Delia Kendrick quien lo mató? Dudo que encuentre alguna.

—Yo también —convino Pitt.

—¡Ah, no cree que lo hiciera!

Charlotte lo entendió de inmediato.

Pitt vaciló solo un momento.

—No, no lo creo. Necesito saber quién lo hizo y por qué. Más aún, necesito demostrarlo.

De pronto Carlisle adoptó un aire sombrío.

—No se preocupe, Pitt —dijo sin una pizca de humor—. No seré yo quien se lo impida.

No agregó una sola protesta de sinceridad. Esbozó una sonrisa, dirigida tanto a Pitt como a Charlotte, y se alejó para hablar con otros invitados.

Poco después Charlotte se separó de Pitt y sin mayor

dificultad entabló conversación con lady Felicia y, más tarde, a solas con Walter Whyte. Ya habían comentado que, de no ser por la muerte de Delia, John Kendrick habría asistido a la recepción.

—Pobre hombre. —Charlotte procuró parecer sincera—. No solo ha perdido a su esposa, sino además de una manera espantosa. La gente puede conducirse de forma muy... precipitada a la hora de juzgar al prójimo. Me sonrojo cuando pienso que no me caía bien y que permitía que se me notara.

Whyte la miró con interés.

—Es usted de las muy escasas personas...

—Me alegro —dijo Charlotte enseguida.

—No. —Whyte negó con la cabeza—. Me refería a que esa mujer desagradaba a mucha gente, por una razón u otra. Eran varias, pero usted es la única que lo lamenta y no está ocupada en dejar volar su imaginación en cuanto a por qué hizo lo que hizo. Prefiero no reproducir esas conjeturas.

Daba la impresión de estar mirando muy lejos, más allá de aquella elegante estancia con sus pilastras de mármol y sus techos pintados al fresco. Su tez todavía conservaba el color de haberse curtido al sol, y sus ojos eran extraordinariamente azules.

A Charlotte le habría gustado preguntarle acerca de sus aventuras en África, pero eso tendría que esperar a otra ocasión.

—Me las imagino —dijo Charlotte—. He oído algunas. Pero me consta por lady Felicia que Delia pasó temporadas difíciles. Tengo entendido que perdió a su primer marido de manera súbita y violenta. No sé cómo lo soportó, excepto porque no queda más remedio.

Permitió que su mente se planteara cómo se sentiría si mataran a Pitt. Tenía un nudo en la garganta y notó la emoción que imprimía a su voz.

Walter Whyte la estaba mirando con dulzura.

—Fue hace mucho tiempo —le dijo a Charlotte como si intentara encontrar algún consuelo—. Y era un hombre difícil. Esquivo. No estoy seguro de cuánto sabía Delia acerca de él en aquella época.

—¿Lo supo después?

Charlotte no tuvo que fingir ni interés ni compasión. No todo conocimiento es mejor que la incerteza, pero alguno ciertamente lo es.

—No estoy seguro —admitió Whyte—. Desaparecía bastante a menudo, a veces una semana o más.

Se calló de golpe.

Charlotte aguardó, sin saber si se debía al recuerdo de un sufrimiento o si lo había acallado la discreción. Incluso era posible que se arrepintiera de haber sacado el tema a colación. Se preguntó qué había sido tan doloroso: ¿una querida, o incluso otra esposa en algún lugar? ¿O bebía hasta perder el sentido y aguardaba hasta que volvía a estar sobrio antes de regresar a casa? Posiblemente pasara días y noches jugando mientras Delia no sabía dónde estaba.

Lo que Charlotte no había contemplado ni por asomo fue lo que Whyte dijo a continuación, en voz muy baja, una grave confidencia que nadie debía oír sin querer:

—Supongo que ahora apenas importa, pobre diablo. Ambos están muertos, pero quiero que al menos una persona entre las chismosas sepa la verdad. Tenía ciertas simpatías con un grupo de rebeldes irlandeses, pero cuando sus métodos lo asquearon, se convirtió en agente doble.

Charlotte se quedó helada. Fue como si el salón hubiese cerrado unas puertas invisibles a su alrededor y ella y Walter Whyte estuvieran completamente solos.

—Trabajó para Victor Narraway —prosiguió—. Un asunto tremendamente peligroso, lo de jugar a dos bandas. —Inhaló lenta y profundamente y soltó el aire con un suspiro—. O cometió un error, o alguien lo traicionó. Su muerte no fue accidental, lo asesinaron. De una manera rápida, hábil e imposible de demostrar.

A Charlotte la embargó primero un hondo pesar por él, y por Delia y su bebé, y luego la inundó el temor por Pitt. Fue algo irracional. Pitt nunca había sido agente doble; era el jefe del Departamento Especial. Todo el mundo sabía en qué bando estaba. Después sus pensamientos fueron para Delia, recién enviudada con un bebé que mantener, y su marido desaparecido mediante un solo acto violento.

Por fortuna, Victor Narraway al menos la había ayudado económicamente. Fue una cuestión de honor, y quizá en reconocimiento de su responsabilidad, si había sido él quien convenciera a Roland Darnley para que jugara a dos bandas.

¿Lo había sabido Delia? ¿Habría aceptado el dinero de no haber sido así? Qué terrible para ella no poder decir a nadie cómo ni por qué había muerto Darnley en realidad. Charlotte no tenía claro que hubiese sido capaz de guardar silencio durante tanto tiempo si hubiese estado tan afligida, y encima oyera hablar de Pitt a la ligera, tratándolo de haragán.

Se estremeció y meneó la cabeza como para liberarse de tales pensamientos. Walter Whyte la estaba observando. A juzgar por su mirada, entendía al menos en parte lo que Charlotte sentía. Sin duda también sabía que le contaría a Pitt todo lo que acababa de averiguar.

Se le ocurrió preguntarse si le había sonsacado la información, o si él había propiciado la ocasión de contárselo, y si no hubiese sido aquella noche, habría sido tan pronto como lo hubiese dispuesto el azar. ¿Quizá incluso habría buscado a Pitt y se lo habría contado? Posiblemente.

La conversación pasó a otros temas, y poco después se les unieron Felicia y Somerset Carlisle.

¿Acaso Carlisle tenía algo que ver con la repentina franqueza de Walter Whyte? Charlotte seguramente nunca lo sabría, aunque poco importaba.

Ahora bien, había bastante más, y ella y Emily lo comentaron a la mañana siguiente.

—Todavía es posible que Delia matara a Halberd —señaló Emily—. Dudo que lo hiciera, y si no lo hizo, significa que no tenía un motivo que conozcamos para suicidarse. Pero ¿cómo vamos a ponernos a averiguar quién lo hizo? Y si Thomas no logra descubrirlo, difícilmente lo haremos nosotras.

Estaba sentada en su cómoda butaca del tocador, y parecía cualquier cosa menos cómoda.

—No, no es preciso que sepamos quién lo hizo —arguyó Charlotte—. No, si logramos descubrir dónde estaba.

—Seguramente en su casa, y el único que puede confirmarlo es Kendrick —señaló Emily—. Y como está intentando culparla, declaró que ella no estaba allí.

—Y eso significa que no pudo jurar que él sí se encontraba en casa —dijo Charlotte, enérgicamente—. O que no estaba.

—Salvo que los criados lo vieran y se avengan a testificar.

Emily ejercía de abogado del diablo adrede. Era de suma importancia no creer que algo era cierto simplemente porque lo deseaban.

—Exacto.

Por fin la mente de Charlotte iba a toda máquina.

—¿No vas a preguntárselo? —dijo Emily, sinceramente alarmada.

—Sí, claro que lo haré. Que lo haremos —se corrigió—. No para saber si Kendrick estaba en casa, sino para intentar aclarar dónde estuvo Delia. Con un poco de suerte, su doncella actual todavía estará allí. Y si no es así, ya averiguaremos adónde se ha ido.

—Todavía no tendrá una nueva colocación. Solo han pasado unos días.

—Mejor aún, podemos prometerle que la ayudaremos a encontrar un nuevo empleo. Entre las dos tenemos que ser capaces de ejercer suficiente influencia para ser útiles —señaló Charlotte—. Bueno, tú puedes, en cualquier caso. ¿O tal vez lady Felicia?

Emily aportó un último argumento:

—Delia quizá no dijo a nadie adónde iba.

—Quizá no. Eso no significa que la doncella no lo sepa. Y lo que sin duda sabrá es cómo iba vestida Delia, si tuvo que limpiar sus botines por haberse mojado. Y probablemente la hora en que salió y cuándo regresó. Las prendas de vestir pueden decirte un montón de cosas, si las conoces bien. Y nadie las conoce mejor que la persona que tiene que lavarlas y cuidarlas.

—¿Qué vamos a decirle a esa mujer?

—La verdad. Que la gente anda diciendo cosas terribles sobre Delia: que estaba teniendo una aventura muy fea con John Halberd y que aquella noche lo mató. —Charlotte se iba convenciendo cada vez más de que su idea daría resultado—. Si estuvo en algún sitio cercano al Serpentine, el dobladillo de su vestido, por no mencionar los botines, lo demostraría. Quizá la doncella no preste declaración a la policía ni ante el tribunal, pero si puede, nos ayudará a averiguar dónde estuvo Delia, si así limpiamos su nombre.

—¿Y si Kendrick se entera? Difícilmente podremos interrogar a sus criados sin que lo sepa, y, por descontado, no nos dará su permiso. Tendremos que ser... ingeniosas.

Había tanta duda como esperanza en el semblante de Emily. Charlotte estuvo de acuerdo en que aquello representaba un problema.

—Quizá necesitemos ayuda.

—Thomas no nos ayudará en esto... ¿verdad?

—No lo sé. No pienso preguntárselo porque tendría que mentir, y eso podría poner en peligro su cargo más adelante. Pero Somerset Carlisle lo haría encantado... ¡creo!

La sonrisa de Emily fue radiante.

—¡Pues claro! ¿Cómo no se me ha ocurrido antes? Vamos a pedírselo ahora mismo, e iremos tan pronto como él pueda organizarlo.

Hicieron falta muchos preparativos, pero Carlisle entendió el propósito de inmediato, aunque requirió cierta persuasión y limitaciones muy bien definidas antes de que aceptara ir con ellas. Proporcionó a Charlotte y a Emily sendos silbatos de policía, o al menos silbatos que tenían el mismo aspecto y que emitían un pitido ensordecedor. Ambas tuvieron que jurar que los utilizarían si sentían la menor amenaza.

Charlotte entendió que corrían cierto riesgo porque si estaban en lo cierto, Kendrick había matado a Halberd y a Delia, y por el momento había quedado impune de ambos asesinatos. Enfrentarse a dos mujeres a la vez quizá le resultara mucho más difícil, pero seguiría siendo, en el mejor de los casos, un bochorno que las pillara in fraganti.

—Somerset es el único hombre que sería capaz de salvarnos, aun arriesgando su reputación, o su vida —dijo Charlotte seriamente.

—Su reputación ya no tiene remedio, pero su vida me importa mucho —respondió Emily.

Charlotte no tenía claro si quería decirle a su hermana que Carlisle no iría con ellas a casa de Kendrick desarmado. Tenía una pistola muy pequeña pero, a corta distancia, letal.

—Sería terriblemente embarazoso —admitió Charlotte—. Debemos tener éxito. Al fin y al cabo, solo vamos a visitar a una doncella para ver si podemos ayudarla a encontrar una nueva colocación. Seguro que hay alguien que conocemos, mejor dicho, que conoces, que está buscando una.

Era el nerviosismo lo que las estaba haciendo hablar. Charlotte no tenía la menor intención de echarse atrás. Por supuesto, que las descubrieran sería, tal como había dicho, sumamente embarazoso. Pero también lo sería que no fueran capaces de atrapar a Alan Kendrick. En tal caso, Pitt le habría fallado a la reina. Y más importante todavía para Charlotte: habría fallado ante sí mismo. Lo conocía suficientemente bien para tener una idea bastante ajustada de lo que supondría para él. Aquel no era un caso normal y corriente. Por supuesto, no los resolvía todos. Nadie lo hacía. Aprender a aceptar la derrota sin permitir que te agraviara era parte de la vida, incluso para los niños. Eran los adultos quienes a veces lo olvidaban.

Llegaron a la puerta trasera de la casa de Kendrick poco después de que Somerset Carlisle hubiese sido recibido en la principal. La doncella encargada de la trascocina fue renuente a dejarlas entrar, pero Emily hizo unas promesas un tanto precipitadas que quizá después lamentaría, y la que había sido sirviente de Delia salió de su habitación y habló con ellas en la salita del ama de llaves. Con veintitantos años, era más joven de lo que habían esperado, y saltaba a la vista que estaba muy afectada.

Emily fue muy amable.

—Debe de estar muy alterada —dijo, compasiva—. Cuanto antes salga de esta casa de tragedia, mejor. En cuanto ya no la necesiten aquí, tenga la seguridad de que puede venir a echar una mano en Ashworth House hasta que encuentre un lugar donde necesiten a una verdadera doncella.

—Pero ¿qué puedo hacer para...? No soy camarera —repuso la joven, tartamudeando.

—Estoy segura de que es una excelente lavandera y que

podría ayudar un poco a mi personal —dijo Emily con soltura—. Pero antes tiene que recuperarse un poco. Seguramente esta habrá sido la peor experiencia de su vida.

Charlotte estaba dispuesta a mantenerse en un segundo plano y dejar que Emily hablara. Era un simple artimaña por si alguien del personal de servicio de Kendrick o el propio Kendrick entraba en la habitación. Aun así, debían conducirse lo más rápido posible. Carlisle quizá no podría mantener distraído a Kendrick mucho rato.

Emily fue al grano en cuanto la joven, que se llamaba Stella, recobró la compostura. Su inquietud más práctica ya había sido resuelta. Contaba con un empleo temporal en otra casa. No tendría que regresar con sus padres en Devonshire y volver a empezar de cero.

Emily le explicó que circulaban rumores muy crueles sobre Delia, sin duda fruto de la envidia, pero que en cualquier caso lo mejor era ponerles fin de inmediato.

Las lágrimas surcaban el rostro de Stella.

—Los he oído —dijo desconsoladamente—. Nunca he pensado que la señora Delia hiciera algo así. Hay que ser malvado para decir esas cosas. Pero no estaba aquí la noche en que mataron a sir John. Y su marido tampoco.

—¿Sabe dónde fue ella? —preguntó Emily, manteniendo un tono de voz tan cordial como podía.

—No, no lo sé —reconoció Stella, abatida—. Pero no fue al parque. Lo sé porque era una noche húmeda, y sus botines no tenían ni pizca de barro ni hojas ni hierba. Y su falda tampoco.

Charlotte sonrió y la interrumpió por última vez:

—¿Fue en su propio carruaje o el lugar al que iba estaba lo bastante cerca para ir a pie? ¿O quizá el señor Kendrick se llevó el carruaje?

—No, no se lo llevó. Tomó un coche de punto —dijo Stella.

De pronto se la veía asustada. ¿Tal vez el ayuda de cámara le había dicho que las botas de Kendrick tenían barro y hierba cortada? O igual lo había visto ella misma.

—¿Cómo iba vestida la señora Kendrick? —preguntó Emily con apremio.

—Se puso uno de sus vestidos más corrientes —comenzó Stella.

A Charlotte se le hizo un nudo en el estómago. Se estaban entrometiendo más de lo excusable. Bien podían arriesgarlo todo.

—¿Sabe a quién fue a ver la señora? Si pudiéramos encontrar a esa persona, podría limpiar su nombre de esta terrible acusación. Es espantoso que no puedas limpiar el nombre de alguien porque la acusación se fundamenta en insinuaciones y cuchicheos, y la persona de la que se habla no está aquí para defenderse.

—Sé que es un soldado porque ella me lo dijo. Se llama Joe Bentley. Está en un regimiento de estos que llaman algo parecido a eléctricos.

—¿Sabe su rango? —preguntó Emily.

Stella negó con la cabeza.

—Es joven. Quizá sea sargento, o algo por el estilo.

—¿Eléctricos? —Emily frunció el ceño—. Pero ¿es un soldado que combate?

—¿Fusileros? —aventuró Charlotte.

—Eso es, creo que sabe mucho de armas. —El rostro de Stella se iluminó un instante y volvió a ensombrecerse—. No tenían ninguna aventura. ¡Era por algo! No quiero que vayan por ahí diciendo que tenía una aventura con un hombre lo bastante joven para ser su hijo.

Charlotte apoyó la mano en el brazo de la joven.

—Solo queremos estar en condiciones de decir que sabemos dónde estuvo, y que no tuvo nada que ver con la muerte de sir John Halberd. Y puesto que no lo mató, no se habría quitado la vida llevada por el remordimiento. Este Joe Bentley podría ser el hijo de una amiga, o incluso pariente de su yerno. Hay un montón de razones que no incumben a nadie y que son perfectamente respetables.

Emily sacó una tarjeta de su bolso y se la dio a Stella.

—Cuando esté lista para mudarse, dé esta dirección al cochero, por favor. Estaré encantada de darle la bienvenida y mi personal se ocupará de que tenga una habitación y suficientes tareas para que sienta que se lo está ganando.

Charlotte se levantó.

—Gracias, Stella. Quizá le haya prestado el último y más valioso servicio a su señora.

Charlotte y Emily aparentaron no ver las lágrimas de Stella. Esta sonrió como buenamente pudo mientras ellas se marchaban con tanta dignidad como podían. Salieron por la puerta trasera, dieron las gracias al lacayo y luego se dirigieron a la calle para informar al cochero de Carlisle de que se iban.

—Cuidarás de ella, ¿verdad? —dijo Charlotte, y acto seguido deseó no haberlo dicho—. ¡Perdona, claro que lo harás!

Emily no se tomó la molestia de contestar, sino que se agarró al brazo de su hermana y enfilaron la calle bien arrimadas.

13

Charlotte estaba muy contrita, casi como si temiera el enojo de Pitt. Estaba de pie frente a él en la sala de estar, de espaldas a las cristaleras y los ardientes colores del ocaso. Su expresión era grave.

—¿Qué ocurre? —inquirió Pitt.

—He faltado a mi palabra —dijo Charlotte en voz baja—. O quizá... En cualquier caso, me he arriesgado.

—¿Qué has hecho? —preguntó Pitt con miedo, pero tenía que hacerlo. Notó que se le secaba la boca mientras aguardaba.

—He descubierto dónde estaba Delia la noche en que mataron a Halberd. —Tragó saliva con dificultad—. Hablé con el joven con el que estaba. No es lo que piensas. En realidad, fue muy valiente. Sabía en qué andaba metido Kendrick y que estaba relacionado con el suministro de armas a los bóeres. Pero no podía demostrarlo.

Pitt tuvo miedo por ella, incluso se enfadó por los riesgos que sin duda había corrido, y al mismo tiempo se sintió orgulloso del temple de Charlotte. Aquella era la Charlotte de la que se había enamorado, pero su valentía lo había asustado mucho menos por aquel entonces. Había descubierto en ella a una mujer fascinante, exasperante, divertida a veces, pero entre ellos mediaba una distancia. Todavía estaba separado. Podría sobrevivir. Ahora estaba inextricablemente entretejida en la tela de su ser. Era el centro de todo lo que revestía importancia para él.

—¿Qué le ha ocurrido a ese muchacho? —preguntó Pitt con voz ronca.

—Nada. Por ahora está perfectamente —contestó Charlotte enseguida—. Pero tienes que verlo, Thomas. Se llama Joseph Bentley. Fue soldado en la guerra de los Bóeres y le aterra que pueda haber otra, y me refiero a un miedo concreto, no solo general. Ahora trabaja para Wills and Sons. Es una sastrería para caballeros y tengo la dirección, también las señas de donde se aloja. Por favor, Thomas, puede demostrarte que Delia no pudo haber matado a Halberd. Aparte de haber estado en otro sitio, cosa que jurará, ¡Delia estaba haciendo lo mismo que Halberd! Solo que ninguno de los dos sabía en qué estaba ocupado el otro. Quizá nunca lo sepamos, pero creo que estaba más cerca que él de sacar la verdad a la luz. Solo que Halberd sin duda reveló sus intenciones a Kendrick. —Charlotte prosiguió, casi sin detenerse a tomar aire—. No tenía miedo de Kendrick. Y debería haberlo tenido.

—¿Y ella lo tenía? —preguntó Pitt, con la voz tomada—. No la salvó, pobre mujer.

—Podemos salvar su reputación —dijo Charlotte enseguida—. ¡No puedes dejar que se salga con la suya después de haberla matado de una manera tan espantosa para luego hacer ver que se había suicidado! Y tienes que asegurarte de que no le ocurra nada malo a Joseph Bentley, por favor.

Tal vez en otra ocasión Pitt le habría dicho lo insensata que había sido al correr semejantes riesgos. O quizá le habría dicho simplemente lo mucho que la amaba, lo vacía que quedaría su vida si la matase alguien que la atrapara antes de que pudiera hacerlo ella.

—Le dije que irías en su busca y que tenía que hablar

contigo —prosiguió Charlotte—. Pero en secreto... y muy pronto. ¡No dejes que también a él lo maten!

—No lo haré —prometió Pitt—. Iré a su casa esta noche. A Stoker no le gustará, pero lo avisaré para que vaya conmigo.

—Thomas, lo...

—Lo sé: lo sientes. Ya lo hablaremos en otro momento... quizá. —Si le quedaba un poco de sentido común, le diría lo temeraria que había sido su conducta. Sobre todo, había faltado a una promesa. Respiró profundamente—. Gracias.

Pitt vio que el miedo desaparecía de Charlotte como un velo oscuro que se deslizara hasta el suelo. Lo miró y le dedicó una hermosa sonrisa radiante, y acto seguido se apresuró en salir de la sala para irse a la cocina.

Pitt tuvo pocas dificultades para encontrar la dirección que le había dado Charlotte. Preguntó a la casera por Joseph Bentley y le dijo que había salido a cenar, que seguramente lo encontraría en el pub del barrio, The Triple Plea, sito un par de calles más al este.

Pitt decidió ir a pie y no tardó más de diez minutos. El interior estaba abarrotado y ruidoso, tal como era de esperar. Pidió una jarra de sidra y mientras se la bebía, miró atentamente en torno al local para ver si encontraba a Bentley. Varios grupos de muchachos charlaban y reían. Uno, bien afeitado y con un corte de pelo impecable, estaba sentado a solas con un grueso y crujiente bocadillo y un vaso de cerveza. Pitt se abrió camino hasta él, casi con naturalidad, como si buscara un sitio para sentarse.

—¿Bentley? —dijo en voz baja cuando estuvo cerca de él.

El joven se sobresaltó y dio la impresión de ir a negarlo.

—Ayer mi esposa habló con usted —prosiguió Pitt—. Ella y su hermana.

El muchacho se mostraba receloso, desconcertado.

Pitt arrastró una banqueta cercana hasta la mesa y se sentó. Miró al joven abiertamente, como si lo hubiese invitado.

—Soy Thomas Pitt, jefe del Departamento Especial. ¿Es usted Joseph Bentley o no?

—Sí, señor, lo soy —contestó el muchacho como si todavía fuese un soldado delante de un oficial de rango superior.

—Bien. Cuando haya terminado mi jarra de sidra voy a levantarme y usted se terminará su cerveza, saldrá de aquí y caminará hasta su alojamiento. Yo le seguiré. Pase tan desapercibido como pueda. Y no huya. No quiero perder el tiempo persiguiéndolo, pero lo haré si es preciso. —Fue una advertencia, y como tal quería que la interpretara—. Llamaría mucho la atención, y quizá no sea yo el primero en encontrarlo.

—No tengo intención de huir, señor —contestó Bentley con un arrebato de enojo.

Pitt sonrió.

—Bien.

Apuró su sidra, se levantó y enfiló hacia la puerta.

Cinco minutos después, Bentley también se marchó, pasando por delante de Pitt sin volverse, y siguió su camino de regreso al lugar donde se alojaba. Al cabo de otros diez minutos estaban juntos en la pequeña y extremadamente ordenada habitación que Bentley tenía alquilada. La cama estaba hecha con precisión militar y las dos o tres docenas de libros que tenía en los estantes estaban ordenados por temas, no por tamaño ni por el color de los lomos.

—Cuénteme lo que contó a la señora Pitt y la señora Radley —pidió Pitt—. Ya estoy enterado de casi todo, pero necesito los detalles.

—Carezco de pruebas, señor —dijo Bentley de inmediato—. Me consta que la señora Kendrick no pudo matar a sir John Halberd porque estuvo conmigo hasta alrededor de la una de la madrugada. —Se puso colorado—. Fue por información, señor, nada más. Fue...

Se calló, inseguro de cómo continuar.

—Departamento Especial, señor Bentley. —Pitt lo miró a los ojos—. Me interesa la traición, no el romance con una mujer fallecida que fue, según creo, traicionada y asesinada para ocultar lo que fuese que le contó a usted.

El color se desvaneció del semblante de Bentley, dejándolo blanco como la tiza.

—Sí, señor. La verdad es que lo lamento mucho. Era valiente y le preocupaba en extremo la rectitud. Le conté todo lo que sabía.

—Pues ahora cuéntemelo a mí.

Pitt ya había mostrado a Bentley su identificación. No había motivos para titubear. Quedamente, pero con absoluta claridad, Bentley describió cómo había conocido a Delia Kendrick a través de sir John Halberd, que solía comprar en la tienda de ropa para caballeros en la que trabajaba. Su conversación con Delia había derivado, como era natural, a sus experiencias en la reciente guerra con los bóeres. Le explicó que había estado en activo de principio a fin, y que sufrió solo una leve herida, pero que había conocido el agotamiento físico y muchas privaciones. Sin embargo, lo que le había marcado más había sido ver a otros hombres con heridas horribles. Algunos habían muerto deprisa; otros, al cabo de horas, o incluso días de sufrimiento. Su rostro reflejaba el pesar de aquellos recuerdos, los amigos que había perdido, algunos fallecidos, otros con heridas que se curarían pero de las que nunca se recobrarían: amputados, ciegos. La devastación que causaban aquellas armas en un hombre. En muchos casos sus heridas eran aún más profundas: las de la mente, la confianza en ciertos valores hecha pedazos. Las pesadillas les hacían tener miedo a dormir, la culpa irracional por no haber podido salvar a sus amigos. Con demasiada frecuencia una pérdida de fe en la vida misma que los obsesionaba.

—No podemos volver a hacerlo, señor —dijo Bentley con vehemencia y la mirada fija—. Estoy dispuesto a luchar por mi país, señor, y a morir por él si es necesario. Pero no volveré a matar a hombres y mujeres solo porque quieran gobernar su propia tierra a su manera. Es lo mismo que quiero yo, señor. No quiero que un holandés venga a Inglaterra a decirme qué tengo que hacer, o qué no puedo hacer. Lucharía contra él hasta el final. No lo culparía si sintiera lo mismo.

Permaneció inmóvil, aguardando a que Pitt respondiera, listo para la indignación, con ganas de discutir.

Pitt no estaba seguro de si estaba en desacuerdo con Bentley, pero esa cuestión no venía al caso.

—¿Y la señora Kendrick opinaba lo mismo? —preguntó.

—Sí, señor, eso creo. Pero estaba preocupada porque creía que su marido estaba ayudando a los bóeres a comprar a los alemanes los mejores fusiles del mundo, de la factoría Mauser. Al principio no sabía gran cosa acerca de ellos, pero yo le conté lo que sabía. Ella pensó que su marido se había valido de su amistad con el príncipe de Gales para tener buena acogida en Alemania. A los alemanes les gusta el príncipe, supongo que porque es medio alemán. Y habla su idioma, le gusta su comida y todo lo demás. Y, por supuesto, el señor Kendrick y él son grandes amantes de los caballos. La señora Kendrick dijo que su marido tenía ese talento. Casi lo único que anteponía a sí mismo era un buen caballo de verdad, y ha tenido unos cuantos.

—¿Qué me dice de sir John Halberd?

—También estaba enterado. Estaba a punto de poder demostrarlo, según la señora Kendrick.

—¿La vio después de aquella aciaga noche? ¿Le dijo quién había matado a Halberd?

—Pensaba que su marido podría estar detrás, pero que él no se arriesgaría a hacerlo en persona. Ahora bien, por otra parte, pensaba que tampoco se arriesgaría a pagar a alguien para que lo hiciera, por si después lo traicionaban o le hacían chantaje.

—Pudo ser lo uno o lo otro —dijo Pitt, meditabundo—. A no ser que estuviera equivocada, y fuese otra persona distinta por completo. Aunque no lo creo.

—Parecía estar bastante segura de que era él, señor. Me dijo que Halberd se lo habría contado a la reina y que eso habría supuesto el final para Kendrick. —Levantó un poco el mentón, buscando los ojos de Pitt—. Me consta que es una dama anciana, pero es la reina, y le hemos jurado lealtad mientras esté viva. Y supongo que al rey Edward VII después de ella. Creo... creo que la señora Kendrick estaba a punto de demostrar lo que sabía, señor Pitt. Y no lo digo solo porque no quiera creer que se suicidase, aunque no lo creo.

—No —convino Pitt—. Yo tampoco. Era de lengua mordaz y dogmática, pero también valiente. Al parecer perdió a su primer marido porque este la traicionó.

—Sí, me lo contó —convino Bentley en voz muy baja—. Ojalá hubiese tenido más cuidado. ¿Puede atraparlo, señor? Me gustaría verle colgado al final de una soga, tal como hizo con ella. Si puedo ayudar, quiero hacerlo.

—¿En serio?

—Sí, señor, en serio.

Una idea empezaba a tomar forma en la mente de Pitt, todavía no la tenía clara, pero era el inicio de un plan.

—Pues creo que puede hacerlo. ¿Se ha planteado trabajar en el Departamento Especial de la policía?

Hubo una chispa de emoción en el rostro de Bentley, una mezcla de miedo y excitación.

—Yo... no podría, señor. No, si va a haber otra guerra. Me llamarían a filas. Tendría que irme.

—No, no tendría por qué. Puedo ocuparme de eso. Si usted quiere, claro está. Unas veces es muy rutinario, un poco como el trabajo policial. Otras es rápido, difícil y peligroso, pero de gran importancia.

—Un poco como ser soldado, entonces —observó Bentley con una sonrisa. Había esperanza en su voz, y miedo a no estar a la altura.

—Me figuro que sí —convino Pitt—. Nunca he sido soldado. La gran diferencia es que aquí no hay uniforme, normalmente no hay armas y no puedes hablar de tu trabajo con nadie, ni siquiera con tus amigos más íntimos ni tus familiares. —Escrutó el rostro de Bentley, sus ojos, el modo en que apretó ligeramente los labios—. ¿Lo entiende?

—Sí, señor. La mayoría de los soldados tampoco hablan del suyo, señor. No quieres que tu familia piense en ti de esa manera: sucio, asustado, agotado y dispuesto a hincar la bayoneta en las entrañas de otro hombre. Y más vale no hablar que contarles un montón de mentiras. Mejor dejarlo estar, es mi lema.

Pitt asintió con la cabeza.

—¿Siempre ha estado en el Departamento Especial, señor? —preguntó Bentley.

—No, he sido policía casi toda mi vida. Primero robos, después asesinatos. Ahora me ocupo de traición y anarquía, bombas, delaciones y más asesinatos.

—Sí, señor, me gustaría dedicarme a eso. Sobre todo si podemos demostrar a todo el mundo que la señora Kendrick no mató a nadie. —La tristeza asomó a su semblante un momento, pero la descartó—. ¿Cuándo quiere que empiece, señor?

—Mañana a primera hora. Envíe a su patrón una carta de disculpa. No nos mencione. Solo diga que le ha surgido un asunto familiar urgente. El Departamento Especial le compensará lo que pierda de su salario. Preséntese al señor Stoker mañana a las ocho de la mañana en Lisson Grove. Le diré que lo esté esperando. Cuídese mucho, Bentley. Debería cambiar de alojamiento. Avise a su casera, pero no le dé su nueva dirección. Busque una habitación más cerca de Lisson Grove. Si tiene parientes, dígales que ha cambiado de trabajo pero no les cuente en qué consiste el nuevo. No se lo tome a la ligera, Bentley, se lo digo en serio.

Miró el rostro del muchacho para asegurarse de que lo entendía y vio una momentánea tristeza.

—No tengo familia, señor. Mis padres murieron hace algún tiempo, y a mi hermano lo mataron en Sudáfrica.

—¿En la guerra?

—Sí, señor.

—Lo siento. Ahora explíqueme todo lo demás que le contó la señora Kendrick y mañana nos pondremos a ver qué podemos hacer para impedir que haya otra. Y si no podemos impedirla, ¡al menos que no sea con armas Mauser!

—Sí, señor. Y... gracias, señor.

—Espero que me siga dando las gracias dentro de un año.

Pitt llegó a Lisson Grove con antelación suficiente para explicar a Stoker que había reclutado a Bentley.

—Lo necesitamos para este caso —agregó—. Y me parece que puede resultar un buen fichaje. Nos hace falta un hombre para reemplazar a Firth.

—Firth tenía mucha experiencia, señor —dijo Stoker precavidamente—. Este tal Bentley quizá necesite mucha formación.

—Pues se la daremos. Ha estado en el ejército y sirvió

en la guerra de los Bóeres. Anoche revisé su historial. Reclamé un favor y desperté a unos cuantos amigos. Es un buen hombre. Y, Stoker, asegúrese de que cambia de alojamiento, más temprano que tarde. Sin dejar la nueva dirección.

—Sí, señor. ¿Piensa que Kendrick irá a por él?

—¿Usted no lo haría, si estuviera en su lugar?

—Sí, señor, me ocuparé hoy mismo. Le echaré una mano. Empezaremos a conocernos.

—Hágalo. Debería llegar dentro de un cuarto de hora. Voy a buscar más pruebas. A ver si encuentro un cabo suelto, ahora que sabemos que el asesino de Halberd no fue Delia.

—Sí, señor.

Pitt revisó otra vez las declaraciones de los testigos y todas las pruebas materiales de la muerte de Halberd, pero no halló nada nuevo. Prácticamente cualquiera podría haber organizado la cita con él en el Serpentine, o haberlo seguido hasta allí y fingir un encuentro casual. La cuestión era, ¿Halberd había ido a fin de verse con alguien? ¿Quién más lo sabía y pudo haber intervenido, impidiendo que llegara la persona prevista inicialmente?

¿Guardaba relación con lo que Halberd sabía acerca de la venta de fusiles Mauser? ¿Había ido solo a reunirse con Kendrick? ¿Imaginaba que en cierta medida estaba seguro porque se trataba de un parque londinense, y tal vez no muy tarde?

¿Qué había descubierto que fuese tan urgente? ¿Cómo se había enterado Kendrick? ¿Por qué cambió de planes de repente? Si Delia lo sabía, ¿había hablado con alguien más? ¿Había salido antes o después que su marido? Pitt sabía por Bentley cómo iba vestida, pero ¿y Kendrick? ¿Se había mojado, aunque solo fuese una manga o una pernera del pantalón? ¿El ayuda de cámara se lo diría a Pitt? Había ido al parque en coche de punto, según la doncella de Delia.

Había mucho que desentrañar.

¿Qué pruebas implicaban a Delia? Puesto que no había sido ella, o bien se habían malinterpretado los hechos, o bien se habían fabricado deliberadamente para culparla. ¿Cuándo, cómo y por qué?

Comenzó la incómoda tarea de hacer un esquema de los últimos días de vida de Delia. Antes de poder empezar siquiera, debía conseguir la autorización de Kendrick. Puesto que la culpabilidad de Delia se fundamentaba en conjeturas y suposiciones, y que ella estaba muerta y no podía confesar ni negar nada, existía un componente de decoro que aconsejaba echar tierra sobre el asunto.

Sería distinto si Kendrick quisiera demostrar su inocencia. Pero se había presentado aceptando por completo que Delia era culpable y que se había suicidado llevada por la desesperación, y tal vez en un vano intento de pagar lo que la ley exigía en tales casos.

¿Cómo debía planteárselo Pitt? Kendrick era demasiado inteligente para aventajarlo fácilmente, y demasiado seguro de sí mismo para embaucarlo con un farol. Pitt carecía de un motivo legítimo para investigar siquiera la muerte de Delia, y Kendrick lo sabía. Si hubiese algo que investigar, el trabajo recaería en la policía, no en alguien del Departamento Especial. Kendrick lo había montado de forma impecable para que fuese precisamente así.

No había pruebas de que Delia hubiese matado a Halberd; ¡no lo había hecho! Pero habida cuenta de su relación con él y de su aparente suicidio, todo el mundo creía lo contrario. ¿Qué hombre decente no la enterraría en paz y dejaría a Kendrick con su aflicción, sin que se le molestara con preguntas impertinentes y lascivas?

Pitt todavía tenía pendiente resolver el caso Halberd. ¡Sabía que Delia era la única que no podía haberlo matado y creía que lo había hecho Kendrick! Pero ¿qué había averiguado este para precipitar el asesinato de Halberd aquella noche, no antes ni después? Esa pregunta valía para cualquier asesinato. ¿Por qué en aquel momento?

Podría buscar la respuesta en la vida de Halberd. El deber de Pitt para con la reina comprendía que se limpiara el nombre de Halberd, siempre y cuando fuese posible. ¿Alguna vez había tenido una aventura con Delia? De ser así, alguien estaría enterado. Investigando su pasado reciente quizá encontrara lo que realmente había hecho que lo mataran. Y si estaba en lo cierto, vincularía a Kendrick con el armamento alemán y la creciente probabilidad de otra guerra con los bóeres. Aparte de los asesinatos de Halberd y Delia, esa razón bastaba para detenerlo.

Si Pitt quería obtener el tipo de información que necesitaba, tendría que ejercer presión sobre ciertas personas, más presión de la que pudiera ejercer Kendrick, aunque tal vez ya lo hubiese hecho. El punto de partida era el archivo de Narraway. Debía saber qué contenía, fuera lo que fuese, sin importar lo que le hiciera sentir. Un golpe preventivo quizá sería necesario. Tenía que ponerse al corriente de todas las debilidades que Narraway conocía, y utilizarlas según dictaran las circunstancias. Protegería a quien pudiera y haría cuanto estuviera en su mano para que aquella información no cayera en otras manos.

Pasó varias desdichadas horas sentado a su escritorio con una tetera y emparedados. Los dosieres le revelaron lo que había esperado encontrar en ellos: meticulosos detalles de equivocaciones, debilidades y juicios erróneos.

Había seleccionado las carpetas sobre todas las personas que sabía que podían serle útiles en aquel caso. La información, y la idea de cómo utilizarla, le revolvía el estómago. Lo único peor era el peso de la cobardía que conllevaba quedarse cruzado de brazos.

Había varias preguntas a las que debía encontrar respuesta. ¿Cómo se había enterado Delia del interés que tenía Kendrick en Sudáfrica y, más tarde, de su intención de sacarle provecho? Si hubiese tenido pruebas, ¿se habría enfrentado con él, exigiéndole que se detuviera, o lo habría denunciado al Departamento Especial, al Foreign Office o a cualquier otra persona en quien confiara y estuviera capacitada y dispuesta a ocuparse de un asunto tan grave como que un hombre tan cercano al príncipe de Gales fuese un traidor?

Sí, lo habría denunciado; le constaba. Su muerte lo demostraba. Y tal vez la de Halberd demostrase que era él a quien había decidido contárselo. Eso tenía todo el sentido del mundo. Pero en algún momento había cometido un error, porque Kendrick lo había averiguado.

¿Había confiado en alguien más, que los había traicionado tanto a ella como a Halberd? ¿O había sido tan solo un descuido, algo en el comportamiento de Delia que llevó a Kendrick a entender que lo sabía?

No podía haber sido una prueba concluyente, pues en tal caso Halberd habría informado a las autoridades competentes de inmediato, probablemente al propio Pitt. Ahora bien, quizá tenía intención de hacerlo después de habérselo contado a la reina. Y de algún modo Kendrick se enteró. ¿Deducción o traición? Otro cabo suelto que había que atar.

Finalmente, Delia había encontrado todas las piezas que necesitaba y las había ensamblado. Tenía pruebas. Pero ¿cómo llegó Kendrick a saberlo, antes de que ella se lo hubiese contado a alguien más? Quizá había aguardado una pieza más, un dato más, y le había costado la vida.

Pitt tal vez nunca lo sabría, pero el estudio de los movimientos de Halberd durante los dos o tres últimos días de su vida sería un buen comienzo. Tenía que revisar con más detenimiento los papeles que se había llevado de casa de

Halberd. Algo como aquello no lo habría hecho ni siquiera en el más exclusivo club de caballeros. Habría ido a un despacho particular. Disponía de carruaje. Pitt hablaría con el cochero.

Quizá también hablaría con el cochero de Kendrick, pero hacerlo entonces pondría a este sobre aviso, y preferiría con mucho no hacerlo.

Le llevó hasta la mañana siguiente dar con el cochero de Halberd. Como era de prever, había encontrado otro empleo y no estaba en las caballerizas, aunque lo esperaban de regreso al cabo de poco más de una hora.

Pitt dio las gracias al mayordomo y rodeó la manzana hasta las caballerizas, la cuadra y la cochera. Como en muchas casas grandes, el cochero y el mozo de cuadra vivían encima de la cuadra. Había sitio para cuatro caballos, pero dos habían salido.

El mozo de cuadra se acercó a Pitt con recelo, horca en mano.

—Buenos días —dijo Pitt, de buen talante.

No tenía intención de revelar su identidad. Daría pie a especulaciones que no conducirían a parte alguna. Pero era un desconocido, y los caballeros no solían aparecer por las caballerizas.

—Buenos días, señor —respondió el mozo—. ¿Qué se le ofrece?

Pitt sonrió.

—Nada, gracias, estoy aguardando al señor Spencer, el cochero. Creo que tiene una información que me será útil. El mayordomo me ha sugerido que lo esperara aquí.

—Bien, pero tenga cuidado, señor. ¡No toque nada!

Pitt miró hacia la cuadra. Estaba bien cuidada, nada fuera de su sitio, y también con el confortable aspecto del uso continuado.

—Me recuerda la cuadra en la que trabajé de chico —comentó—. Excepto que aquella estaba en el campo. Pero un buen caballo es un buen caballo en cualquier lugar.

El mozo de cuadra miró con recelo las botas limpias y relucientes de Pitt, y se apaciguó un poco.

Pitt respiró profundamente. El olor a heno, a sudor de caballo, la penetrante acritud del estiércol le llenaron la nariz, y después olió el cuero, el jabón para la silla. Los olores le trajeron recuerdos, en su mayoría buenos. Desde entonces había habido muchas más cosas buenas que añadir. No podía permitirse un error, tenía demasiada riqueza que perder.

Habló con el mozo de vez en cuando durante la hora de espera, principalmente sobre caballos. Entonces llegó el carruaje, se quitaron los arreos a los caballos y el carruaje ocupó su lugar en la cochera.

El cochero al principio se alarmó; después, una vez que aceptó que no corría peligro de que se sospechara de él, ni de perder su nueva colocación, se mostró deseoso de ayudar en lo que pudiera.

—Siento mucho lo de la señora Kendrick, señor —dijo con sentimiento—. Sir John me habló de ella en un par de ocasiones. Decía que con unas cuantas más tan valientes como ella, no tendríamos ni la mitad de problemas que tenemos. Le... —Vaciló, entorpecido por la emoción—. Le estoy agradecido por no haber creído que sir John hubiese hecho el tonto por una mujer, señor. Era un caballero de la cabeza a los pies, y no me refiero solo a su apariencia.

Pitt fue bastante franco con él:

—Creo que lo mataron porque descubrió algo poco antes. Necesito que me cuente todo lo que recuerde de los cinco o seis días anteriores a su muerte. Adónde fue, a quién vio. Y si puede, cuál era su actitud, si estaba contento o desconcertado, enojado, lo que fuera.

—Sí, señor —convino Spencer—. Puede que incluso tenga notas de eso.

Pitt se marchó con mucho más de lo que había esperado, pero también se vio en una posición en la que tendría que servirse de parte de la información de Narraway. Al parecer, Halberd había hablado exactamente con el tipo de persona con quien lo habría hecho si estuviera buscando la prueba definitiva de lo que Delia le había contado, y alguna de ellas se lo había hecho saber a Kendrick, intencionadamente o no.

Titubeó, reflexionando en el daño que causaría. Se granjearía enemigos poderosos que quizá aguardarían con paciencia y cautela el momento de vengarse. Narraway era un caballero del mismo estrato social que los personajes en cuestión; Pitt no, y nunca lo sería. Al margen de la posición profesional que alcanzara, para ellos siempre sería el hijo de un guardabosques. Nunca le perdonarían que avergonzara o humillase a cualquiera de aquellos hombres.

¿Estaba buscando excusas porque tenía miedo? ¿Seguía siendo un criado en el fondo?

Posiblemente; nada de malo había en ello. Pero ser un cobarde era de pobres de espíritu, ¡y se negaba a verse así!

La primera persona que visitó fue el general Darlington. Fue a su despacho en Whitehall y se presentó como comandante del Departamento Especial. El reciente fallecimiento de su esposa era un suicidio bien oculto. Su dolor sin duda era terrible. Pitt no podía siquiera imaginarlo.

Pero lo mismo ocurriría con el dolor de miles de hogares si había otra guerra innecesaria en Sudáfrica.

Darlington lo recibió al cabo de un cuarto de hora. Era un hombre recto de porte militar, altivo y orgulloso, que todavía parecía que estuviera frente a un enemigo que lo superaba en armamento. Sus estantes estaban llenos de libros, en su mayoría de temática militar, aunque un par de volúmenes sobre jardinería llamaron la atención de Pitt. Había pocos adornos, una maqueta de un cañón, una daga oriental con una funda con exquisitas incrustaciones de pedrería. Y un evocador e inquietante retrato de una mujer que sin duda representaba a su esposa.

Aquel hombre merecía que le dijera la verdad.

—Tengo entendido que sir John Halberd vino a verle la semana anterior a su muerte —comenzó Pitt.

—Fue por un asunto privado —respondió Darlington—. De interés militar. Nada interno, que creo que es lo que constituye su área de responsabilidad.

—Sí, señor. Si está dispuesto a escucharme, le contaré lo que creo, y usted podrá decirme si estoy en lo cierto.

Pitt notó que se le hacía un nudo en el estómago ante la mera idea de tener que amenazar a aquel hombre tan orgulloso, envarado y, sin embargo, terriblemente vulnerable. Nunca podría contarle a Charlotte lo que había hecho. Sería injusto echarle esa carga encima. ¡Qué venenosos podían llegar a ser los secretos! ¿Pesaban lo mismo sobre las elegantes espaldas de Narraway?

—Si es preciso —repuso Darlington. Miraba a Pitt con dureza, catalogándolo.

—Creo que sir John vino a pedirle su opinión sobre el fusil Mauser, y qué significaría si se vendiera en grandes cantidades a Kruger y los bóeres en Sudáfrica, caso que hubiera otra guerra. ¿Cambiaría el equilibrio de fuerzas si ellos dispusieran de tales armas?

Darlington palideció, el gris sustituyó al blanco en su tez curtida por el sol y el viento.

—¿De dónde ha sacado esa... idea? —dijo con la voz ronca.

El estómago de Pitt se encogió todavía más. Darlington iba a negarlo. Pitt debía pensar en una manera de convencerlo de que no lo hiciera, pero sin mencionar a su esposa.

—De la información que he recibido y he investigado —dijo lentamente, escogiendo sus palabras con cuidado—.

Nos llegan muchos datos de fuentes diversas. —Estaba ti-tubeando—. Tengo miedo, general Darlington, de varias cosas. Otra guerra dañina es una de ellas, la pérdida de miles de nuestros mejores jóvenes. También temo el efecto de cierta venta de armas sobre la reputación de la Corona. ¿Es suficiente información para que me diga lo que le refirió Halberd? —Inhaló y espiró despacio. Era una cuestión de equilibrio. No debía dejar ver sus intenciones más de la cuenta—. Confío en que lo sea. Me desagradaría en grado sumo tener que insistir.

Menuda palabra anodina para la amargura que sentiría si tuviera que utilizar la información de Narraway. Su trabajo debería consistir en proteger a aquel hombre de tales cosas.

Se miraron de hito en hito mientras transcurrían los segundos, hasta que Darlington habló:

—Halberd me dijo que tenía pruebas de que un amigo del príncipe de Gales estaba aprovechando los frecuentes viajes del Su Alteza a Alemania, y sus contactos allí, para establecer una relación con la compañía Mauser y así conseguir un enorme envío de fusiles para los bóeres. No me dijo de quién se trataba. Quería que le diera información sobre la efectividad del arma, sus ventajas y defectos, y si teníamos algo comparable. Me dejó esta nota que dijo que había escrito ese amigo del príncipe sobre las características del Mauser y que los había adquirido a través de un tercero.

—Dicho de otro modo, las aptitudes militares del arma en general. ¿Realmente es tan buena?

—Sí. Ojalá supiera si estaba en lo cierto, pero no puedo averiguar nada y no me atrevo a especular porque es una acusación que arruinaría a cualquier hombre.

—¿Y nunca volvió a ver a Halberd?

—No, lo mataron aquella misma noche. Ahora parece que lo hizo la señora Kendrick, por motivos completamente ajenos a las armas, una posible traición o Sudáfrica. Estoy apesadumbrado. Tenía en mejor consideración a Halberd para que tuviera algo que ver con semejante mujer. Lo siento. Si algo de lo que usted me ha dicho es verdad, le habré sido de poca ayuda, salvo para confirmarle sus peores sospechas.

Darlington era vulnerable. Si Pitt lo presionaba, quizá hubiese otros que también estuvieran en disposición de hacerlo. Y lo que pudiera usar en beneficio propio también podrían usarlo ellos. Era algo que Pitt nunca debía olvidar.

—Gracias, general Darlington. —Quiso decirle que Delia no era culpable, pero era demasiado pronto para mostrar sus cartas—. Que tenga un buen día.

Se marchó con la nota que Halberd había dado al general y con una sensación casi exuberante de alivio por haber terminado la entrevista sin haberse visto obligado a utilizar la fuerza. Aunque había estado dispuesto a hacerlo. ¿O lo habría evitado en el momento decisivo? No lo sabía.

Pitt estudió la información que había recibido sobre la calidad del fusil Mauser. No fue lo que ponía lo que le llamó la atención, fue la caligrafía en sí misma, el característico trazo de la «h» y el modo en que se enlazaba con la «t» cuando las letras aparecían juntas en una palabra. Lo había visto antes, pero no estaba seguro de dónde.

De pronto lo recordó: en la nota que había recibido Halberd, que estaba en la primera página de su agenda y que cambiaba la cita al «Martes, no el jueves».* Fue un martes por la noche cuando mataron a Halberd, y la noche en que Delia estuvo con Bentley.

---

* «Jueves» es *Thursday* en inglés, de ahí el enlace entre la «t» y la «h» que se menciona en el original. *(N. del T.)*

Volvió a mirar con más detenimiento, provisto de una lupa. Necesitaba algo más que un recuerdo, pero si estaba en lo cierto, por fin tenía pillado a Kendrick. Había cambiado la cita de Delia y acudido él en su lugar. Pitt sabía cómo y por qué. Si lograba encontrar una nota en la agenda de Delia con la letra de Kendrick, ya tendría la prueba que le faltaba. Lo que Kendrick hubiese estado haciendo con los fusiles Mauser sería irrelevante si lo ahorcaban por el asesinato de John Halberd. Y conllevaría la exculpación de Delia.

Ahora bien, Pitt necesitaba autorización para registrar la casa de Kendrick. Sin una orden judicial, nada de lo que encontrara tendría validez, sin importar lo que fuese. ¿Cómo iba a obtenerla?

La respuesta la tenía justo en sus manos. Uno de los hombres de la lista de Narraway era un juez cuyo hijo había desfalcado a la empresa a la que representaba en la City. Su padre lo había encubierto, concediendo favores para mantener el asunto en secreto hasta que pudiera devolver el dinero.

Mal. Por supuesto que estaba mal. Pero ¿cuántos no habrían hecho lo mismo si hubiesen tenido el poder y los medios necesarios para obrar así? Con todo, seguía siendo un delito.

Entonces su mano se detuvo en el aire, encima de los papeles. A Daniel lo habían acusado de copiar y se había negado a defenderse porque significaba acusar a un amigo. ¿Podría ocurrirle lo mismo a él algún día? ¿Porque la acusación estaba en sus archivos? Cualquiera que no lo conociera supondría que era culpable, tal como Pitt estaba suponiendo la culpabilidad de aquel joven. Y tal vez su padre creía lo mismo de su hijo que Pitt de Daniel, pero era demasiado tarde para cambiar las cosas.

Maldijo llevado por la frustración. ¡Tenía que decidirse ya! Sin embargo entendía exactamente lo que debía de sentir el juez. Y se había sorprendido formándose el mismo juicio que tanto desdeñaba.

Había llegado la hora de tomar una decisión. No podía desentenderse y dejar que Kendrick se saliera con la suya. Cada soldado abatido por un fusil Mauser también sería el hijo de alguien. Debía hacer lo que Narraway habría hecho, y, si era preciso, utilizar la información.

Tomó un coche de punto y dijo al conductor que lo llevara a los tribunales del Old Bailey, donde encontraría al señor Justice Cadogan.

Tuvo que aguardar una hora y media hasta que Cadogan pudo recibirlo, diciéndole que le concedía quince minutos.

Pitt explicó quién era y qué necesitaba exactamente.

—Lo siento —dijo Cadogan de inmediato—, pero en realidad carece de motivo suficiente. Y menos aún para registrar el domicilio de un hombre de la talla de Kendrick. Por Dios, hombre, acaba de perder a su esposa en circunstancias espantosas. Me da igual quién sea usted. ¡Ese señor es amigo personal del príncipe de Gales! Busque una alternativa.

Lo dijo con cortesía, pero categóricamente, irguiéndose como para alguna clase de ceremonia. Se pasó la mano por el pelo cano, echándoselo para atrás con un gesto en apariencia inconsciente.

—Lo lamento, señor. —Pitt oyó su propia voz como si fuese la de un desconocido—. Requiero la orden tanto en interés del príncipe de Gales como de los demás. No deseo emplear la fuerza, pero lo haré si no tengo otra alternativa.

—¿La fuerza? —Cadogan enarcó las cejas—. ¿Qué demonios está diciendo, hombre? Le he dicho que no voy a darle permiso para registrar la casa de Kendrick. ¡Y ahora lárguese! No me obligue a llamar a un ujier para que lo eche.

—¿Con qué fundamento moral? —dijo Pitt en voz

baja—. Ha permitido que un buen puñado de personas eludieran la ley, las ha encubierto, ha hecho la vista gorda. Ahora tiene ocasión de equilibrar un poco la balanza.

—¡No es verdad! No sé a qué viene lo que está diciendo.

—No haga que esto sea más desagradable de lo necesario. El interés del Estado tiene que prevalecer sobre la carrera o el bienestar de un muchacho.

Cadogan lo miró fijamente. Poco a poco su beligerancia dio paso al miedo. Lentamente, con pulso inseguro, garabateó la autorización que Pitt había pedido.

La comprobó, luego le dio las gracias y salió del despacho. Aborrecía lo que acababa de hacer. No le producía la más mínima sensación de victoria. Cadogan no era el único que estaba asustado ante el poder de la información en manos de alguien dispuesto a utilizarla.

Un año antes, ni siquiera se habría planteado hacer lo que acababa de hacer. ¿Tanto había cambiado? ¿O era solo una cuestión de oportunidad y de tener una razón para justificarlo?

¿Qué más daba? La había utilizado. Lo hecho, hecho estaba.

Primero fue a buscar a un sargento de policía. El Departamento Especial no tenía atribuciones para arrestar a nadie. Si encontraba lo que andaba buscando, tendría que hacer que detuvieran a Kendrick de inmediato. Advertido, podría escapar fácilmente, tal vez incluso a Alemania.

El cielo se oscurecía por el este, la luz menguaba cuando llegaron a casa de Kendrick, y el mayordomo los recibió muy nervioso. Encontraron a Kendrick en la sala de estar. Estaba descansando con un periódico abierto sobre las rodillas. No se molestó en levantarse.

—¿Qué demonios quiere ahora? —preguntó, exasperado pero sin perder la compostura.

Echó un vistazo al hombre que estaba detrás de Pitt, pero no se dignó siquiera a preguntarle quién era.

—Revisar más a conciencia los papeles de la señora Kendrick —contestó Pitt—. Las cuentas de la casa me servirán, y también sus agendas. Lamento las molestias.

—No va a molestarme —espetó Kendrick, esbozando apenas una sonrisa irónica. Volvió a coger el periódico.

Pitt ordenó al policía que permaneciera en el vestíbulo, aunque dudaba que Kendrick fuese a huir. Seguía estando absolutamente convencido de que no había nada con lo que Pitt pudiera dañarle.

Había poco que revisar. Casi todos los efectos personales de Delia se habían cambiado de sitio, regalado o tirado. Pero la contabilidad de la casa la tendría el ama de llaves y la guardaría como mínimo un año, aunque solo fuese por motivos económicos. Lo único que necesitaba Pitt era un ejemplo verificable de la letra de Delia y de la de Kendrick, y a ser posible una nota en la que alguien hubiese hecho constar en qué noche Delia tenía previsto ir al parque, y si eso había precisado algún cambio de planes para cualquiera de los criados.

La cuestión de la letra era sencilla. Pitt tenía una muestra de la de Kendrick; el ama de llaves había guardado una nota escrita por Delia dos o tres semanas antes; de hecho, tenía más de una. La letra era inclinada como la de Kendrick, las letras se enlazaban de manera similar, pero la unión característica de la «t» y la «h» cuando aparecían juntas no estaba allí, y tanto la «l» como la «g» minúsculas eran curvas, a diferencia de la línea recta que trazaba Kendrick.

Dio las gracias al ama de llaves y metió las notas en el bolsillo interior del abrigo.

—¿Recuerda la agenda de la señora Kendrick correspondiente a la semana en que murió sir John Halberd, señorita Hornchurch? —preguntó con tanta impasibilidad como pudo—. ¿Tal vez contenga notas de cosas como, por ejemplo, quién estaría en casa para cenar?

—Por supuesto que la tengo —dijo el ama de llaves con fría formalidad—. No sé de qué le puede servir. No puede acusar a una mujer fallecida, no importa lo que usted piense que hizo.

Pitt se arriesgó:

—No pienso que hiciera nada, señorita Hornchurch, al menos nada malo. Pienso que entregó su vida sirviendo a su país y que algún día podré demostrarlo. ¿Tendría la bondad de mirar su cuaderno de gobierno de la casa, correspondiente a esa semana, y decirme si hay alguna nota escrita de algún cambio sobre lo que estaba previsto? Mientras lo hace, iré a hablar con el cochero. Me figuro que tiene avisos por escrito de los compromisos a los que fuese preciso llevar a alguien.

El cochero recordaba con total claridad que le habían pedido que condujera a la señora Kendrick a un restaurante cercano a una de las entradas de Hyde Park, pero que luego lo habían cancelado. Eso fue el día en que murió sir John Halberd. Lo recordaba muy bien porque todo el mundo estaba muy disgustado.

—¿La señora Kendrick estaba disgustada? —preguntó Pitt con lástima.

—Sí, señor. Tenía en muy alta estima a ese caballero. La verdad es que estaba muy afligida.

Dio la impresión de que le sorprendía que Pitt se lo hubiese preguntado.

Pitt arrancó una páginas del bloc del cochero, le dio las gracias y regresó al interior de la casa.

El policía seguía montando guardia en el vestíbulo. Miró inquisitivamente a Pitt.

—Sí, sargento —dijo este. Se sintió burbujear de euforia por dentro. Tenía la prueba. Era sutil y bastante concluyente. Kendrick era uno de los pocos hombres que había arrestado que no le inspiraba lástima alguna—. Tenga la bondad de venir conmigo y arrestar al señor Kendrick.

En la sala, Kendrick levantó la vista de su periódico. Echó un vistazo al policía y luego miró a Pitt.

—Pero ¡bueno! ¡Por Dios, Pitt, no se ponga en ridículo!

A Pitt le titubeó el arrojo. Kendrick parecía tan seguro como si estuviera hablándole a un niño latoso que hubiera acabado con su paciencia demasiado a menudo.

—Haga salir al sargento —dijo Kendrick, contundente—, y le explicaré por qué tiene usted que marcharse discretamente y no ponerse en una situación más embarazosa.

Pitt no se movió.

El semblante de Kendrick se ensombreció.

—Me trae sin cuidado que vaya a quedar como un idiota redomado, pero sería más sensato que no lo hiciera. ¡Deshágase de él!

—Aguárdeme en el vestíbulo, sargento —ordenó Pitt.

En cuanto se hubo ido y cerrado la puerta, Kendrick se levantó pero no avanzó hacia Pitt, que le seguía viendo irritado pero perfectamente desenvuelto.

—Tendría que haberme disparado. Pero me consta que le faltan agallas para hacerlo. Narraway lo habría hecho. —Sonrió—. Usted no es como él. Si me lleva a juicio, ¿de qué va a acusarme? ¿De matar a John Halberd? Diré que fue la perdición de mi esposa. No puedo demostrarlo, pero usted tampoco puede demostrar lo contrario. Finalmente ella se suicidó. Halberd era un libertino y un pervertido. Partiría el corazón de la reina y ella no le daría las gracias. Menudo leal servidor de la Corona está hecho usted.

Pitt sintió frío.

Kendrick sonrió más abiertamente.

—Y usted sacó a la luz todo el asunto de los fusiles Mauser para los bóeres. ¿Va a acusarme de traición? No puede demostrarlo sin que salpique al príncipe de Gales. Otro idiota bienintencionado que no ve más allá de sus propias narices. Amenazaría usted a la Corona. Y no hará tal cosa porque tiene suficiente sentido común para saber que haré lo que le estoy diciendo. Si caigo, todos los demás caen conmigo. No creo que usted sea un anarquista, tan solo más listo que el resto de ellos. Es un hombre que ha estado al servicio de otros y al que han ascendido más alto de lo que le correspondía. En el fondo sigue siendo un criado y siempre lo será. Es un desclasado y carece de armas. Márchese mientras aún puede hacerlo sin que se entere todo el mundo.

Pitt estaba mareado, como si la habitación se hubiese inclinado y ya no pudiera mantener el equilibrio. No veía escapatoria. Jamás lo habían derrotado tan abrumadoramente. Cualquier protesta solo añadiría tantos a la victoria de Kendrick.

Dio media vuelta y se marchó.

14

Pitt se sentía totalmente derrotado y estaba furioso consigo mismo por haber subestimado tanto a Kendrick. ¿Estaba él en lo cierto? ¿Narraway le habría pegado un tiro? No, eso lo había dicho para que Pitt se sintiese inepto, y lo había conseguido. Pero saber por qué lo había dicho no hacía que fuera menos ponzoñoso.

Ahora bien, Narraway no se habría dado por vencido, era la pura verdad. Y si Pitt no resolvía aquel caso, desde luego no merecería estar al mando de nada, muchos menos del servicio al que se le confiaba la primera línea de fuego contra la corrupción, la traición y la anarquía.

Sintiera lo que sintiese, por más avergonzado que estuviera y deseoso de retirarse a lamerse las heridas, no había tiempo para ello. Cabía entender la autocompasión, pero nadie la admiraba. Ser derrotado por la vergüenza era el fracaso definitivo. Aquel era el momento del que dependían su supervivencia profesional o la derrota y el final de su carrera. El final del amor propio.

Todos aquellos a quienes amaba y cuya opinión era la más importante no se sentirían traicionados por un fracaso, pero sí por una rendición.

Y tenía que enfrentarse al hecho de que si permitía que Kendrick ganara esta vez, también ganaría en cualquier otra ocasión. Todavía podía hundir al príncipe cuando le viniera en gana. Y lo haría si servía a su propósito.

Tal vez más importante incluso, su rendición sería otra arma en manos de Kendrick para utilizarla cada vez que quisiera. Tendría por delante un largo futuro en el que podría pedirle tal o cual favor, cometer cualquier acto contra hombres que ocupaban cargos delicados y Pitt estaría en una posición demasiado vulnerable para protegerlos. Con un escalofrío que le atravesó el cuerpo entero, se estaba disponiendo a ser exactamente la clase de hombre que figuraba en la lista de Narraway de personas a las que utilizar cuando fuese necesario. ¿Qué diferencia habría entonces entre Pitt y, por ejemplo, Cadogan? Ambos habrían cedido en un momento de debilidad y caído prisioneros de este para siempre.

Si Cadogan se hubiese negado a colaborar, ¿Pitt habría hecho público su delito? Apenas importaba ahora, pues lo había forzado a actuar contra su voluntad mediante la amenaza. Había cierta ironía en el hecho de que ahora no pudiera utilizar la prueba, no porque la hubiese obtenido de manera ilegal, sino porque un hombre más poderoso y despiadado se lo había impedido mediante una amenaza aún mayor.

Debía encontrar una salida, y no había nadie a quien pedir consejo. El aislamiento y la soledad eran parte integrante del liderazgo.

Anhelaba poder hablar del asunto con Charlotte, pero se resistió, y quizá si dejaba suficientemente clara su renuncia a hablar, no le haría preguntas. Ahora estaba demasiado cansado para pensar o sentir. Cayó dormido en su sillón y ella lo despertó a la hora de irse a la cama.

El sueño temprano alivió en parte su cansancio y permaneció despierto buena parte de la noche. No sabía si Charlotte estaba dormida o no. En ocasiones también había estado despierta y no se lo había dicho.

No se planteó matar a Kendrick sin más, tal como el mismo Kendrick había sugerido. Había sido una burla, ahora se daba cuenta. Y, sin embargo, le había pasado por la cabeza que la única manera de detenerle consistía en provocar su muerte. No podía encarcelarlo sin juicio, y cualquier juicio permitía una defensa. Kendrick era culpable. Carecía de defensa o justificación. Ni Halberd ni Delia habían amenazado su seguridad, y mucho menos su vida.

No necesitaba defenderse. Le bastaría con llevar a cabo su amenaza de hacer caer con él a todos los demás. Pitt no tenía la menor duda de que lo haría. Había que silenciarlo sin que lo hiciera Pitt directamente.

Estaba cansado, derrotado y, lo admitió ante sí mismo tendido en la oscuridad, tenía miedo. El fracaso le costaría su recién encontrado respeto, la seguridad económica, la fe en sí mismo y en aquello por lo que luchaba.

¿Tanto valía el respeto? ¿Tenía algún valor si sabías que no lo merecías?

Delia había perdido a su hijo y después a su primer marido, más tarde al hombre con el que había luchado contra lo que Kendrick estaba planeando, y finalmente su propia vida. Y ahora, en Pitt, cuyo trabajo era detener a hombres como Kendrick, ¿había perdido también la voz que iba a hablar por ella?

¿Había alguna relación entre todas esas muertes, aparte de la propia Delia?

Debió de adormilarse un rato porque interrumpió aquel hilo de pensamiento. Demasiados secretos. Darnley había sido agente doble y al final lo mataron sus otros jefes. Kendrick había sido simplemente un agente extranjero, o un mercenario, un traficante de armas para cualquiera que estuviera dispuesto a pagarle. ¿Dónde estaba su punto flaco? En ninguna parte.

De pronto llegó a Pitt una idea como un alfilerazo. Se

había estado preguntando si podría volver cualquier punto fuerte de Kendrick contra él. Era un oportunista sin el más mínimo sentido de la lealtad. Ahora bien, ¿los agentes de Kruger que compraban las armas lo sabían? ¿Y si pensaran que era leal a Gran Bretaña, tal como Darnley quizá lo había sido al final?

¡A Darnley lo habían matado por eso! ¿Y si Pitt organizaba las cosas para que los alemanes o los bóeres pensaran que Kendrick era un servidor valiente e inteligente de la Corona británica, dispuesto a arriesgar la vida para traicionar a los bóeres? Lo matarían, ¿no? ¿Si la traición era de suficiente calado? Sí, lo harían. Los espías morían de un tiro. Era un riesgo que todos asumían.

Ahora bien, ¿cómo conseguirlo?

Permaneció con los ojos abiertos, mirando el techo. ¿De qué hechos disponía, de qué apariencias que Kendrick no pudiera negar? Pitt solo tendría una oportunidad; Kendrick jamás se dejaría pillar una segunda vez.

Durmió un par de horas entre las tres y las cinco, pero por la mañana ya tenía el bosquejo de un plan. De la ayuda de Stoker no albergaba duda alguna. En cuanto a Bentley, Pitt creía que estaría más que dispuesto, no solo a aceptar una especie de bautismo de fuego en su nuevo trabajo, sino también como una manera de hacerle justicia a Delia Kendrick.

Al hombre a quien se le había ocurrido recurrir no cabía darlo por sentado. Somerset Carlisle había arriesgado su reputación, su libertad, incluso su vida por causas que había hecho suyas, pero esta era de Pitt y bien podría rehusarla. Sería peligroso, o podría serlo. Alan Kendrick no se dejaría vencer fácilmente.

No dijo nada a Charlotte, pero tampoco fue preciso que le explicara que tenía un plan. Ella tuvo el acierto de no preguntarle en qué consistía. Tan solo le susurró que tuviera cuidado.

En primer lugar fue a ver a Carlisle a su casa bastante temprano, cuando era más probable que no se hubiese marchado a la Cámara de los Comunes o a cualquier otra parte.

Carlisle se sorprendió al verlo, aunque se interesó de inmediato. Todavía estaba tomando el desayuno, pero lo ignoró por completo, olvidando incluso ofrecer algo a Pitt.

—¿Cómo puedo ayudarle? —preguntó con entusiasmo—. Dios mío, Pitt, más vale que no lo pillen en esto. Solo tendrá una oportunidad. Kendrick tiene unos cuantos amigos muy poderosos, ¿sabe? Lo sabe, ¿verdad?

—Sí, lo sé —respondió Pitt—. Mucho poder, grandes pasiones y mal genio...

A Carlisle le brillaban los ojos, su concentración era tan intensa que no interrumpió.

—Son precisamente el mal genio y las pasiones de sus amigos lo que tengo intención de utilizar contra él.

El parlamentario dio un suspiro de extrema satisfacción.

—¿Se acuerda del primer marido de Delia, que murió en un accidente de hípica pero al que en realidad mataron sus jefes cuando descubrieron que era agente doble y los había traicionado? —preguntó Pitt en voz baja.

Carlisle sonrió ligeramente, pero abrió más los ojos.

—¡Ay, qué desafortunado! Es fácil que le ocurra a quien juega a dos bandas. Podría ocurrirle a cualquiera, y me imagino que tarde o temprano ocurrirá.

—Temprano, espero —contestó Pitt—. Si logro organizarlo.

—Tenga cuidado —advirtió Carlisle—. ¿Sabe con exactitud quién juega en la otra banda? Imagino que me está contando esto por algo más que por mi profunda aversión a Kendrick y mi deseo de verle caer en desgracia. ¿Qué quiere que haga?

Fue más que una pregunta, fue un claro ofrecimiento. Pitt tenía que elegir entre confiar en él por completo o en absoluto. Optó por lo primero.

—Tengo que poner mucho cuidado en que parezca que trabaja para mí, para el Departamento Especial. Y es preciso que se entere un agente de los bóeres —explicó—. No tengo ni idea de quiénes son, pero me figuro que en el Foreign Office habrá alguien que lo sepa. Tengo que reunirme con quien corresponda y conseguir esa información, preferiblemente sin recurrir a la fuerza o a la coacción. No deseo ganarme un enemigo de por vida, pero lo haré si es preciso. Si Kendrick sobrevive, podrá hacer más que simplemente vender las mejores armas del mundo a los bóeres, podría implicar al príncipe de Gales en el asunto, y si hay otra guerra, cosa que parece casi inevitable, la ruina del príncipe podría hacer caer a la monarquía.

Para su sorpresa, Carlisle no discutió.

—El peor supuesto que cabe imaginar, aunque no es imposible —convino Carlisle—. ¿No tiene amigos en el Foreign Office, o a alguien que estaría... digamos, complacido de hacerle un favor?

—Sí, Morton Findlay. Ahora bien, ¿tiene la información que preciso? Y si yo puedo manipularlo, ¿quién más está en condiciones de hacerlo?

Carlisle suspiró.

—Qué asunto tan desdichado. Usted ha cambiado, Pitt. Solía tener una especie de ingenuidad, al menos en su opinión de la gente. Diríase que se ha dado cuenta de que la mayoría de nosotros somos superficiales. Sí, creo que conozco a alguien que podría proporcionarle la información que necesita. Henry Talbot. Y me temo que está convencido de que habrá otra guerra bóer, de modo que no requerirá mucha persuasión para que eche una mano. Mucha gente confía en que sir Alfred Milner lo impida. Me temo que la verdad es todo lo contrario. Es más que probable que convierta en certidumbre lo que por ahora solo es un temor. —Se inclinó un poco hacia delante—. ¿Desea hablar con él en persona? Podría hacerlo yo discretamente, si usted quiere, y conseguirle la información sin que tenga que conocerlo. Le explicaré lo que usted necesita.

Pitt titubeó. No deseaba comprometer a Carlisle más de lo necesario.

—Podría resultar muy desagradable —advirtió—. No hay garantías de éxito.

—Amigo Pitt, ¡no hay garantías de éxito en nada que merezca la pena ser hecho! Y difícilmente puedo poner en peligro mi reputación más de cuanto ya lo está.

Pitt sonrió; por un momento fue con sincera diversión.

—Por otra parte, si me pillan y sobrevivo, ¡quizá necesite que usted me saque del apuro! Me encontraré con que tengo muy pocos amigos.

La sonrisa con la que correspondió Carlisle fue más bien lúgubre. Lo había captado a la primera.

—Me encargaré de que pueda ir a casa de Talbot cuanto antes para que le dé la información que requiere. —Tendió la mano y estrechó la de Pitt con un enérgico apretón—. ¡Buena suerte, Pitt!

Dos días después, Pitt tenía casi todas las piezas en su sitio. Henry Talbot le había dado la información que necesitaba. Sabía exactamente para quién debían interpretar la farsa. Stoker y Bentley estaban informados del plan y de todas sus variaciones posibles. No solo sabían los papeles que debían ejecutar, también lo suficiente sobre el objetivo y los peligros de improvisar, llegado el caso.

La maniobra de apertura se interpretó en la calle, justo delante de uno de los mejores restaurantes. Mientras Kendrick salía, seguido de cerca por un prominente miembro de la Cámara de los Lores que tenía enormes intereses financieros en Sudáfrica, concretamente en las minas de oro de Johannesburgo, Stoker se aproximó a Kendrick y, furtivamente, deslizó un sobre en su bolsillo, dedicándole una sonrisa muy breve, justo lo suficiente para que su señoría se fijara. Su señoría miró a Kendrick con curiosidad y le preguntó si le habían robado. Todavía estaban a tiempo de perseguir al ladrón.

Kendrick se desconcertó. Nunca llevaba nada en tan accesibles bolsillos. Metió la mano. Sus dedos tocaron la nota y la sacó, le echó un vistazo y acto seguido la volvió a guardar. Dijo a su señoría que se trataba de una broma estúpida y que la ignorase.

Su interlocutor fingió apaciguarse.

El día siguiente, Stoker volvió a hacer algo similar mientras Kendrick estaba de nuevo con su señoría, el de los intereses en Sudáfrica. Esta vez Kendrick se molestó visiblemente, pero en el bolsillo solo había una guinea de oro. Tomó aire para negar que era suya y se dio cuenta de lo absurdo que resultaría.

Poco después de eso, a Kendrick lo abordó en su club el general Darlington; a juicio de cualquier observador parecería que estuviera hablando seriamente con Kendrick. Después le dio las gracias efusivamente y se mostró mucho menos preocupado de cuanto lo había estado durante varios meses. Quizá disfrutase una pizca de su papel, pero sin duda estuvo contento de hacer algo que consideraba útil. Había contado a Pitt que no pasaba una noche en la que no pensara en algún hombre que había perdido en combate, y ni una semana sin una pesadilla de masacres y muerte.

Bentley también interpretó su papel con entusiasmo y más destreza de la que Pitt había esperado de él. El joven seguía estando sumamente enojado por la horrible muerte de Delia y la tergiversación que de ella hacían los chismorreos que Pitt le había referido. Pitt lo había hecho a propósito a modo de acicate, pero luego se sintió culpable. Tampoco era que lo que le había dicho a Bentley no fuese cierto; lamentablemente, lo era. Delia había suscitado rencores. Tenía una lengua afilada y estaba lo bastante curtida y dolida para no refrenarla. Aun así, Pitt sabía que estaba jugando con los sentimientos de Bentley.

Vestido con su uniforme militar, inequívocamente un soldado británico de la guerra de los Bóeres, cojeando lo suficiente para que se notara, fue derecho hacia Kendrick con una respetuosa sonrisa.

—Solo quería darle las gracias, señor —dijo con bastante claridad.

Kendrick se quedó perplejo, pero todavía no se alarmó. Estaba en la calle justo enfrente de su club. Había otros caballeros entrando y saliendo en ese momento, de modo que podían oír su conversación.

—Perdí a mi hermano en la última, señor —prosiguió Bentley—. Y a un buen puñado de amigos. Sé un par de cosas acerca de África. Y querría dar las gracias a cualquier hombre que se desvió de su camino para asegurarse de que no tuviésemos otra guerra como aquella. Esos bóeres son luchadores natos. No podemos permitirnos darles la menor ventaja. No quisiera parecer presuntuoso, pero sería un honor estrecharle la mano.

Le tendió la suya, respetuosamente, pero mirando a Kendrick a los ojos.

Ahora había un mínimo de media docena de hombres en la acera observándolos, y Kendrick se vio atrapado. Sería inexplicablemente grosero que se negara a estrechar la mano del joven soldado. Lo hizo, con el semblante impertérrito.

—Gracias, señor —dijo Bentley, sonriendo de oreja a

oreja como si estuviera contentísimo. Asintió con la cabeza otra vez—. Gracias, señor.

Acto seguido, dio media vuelta y se marchó, su cojera apenas visible, pero con la cabeza alta y la espalda derecha.

Fue el propio Pitt quien asestó el golpe final. Había tendido la trampa junto con Darlington y Carlisle. Se había acordado de antemano que Pitt almorzara en su club, al que no podía dejar de asistir, aunque en los últimos tiempos había frecuentado los clubes en general con mucha menos asiduidad de la acostumbrada.

Pitt sabía por sus contactos en inteligencia militar que al menos un simpatizante de los bóeres estaría en el comedor. Kendrick estaba allí, y también Pitt, invitado por Carlisle, que no tardó en marcharse discretamente.

Después de almorzar, Kendrick se dirigió a la sala de fumadores, posiblemente con la intención de marcharse del club en cuanto pudiera hacerlo sin llamar la atención. Pitt se levantó y lo siguió. Una vez que Kendrick se hubo sentado, Pitt fue a su encuentro, sentándose justo enfrente.

Kendrick lo miró hastiado. Tenía el semblante demacrado, como si hubiese dormido poco, y sus finas arrugas tiraban hacia abajo.

Pitt llamó al camarero, quizá levantando la voz una pizca más de la cuenta, pero quería asegurarse de que todo el mundo lo oyera. Cuando llegó el camarero, Pitt pidió coñac para él y lo que a Kendrick le apeteciera.

Kendrick tomó aire para rehusar, pero entonces se dio cuenta de que sería lo bastante grosero para llamar todavía más la atención.

En cuanto el camarero se fue, Kendrick se inclinó hacia delante.

—¿Qué demonios quiere, Pitt? ¿No nos ha molestado bastante a mí y a mi familia?

—Pensaba que se suponía que fue Halberd quien empujó a la señora Kendrick a su muerte —dijo Pitt, con una sonrisa encantadora, muy distante de lo que en realidad sentía.

Le habría gustado pegar a Kendrick con todas sus fuerzas, pero en cambio sonrió todavía más.

—Quería darle las gracias por lo que ha hecho por nuestro país —dijo alto y claro. Tenía una voz estupenda que se hacía oír bien, cuando así lo deseaba.

No apartó sus ojos de los de Kendrick ni dejó de sonreír, pero estuvo atento a los más leves movimientos que había en la sala, hombres que cambiaban de postura para ver quién había hablado, y a quién se había dirigido.

—No he hecho nada —repuso Kendrick bruscamente. Estaba tan tenso que la voz le sonó más aguda de lo habitual—. Está levantando castillos de naipes.

—Su valor ha salvado muchas vidas —dijo Pitt, bajando un poquito la voz.

En la sala inmóvil se le seguía oyendo. Nadie se movía nervioso, nada crujía ni chirriaba. Nadie roncaba, siquiera plácidamente. Nadie pasaba la página de un periódico ni bebía un sorbo de su copa.

Kendrick fulminó a Pitt con la mirada.

—Se requiere mucha valentía para hacer lo que usted ha hecho —prosiguió Pitt—. Espero que un día sea recompensado como merece. Me imagino que Su Alteza Real tendrá mucho que decirle.

Kendrick seguía mirándolo de hito en hito, con los ojos ardientes de ira. Le impidió responder el regreso del camarero con dos copas de coñac y la botella de donde las había servido. Lo dejó todo en la mesita y Pitt pagó la cuenta antes de que Kendrick tuviera ocasión de hacerlo.

Pitt alzó su copa hacia Kendrick.

—Todos le damos las gracias, señor Kendrick. Es usted un valiente. La mayor parte de la gente nunca sabrá que ha arriesgado su vida por la reina y el país. Ahora vivirán muchos de los que bien podrían haber muerto bajo el calor y el polvo de una tierra extranjera, y se lo debemos a usted.

Bebió un sorbo de coñac.

Kendrick fingió hacer lo mismo.

—Bien, creo que no deberían vernos juntos más tiempo del necesario —dijo Pitt, quizá en voz un pelo más baja, pero lo bastante clara para que lo oyeran el camarero y los dos o tres señores más cercanos a ellos.

Se levantó, dejó su copa de coñac casi llena en la mesa y se marchó.

Estaba en casa pero todavía demasiado inquieto para irse a la cama a medianoche. Iba de un lado a otro de la sala de estar, consciente de que debía estar agotando la paciencia de Charlotte, pero incapaz de estarse quieto. Se había estado levantando y sentando durante las tres últimas horas.

¿Daría resultado? Añadir más insinuaciones y farsas sería sobreactuar; Kendrick todavía podía vencer.

¿Tendría que haber sido más audaz? ¿Ordenar simplemente que lo asesinaran?

No, ni hablar. Si los bóeres, gracias a las mentiras que Pitt había diseminado adrede delante de ellos, se tragaban que era un agente doble que en todo momento tenía intención de revelar sus planes al Departamento Especial, sin duda lo matarían por traidor aunque en realidad estuviese traicionando a Gran Bretaña, no a ellos. En cambio, si Kendrick no tenía relación alguna con ellos, les traería sin cuidado.

Moralmente, ¿era un asesinato o un acto de guerra? Pitt no era amante de la guerra pero creía que a veces era necesaria. Si alguien hubiese entrado en su casa y agredido a Charlotte o a sus hijos, lo habría matado por necesidad, con pesar pero sin el menor titubeo.

Miró a Charlotte, sentada tranquilamente en su sillón. Había dejado de coser. No le había preguntado qué estaba aguardando, o qué le daba miedo, pero lo observaba constantemente, con el rostro muy pálido. Se la veía cansada. La paciencia nunca había sido una de sus virtudes.

Pitt rememoró su primer encuentro. Entonces ella era obstinada, ignoraba muchas cosas, pero siempre le entusiasmaba enterarse incluso de los asuntos trágicos y desagradables que la mayoría prefería no ver, y así fingir que no existían. Exasperado o no, se había fascinado con ella, enamorándose demasiado deprisa.

Y todavía lo estaba.

Se llevó un susto que casi le cortó la respiración cuando sonó la campanilla de la puerta. Dio media vuelta y en tres zancadas estuvo en el recibidor. Abrió la puerta de golpe y vio a Stoker y a Bentley en el umbral. No necesitó preguntar. Por la sonrisa de Stoker y la súbita relajación del normalmente rígido porte de Bentley, supo por fin que no había sido un desastre.

Se retiró y lo siguieron al interior. Bentley cerró la puerta de la calle.

—¿Está la señora Pitt...? —comenzó Stoker.

Pitt echó un vistazo a la puerta de la sala de estar, que no estaba cerrada del todo, sino entornada.

Stoker se mordió el labio.

—Es bastante... sangriento, señor.

La puerta de la sala de estar se abrió y Charlotte se plantó en la entrada, mirando a Pitt, después a Stoker.

Pitt entró en la sala e hizo una seña a las dos visitas para que lo siguieran. De nuevo Bentley fue el último y cerró la puerta tras de sí sin hacer ruido.

—Perdone, señora —dijo Stoker a Charlotte.

La voz de Pitt sonó ronca por la tensión.

—¿Qué ha ocurrido? ¿Dónde está Kendrick?

—La policía lo ha llevado al depósito, señor... Lo que quedaba de él.

Pitt soltó el aire muy despacio. Charlotte estaba de pie a su lado y Pitt le tomó la mano y la apretó tanto que sin duda le hizo daño, pero de esto solo se dio cuanta más tarde.

—He pensado que debía saberlo esta noche, señor —prosiguió Stoker—. Y yo, de usted, guardaría los periódicos donde no pueda verlos su familia. Tampoco es que los mejores vayan a decir gran cosa. Probablemente lo harán pasar por un robo.

Bentley negaba con la cabeza.

—No importa —respondió Pitt—. Gracias. Han corrido riesgos.

Estaba demasiado despojado de emoción, ahora que todo había terminado, para reaccionar de manera adecuada. Pensaba en Delia Kendrick colgada del cuello al gancho de la carne de su propia cocina, y todavía se afligía, pero aquella noticia le aflojaba los nudos del estómago. Le desagradaban los ahorcamientos. La espera se hacía muy larga, no menos de tres semanas desde la sentencia hasta el último amanecer. Aquella ejecución había sido rápida.

No podía haber dejado libre a Kendrick.

—Gracias —repitió.

Stoker hizo ademán de ir a decir algo, pero de pronto cambió de opinión.

—Hay soldados que mueren así, señor —dijo Bentley en voz baja—. Al menos el enemigo está delante de ellos, no detrás. Tienes que confiar en tus propios hombres. No siempre llevarán razón, y quizá cometan alguna estupidez, pero al menos están de tu parte.

—Gracias, Bentley —dijo Pitt una vez más, con sentimiento. Tenía la voz ronca, hasta él lo notaba—. Váyanse a casa. Los veré dentro de un par de días. ¡Y por Dios, tengan cuidado!

—Sí, señor. Buenas noches, señor. Señora.

Pitt estaba demasiado cansado para soñar, pero era muy consciente de que tenía a Charlotte a su lado, su calor, y que se había vuelto hacia él, no hacia el otro lado.

A la mañana siguiente se levantó y envió un mensaje para preguntar si podría hablar en privado con el príncipe de Gales por un asunto de la máxima urgencia. En cuestión de una hora estuvo delante del príncipe, con las puertas cerradas y a solas.

El semblante pálido de Edward hacía patente que lo habían informado de la muerte de Kendrick.

—¿Qué ocurrió? —inquirió, sin más preámbulos ni cortesías.

Pitt le habló con igual franqueza:

—Era un doble agente de los bóeres, Su Alteza Real. Estaba facilitando la adquisición del excelente fusil Mauser para sus tropas.

El rostro del príncipe se puso ceniciento.

—¿Qué? ¿Cómo dice?

—Lo lamento mucho, señor, pero utilizó su amistad con Su Alteza, y su extraordinaria popularidad en Europa, concretamente en Alemania, para establecer una relación con la fábrica Mauser y...

El príncipe se puso, si tal cosa era posible, más pálido todavía. Parecía que estuviera mareado.

—Fue necesario para detenerlo, señor —dijo Pitt en voz muy baja. Estaba preocupado por si en efecto le había dado un ataque—. Fue él quien mató a sir John Halberd y después a su propia esposa, porque ambos se habían enterado de lo que estaba haciendo. Eran súbditos leales a la Corona, señor, y ambos lo pagaron con su vida.

—¿Lo sabe... a ciencia cierta? —preguntó el príncipe, casi tartamudeando.

—Sí, señor, y en el caso de sir John pude haberlo demostrado.

—¿Y por qué no lo hizo?

—Porque Kendrick me dijo que si lo llevaba a juicio diría que Halberd tenía una aventura con Delia Kendrick, de una naturaleza muy obscena, y que ella prefirió ahorcarse antes que continuar un día más con aquel suplicio. Y no podía acusarlo de comprar armas para enemigos de Gran Bretaña sin mancillar el buen nombre de Su Alteza. Prometió que lo haría.

—Ya... ya lo entiendo. —Trastabilló uno o dos pasos hacia atrás y se dejó caer en una de las elegantes sillas tapizadas. Transcurrieron varios minutos de silencio y después levantó la vista hacia Pitt—. ¿Y está muerto? ¿Quién lo mató?

—Creo que unos simpatizantes de los bóeres, señor. Según parece, tenían la idea de que estaba jugando a dos bandas, pero esencialmente traicionándolos a ellos.

—¿Y lo estaba haciendo? No me mienta, Pitt.

De pronto el príncipe recobró toda su dignidad, a pesar de su desmañada postura medio despatarrado en la silla.

—Que yo sepa, no, señor. Era un hombre desdichado. En mi opinión, se sentía estafado por no ocupar la posición social que creía merecer. Quizá tuviera cierta lealtad a los bóeres, o quizá simplemente quería el beneficio económico, y el poder sobre el próximo rey de Inglaterra que le habría arrogado. Quienes alguna vez se hubiesen burlado de él se habrían visto obligados a buscar sus favores.

—Pero ¿usted hizo que pareciera que...? ¿Hizo que los bóeres creyeran que los había traicionado, cuando en realidad nos había traicionado a nosotros... a mí?

—Sí, señor.

—Gracias.

—Con su venia, señor, permítame aconsejarle que no lea los periódicos. Fue bastante... desagradable.

—Gracias. Elegiré lo que vaya a leer. Conocía a Kendrick. —Se frotó la cara con las palmas de las manos. Se le veía viejo y muy cansado—. Disculpe. Le estoy muy agradecido, Pitt. Nunca creí que lo diría, pero lo digo, y lo digo en serio.

—Es mi privilegio servir a la Corona, señor.

—¡Lárguese, hombre! Vaya a tomar una buena copa de coñac. Yo voy a tomar una.

—Sí, señor.

Pitt fue directamente de la audiencia con el príncipe a Buckingham Palace y pidió al guardia que lo dejara entrar para poder hablar urgentemente con sir Peter Archibald.

Sir Peter apareció al cabo de un cuarto de hora. Miró a Pitt.

—Dios, tiene un aspecto espantoso, señor. Siéntese, no vaya a ser que se desplome.

Se volvió hacia el lacayo que aguardaba y pidió coñac y soda. El lacayo obedeció de inmediato.

—¿Qué ha ocurrido? —inquirió sir Peter—. ¡Siéntese! Cuénteme.

Pitt se sentó y, cuando llegó el coñac, se lo bebió de un trago. Refirió un breve resumen de lo sucedido a sir Peter.

—Deseo informar a la reina. Me pidió que averiguase qué le había ocurrido a sir John Halberd y qué clase de hombre era Alan Kendrick. Le debo una respuesta. Le complacerá saber que sir John era el hombre honorable que ella creía que era.

—Y Kendrick un traidor —agregó sir Peter—. Reconozco que es angustiante pensar lo poco que faltó para que se saliera con la suya. Su Majestad estará sumamente agradecida de que esta tragedia se haya evitado, y sin duda deseará decírselo en persona cuando esté en mejores condiciones de salud. —Su voz bajó un tono y se puso serio—. Esto ha sido difícil para ella. Estoy seguro de que lo comprende.

Pitt tuvo la sensación de sumirse en la oscuridad, como si un viento frío hubiese apagado la mitad de las velas. Por supuesto, la habitación la iluminaban lámparas de gas y en realidad no había cambiado nada. Lo que sentía era una íntima tristeza. Había dado por sentado que podría decírselo a la reina él mismo, ver su alivio y su satisfacción por lo que se había evitado, y muy especialmente que no hubiese ni asomo de culpa por parte del príncipe.

—Sí, por supuesto —dijo, consciente de que lo estaban echando, aunque fuese con tanta cortesía.

Se dirigió a casa inmensamente agradecido de que el asunto hubiese terminado tan bien. No habría juicio, no se haría pública la traición. Había hecho un buen trabajo. Era pueril desear haber podido ser quien informara a la reina. Cuando entró por la puerta de su casa lucía una media sonrisa burlona, y todo lo que contó a Charlotte fue su alivio por la conclusión del caso.

Dos días después llegó la carta. Minnie Maude la llevó en una bandejita, como si no se atreviera a tocarla con sus propias manos. Lucía una expresión radiante.

Charlotte estaba junto a la puerta de la cocina. Pitt, todavía sentado a la mesa del desayuno.

Minnie Maude se detuvo en medio de la cocina y se quedó absolutamente inmóvil.

—¿Qué es eso? —le preguntó Charlotte, luego miró a Pitt y de nuevo a ella.

Minnie Maude tragó saliva.

—Es una carta, señora, de Buckingham Palace, de la mismísima reina.

Pitt había aguardado, esperanzado, aunque sintiéndose ridículo, como si hubiese tenido más pretensiones de las que le correspondía. Y ahora ahí estaba.

—Gracias, Minnie Maude —consiguió decir, casi con normalidad.

Su mano tenía el pulso bastante firme cuando alargó el brazo y cogió la carta.

Charlotte permaneció inmóvil.

Pitt abrió la carta con cuidado, sin rasgar el sobre.

No era de Victoria. Era de sir Peter Archibald. Pitt se llevó una absurda decepción.

Entonces la leyó.

Era muy formal. Sir Peter le aconsejaba que como prueba de agradecimiento por los servicios prestados a la Corona, Su Majestad tenía el placer de ofrecerle el título de sir. Caso de que lo aceptase, la investidura tendría lugar al cabo de una semana.

Había una adenda manuscrita de sir Peter, diciendo que sería apropiado que llevara a su familia con él, así como a cuantos amigos deseara, por ejemplo, lord y lady Narraway, ahora que habían regresado al país, si tal cosa le complacía.

—¿Qué ocurre, Thomas? —preguntó Charlotte por fin, incapaz de soportar tanto suspense—. ¿Te da las gracias? Debería hacerlo.

—Sí —contestó Pitt, un tanto vacilante, saboreando el momento—. Sí, me las da. Tendrás que comprarte un vestido nuevo. Y también otro para Jemima.

Charlotte no entendía de qué estaba hablando, pero se fijó en el entusiasmo que lo abrumaba.

—¿Qué sucede? —dijo, casi sin aliento—. ¿Qué te dice? ¡Cuéntame, Thomas!

Pitt sonrió muy lentamente, sin salir de su asombro.

—Que si tengo la bondad de aceptar, le complacerá nombrarme sir Thomas —respondió—. Y lo hará la semana próxima. También podemos invitar a Narraway y a tía Vespasia...

—¿Nosotros, así en plural? —preguntó Charlotte.

—Por supuesto que en plural —contestó Pitt—. Has estado a mi lado a lo largo de todo el camino. Sin ti, en el mejor de los casos, no habría pasado de inspector. Tú eres quien concibió los sueños, quien me alentó, quien me apoyó cuando parecían demasiado ambiciosos, demasiado lejanos.

—Sir Thomas y lady Pitt —dijo Charlotte en voz muy baja—. ¡Santo cielo!

Soltó la tostada que estaba llevando a la mesa y se arrojó en sus brazos, abrazándolo tan fuerte que volcó su taza de té y tiró su cuchillo al suelo.

La investidura fue una ocasión memorable, muy esplendorosa, tal como correspondía a un momento tan destacado en la vida de cualquiera. Siguiendo la costumbre, se celebró en el salón del trono, uno de los más magníficos de todo el palacio. En años pasados, cuando el príncipe Albert vivía, allí se celebraban grandes bailes. A la reina le encantaban la música y la danza. Ahora estaba alfombrada de rojo con volutas en tonos más claros formando delicados dibujos, a juego con el rojo encendido, casi rosa, de las paredes, donde se intercalaban pilastras doradas y ventanales que llegaban casi hasta el inmenso techo con sus bóvedas. Los tronos propiamente dichos, uno al lado del otro, estaban frente a la pared del fondo. La primera impresión era abrumadora, luego la belleza del conjunto producía una sensación casi de paz. Era el corazón del Imperio. Tenía por fuerza que ser glorioso.

—Le estoy muy agradecida por su discreción, señor Pitt —dijo la reina en voz baja—. Su solución a tan desdichado asunto fue contundente y sin embargo tuvo un toque de delicadeza que me reconforta en grado sumo. Espero que sirva largo tiempo a su país en los quizá oscuros tiempos venideros. Cuando Edward sea rey, se apoyará en usted tal como lo he hecho yo. Me lo ha prometido. Está completamente de acuerdo conmigo en que merece este reconocimiento. Si tiene la bondad de arrodillarse.

Vespasia le había enseñado cómo hacerlo con elegancia, hincando una sola rodilla en tierra.

—Levántese, sir Thomas —dijo Victoria con inequívoco placer.

Lo hizo con dignidad, pestañeando para contener las lágrimas de emoción y aturdido de felicidad. Después cruzó el salón hasta donde lo aguardaban Charlotte, sus hijos y sus amigos.